BUR

Biblioteca Universale Rizzoli

Whitman a sessantotto anni. Ritratto a olio di Herbert Harlakenden Gilchrist (1887).

Walt Whitman

FOGLIE D'ERBA

Prefazione di Giorgio Manganelli
Scelta, introduzione e note
di Biancamaria Tedeschini Lalli
Traduzione di Ariodante Marianni

Testo inglese a fronte

BUR

POESIA

ISBN 978-88-17-16667-6

Titolo originale dell'opera:
Leaves of Grass

Prima edizione BUR 1988
Prima edizione BUR Poesia maggio 2004
Seconda edizione BUR Poesia giugno 2007

Il testo inglese riprodotto a fronte è tratto dalla "Comprehensive Reader's Edition" di *Leaves of Grass* a cura di Harold W. Blodgett e Sculley Bradley, New York Univesity Press, 1965.

PREFAZIONE

In una lettera, datata 18 ottobre 1882, Gerard M. Hopkins, poeta e gesuita, confessava a Robert Bridges la sua profonda, inquieta ammirazione per Walt Whitman. Non ne aveva letto molto, ma quanto ne aveva letto gli bastava per renderlo consapevole di una fascinazione cui riteneva opportuno resistere. «Tutto ciò mi rende tanto più bramoso di leggerlo, e più deciso a non leggerlo.» Hopkins confessava che codesta ambivalenza nasceva dalla coscienza che «lo spirito di Walt Whitman mi assomiglia più di qualunque altro essere vivente»; confessione «non piacevole», continuava Hopkins, giacché Whitman era certamente «a very great scoundrel»; curiosa parola, tra brusca, infantile, litigiosa, che nasconde una qualche domestica, volutamente frettolosa identificazione del «peccatore».

Irretito dalla qualità del peccatore, Hopkins è anche affascinato da ciò che in primo luogo può interessare un poeta: il ritmo; quei versi lunghi, molto lunghi, e irregolari. Qualcosa che sembra sempre sul punto di decadere a prosa ritmata; ma anche una vocazione dell'orecchio per la cadenza degli anapesti: «ben s'addice alla lingua inglese far sì che l'accento cada sempre al termine del piede»: e Hopkins cita un verso che pare emblematico non solo di una pertinente scansione:

or a handkerchief designedly dropped

(o forse è il fazzoletto del Signore
un ricordo profumato lasciato cadere di proposito...)
«Canto di me stesso», str. 6

Credo che l'ammirata lettura del gesuita Hopkins per il «democratic» Whitman sia un buon luogo di accesso ad una poesia che è estremamente e deliberatamente sviante: una poesia che sembra brulicare di «idee» ed anzi di raccomandarsi in grazia del frastuono di codeste idee, dell'ambigua generosità da comizio, della irritante fraternità dei vocativi, una sospetta eloquenza da predicatore itinerante – tutte faccende che verosimilmente non erano congeniali al gesuita Hopkins.

La poesia di Whitman fu nell'insieme uno dei tentativi più decisi e coerenti di conseguire l'arduo livello del pessimo e il meno arduo del risibile; che Whitman non ci sia riuscito è uno degli ilari misteri della letteratura; che egli abbia dovuto accontentarsi di essere un grande poeta, un poeta che piaceva a Hopkins.

Il problema di Whitman, naturalmente, sono le idee; ne aveva, accade a tutti; ma oscuramente, a intermittenza, avvertiva che per un poeta non è una buona cosa avere delle idee; forse è una faccenda da «scoundrel».

O è lo scoundrel colui che libera il poeta dalle idee? Credo che questa appunto sia la spiegazione. Il problema di Whitman poeta non fu quello di esprimere delle idee, fu quello di liberarsi dalle idee. E oggi il lettore deve farsi strada tra le macerie instabili di questa «America» parte ciarpame, parte sontuosi ruderi. Ma che cosa, poi, è ciarpame? Emerson disse a qualcuno che la poesia di Whitman gli sembrava una miscela di Baghavadgītā *e «New York Herald». Non so a che cosa andasse la preferenza di Emerson, ma credo che per noi non ci siano dubbi: la poesia è nel «New York Herald»; là, per l'appunto, dove le idee diventano caricatura, risibile chiasso ideologico; la*

Baghavadgītā *è la tentazione salvifica che vuole distrarre dagli esigenti anapesti.*

Essendo poeta, Whitman sapeva che le idee sono pericolose; ma ne subiva il mediocre adescamento; essendo incline ad apprezzare la stupidità, il che del tutto ragionevole, ne avvertiva l'afrore nelle capsule delle idee, e se ne lasciava intossicare. E tuttavia, alla fine, gli anapesti lo salvarono: o lo dannarono, che, poeticamente, è la stessa cosa.

«O forse è il fazzoletto del Signore / un ricordo profumato lasciato cadere di proposito...» «or a handkerchief designedly dropped». Una breve sosta su questo verso ci consente di notare alcune finezze da scoundrel, che non debbono andar perdute. Interrogato da un fanciullo, che mai sia l'erba, il poeta – chiamiamolo così, ma se lo merita – avanza l'ipotesi che sia «lo stendardo della sua *vocazione» «fatto col verde tessuto della speranza». Ecco: queste le son cose da predicatore itinerante, da piazzista dell'Universo. Ma subito dopo appare questo misterioso «handkerchief» del Signore un dono profumato lasciato cadere «di proposito» come «remembrancer», per non farsi dimenticare. Queste finezze ambigue, anche delicatamente puttanesche, sono di Whitman lo «scoundrel».*

«Non cerco assicurazioni – io sono un uomo che si occupa soprattutto della propria anima» («Assurances»). L'anima di Whitman è per eccellenza un luogo invisibile, ignaro di idee, senza nome; qualcosa cui ci si può rivolgere solo grazie ad incantesimi. In primo luogo, l'invisibilità, l'anonimato polimorfo:

Agonies are one of my changes of garments

(Le agonie sono uno dei miei travestimenti)

Questo verso, di istantanea meraviglia, spalanca un teatro di sontuoso, recitato orrore, una pronuncia regale, tirannica, fastosa – e il ritmo, l'inglese può fare a meno dell'articolo.

Una breve lirica disegna questo tema della assenza metamorfica, «Pensive and Faltering»:

Pensoso, riluttante
Scrivo queste parole: I morti
Giacché vivi sono i morti
(Fors'anche i soli vivi, i veri
Ed io l'apparizione, io lo spettro).

In quanto spettro, immagine costantemente intesa alla propria consumazione, al perfezionamento dell'assenza, pura pronuncia senza bocca, Whitman è straordinario poeta. Egli sapeva perfettamente che il suo problema, l'unico problema, l'unico innamoramento riguardava le parole:

I corpi umani sono parole, miriadi di parole
(nelle poesie migliori, il corpo ricompare, d'uomo o di donna, ben formato, ilare, spontaneo ...
...
Aria, suolo, acqua, terra – quelle sono parole ...

«Un canto della terra che gira»

Come maestro verbale sa modulare versi di suprema perizia – e intendo per l'appunto altissima consapevolezza tecnica:

Whispers of heavenly death murmur'd I hear,
Labial gossip of night, sibilant chorals

(Sussurri di morte celeste odo sommessi,
Labiali dicerie della notte, sibilanti corali)

Whitman, lo scoundrel, amava tic nervosi, manierismi verbali di fulminea grazia: «tongues aromatic», il fantasma piangente «belching and desperate» (rutti e disperazione), la mano che si alza «perpendicular», il dominio luttuoso e primaverile del lillà, «mastering odor» ai funerali di Lincoln.

L'astrazione verbale lo tenta; talora lo seduce e corrompe, ma non di rado gli consente degli scatti di oratoria totalmente incolore, non visibile, non tangibile, una straordinaria metamorfosi delle idee in perfetta verbalità, come in quello splendido «Continuities», che ha la fantasmatica articolazione di uno Yeats:

Nothing is ever really lost, or can be lost,
No birth, identity, form – no object of the world.
Nor life, nor force, nor any visibile thing;
Appearanace must not not foil, nor shifted sphere confuse
thy brain.

(Niente è mai veramente perduto, o può essere perduto,
Nessuna nascita, forma, identità – nessun oggetto del mondo.
Nessuna vita, nessuna forza, nessuna cosa visibile;
L'apparenza non deve ostacolare, né l'ambito mutato
confonderti il cervello.)

Il titolo è seguito – rara squisitezza – da una nota: «da una recente conversazione con uno spiritualista tedesco».

Ciò che salvò Whitman dal suo stesso programma fu la consapevolezza della centralità cherubica della sua ignoranza, la sua insanabile nescienza di sé, la sua fortezza. Vi sono parole che gli sono specialmente care: una è «loafing», l'oziare, il non-fare, non essere socialmente giustificato; onore allo scoundrel! Un'altra, anche più pregnante, è «hint», indizio, cenno, traccia; «su di me non ho che indizi», le parole sono hints, ma portano solo ad altri hints, altre parole.

Il temperamento oratorio, la predilezione per le iterazioni, il vocativo, i cataloghi, il misticismo turistico esclamativo, la paesaggistica esemplare e soprattutto quella strana «America» che oscilla tra il film dei marines e la verbalità mitica di un Blake, tutto ciò può nascondere, in parte nasconde la qualità segreta, clandestina, più sussur-

rata, da complice, che non sommessa, la squisitezza sonora dei fiati, i fremiti, i brividi, i misteriosi trapestii, i rapidi sussulti, gli indizi, hints, incantesimi, scongiuri, nomi di uccelli, nomi indiani, obi.

GIORGIO MANGANELLI

INTRODUZIONE

I

Se c'è stato un «titanismo» byroniano che ha segnato il primo romanticismo mondiale, così è certamente esistito un titanismo whitmaniano che, nella figura (anzi nelle diverse maschere o figure) del «bardo d'America», ha una precisa proiezione mitologica, presente vivacemente dalla seconda metà dell'ottocento oltre i confini degli Stati Uniti. La storia della fortuna dell'opera letteraria di Whitman non può, né forse deve prescindere da questa ineliminabile presenza.

Walt Whitman nacque il 31 maggio 1819 presso Huntington, Long Island (l'isola «a forma di pesce» della sua poesia), da una famiglia povera se non indigente. Il padre si dedicava a lavori di vario tipo: da contadino, a muratore, carpentiere, falegname. La madre, Louise Van Velson, ebbe sempre con Walt un rapporto privilegiato, testimoniato anche dalla corrispondenza tra i due in cui la comunicazione supera gli ostacoli frapposti dall'imperfetta alfabetizzazione di Louise.[1] Era una famiglia di nove figli, due dei quali si rivelarono intellettualmente tarati.

[1] Clarence Gohdes e Rollo G. Silver (a cura di), *Faint Clews and Indirections*, Durham, N.C., 1951.

Nel 1823, quando Walt aveva appena quattro anni, la famiglia si trasferì a Brooklyn.

In «There Was a Child Went Forth» (una delle poesie già contenute nella prima edizione di *Leaves of Grass*) il bambino si identifica via via con la realtà che lo circonda: un vero miscuglio di esperienze campagnole (i lillà, l'erba, i germogli del grano d'inverno, gli alberi di mele, le bacche selvatiche) e cittadine (la gente che si accalca nelle strade, i poderosi attraversamenti dei *ferries*, le onde che si susseguono da vicino, la fragranza dell'acqua salina e del fango della riva).[2]

Meno attendibile la scena domestica, dove la madre figura quieta, linda nel vestire, mite nel gesto e nell'espressione e il padre «forte, ipersicuro, virile, aspro, irato ingiusto». Le cronache raccontano, al contrario, che la madre Louise era, di gran lunga, il personaggio più forte e virile. Così un critico recente ha adombrato in lei la fonte certa dell'ambigua figura della madre-terra impassibile di fronte alla distruzione e alla morte, anzi onnivora consumatrice del «concime» di cui son fatte le tombe.

La carriera scolastica di Walt fu breve (1825-30); cominciò poi un rapido susseguirsi di mestieri e di esperienze: nel 1830, per breve tempo, egli lavorò come fattorino presso uno studio medico, e poi da un avvocato; tra il 1830 e il 1834 fu apprendista tipografo; nel 1836 fece il tipografo a New York. Il grande incendio del 12 agosto di quell'anno interruppe quest'attività. Tra il 1836 e il 1838, insegnò in scuole di provincia, a East Norwick, Long Island, a Hampstead, Babylon, Long Swamp, Smithtown: nomi tipici di una piccola provincia del nord-est. Ancora a Long Island iniziò la sua avventura giornalistica (con collaborazioni al «Long Islander»

[2] James E. Miller Jr., *Walt Whitman*, N.Y., 1962, pp. 17-8.

di Huntington), che poi proseguì presso l'«Aurora» e l'«Evening Star» di Brooklyn, fino a portarlo, nel 1846, alla direzione del «Daily Eagle» di Brooklyn che mantenne per due anni.

In anni recenti tutta la produzione giornalistica di Whitman giovane è stata riesumata e scandagliata alla ricerca di fonti essenziali per capire la lunga opera poetica, così esclusiva e complessa malgrado l'ingannevole linearità e sonorità di accenti. Con essa anche un romanzo: *Franklin Evans; or, The Inebriate: A Tale of the Times* (*Franklin Evans, o l'Ebbro: un racconto dei tempi presenti*). A parte alcuni dati, nulla, negli scritti giovanili, sembra avere un rapporto con la vera e propria esplosione della sua ispirazione poetica. Rimane significativa, invece, l'esperienza squisitamente cittadina e newyorkese di questi anni, che, malgrado le affermazioni di Whitman, permea culturalmente il suo americanismo.[3]

Il primo viaggio sulle «strade aperte» del continente avvenne nel 1848, quando gli fu offerto un impiego presso il «Crescent» di New Orleans. Walt raggiunse la sua meta con un complicato itinerario: per ferrovia via Baltimora e Cumberland, per strada attraverso le montagne e il Cumberland Gap, per via fiume, discendendo l'Ohio, e il Mississippi fino al porto della Louisiana. Il breve soggiorno a New Orleans rappresenta uno dei tanti misteri della vita di Whitman. Un periodo pochissimo conosciuto, che è stato fatto oggetto delle più fantasiose congetture: amore appassionato, amore deluso, perfino un figlio illegittimo. Nessuna di esse ha mai trovato il sostegno di un'evidenza esterna. Al ritorno — appena quattro mesi in totale — Whitman raggiunse New York via i Grandi Laghi e il Canada con una breve visita alle

[3] Jerome Loving, «Lament in the Song of the Broad Axe», comunicazione del convegno *W. W. Here and Now*, Hofstra University, 25-26 aprile '80.

Cascate del Niagara, per poi salire a bordo della nave che, lungo l'Hudson, lo portò a Brooklyn.

La biocritica di Whitman fa risalire a questa lunga scorrazzata attraverso l'America il sentimento di amore appassionato per la geografia americana. È possibile. Se così è, come non rilevare la predominanza del «paesaggio» in questa presa di conoscenza che inizia e si conclude a New York? Questa visività della presa di contatto aumenta, non diminuisce la fisicità della esperienza, che non viene distratta o diluita da filtri di altro tipo (culturale, affettivo, esistenziale). Questo aiuterà il precisarsi di un'equazione tra se stesso (e il proprio corpo) e l'America (e il suo corpo), in termini squisitamente fisici.

Dopo un altro periodo giornalistico (il «Freeman» di Brooklyn), vennero gli anni di gestione di una tipografia e magazzino di cartoleria e di giornalismo «free-lance», che furono anche gli anni di sempre meno cauto apprendistato poetico, che i *Notebooks* oggi documentano.[4] Il 4 (?) luglio 1855 uscì la prima edizione di *Leaves of Grass*.

Il punto interrogativo dopo l'indicazione del giorno sottolinea, naturalmente, l'intenzionalità mitopoietica, che pone esattamente nel giorno della dichiarazione d'Indipendenza americana la comparsa di un libro che sarebbe stato a lungo considerato la bibbia democratica americana.

Questa prima edizione, per i tipi dei Rome Brothers di Brooklyn, è ormai anch'essa — con la sua copertina verde ed i suoi rami fittamente intrecciati — oggetto di analisi semiologica.[5] Consisteva in dodici componimenti

[4] Walt Whitman, *Daybooks and Notebooks* a cura di William White, New York, 1978.

[5] Marina Camboni, *La molteplicità del messaggio in «Roots and Leaves Themselves Alone»*, in «Lingua e Stile», marzo 1977, pp. 21-43.

poetici senza titolo e di un lungo saggio anch'esso senza titolo, di stile oratorio e rapsodico che successivamente verrà identificato come la «Prefazione» del 1855, anche se in realtà Whitman non lo ripubblicò mai come tale, limitandosi a trascriverne quasi letteralmente — interi brani in poesie successive. «Song of Myself», ovvero il poemetto che sarebbe in seguito stato intitolato così, occupava da solo la metà del volume. Nessun titolo, dunque, e nessuna indicazione del nome dell'autore. In luogo di questo una fotografia.

Una maschera («Byron in vesti da operaio»)[6] ricorda come la «fotografia può significare (definire) una generalità solo assumendo una maschera».[7] Dunque il contrario di una vita privata. Se per essa si intende «quella zona di spazio, di tempo in cui non sono un'immagine, un oggetto», allora il ritratto che Whitman propone ad apertura e sigla del primo libro ne è il contrario: esso stabilisce in primo luogo l'io come oggetto, «un'astuta dissociazione della coscienza di identità». La fotografia appiattisce e assolutizza anche il tempo; è un accadimento eternamente presente che ripete «meccanicamente ciò che non potrà mai ripetersi esistenzialmente». Barthes sostiene che il tempo della fotografia è l'aoristo.

Se poi guardiamo alla posa: una mano in tasca, l'altra tra noncurante e disinvolta sul fianco, testa all'indietro, cappello posato sulle ventitré, pantaloni spiegazzati, camicia aperta sul collo, essa risulta davvero «il termine di un'intenzione di lettura». In questa posa si incontrano e si deformano diversi immaginari. Non solo quel «che credo d'essere, quel che vorrei si creda ch'io sia», o quel che il fotografo crede ch'io possa essere, ma anche l'incontro-scontro di tutto questo con l'immaginario collet-

[6] Richard Bridgman, «Introduction», in *Leaves of Grass* (Facsimile ed.) N.Y., 1977.
[7] Roland Barthes, *La camera oscura*, Torino 1980, pp. 6 e segg.

tivo dell'America. La fotografia diviene il primo, felice strumento e veicolo del passaggio da persona a Personalità (la composita Personalità democratica di cui parla Whitman). «Immagine folle, velata di reale», la sua funzione, ad apertura di libro, è quella di creare un'«inconcepibile confusione tra realtà e verità».

Il se stesso, soggetto e oggetto, ne viene siglato e autenticato, senza che ne sia risolta l'ambiguità, che ne risulta anzi approfondita.

Fin da questa prima edizione, risulta chiaro come la rappresentazione ed espressione della realtà (o del mito) si affidi consapevolmente alla giustapposizione e al gioco di linguaggi diversi. La fotografia, il saggio in prosa, i versi (e in particolare il lungo poemetto d'apertura) non soltanto presentano diverse sfaccettature di uno stesso ritratto, ma fanno addirittura coincidere questo ritratto complessivo con la dinamica che si instaura all'interno dei tre diversi linguaggi. In questa scelta va dunque cercata in primissimo luogo la coincidenza tra individuo e nazione; tra poeta e America.

«Il suo spirito — scriveva Whitman del poeta americano nel saggio introduttivo — risponde allo spirito del suo paese...; egli ne incarna la geografia, la vita naturale, i fiumi ed i laghi».[8] Sul fascino di questa «incarnazione» si è giocata a lungo la fortuna di Whitman nel mondo. Naturalmente ciò valeva nei due sensi. Anche molti luoghi comuni e generalizzazioni sull'America si sono riversati su Whitman e viceversa: in primo luogo quelli relativi all'innocenza ed alla rudimentalità.

La prima recensione francese è del 1861, appare sulla «Revue Européenne» a firma di Louis Etienne, e reca come titolo *Walt Whitman, poeta, filosofo e grossolano*. Per conto suo William M. Rossetti, curatore di un'edi-

[8] Walt Whitman, «Prefazione», 1855, Facsimile ed. cit., p. IV.

zione whitmaniana (espurgata e ridotta) in Inghilterra, scriveva nelle sue memorie:«Il mio amico Watts Dunton, un esperto di critica e di poesia, mi disse una volta, con ogni buona intenzione — ed era il 1887 — che, tempo dieci anni, la mia personalità di critico sarebbe stata totalmente distrutta per il solo fatto di essermi professato ammiratore di Whitman».[9] Critici più recenti hanno parlato di *Leaves of Grass* come prodotto dell'inconscio collettivo non meno che del singolo autore. Altri, come Bridgman, hanno citato de Tocqueville come profeta di un poeta americano che, in assenza di uno stabile quadro di riferimento sociale, sarebbe stato costretto non solo a ripiegare su se stesso, ma anche a trarre da sé gli elementi per costruzioni ideologiche totalmente astratte.[10] In tutti, ammiratori e detrattori, lontani e recenti, predomina una concezione di *Leaves of Grass* come grande poema archetipo, come epica nazionale.

Tuttavia, come si è osservato, il primo segnale fornito dalla famosa edizione del 1855 è, prima che ideologico, linguistico; molto più che definitorio, di provocazione e apertura. Negli appunti di una delle tante autorecensioni preparate da Whitman, si legge: «Walt Whitman sta oggi, in mezzo al popolo americano, *una promessa*, *una prefazione*, *una ouverture*, *un...*»[11] (corsivo mio).

II

Una citazione assai più nota è quella riferita da Traubel: «Questo argomento della lingua mi interessa, mi inte-

[9] William M. Rossetti, «Some Reminescences», cit. in *W. W. in England*, a cura di H. Blodgett, N.Y., 1954, p. 12.

[10] Richard Bridgman, *op. cit.*, p. XIII.

[11] Da note prese presso la *Harned Collection* della Library of Congress.

ressa: non riesco mai a levarmelo del tutto dalla mente. Qualche volta mi viene da pensare che *Leaves* sia solo un esperimento linguistico — cioè il tentativo di dare allo spirito, al corpo, all'uomo nuove parole, nuove potenzialità di discorso — una gamma americana di espressione del sé».[12]

Nella lingua l'incarnazione diviene un obiettivo preciso e tangibile. L'America a cui Whitman vuol dare un linguaggio è un oggetto complesso e il problema non si risolve nel puro e semplice abbassamento di registro linguistico, ovvero in una sorta di filologico gergalismo, né nella trascuratezza delle regole per il gusto della trasgressione populistica. L'America è un oggetto complesso di cui il *myself*, il sé delle *Foglie d'erba*, è il complesso, ambiguo, elusivo «doppio»; qualcosa di più dell'individuo «composito» di cui Whitman stesso parla nella Prefazione del 1872.

Uno dei termini di questa complessità è, paradossalmente, la necessità di costruire e raggiungere un ideale stilistico che era già stato dei padri puritani: quello della semplicità. «L'arte dell'arte, la gloria dell'espressione, il raggio solare nella luce delle lettere è la semplicità. Nulla è meglio della semplicità...»,[13] Whitman dice nella Prefazione del 1855, facendo eco ed espandendo le prime parole scritte nel suo primo zibaldone: «Sii semplice e chiaro. Non essere occulto». Accanto a questa necessità, la tensione verso l'arricchimento del vocabolario. Le nuove parole per il mondo nuovo: «Questi Stati — scriveva nei *Notebooks* — si procurano rapidamente nuove parole, nuove combinazioni».[14] Nuove parole da *usare*, cioè da assorbire e fare proprie, fissando, come dirà uno

[12] Horace Traubel, «Foreword» in *An American Primer*, Boston, 1904, pp. VIII-IX.
[13] Walt Whitman, «Prefazione» 1855, cit., p. VI.
[14] Walt Whitman, *Daybooks and Notebooks*, cit., p. 734.

scrittore americano molto più recente, il linguaggio della propria generazione. «Gli americani — Whitman scrive sempre nei *Notebooks*, in preparazione del libro sulle parole che non pubblicherà mai — si avviano ad essere i più perfetti fruitori di parole. Le parole seguono il carattere: nativismo — indipendenza — individualità».[15]

Molto di tutto questo è già in Emerson. Ma la coincidenza tra i due riguardo alla teoria della lingua è meno completa di quanto non si sia fin qui ritenuto. Mentre Emerson, e Thoreau magistralmente dopo di lui, elaborarono le linee portanti di una teoria romantica del linguaggio e ne applicarono i canoni alla realtà americana, essi non ebbero, come invece Whitman, chiara e fin ossessiva la visione di una lingua come oggetto perpetuamente mutevole, veicolo di un mondo i cui segni e significati slittano continuamente nell'intrinseca dinamica della storia.

«Supponi forse che il mondo a un certo determinato punto finisca, come fosse un contratto per pavimentare una strada?» — Whitman si chiede e chiede nei *Notebooks* —.[16] La risposta implicita è evidente. Il mondo, e con esso l'America, non finisce: si fa, cresce, si espande, si precisa, cambia. «La grandezza — scriverà poco avanti — è semplice sviluppo».[17] In questo mondo che progredisce e cambia, la lingua da inventare è potenzialmente e indefinitamente mutevole, lontana da ogni prescrittività, norma, grammatica: «Ahimè le forme grammaticali vengono seguite di rado, o forse mai, *né possono esserlo*»[18] (corsivo mio).

La lingua deve diventare un organismo vivente, costruire quella che i linguisti chiamerebbero un sistema

[15] *Ibidem*, p. 732.
[16] *Ibidem*, p. 771.
[17] *Ibidem*, p. 770.
[18] *Ibidem*, p. 734.

di pragmatica; un sistema, cioè, fatto di modi d'uso catturati e modellizzati nell'opera del poeta. Questo è lo scopo del grande poema. Whitman ricerca tutti i livelli linguistici che vengono — come taluno sostiene — indiscriminatamente mischiati («il crogiolo linguistico dell'America»).[19] Di qui il modello delle prime *Foglie d'erba*, come libro e come singole liriche. Non titoli né autore, né una precisa scelta di registro linguistico, ma un programmatico plurilinguismo che non si limita a rappresentare l'America, ma *è* l'America: un modello culturale di America.

Tutte le identificazioni, classificazioni e limitazioni dell'«americanismo» di Whitman possono in realtà sussistere. «Egualitarismo, democraticismo, espansività, egocentrismo, propensione visionaria, gusto dell'esperimento, assenza di raffinatezza, ostilità per le forme tradizionali, fantasia naturalmente simbolica, certa leggerezza e incuria, e si potrebbe continuare.»[20]

Così nella prima decade del nostro secolo i poeti americani (specialmente Williams e Pound) cominciano a scendere a patti con l'identità di Whitman quale scrittore americano indigeno, e, attraverso di lui, con «l'America che egli pretende di rappresentare tematicamente e formalmente».[21] Egli offre loro «un'immagine utilizzabile» di predecessore a livello formale.[22] Nell'opera di William Carlos Williams, e segnatamente in *Paterson*, la fonte diviene palesemente primaria. *Paterson* assomiglia alle *Foglie d'erba* «in quanto sforzo peculiarmente americano di coniugare la specialità di dettaglio e di dizione

[19] James E. Miller Jr., *A Critical Guide to LofG*, Chicago, 1957, p. 136.
[20] Leo Marx, *The Americanness of W.W.*, Boston, 1960, p. V.
[21] Stephen Tapscott, *American Beauty: William Carlos Williams and Modernist Whitman*, N.Y., 1984, p. 18.
[22] *Ibidem*, p. 23.

del fatto locale con una nuova lingua, un nuovo progetto di cultura, un nuovo cielo ed una nuova terra».[23]

Che questa tradizione sarebbe stata lunga e feconda si accorse, subito dopo la prima edizione di *Foglie d'erba*, Ralph Waldo Emerson. La sua famosa lettera di elogio a Whitman, che egli non conosceva, è del 21 luglio 1855. Alcuni mesi dopo, uscì una seconda edizione di *Foglie d'erba* che recava come introduzione la lettera di Emerson. La storia dice che Emerson ne rimase profondamente infastidito sia perché nessun permesso gli era stato richiesto, sia perché cominciavano a circolare reazioni vittoriane alla «rudezza» di forma e di contenuto della poesia whitmaniana. Se così fu, ne rimane traccia solo nelle dichiarazioni di terze persone. Ad Emerson, critico, maestro e caposcuola, rimane il merito di avere immediatamente percepito la forza di un poeta totalmente estraneo al suo gusto non meno che a quello dei contemporanei.

Whitman, intanto, continuò la sua attività di giornalista; diresse per un paio d'anni il «Times» di Brooklyn; poi rimase temporaneamente disoccupato. Nel marzo 1860 andò a Boston per curare la terza edizione delle *Foglie d'erba*.

Il 12 aprile 1862, un evento drammatico sradicò Whitman dal suo ambiente newyorkese e giornalistico-letterario. Scoppiò la guerra civile: il fratello George si arruolò, e nel 1862 venne ferito in battaglia. Walt accorse a Fredericksburg, Virginia. Si trattenne due settimane sui luoghi della battaglia. Non più panorama o metafora, l'America diverrà nella poesia anche sede della più lacerante delle contraddizioni che Whitman tenterà di conciliare: quella tra vita e morte.

Si stabilì poi a Washington, dove lavorò come impiegato presso l'ufficio pagamento dell'esercito. A questo

[23] *Ibidem*, p. 31.

periodo risale la sua frequente presenza negli ospedali per incontrarvi i giovani soldati feriti; e la sua tenera — e talora duratura — amicizia con alcuni di questi.

Tornò a Brooklyn, malato, nel giugno 1864; ritornò a Washington come impiegato presso il Ministero dell'Interno nel gennaio del 1865. Il 1865 fu l'anno della seconda elezione di Lincoln, alla cui *inauguration* Whitman assistette. Fu anche l'anno del suo assassinio.

Le poesie di guerra, dove talora pietà e dolore sono anestetizzati dalla retorica, uscirono nel 1865 (*Drum-Taps* o *Rulli di tamburo*). Apparve una delle liriche più belle e celebrate; quella in morte del presidente Lincoln («When Lilacs Last» «Quando i lillà fiorivano»). Il modello astratto di fondo, tratto da un ideale democratico, quello dell'unità nella diversità, diventò con la guerra civile doloroso e concreto.

Nel 1865 fu licenziato dal suo impiego statale; ostensibilmente per mancanza di fondi, nella realtà, a quanto pare, perché il suo capo aveva trovato sul suo scrittoio una copia annotata di *Leaves of Grass* e vi aveva riscontrato gli estremi di oscenità. Secondo qualche biografo, l'incidente si rivelò benefico per l'avvenire e la fortuna di Whitman. I suoi amici gli ottennero un trasferimento presso la Procura Generale: ma ciò non implicò la perdita o riduzione dello stipendio e, soprattutto, la sua difesa venne appassionatamente assunta da un romanziere di Washington che gli era diventato amico, William D. O'Connor, in un libro il cui titolo rimane famoso nella bibliografia whitmaniana (*The Good Gray Poet, Il buon poeta grigio*) che uscì nel 1866.

Il libro era laudativo, fino a sfiorare rapimenti religiosi. Più equilibrato, pur nell'ammirazione totale, gli fece seguito il *Notes of Walt Whitman as Poet and Person* (1867) di John Borroughs, naturalista e ospite del poeta.

La quarta edizione di *Leaves* risale al 1867. L'edizione inglese, a cura di William Rossetti, è del 1868. L'anno dopo Whitman ristampa la quarta edizione aggiungendovi *Drum-Taps* e *Sequel*.

Del 1870 è la pubblicazione della quinta edizione di *Foglie d'erba* e di *Democratic Vistas*, in prosa, a cui viene rimproverata verbosità e ambiguità, e soprattutto dispregio della sintassi. *Democratic Vistas* è una delle opere di Whitman che la critica recente ha guardato con più attenzione, abbandonando parzialmente una lettura riduttiva che ne faceva solo espressione del carattere democratico americano, modellato sugli stereotipi dei pionieri dell'ovest, per considerarla parte integrante della poetica whitmaniana.

Nel 1873, a cinquantaquattro anni, Whitman subì un colpo apoplettico. Nel maggio dello stesso anno morì la madre Louise. Il poeta, che si era ripromesso di cantare «l'uomo ben fatto e ben costruito e la donna che possa esserne compagna perfetta e indipendente», che aveva inserito nel suo «Song of Myself» un verso significativo: «ora io a trentasette anni e in perfetta salute comincio», che aveva proposto e costruito un modello poetico ed esistenziale fondamentalmente dinamico per superare l'insopportabile senso della morte e della fine, si ritrovò ad affrontare nella propria carne, senza modelli o astrazioni, l'esperienza del limite. Per Whitman, fu quasi una catastrofe. Egli diventò, poeticamente prima ancora che materialmente, il suo Cristoforo Colombo: «A battered, wreck'd old man, / Thrown on this savage shore / ... Sore, stiff with many toils, sicken'd and nigh to death /» (Un vecchio affranto, distrutto / sbattuto su questa spiaggia selvaggia / ... Dolorante, rigido per le molte fatiche, malato e vicino alla morte).

In questi anni, in particolare nel 1876, si sviluppò la polemica su Whitman; sul suo valore e sulla sua reputazione letteraria, tra i circoli critici inglesi ed americani. Il decadentismo inglese ne intuì alcuni elementi congeniali e innovativi e, sia pure con esitazioni e remore, dettate per lo più da scrupoli d'ordine moralistico, ne rilanciò un'immagine meno agiografica e potenzialmente più fertile.

Nello stesso 1876, Whitman si stabilì a Philadelphia, vicino a Camden, dove impersonò la sua ultima «maschera», quella del saggio dalla lunga barba bianca. Sempre nello stesso anno uscì quella che viene indicata come l'edizione del Centenario di *Foglie d'erba*: si intende Centenario della Dichiarazione d'Indipendenza, con chiaro intento allegorico. Seguirono anni di lunghe e fitte corrispondenze, di oracolari conversazioni con i discepoli ed amici, di conferenze. D. H. Lawrence dirà che egli «mentalizza» la sua poesia precedente; altri parlano di esasperato didatticismo.

L'edizione del 1881 fissò una volta per sempre l'ordine delle poesie. Le edizioni che seguiranno, l'ottava nel 1888, la nona del 1892, impropriamente chiamata *Deathbed Edition* (o *Edizione in punto di morte*), ripropongono l'ordine e il testo dell'edizione del 1881 con in più, rispettivamente, *Specimen Days* (*Diario della Guerra Civile*) e *November Boughs* (*Cespugli autunnali*) nell'ottava edizione, *Sands at Seventy* (*Sabbie a settant'anni*), e *Good-bye My Fancy* (*Addio, mia fantasia*), in quella del 1891-1892.

A settantadue anni, il 26 marzo 1892, Walt Whitman morì. Come ci dice nei suoi versi, una poetessa che non amò affatto la sua poesia, Emily Dickinson, egli è già morto ed è stato sepolto più volte, ha «attraversato» molteplici funerali. Ha prefigurato molti addii, mai completamente convinto che si tratti dell'ultimo, anzi sempre più certo che finché le *Foglie d'erba* vivranno l'addio non si verificherà mai. Ciò non tanto per un'orgogliosa affermazione della propria importanza di poeta, quanto per l'infinità espansibilità nel tempo e nello spazio del modello di comunicazione poetica che egli propone.

Dando alle stampe quel *Primer of Words* (o abbecedario) che Whitman non aveva mai pubblicato, Traubel cita, a quanto pare *verbatim*, delle parole di Whitman: «È solo uno schizzo, dopo tutto, pochi tocchi rudimentali qui e là, che non esauriscono il tema ma si limitano a mostrare quel che potrebbe diventare. Talora mi viene da pensare che le stesse *Foglie* non siano che la stessa cosa: un passaggio verso qualcosa, piuttosto che un oggetto concluso in se stesso».[24]

Non diminutiva, ma anzi fortemente assertiva, questa dichiarazione ci consegna con fermezza pari a quella ostentata nella prima edizione un'opera di cui, come si è detto, «ogni generazione ha fatto un uso diverso».

Poeta per poeti, dunque, oltre che, come voleva, poeta per la gente comune, egli ci ha consapevolmente consegnato un'opera aperta, così come aperta concepiva la realtà americana, paradigma, prima ancora che metafora, di storia in divenire.

BIANCAMARIA TEDESCHINI LALLI

[24] Walt Whitman, *An American Primer*, a cura di H. Traubel, cit., p. XVI.

SEI POETI AMERICANI SU WALT WHITMAN

Patto

Stringo un patto con te, Walt Whitman:
Ti ho detestato ormai per troppo tempo
Vengo a te come un figlio cresciuto
Che ha avuto un padre dalla testa dura.
Ora sono abbastanza grande per fare amicizia.
Fosti tu ad abbattere il nuovo legno,
Ora è tempo d'intagliarlo.
Abbiamo un solo fusto e una sola radice:
Ristabiliamo commercio tra noi.

[da Ezra Pound, *Poesie scelte*, Mondadori, Milano, 1960; trad. di A Rizzardi]

Il ponte

Ma quel vassoio dell'infinito, sfavillante di stelle,
il cerchio, cieco crogiolo di spazio senza fine,
è intaccato dal moto, — soggiogato mai.
Adamo e la risposta di Adamo nella foresta
lasciò Espero specchiato nelle limpide acque dello
    stagno.
Ora è l'aquila a dominare i nostri giorni, giurista

della nuvola ambigua. Noi conosciamo il dominio
stridente
delle ali imperiose... Lo spazio, istantaneo,
per un attimo guizza, e ci consuma nel suo sorriso:
un lampo all'orizzonte — meccanismi in moto —
e abbiamo risa, o più improvvise lacrime. Il sogno
cancella il sogno in questo nuovo regno del fatto
da cui ci risvegliamo nel sogno dell'atto;
vede se stesso un atomo in un lenzuolo funebre —
l'uomo ode se stesso motore in una nuvola!

«— Storici nelle età future» — ah, sillabe di fede!
Walt, dimmi, Walt Whitman, se l'infinito è ancora come
quando tu passeggiavi sulla spiaggia vicino a
Paumanok —
nel tuo solitario vagare — ed udivi lo spettro
attraverso la schiuma, la sua nota d'uccello ricadere a
lungo...
Per te i panorami e questa progenie di torri,
di te — il tema che s'è ampliato nella roccia.
O Vagabondo sulle libere strade spinte sempre avanti!
Non questo nostro impero ancora, ma labirinto in cui gli
occhi,
come quelli del gran Navigatore senza nave, splendono
dalle grandiose pietre di tutte le cripte prigioni
di traffico preso in un canyon... Confrontando la Borsa,
sopravvivendo in un mondo di titoli, — vagano anche
oltre colline dove il secondo legno si perde
sopra le fattorie del Connecticut, pascoli
abbandonati, —
occhi di mare e di marea che non rinnegano, splendidi di
mito!

[Hart Crane, *Il ponte e altre poesie*, Garzanti, Milano, 1984; trad. di Roberto Sanesi]

Camden, 1892

L'odore del caffè ed i giornali
La domenica e il suo tedio. Di mattina
e sulla pagina intravista quella vana
pubblicazione di versi allegorici
di una collega felice. Il vecchio
giace prostrato e bianco nella decente
abitazione di povero. Stancamente
guarda il suo volto nello specchio.
Pensa, non più stupito, che quel viso
è lui. La mano distratta tocca
la barba opaca e la bocca distrutta
Non è lungi la fine. La sua voce dichiara:
Quasi non sono, ma i miei versi ritmano
la vita e il suo splendore. Io fui Walt Whitman.

[Jorge Luis Borges: da *Homenaje a Walt Whitman*, Didier Tisdel Jaén ed., University of Alabama Press, 1969, p. 2; trad. di Biancamaria Tedeschini Lalli]

Walt Whitman

Nel suo paese di ferro vive il gran vecchio,
Il bel patriarca, santo e sereno,
Il corrusco cipiglio, d'olimpico splendore
comanda e conquista con nobile incanto.

La sua anima pare specchio dell'infinito
Le sue stanche spalle sono degne di manto,
Come arpa scolpita da una vecchia quercia
Come nuovo profeta canta il suo canto.

Sacerdote che il divino soffio alimenta
Annuncia nel futuro un tempo migliore
Dice all'aquila: «Vola», e, «Voga» al marinaio

E «Lavora» al robusto lavoratore.
Così va il poeta sulla sua strada
Con superbo rostro imperiale!

[Ruben Dario: da *Homenaje a Walt Whitman* cit., p. 12; trad. di Biancamaria Tedeschini Lalli]

Controcanto a Walt Whitman: canto a noi stessi

...
IX —
PERCHÉ
cos'altro un grande, indeclinabile poeta
se non un limpido stagno
in cui un popolo scorge il suo perfetto
sembiante?

Che altro
se non un giardino sommerso
dove tutti gli uomini si riconoscono nella
lingua?

E che

se non la corda di un'infinita chitarra
su cui le dita dei popoli arpeggiano
la loro semplice, la loro propria, la loro
forte e
la loro vera, innumerevole canzone?
Per questo tu, numeroso Walt Whitman, che hai visto e
sognato
la parola precisa per cantare il tuo popolo,
che, nel mezzo della notte, dicesti
Io

...
e il popolo tutto si ascoltava in te
quando udiva le parole
Io, Walt Whitman, un cosmo
Di Manhattan il figlio.
Perché tu eri il popolo, tu eri l'io,
ed io era la Democrazia, il nome stesso del popolo
ed io era anche Walt Whitman, un cosmo
di Manhattan il figlio!...

XV —

ED ORA
non c'è più parola
la parola precisa
la parola giusta per iniziare il mondo
Ed ora
ora la parola è
noi.
Ed ora
ora è venuto il momento del controcanto:
Noi i ferrovieri,
noi gli studenti,
noi i minatori,
noi i contadini,
noi i poveri della terra
popolatori del mondo,
eroi del lavoro quotidiano
con il nostro amore e i nostri pugni chiusi
innamorati di speranza.

[Pedro Mir: da *Homenaje a Walt Whitman* cit., pp. 30-40; trad. di Biancamaria Tedeschini Lalli]

Ode a Walt Whitman

Io non ricordo
a che età,
né dove,
se nel grande, umido sud,
o sulla temibile
costa, sotto il breve
grido del gabbiano,
toccai una mano ed era
la mano di Walt Whitman:
solcai la terra
con i piedi nudi,
andai sull'erba,
sulla ferma rugiada
di Walt Whitman.

Durante
tutta
la mia gioventù
questa mano mi tenne compagnia
questa rugiada,
la sua fermezza di pino patriarcale,
la sua vastità di prateria,
la sua missione di pace circolatoria.

Senza
sdegnare
i doni
della terra
né la copiosa
curva del capitello
né l'iniziale
purpurea
della saggezza,
tu
mi hai insegnato
ad essere americano,

hai sollevato
i miei occhi
ai libri,
verso
il tesoro
dei grani:
ampio
nella chiarità
nella pianura
mi hai fatto vedere
l'alto
monte
tutelare – Attraverso echi
sotterranei
per me
hai raccolto
ogni cosa,
tutto quel che è spuntato
è stato da te raccolto
galoppando nell'alfalfa,
cogliendo papaveri per me,
visitando
fiumi,
accudendo la sera
alle cucine.

Però non solo
terra
fu portata alla luce
dalla tua vanga:
hai dissotterrato
l'uomo
e lo schiavo
umiliato
con te, equilibrando
la negra «dignità» della statura,
camminò, conquistando

allegria.
...
...
...
Nuovi
anni crudeli nella tua terra,
persecuzioni,
lacrime,
prigioni,
armi avvelenate,
e guerre colme d'ira,
non hanno distrutto
l'erba del tuo libro,
la fonte vitale
della sua frescura.
E, ahimè!
chi
ha assassinato Lincoln
ora riposa sul suo letto,
hanno abbattuto
il suo seggio
di legno odoroso
ed hanno eretto un trono
bruttato
da sangue e sventura.

Però
canta nelle
stazioni suburbane
la tua voce,
e sui moli
vespertini,

come
acqua scura
la tua parola
Il tuo popolo

bianco
negro,
popolo
di poveri
popolo semplice
come
tutti
i popoli,
non dimentica
la tua campana:
si riunisce cantando
sotto
la magnitudine
della tua vita spaziosa.
Cammina tra i popoli con il tuo amore
carezzando
il puro crescere
della fraternità sulla terra.

[Pablo Neruda: da *Homenaje a Walt Whitman* cit., pp. 30-32; trad. di Biancamaria Tedeschini Lalli]

Un supermarket in California

Come ti penso stasera, Walt Whitman, perché camminavo per piccole strade sotto gli alberi col mal di testa guardando consapevole la luna piena.

Nella mia fatica affamata, e per comprare immagini, entrai nel supermarket di frutta al neon, sognando le tue enumerazioni!

Che pesche e che penombre! Intere famiglie a far provviste la sera! Corridoi pieni di mariti! Mogli negli avocados, bambini nei pomodori! — e tu, Garcia Lorca, che cosa stavi facendo giù fra i meloni?

Ti ho visto, Walt Whitman, senza figli, vecchio mangione solitario, a frugare fra le carni nel frigorifero e occhieggiare i garzoni del droghiere.

Ti ho udito fare domande a ciascuno: Chi ha ucciso le cotolette di porco? Quanto costano le banane? Sei tu il mio Angelo?

Ho girato fra le pile di scatolame luccicanti seguendoti, e seguito nell'immaginazione dal poliziotto del mercato.

Abbiamo camminato insieme lungo i passaggi aperti nella nostra fantasia solitaria assaggiando carciofi, possedendo ogni leccornia congelata, e senza mai passare davanti al cassiere.

Dove andiamo, Walt Whitman? Le porte chiudono tra un'ora. Dove punta stasera la tua barba?

(Sfioro il tuo libro e sogno la nostra odissea al supermarket e mi sento assurdo.)

Passeggeremo tutta notte per strade solitarie? Gli alberi aggiungono ombra all'ombra, luci spente nelle case, ci sentiremo soli.

Cammineremo sognando la perduta America dell'amore lungo automobili azzurre nei viali, verso casa nel nostro cottage silenzioso?

Ah, caro padre, grigio di barba, vecchio solitario maestro di coraggio, che America avesti quando Caronte smise di spingere il suo ferry e tu scendesti su una riva fumosa a guardare la barca scomparire sulle acque nere del Lete?

Berkeley, 1955

[Allen Ginsberg, *Jukebox all'idrogeno*, a cura di Fernanda Pivano, Mondadori, Milano, 1965; Oscar Mondadori, 1969]

FOGLIE D'ERBA

La prima edizione di *Foglie d'erba* è del 1855; ne seguiranno altre otto, ognuna di diverso contenuto.

In ognuna, vengono aggiunte nuove liriche; vengono più o meno radicalmente variate le liriche già apparse a stampa; si attribuiscono a esse dei titoli, si variano quelli già attribuiti; si procede a raccoglierle sotto diversi sottotitoli, in raggruppamenti sempre diversi. Come talora indichiamo nelle note, una stessa poesia può essere uscita originariamente senza titolo, cambiarne nel corso degli anni due o tre diversi, essere collocata da Whitman in un determinato ordine, e poi, anni dopo, ricollocata in un ordine (e con una *ratio*) totalmente differente. Il titolo generale rimane sempre lo stesso; denso di significati diretti e simbolici a diversi livelli, alcuni dei quali esplicitamente suggeriti da Whitman stesso. Tutto ciò, nonché l'organicità dell'immagine delle foglie, ha spesso incoraggiato una lettura «metaforica» della storia editoriale dell'opera poetica di Whitman, per cui il libro sarebbe esso stesso opera naturale e organica «... cresciuta... come un seme che contenga in se stesso fin dall'inizio ogni suo potenziale di crescita e di forma».

Alla prima edizione del 1855, fa seguito, un anno dopo, una seconda edizione, con ventinove nuove poesie. Tutte le poesie in essa contenute recano ora titoli. Si è dunque rinunciato a ricercare direttamente un'unitarietà assoluta, per tentare una, talora ingenua, focalizzazione tematica dei singoli componimenti. Sebbene la ricerca formale ed espressiva rimanga inalterata attraverso i decenni, in questa seconda edizione i titoli sono spia di una certa timidezza di approccio verso il proprio pubblico. Spesso molto lunghi, essi sono quasi sempre una sorta di parafrasi contenutistica della lirica.

Quella che poi diventerà «A Song for Occupations» («Canto dei mestieri») è, ad esempio, nel 1856, «Poem of the Daily Work of the Workmen and Workwomen of These States» («Poema del lavoro quotidiano dei lavoratori e delle lavoratrici di questi Stati»); e la futura «Boston Ballad» («Ballata di Boston») era allora «Poem of Apparitions in Boston, the 78th Year of These States» («Poema delle apparizioni in Boston nel settantottesimo anno di questi Stati»).

La terza edizione compare quattro anni più tardi, nel 1860. Per qualcuno è anche l'edizione più significativa. Whitman organizza il libro in sottotitoli e titoli, che costituiscono un suggerimento strutturale complessivo. Abbiamo una «Proto-Leaf» («o Proto-foglia») in apertura, che precede la sempre importantissima «Song of Myself» (ora intitolata «Walt Whitman»), poi una serie di *Chants Democratic* seguiti da un altro gruppo di liriche sottotitolato semplicemente *Leaves of Grass*; e poi i due gruppi che si susseguono con estrema coerenza interna, di *Enfans d'Adam* e di *Calamus*, dove la creazione artistica è direttamente avvicinata alla procreazione, e la gioia del mondo diventa fonte prima di esperienza e di conoscenza.

La quarta edizione, del 1867, reca le tracce delle esperienze della Guerra Civile, così biografiche come politiche e poetiche. L'avevano preceduta le poesie di *Drum-Taps* (1865) (*Rulli di tamburo*), che solleciteranno così vivamente la fantasia del lettore italiano agli inizi del secolo. Si tratta di poesie molto brevi, specie in considerazione del fatto che esse sono immediatamente seguite da una delle più belle delle lunghe liriche whitmaniane, «When Lilacs...» («Quando i lillà...»), l'elegia in morte del presidente Lincoln, che è della tarda estate dello stesso anno e viene presentata come «seguito» dei *Drum-Taps*. Nella quarta edizione un gruppo è intitolato *Songs before Parting* (*Canzoni prima di separarci*): ne fanno parte molte poesie anteriori (fra tutte basti citare «As I Sat Alone by the Blue Ontario Shore» già apparsa nel 1856 e passata da una posizione di introduzione a rappresentativa poesia d'addio).

La storia della quinta e della sesta edizione non è particolarmente rilevante. La sesta, o edizione del Centenario, che avrebbe dovuto celebrare il centenario della Dichiarazione d'Indipendenza, è parecchio meno ambiziosa di quanto l'autore non si sarebbe ripromesso (un volume sulla Morte e l'Immortalità). Nella sostanza si tratta di una ristampa dell'edizione del 1872, cui si affianca un nuovo volumetto, *Two Rivulets* (*Due rivoli*), dal titolo in molti modi allusivo: è infatti inteso come «contrappunto» rispetto alla Centennial Edition, e ripropone prosa e poesia insieme. Rispetto alla prima edizione del 1855, compie un'operazione assai più audace di *mixage*, interpolandole ad arte ed accompagnandole con note a piè di pagina a carattere autobiografico.

L'edizione per eccellenza è quella del 1881, la settima. Non solo perché esce presso un editore di Boston di qualche prestigio, Thayer ed Eldridge, ma anche perché Whitman vuole riorganizzare il proprio canone, quasi fissandone i termini. Soprattutto, dichiara che il grosso del lavoro è ora al suo lettore; chiunque egli sia. («Alla lunga, il mondo farà quel che vuole del libro».)

L'edizione del 1892 (datata 1891) è una semplice ristampa della settima, con due «allegati», *Sands at Seventy* e *Good-Bye My Fancy*, e l'ingiunzione all'esecutore testamentario di non mutare mai l'ordine e di stampare qualunque aggiunta, appunto, come tale. Questa è l'edizione impropriamente chiamata dal letto di morte. Impropriamente perché gli amici avevano frettolosamente stampato, perché lui potesse vederla prima di morire, una edizione di un centinaio di copie.

La «Comprehensive Reader's Edition» a cura di Harold Blodgett e Sculley Bradley (New York University Press, 1965), da cui il testo della nostra raccolta è tratto, si basa sulla «versione autorizzata» del 1892.

Foglie d'erba è dunque un'opera unitaria che cresce organicamente su se stessa, o piuttosto un'antologia, ovvero diverse antologie di poesie whitmaniane?

Per rispondere a queste domande dobbiamo rifarci a un problema cui si è spesso fatto riferimento. Il problema (ed il tema) dell'interlocutore, del *tu*, cui il composito *sé* delle *Foglie d'erba* si rivolge. Questo interlocutore, più spesso di quanto non si creda nella tradizione letteraria americana, è ambiguo. Ambiguo perché sconosciuto. In una tradizione culturale che si va definendo, il lettore è naturalmente indefinito. Lo stesso tema democratico dell'eguaglianza non è emotivamente ed ideologicamente neutro: esso postula l'esigenza primaria del pluralismo, e contemporaneamente la tensione — contraddittoria — ad eliminare, a rifiutare l'altro, il diverso da sé.

Così Whitman, così *Foglie d'erba*, così l'America stessa. Non si dimentichi la circolarità delle più note metafore whitmaniane sul libro: egli aveva ingiunto di considerarlo, fisicamente, se stesso («chi tocca questo libro, tocca un uomo») e, insieme, aveva affermato che *Foglie d'erba* era cresciuto parallelamente al suo paese. Cioè l'opera è l'America ed è il sé, con ciò stabilendo una serie di equazioni che rendono ciascuno dei tre termini insieme realtà e metafora dell'altro.

Ma l'America è anche — e in primo luogo — il *tu* dell'interlocutore. Essa, fin dalla Prefazione del 1855, dovrà «incontrare a mezza strada il suo poeta», fornendo così un preciso modello e ideale di lettura. D'altronde Whitman ha molte volte, e con insistenza, ripetuto che la forma *è* significato, che non si ha significato senza il messaggio insito nella forma, e non si ha realtà senza significato. La proposta di *Leaves of Grass* si traduce, in primo luogo, in una formula dinamica, il cui pieno significato si avrà in un incontro tra l'io che scrive e l'io di chi legge. Dunque un pieno e *durevole* significato non si ha mai, se non nel tempo, in un continuo rinnovamento di lettori. L'America è, in parte, questa proposta. Prima che realtà geostorica, utopia storico-culturale, essa è fisica e simbolica concrezione dell'io e dell'altro da me; dell'oggi in cui si incontrano l'ieri e il domani; della mobile frontiera dei significati della vita e della morte. Quindi Whitman ci ha fornito non solo un'intenzione di scrittura, ma, se vogliamo, nove diverse intenzioni di lettura. Tante quante sono le edizioni delle *Foglie d'erba.* Via via che gli anni passano, Whitman è un diverso lettore di se stesso.

Come nella sua poesia, nell'incertezza del *tu* («chiunque tu sia»), il pronome sfuma semanticamente ed esistenzialmente nel primo pronome personale. E viceversa.

In questo modo Whitman non pone limiti, di spazio e di tempo, al «significato» della sua poesia: «Questo è il canto — scriveva nella Prefazione del 1861 — che io non vi offro completo, ma che vi accenno appena perché, con robusto esercizio, lo facciate vostro. Io non ho fatto il lavoro, né posso farlo. Siete voi a doverlo compiere e a fare del canto che segue quello che esso è».

BIBLIOGRAFIA

OPERE DI WALT WHITMAN

Wilson Allen, Gay and Bradley, Sculley, (gen. eds.) *The Collected Writings of Walt Whitman*, [1961-84] 23 vols., New York 1998:

The Early Poems and the Fiction, edited by Thomas L. Brasher, New York 1963.

Prose Works 1892, 2 vols., edited by Floyd Stovall, New York 1963-1964.

Leaves of Grass: Comprehensive Reader's Edition, edited by Harold W. Blodgett and Sculley Bradley, New York 1965.

The Correspondence, 6 vols., edited by Edwin Haviland Miller, New York 1961-1977.

Daybooks and Notebooks, 3 vols., edited by William White, New York 1978.

Leaves of Grass: A Textual Variorum of the Printed Poems, 3 vols., edited by Sculley Bradley, Harold W. Blodgett, Arthur Golden, and William White, New York 1980.

Notebooks and Unpublished Prose Manuscripts, 6 vols., edited by Edward F. Grier, New York 1984.

The Journalism, 1 vol. to date, edited by Herbert Bergmann, New York 1998.

Cowley, Malcolm, (ed.) *Leaves of Grass* (1855 Edition), New York 1959.

Harvey Pearce, Roy, *Leaves of Grass* (Facsimile ed. of the 1860 Text), Ithaca 1961.

ALCUNE TRADUZIONI ITALIANE

Foglie di erba: con le due aggiunte e gli echi della vecchiaia dell'edizione del 1900, versione di Luigi Gamberale, vol. 1, Palermo 1923.

Foglie d'erba, introduzione e versioni di Franco De Poli, Parma 1967.

Foglie d'erba: scelta, introduzione di Sebastiano Saglimbeni, traduzione di Roberto Sanesi, Verona 1985.

Foglie d'erba, versioni e prefazione di Enzo Giachino con un saggio di Franco Buffoni, edizione integrale, Torino 1993.

Foglie d'erba 1855, a cura di Mario Corona, Venezia 1996.

Foglie d'erba, scelta, traduzione e introduzione di Giuseppe Conte, con un saggio di Harold Bloom e una nota di Henry David Thoreau, Milano 2002.

CRITICA

Jannaccone, Pasquale, *La Poesia di Walt Whitman*, Torino 1898.

Arvin, Newton, *Whitman*, New York 1938.

Matthiessen, F.O., *American Renaissance*, New York 1940.

Beaver, Joseph, *Walt Whitman: Poet of Science*, New York 1951.

Allen, Gay Wilson, *The Solitary Singer*, New York 1955.

Eby, E.H., *A Concordance of Walt Whitman's* Leaves of Grass, New York 1955.

Hindus, Milton, (ed.) *Leaves of Grass: One Hundred Years After*, Stranford 1955.

Miller, James Jr., *A Critical Guide to* Leaves of Grass, Chicago 1955.

Asselineau, Roger, *The Evolution of Walt Whitman: The Creation of a Personality*, Cambridge 1960.

Cohen, B. Bernard, *Whitman in Our Season*, Hartford 1961.

Asselineau, Roger, *The Evolution of Walt Whitman: The Creation of a Book*, Cambridge 1962.

Borges, Jorge Luis, *The Achievement of Walt Whitman*, in «Texas Quarterly», V (1962), pp. 43-48.

Miller, Edwin Haviland, *Walt Whitman's Poetry: A Psychological Journey*, Boston 1968.

Crawley, Thomas E., *The Structure of* Leaves of Grass, Austin 1970.

Anderson, Quentin, *The Imperial Self*, New York 1971.

Grippi, Charles S., *Whitman in Italy*, in «Long Islander», 13 June 1974, pp. 133-43.

Stovall, Floyd, *The Foreground of* Leaves of Grass, Charlottesville 1974.

Allen, Gay, *The New Walt Whitman Handbook*, New York 1975.

Black, Stephen A., *Walt Whitman's Journey into Chaos*, New Brunswick 1975.

Gelpi, Albert, *The Tenth Muse: The Psyche of the American Poet*, Cambridge 1975.

Berryman, John, Song of Myself*: Intention and Substance in The Freedom of the Poet*, New York 1976.

Marki, Ivan, *The Trial of the Poet: An Interpretation of the First Edition of* Leaves of Grass, New York 1976.

Miller, James Jr., *The American Quest for a Supreme Fiction: Whitman's Legacy in the Personal Epic*, Chicago 1979.

Asselineau, Roger, *The Trascendentalist Constant in American Literature*, New York 1980.

Boswell, Jeanetta, *Walt Whitman and the Criticas: A Checklist of Criticism*, Scarecrew 1980.

Erkkila, Betsy, *Walt Whitman Among the French*, Princeton 1980.

Loving, Jerome Emerson, *Whitman and the American Muse*, Durham 1982.

Perry, Bliss, *Walt Whitman*, New York 1982.
Hollis, C. Carol, *Language and Style in* Leaves of Grass, Baton Rouge 1983.
Woodress, James, *Critical Essays on Walt Whitman*, New York 1983.
Tapscott, Stephen, *American Beauty: William Carlos Williams and the Tradition of the Modernistic Whitman*, New York 1984.
Zweig, Paul, *Walt Whitman: The Making of the Poet*, New York 1984.
Bloom, Harold, *Modern Critical Books Series*, New York 1985.
Thomas, Wynn M., *The Lunar Light of Whitman's Poetry*, Cambridge Mass 1987.
Erkkila, Betsy, *Whitman: The Political Poet*, New York 1989.
Kuebrich, David, *Minor Prophecy: Walt Whitman's New American Religion*, Bloomington 1990.
Kummins, Donald, D., (ed.) *Approaches to Teaching Whitman's* Leaves of Grass, New York 1990.
Warren, James Perrin, *Walt Whitman's Language Experiment*, University Park PA 1990.
Bauerlein, Mark, *Whitman and the America Idiom*, Baton Rouge 1991.
Moon, Michael, *Disseminating Whitman: Revision and Corporeality in* Leaves of Grass, Cambridge 1991.
Kydoniaton, Zanet S., *Hopou pneuma Kyrion kai eleutheria*, Athena 1992.
Bloom, Harold, *The Western Canon: The Books and School of the Ages*, London 1993.
Killingsworth, M. Jimmie, *The Growth of* Leaves of Grass*: The Organic Tradition in Whitman's Studies*, Columbia S.C. 1993.
Camboni, Marina, *Utopia in the Present Tense. Walt Whitman and the Language of the New World* (Proceedings of the) International Conference on

Walt Whitman, 29-30 ottobre 1992, Macerata 1994.
Folsom, Ed, *Walt Whitman's Native Representations*, New York 1994.
Folsom, Ed, *Walt Whitman: The Centennial Essays*, Iowa City 1994.
Klammer, Martin, *Whitman, Slavery, and the Emergence of* Leaves of Grass, University Park, 1995.
Reynolds, David S., *Walt Whitman's America: A Cultural Biography*, New York 1995.
Salska, Agnieszka, *Walt Whitman and Emily Dickinson: Poetry of the Central Consciousness*, Philadelphia 1995.
Erkkila, Betsy and Grossman, Jay, (eds.) *Breaking Bounds: Whitman and American Cultural Studies*, New York 1996.
Price, Kenneth M., (ed.) *Walt Whitman: The Contemporary Reviews*, New York 1996.
Mariani, Andrea, *L'arcobaleno infranto: la funzione del colore in Whitman, Dickinson, Frost*, Napoli 1997.
Greenspan, Ezra, *The Cambridge Companion to Walt Whitman*, Cambridge 1999.
Loving, Jerome, *Walt Whitman: The Song of Himself*, Berkeley 1999.
Reynolds, David S., (ed.) *A Historical Guide to Walt Whitman*, New York 1999.
Wiener, Gary, *Readings on Walt Whitman*, San Diego CA 1999.
Kramer, Lawrence, *Walt Whitman and Modern Music: War, Desire, and the Trials of Nationhood*, New York 2000.
Morris Jr, Roy, *The Better Angel: Walt Whitman in the Civil War*, Oxford 2000.
Myerson, Joel, (ed.) *Walt Whitman: A Documentary Volume*, Detroit 2000.
Pollak, Vivian R., *The Erotic Whitman*, Berkeley 2000.

Maslan, Mark, *Whitman Possessed: Poetry, Sexuality and Popular Authority*, Baltimore 2001.

Athenot, Eric, *Walt Whitman: Poète-cosmos*, Paris 2002.

Folsom, Ed, (ed.) *Whitman East and West*, Iowa City 2002.

Jensen, Beth, *Leaving the M/other: Whitman, Kristeva, and* Leaves of Grass, Madison NJ 2002.

Mack, Stephen J., *The Pragmatic Whitman: Reimagining American Democracy*, Iowa City 2002.

Moon, Michael, *Leaves of Grass and Other Writings: Authoritative Texts, Other Poetry and Prose, Criticism*, New York 2002.

Axelrod, Steven G., Roman, C. and Travisano, T., (eds.) *The New Anthology of American Poetry, Vol. 1: Traditions and Revolutions, Beginnings to 1900*, New Brunswick 2003.

Bellis, Peter J., *Writing Revolution: Aesthetics and Politics in Hawthorne, Whitman, and Thoreau*, Athens 2003.

Bloom, Harold, (ed.) *Walt Whitman*, Philadelphia 2003.

Grossman, Jay, *Reconstituting the American Renaissance: Emerson, Whitman, and the Politics of Representation*, London 2003.

Jeffs, William Patrick, *Feminism, Manhood and Homosexuality: Intersections in Psychoanalysis and American Poetry*, New York 2003.

Kaplan, Justin, *Walt Whitman: A Life*, New York 2003.

Pannapacker, William, *Revised Lives: Walt Whitman and Constructions of Authorship in 19th-Century America*, New York 2003.

Perkovich, Mike, *Nature Boys: Camp Discourse in American Literature from Whitman to Wharton*, New York 2003.

Epstein, Daniel M., *Lincoln and Whitman: Parallel Lives in Civil War Washington*, New York 2004.

Fletcher, Angus, *A New Theory for American Poetry: Democracy, the Environment, and the Future of Imagination*, Cambridge 2004.
Hourihan, Paul, *Mysticism in American Literature: Thoreau's Quest and Whitman's Self*, Redding CA 2004.

NUMERI MONOGRAFICI DI RIVISTE

In Italia: «Letterature d'America», anno III, n. 14-15, Roma, autunno 1982.
In Francia: «Delta», n. 16, Montpellier, maggio 1983.

RISORSE BIBLIOGRAFICHE E DOCUMENTARIE

Golden, Arthur, (ed.) *Walt Whitman's Blue Book: The 1860-61 Leaves of Grass*, containing his manuscripts additions and revisions, 2 vols., New York 1968.
Giantvalley, Scott, *Walt Whitman, 1838-1939: A Reference Guide*, Boston 1981.
Kummings, Donald D., *Walt Whitman, 1940-1975: A Reference Guide*, Boston 1982.
Myerson, Joel, *The Walt Whitman Archive: A Facsimile of the Poet's Manuscripts*, 6 vols., New York 1993.
Myerson, Joel, *Walt Whitman: A Descriptive Bibliography*, Pittsburgh 1993.
Myerson, Joel, *Walt Whitman: A Documentary Volume*, Detroit 2000.
Gibson, Brent, *An Annotated Walt Whitman Bibliography*, 1976-1985, Lewiston NY 2001.

Whitman a trent'anni (1849). La fotografia è firmata e datata dal poeta; altri la fanno risalire al 1856.

Whitman a quarant'anni (1859). Incisione firmata dal pittore Charles Hine, tratta dalla terza edizione di *Foglie d'erba*, 1860.

Funerali del presidente Lincoln a Washington (1865). Alla morte di Lincoln Whitman dedicò una delle sue liriche più belle e celebrate « Quando i lillà fiorivano, l'ultima volta nel prato davanti alla casa ».

Casa di Whitman in Mickle Street a Camden nel New Jersey, dove il poeta si era ritirato a vivere nel 1884.

Whitman a sessantotto anni (1887). La fotografia, firmata da George C. Cox, era una delle preferite dal poeta: la chiamava «il filosofo sorridente» e ne inviò una copia a Tennyson.

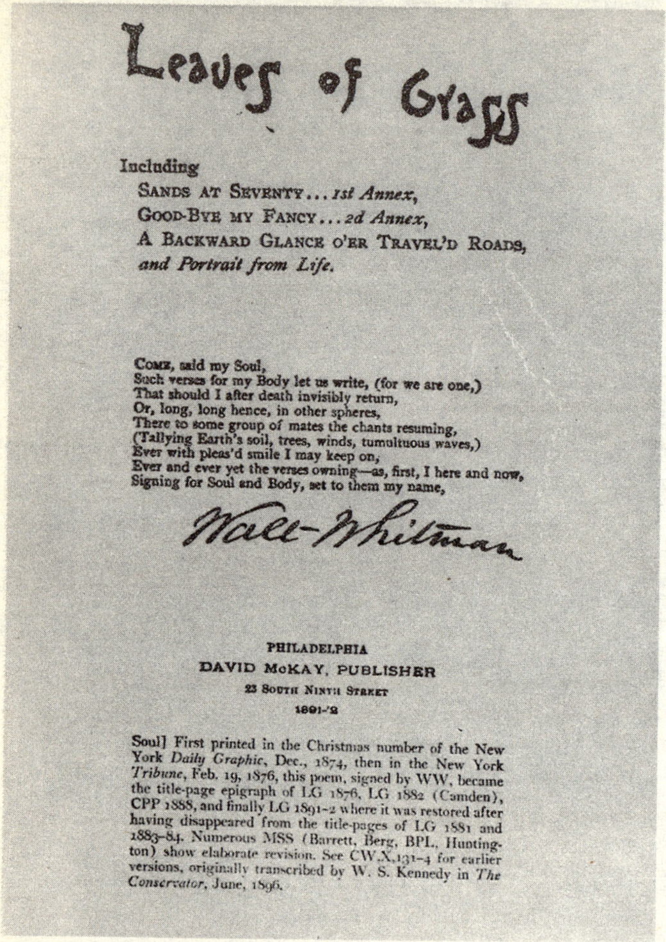

Leaves of Grass

Including
SANDS AT SEVENTY . . . *1st Annex*,
GOOD-BYE MY FANCY . . . *2d Annex*,
A BACKWARD GLANCE O'ER TRAVEL'D ROADS,
and Portrait from Life.

COME, said my Soul,
Such verses for my Body let us write, (for we are one,)
That should I after death invisibly return,
Or, long, long hence, in other spheres,
There to some group of mates the chants resuming,
(Tallying Earth's soil, trees, winds, tumultuous waves,)
Ever with pleas'd smile I may keep on,
Ever and ever yet the verses owning—as, first, I here and now,
Signing for Soul and Body, set to them my name,

Walt Whitman

PHILADELPHIA
DAVID McKAY, PUBLISHER
23 SOUTH NINTH STREET
1891-'2

Soul] First printed in the Christmas number of the New York *Daily Graphic*, Dec., 1874, then in the New York *Tribune*, Feb. 19, 1876, this poem, signed by WW, became the title-page epigraph of LG 1876, LG 1882 (Camden), CPP 1888, and finally LG 1891-2 where it was restored after having disappeared from the title-pages of LG 1881 and 1883-84. Numerous MSS (Barrett, Berg, BPL, Huntington) show elaborate revision. See CW.X,131-4 for earlier versions, originally transcribed by W. S. Kennedy in *The Conservator*, June, 1896.

Frontespizio di *Foglie d'erba* (1891-92). Questa edizione è una ristampa della settima con due allegati: *Sands at Seventy* e *Good-Bye My Fancy*. È chiamata «del letto di morte», impropriamente perché gli amici avevano frettolosamente stampato, perché lui la vedesse prima di morire, una edizione di un centinaio di copie.

ad Attilio Bertolucci

FOGLIE D'ERBA

[LEAVES OF GRASS]

Inscriptions

One's-Self I Sing

One's-Self I sing, a simple separate person,
Yet utter the word Democratic, the word En-Masse.

Of physiology from top to toe I sing,
Not physiognomy alone nor brain alone is worthy for the Muse, I
say the Form complete is worthier far,
The Female equally with the Male I sing.

Of Life immense in passion, pulse, and power,
Cheerful, for freest action form'd under the laws divine,
The Modern Man I sing.

1867 *1871*

v. 1 Lo *one-self* che qui compare e si definisce acquista, anche grammaticalmente, nell'uso del pronome indefinito prescelto, identità dilatata, che si regge sull'equilibrio degli opposti: *Separate/ En-Masse*; *Physiology/ Physiognomy*; *Female/ Male*, per poi correlarsi direttamente nell'ultima terzina al verso conclusivo *The Modern Man I sing*. Seguendo poi in filigrana il filo di predicati che porta dal v. 1 al v. 8,

Epigrafi

Canto il sé

Canto il sé, la semplice singola persona,
Ma aggiungo anche la parola Democratico, la parola
In-Massa.

La fisiologia da capo a piedi, canto.
Né la fisionomia né il cervello sono degni da soli della
Musa, la Forma completa è di gran lunga più
degna.
Canto imparzialmente la Femmina insieme col Maschio.

La vita immensa nella sua passione, impulso, e forza,
Gioiosamente, per un più libero agire sotto le leggi
divine,
L'Uomo Moderno, io canto.

1867 *1871*

(*Democratic*/ *En-Masse*/ *Life*/ *pulse*/ *power*/ *Cheerful*/ *action*/ *modern*), l'identità si propone implicitamente come identità americana, e la correlazione diviene *self*/ *modern*/ *man*/ *american*, leggibile in doppia direzione.

v. 2 La fascinazione di W. per i prestiti è una delle caratteristiche della sua poesia. *En-Masse* era già apparso in «Song of Myself».

To Foreign Lands

I heard that you ask'd for something to prove this puzzle the New World,
And to define America, her athletic Democracy,
Therefore I send you my poems that you behold in them what you wanted.

1860 *1871*

Eidólons

I met a seer,
Passing the hues and objects of the world,
The fields of art and learning, pleasure, sense,
To glean eidólons.

Put in thy chants said he,
No more the puzzling hour nor day, nor segments, parts, put in,
Put first before the rest as light for all and entrance-song of all,
That of eidólons.

Ever the dim beginning,
Ever the growth, the rounding of the circle,
Ever the summit and the merge at last, (to surely start again,)
Eidólons! eidólons!

vv. 9-13 Nell'ambito del «programma», una delle più complete e sintetiche rappresentazioni della struttura ciclica della storia individuale e collettiva.

Ai paesi stranieri

Ho sentito che chiedete qualcosa che vi provi questo
enigma, il Nuovo Mondo,
Che definisca l'America e la sua atletica Democrazia,
Perciò vi mando i miei poemi perché troviate in essi
quanto vi occorre.

1860 *1871*

Immagini

Ho conosciuto un veggente
Che trascurava gli oggetti e i colori del mondo,
I campi dell'arte e del sapere, i sensi, la gioia,
Per spigolare idoli.

Non mettere più nei tuoi canti, mi disse,
L'enigma dell'ora o del giorno, non segmenti, non parti,
Metti prima del resto, luce per tutti e canto introduttivo,
L'inno degli idoli.

Sempre l'oscuro inizio,
Sempre il crescere, il chiudersi del cerchio,
Sempre il culmine e infine il disfarsi (per un sicuro
rinascere),
Idoli! idoli!

Ever the mutable,
Ever materials, changing, crumbling, re-cohering,
Ever the ateliers, the factories divine,
Issuing eidólons.

Lo, I or you,
Or woman, man, or state, known or unknown,
We seeming solid wealth, strength, beauty build,
But really build eidólons.

The ostent evanescent,
The substance of an artist's mood or savan's studies long,
Or warrior's, martyr's, hero's toils,
To fashion his eidólon.

Of every human life,
(The units gather'd, posted, not a thought, emotion, deed, left out,)
The whole or large or small summ'd, added up,
In its eidólon.

The old, old urge,
Based on the ancient pinnacles, lo, newer, higher pinnacles,
From science and the modern still impell'd,
The old, old urge, eidólons.

The present now and here,
America's busy, teeming, intricate whirl,

v. 21 *ostent*: segno o portamento; nella scelta ricercata gioca, evidentemente, l'assonanza e la rima interna del verso.
v. 33 I due avverbi (*now and here*), non soltanto rafforzano il pre-

Sempre il mutevole,
La materia, che cambia, si sbriciola e riaggrega,
Sempre i laboratori, le fabbriche divine,
Che producono idoli.

Osserva, tu o io,
O uomo o donna, o stato, noti o sconosciuti,
In apparenza creiamo solida ricchezza, forza, bellezza,
In realtà creiamo idoli.

L'evanescente ostensione,
La sostanza dei sentimenti dell'artista, dei lunghi studi
del dotto,
Dei travagli del martire, dell'eroe, del guerriero,
È di foggiarsi un idolo.

Di ogni vita umana
(Le unità riunite, evidenziate, non trascurando un fatto,
un'emozione, un pensiero),
L'intero, grande o piccolo, è sommato, addizionato
Nel suo idolo.

L'antichissimo impulso,
Eretto su antichi pinnacoli, osserva: a nuovi e più alti
pinnacoli,
Scienza e modernità tuttora spingono,
L'antico impulso, idoli.

Il presente qui e ora,
Il brulicante, confuso, affaccendato turbinio
dell'America,

sente, ma conferiscono al tempo una marca spaziale (*here*) che verrà confermata e tramutata in immagine nei vv. 50-54 (All space, all time ... *Fill'd* with eidolons only) (Tutto lo spazio e il tempo... Gremiti solo di idoli).

Of aggregate and segregate for only thence releasing,
Today's eidólons.

These with the past,
Of vanish'd lands, of all the reigns of kings across the sea,
Old cònquerors, old campaigns, old sailors' voyages,
Joining eidólons.

Densities, growth, façades,
Strata of mountains, soils, rocks, giant trees,
Far-born, far-dying, living long, to leave,
Eidólons everlasting.

Exaltè, rapt, ecstatic,
The visible but their womb of birth,
Of orbic tendencies to shape and shape and shape,
The mighty earth-eidólon.

All space, all time,
(The stars, the terrible perturbations of the suns,
Swelling, collapsing, ending, serving their longer, shorter use,)
Fill'd with eidólons only.

The noiseless myriads,
The infinite oceans where the rivers empty,
The separate countless free identities, like eyesight,
The true realities, eidólons.

vv. 56-60 La vera realtà non è tangibile, ma nell'immagine di essa, che diviene così scopo ultimo, permanenza di vita.

Dell'aggregare e separare, perché solo da lì si diffondono,
Gli idoli d'oggi.

Questi con quelli del passato,
Di nazioni sparite, di tutti i regni dei re di là dal mare,
Antichi conquistatori, antiche guerre, antichi viaggi di navigatori,
Idoli che si uniscono.

Densità, crescita, apparenze,
Strati dei monti, suolo, rocce, alberi giganti,
Da tanto nati, da tanto morenti, viventi a lungo, sul punto di andare,
Idoli eterni.

Rapito, estatico, exalté,
visibile, utero da cui sono generati, tendenzialmente orbicolare
Per modellare e modellare e modellare il possente
Idolo della terra.

Tutto lo spazio e il tempo,
(Le stelle, le tremende perturbazioni dei soli, che si dilatano,
Collassano, si estinguono, servendo a un uso più o meno lungo),
Gremiti solo di idoli.

Le silenziose miriadi,
Gli infiniti oceani dove si versano i fiumi,
Le separate, innumeri, libere identità, come la vista,
Le realtà vere, idoli.

Not this the world,
Nor these the universes, they the universes,
Purport and end, ever the permanent life of life,
Eidólons, eidólons.

Beyond thy lectures learn'd professor,
Beyond thy telescope or spectroscope observer keen, beyond all mathematics,
Beyond the doctor's surgery, anatomy, beyond the chemist with his chemistry,
The entities of entities, eidólons.

Unfix'd yet fix'd,
Ever shall be, ever have been and are,
Sweeping the present to the infinite future,
Eidólons, eidólons, eidólons.

The prophet and the bard,
Shall yet maintain themselves, in higher stages yet,
Shall mediate to the Modern, to Democracy, interpret yet to them,
God and eidólons.

And thee my soul,
Joys, ceaseless exercises, exaltations,
Thy yearning amply fed at last, prepared to meet,
Thy mates, eidólons.

vv. 69-90 C'è qui un ulteriore passaggio: non solo il profeta (e poeta) avrà la responsabilità della trasmissione della realtà delle immagini, ma l'anima stessa riconosce nell'immagine la propria natura compagna; esse — ambedue — sono la forma che rende permanente la realtà materiale.

Non questo il mondo,
Non questi gli universi, essi gli universi, significato e fine,
Sempre l'eterna vita della vita,
Idoli, idoli.

Oltre le tue lezioni, dotto professore,
Oltre il tuo telescopio o spettroscopio, acuto osservatore, oltre tutte
Le matematiche, chirurgie, anatomie, oltre la chimica e i chimici,
Le entità delle entità, idoli.

Mobili eppure stabili,
Sempre saranno, sono, e sono stati,
Incalzando il presente verso il futuro indefinito,
Idoli, idoli, idoli.

Il profeta ed il bardo
Si reggeranno ancora, sopra un gradino ancora più alto,
Intermediari alla Modernità, alla Democrazia, per loro intepreti
Di Dio e degli idoli.

E tu, anima mia,
Gioie, strenui esercizi, esaltazioni,
Appagàti alla fine i tuoi desideri, preparati a incontrare,
I tuoi compagni, idoli.

vv. 73-80 Per la relazione tra corpo e anima, tra materiale e spirituale, si veda il noto, e convincente, accostamento del concetto (e dello stesso uso del termine di *eidólon*) al libro di P.G. Tait, *The Unseen Universe*, del 1875: «che ogni aspetto, organico o inorganico, sulla faccia della terra produce, nel suo processo di crescita, un delicato facsimile che segna l'etere che lo circonda e bagna e penetra ogni suo atomo».

Thy body permanent,
The body lurking there within thy body,
The only purport of the form thou art, the real I myself,
An image, an eidólon.

Thy very songs not in thy songs,
No special strains to sing, none for itself,
But from the whole resulting, rising at last and floating,
A round full-orb'd eidólon.

1876 *1876*

When I Read the Book

When I read the book, the biography famous,
And is this then (said I) what the author calls a man's life?
And so will some one when I am dead and gone write my life?
(As if any man really knew aught of my life,
Why even I myself I often think know little or nothing of my real life,
Only a few hints, a few diffused faint clews and indirections
I seek for my own use to trace out here.)

1867 *1871*

v. 6 Si noti l'uso di tre sostantivi, *hints*, *indirections*, *clews*, che implicano incompletezza e limitazione, ma anche un invito alla interpretazione, tuttavia reso più improbabile dall'uso di aggettivi limitativi come *few*, *faint* e *diffused*.

Il tuo corpo durevole,
Il corpo latente dentro il tuo corpo, solo significato
Della forma che sei, il reale mestesso,
Un'immagine, un idolo.

Non nei tuoi canti, i canti più veri,
Nessun canto speciale da cantare, nessuno per sé,
Ma che risulti dal tutto, che infine sorga e si libri,
Idolo al colmo della sua pienezza.

1876 *1876*

Quando lessi il libro

Quando lessi il libro, la famosa biografia,
E' questa (mi dissi) che l'autore chiama vita d'un uomo?
Così qualcuno scriverà la mia vita, quando io sarò
morto?
(Come se un altro potesse veramente conoscerne
qualcosa,
Se perfino io penso spesso che ne so poco o niente,
Qualche cenno, qualche sparso debole indizio, segnali
indiretti
Che per mio uso esclusivo cerco qui di tracciare).

1867 *1871*

Beginning My Studies

Beginning my studies the first step pleas'd me so much,
The mere fact consciousness, these forms, the power of motion,
The least insect or animal, the senses, eyesight, love,
The first step I say awed me and pleas'd me so much,
I have hardly gone and hardly wish'd to go any farther,
But stop and loiter all the time to sing it in ecstatic songs.

1865 *1871*

Still Though the One I Sing

Still though the one I sing,
(One, yet of contradictions made,) I dedicate to Nationality,
I leave in him revolt, (O latent right of insurrection! O quenchless, indispensable fire!)

1871 *1871*

Still Though the One I Sing

vv. 1-2 Il messaggio gioca sulla doppia connotazione di *one*, vale a dire la pronominale (*colui che*, come nella traduzione), e la qualificativa one=uno (rispetto alla molteplicità e alla contraddittorietà).

v. 3 Il passaggio da *revolt* a *insurrection* abbinato all'introduzione del principio del diritto alla rivolta, reca tracce della doppia accezione del termine *revolution* nei documenti costituzionali americani settecenteschi.

Quando iniziai i miei studi

Quando iniziai i miei studi mi piacquero molto i primi passi,
La semplice realtà della coscienza, le forme, la facoltà del moto,
Il piccolo insetto o l'animale, i sensi, la vista, l'amore;
I primi passi, dico, mi sgomentarono e mi piacquero tanto
Che a stento ho proseguito, a stento ho voluto andare oltre,
E sempre mi fermo e mi attardo a cantarli in estatici canti.

1865 *1871*

Anche se l'uomo che canto

Anche se l'uomo che canto
(Un tutto unico, ma fatto di contraddizioni) io lo consacro al sentimento nazionale,
Gli lascio la rivolta (oh latente diritto all'insurrezione! oh inestinguibile, indispensabile fuoco!)

1871 *1871*

Poets to Come

Poets to come! orators, singers, musicians to come!
Not to-day is to justify me and answer what I am for,
But you, a new brood, native, athletic, continental, greater than
before known,
Arouse! for you must justify me.

I myself but write one or two indicative words for the future,
I but advance a moment only to wheel and hurry back in the
darkness.

I am a man who, sauntering along without fully stopping, turns a
casual look upon you and then averts his face,
Leaving it to you to prove and define it,
Expecting the main things from you.

1860 *1867*

Thou Reader

Thou reader throbbest life and pride and love the same as I,
Therefore for thee the following chants.

1881 *1881*

Poets to Come

v. 9 Accanto alla lezione più lineare di un poeta che dichiara di aprire la strada a una poesia nuova, il verso finale permette una lettura quasi da anticipata semiologia del destinatario. La stessa opera di W. e la sua lingua poetica si completeranno e assumeranno diversi e più ricchi significati attraverso l'uso che ne faranno le generazioni future.

Poeti futuri

Poeti futuri! oratori, cantori, musicisti futuri!
Non l'oggi mi può giustificare e chiarire chi sono,
Ma voi, stirpe nuova, atletica, schietta, continentale,
maggiore d'ogni altra conosciuta,
Sorgete! spetta a voi giustificarmi.

Io scrivo solo una o due parole per indicare il futuro,
Non avanzo che un attimo, per poi voltarmi e
riaffrettarmi nel buio.

Io sono un vagabondo che non si ferma mai, che getta a
caso uno sguardo su di voi e storna il viso,
Lasciandovi il compito di analizzarlo e definirlo,
Da voi aspettandosi cose più importanti.

1860 *1867*

Tu lettore

Tu, lettore, palpiti di vita e d'orgoglio e d'amore
come me;
Siano dunque per te i canti che seguono.

1881 *1881*

Starting from Paumanok

1

Starting from fish-shape Paumanok where I was born,
Well-begotten, and rais'd by a perfect mother,
After roaming many lands, lover of populous pavements,
Dweller in Mannahatta my city, or on southern savannas,
Or a soldier camp'd or carrying my knapsack and gun, or a miner in California,
Or rude in my home in Dakota's woods, my diet meat, my drink from the spring,
Or withdrawn to muse and meditate in some deep recess,
Far from the clank of crowds intervals passing rapt and happy,
Aware of the fresh free giver the flowing Missouri, aware of mighty Niagara,
Aware of the buffalo herds grazing the plains, the hirsute and strong-breasted bull,
Of earth, rocks, Fifth-month flowers experienced, stars, rain, snow, my amaze,

vv. 1-14 Tipicamente whitmaniana – anche se raramente così insistita – la posizione posticipata del soggetto *I*, che enfatizza l'immagine in movimento.

Partendo da Paumanok

1

Partendo da Paumanok, l'isola a forma di pesce dove nacqui,
Ben generato, allevato da una madre perfetta,
Dopo aver vagabondato in molte terre, amante dei marciapiedi affollati.
Abitante di Mannahatta, mia città, o di savane nel sud,
Soldato accampato o in marcia con zaino e fucile, minatore in California, vita rude
Nella mia casa nei boschi del Dakota, mangiando carne, bevendo acqua di fonte,
O appartato a pensare e a contemplare in qualche sperduto recesso,
Intervalli rapidi e felici lontano dai clamori delle folle,
Conoscitore del fresco, generoso, fluente Missouri, del possente Niagara,
Conoscitore delle mandrie di bufali nei pascoli in pianura, del toro irsuto dal forte petto,
Esperto di terre, rocce, fiori del Quinto-mese, di stelle, pioggia e neve, mio stupore,

v. 4 *Mannahatta*: è il nome indiano (Algonquin) per la località, usato e popolarizzato da Washington Irving. W. ne apprezza il richiamo fonico e ne fa uso in diverse poesie.

Having studied the mocking-bird's tones and the flight of the mountain-hawk,
And heard at dawn the unrivall'd one, the hermit thrush from the swamp-cedars,
Solitary, singing in the West, I strike up for a New World.

2

Victory, union, faith, identity, time,
The indissoluble compacts, riches, mystery,
Eternal progress, the kosmos, and the modern reports.

This then is life,
Here is what has come to the surface after so many throes and convulsions.

How curious! how real!
Underfoot the divine soil, overhead the sun.

See revolving the globe,
The ancestor-continents away group'd together,
The present and future continents north and south, with the isthmus between.

See, vast trackless spaces,
As in a dream they change, they swiftly fill,
Countless masses debouch upon them,
They are now cover'd with the foremost people, arts, institutions, known.

v. 13 *hermit thrush*: il mimo poliglotta è una specie di tordo.

v. 15 In contrasto dialettico con la strofa precedente, carica di immagini visivamente concrete, questa seconda strofa comincia con tre versi introdotti da cinque termini astratti, vocativi non retti da verbo.

Avendo studiato il canto modulato del mimo-poliglotta,
il volo del falco di montagna,
Udito il tordo eremita, senza rivali, all'alba, dalle tuie,
Solitario, cantando in Occidente, io intono il canto per un Nuovo Mondo.

2

Vittoria, unione, fede, tempo e identità,
I patti indissolubili, l'opulenza, il mistero,
L'eterno progresso, il cosmo, e la moderna cronaca.

Questa, dunque, è la vita,
Ciò che è venuto in superficie dopo tante doglie e convulsioni.

Come strano! come reale!
Sotto i piedi il suolo divino, sopra la testa il sole.

Guardate il globo che gira,
I continenti-antenati si allontanano in gruppo,
I continenti del presente e del futuro eccoli, nord e sud con l'istmo in mezzo...

Guardate, vasti spazi senza un'orma
Cambiano come in un sogno, si riempiono rapidamente,
Sfociano in loro masse innumerevoli,
Ora sono coperti da quanto di meglio si conosce in fatto d'uomini, arti, istituzioni.

vv. 18-19 *This then is life,/Here...*: la perentorietà davvero epigrafica dell'affermazione rappresenta il punto fermo di tutto l'*incipit* del poemetto.

v. 23 *the ancestor-continents*: il vecchio mondo, Europa, Asia.

See, projected through time,
For me an audience interminable.

With firm and regular step they wend, they never stop,
Successions of men, Americanos, a hundred millions,
One generation playing its part and passing on,
Another generation playing its part and passing on in its turn,
With faces turn'd sideways or backward towards me to listen,
With eyes retrospective towards me.

3

Americanos! conquerors! marches humanitarian!
Foremost! century marches! Libertad! masses!
For you a programme of chants.

Chants of the prairies,
Chants of the long-running Mississippi, and down to the Mexican sea,
Chants of Ohio, Indiana, Illinois, Iowa, Wisconsin and Minnesota,
Chants going forth from the centre from Kansas, and thence equidistant,
Shooting in pulses of fire ceaseless to vivify all.

4

Take my leaves America, take them South and take them North,
Make welcome for them everywhere, for they are your own offspring,

vv. 37-8 I prestiti spagnoli e spagnoleggianti (*Americanos – Libertad*) sono frequenti in *LofG* ed accentuano la tensione continentale dell'americanismo whitmaniano.

Eccolo, proiettato nel tempo,
Un uditorio per me che non ha termine.

Avanzano con passo fermo e cadenzato, non si arrestano mai,
Un susseguirsi di uomini, Americanos, cento milioni,
Una generazione recita la sua parte e passa oltre,
Un'altra recita la sua e passa oltre,
Coi visi volti di lato o indietro verso di me per ascoltare,
Verso di me con occhi retrospettivi.

3

Americanos! conquistatori! marce umanitarie!
Davanti a tutti! marce del secolo! Libertad! masse!
Per voi un programma di canti.

I canti delle praterie,
I canti del Mississippi dal lungo corso, fino al Golfo del Messico,
I canti dell'Ohio, dell'Indiana, Iowa, Wisconsin, Minnesota, Illinois,
Canti che escono dal centro del Kansas e di là equidistanti,
Guizzano in fiamme palpitanti, incessanti, per tutto vivificare.

4

America, prendi le mie foglie, portale al Sud, al Nord,
Da' loro il benvenuto dovunque, perché sono tua prole,

v. 45 Il gioco, qui come altrove, è ovviamente tra la doppia accezione dell'inglese *leaves* (fogli e foglie), sfruttato in primo luogo nel titolo.

Surround them East and West, for they would surround you,
And you precedents, connect lovingly with them, for they connect
lovingly with you.

I conn'd old times,
I sat studying at the feet of the great masters,
Now if eligible O that the great masters might return and study me.

In the name of these States shall I scorn the antique?
Why these are the children of the antique to justify it.

5

Dead poets, philosophs, priests,
Martyrs, artists, inventors, governments long since,
Language-shapers on other shores,
Nations once powerful, now reduced, withdrawn, or desolate,
I dare not proceed till I respectfully credit what you have left
wafted hither,
I have perused it, own it is admirable, (moving awhile among it,)
Think nothing can ever be greater, nothing can ever deserve more
than it deserves,
Regarding it all intently a long while, then dismissing it,
I stand in my place with my own day here.

v. 54 L'uso di una variante del francese *philosophe* è un mero vezzo esotizzante. Non c'è, nel riferimento, la connotazione settecentesca del termine.

vv. 62-68 L'avverbio *here* è ripetuto cinque volte in sette versi, tre delle quali in apertura e una in chiusura di verso, riassumendo sia il luogo (*my place*), sia il tempo (*my own day*), e costituendo il punto d'incontro delle esperienze storiche di altre culture; il luogo privilegiato della spiritualità che, a sua volta, è «tramite» e «traduttrice» e

Abbracciale a Est e a Ovest, perché vorrebbero abbracciarti,
E voi che le precedete, unitevi ad esse con amore, perché con amore si uniscono a voi.

Ho studiato attentamente i tempi antichi,
Mi sono seduto ai piedi dei grandi maestri,
Che ora tornino, i grandi maestri, se questo è possibile, e studino me.

Nel nome di questi Stati disprezzerei l'antichità?
Ma questi sono i figli dell'antico, creati per giustificarlo.

5

Poeti, filosofi, artisti defunti,
Martiri, sacerdoti, inventori, governanti da tempo scomparsi,
Plasmatori di lingue in altre terre,
Nazioni un tempo potenti, ora annientate, ristrette o desolate,
Io non oso andar oltre se prima non ho riconosciuto, con tutto il rispetto, quanto avete lasciato sparso quaggiù;
L'ho esaminato attentamente, l'ho trovato ammirevole (standoci un po' in mezzo),
Penso che niente possa essere più grande, niente meriti più di quanto esso merita,
L'ho contemplato a lungo, intensamente, poi l'ho messo da parte;
Io sto al mio posto con i miei giorni, qui.

dunque passaggio – più per associazione che per deduzione – all'equazione tra luogo del tempo come esperienza e l'anima del poeta, «forma» soddisfacente e completa.

Here lands female and male,
Here the heir-ship and heiress-ship of the world, here the flame of materials,
Here spirituality the translatress, the openly-avow'd,
The ever-tending, the finalè of visible forms,
The satisfier, after due long-waiting now advancing,
Yes here comes my mistress the soul.

6

The soul,
Forever and forever—longer than soil is brown and solid—longer than water ebbs and flows.

I will make the poems of materials, for I think they are to be the most spiritual poems,
And I will make the poems of my body and of mortality,
For I think I shall then supply myself with the poems of my soul and of immortality.

I will make a song for these States that no one State may under any circumstances be subjected to another State,
And I will make a song that there shall be comity by day and by night between all the States, and between any two of them,
And I will make a song for the ears of the President, full of weapons with menacing points,

v. 66 La forma *finalè* (erronea per *finale*) appare, come c'informa la *Comprehensive Editon*, nella Rees Welsh edit. del 1882.
v. 76 Riferimento alle punte di freccia indiane.

Qui territori femminili e maschili,
Qui eredi e ereditiere del mondo, qui la fiamma della materia,
La spiritualità traduttrice, apertamente riconosciuta,
La sempre protesa, la conclusione delle forme visibili,
L'appagatrice, qui viene, dopo la lunga debita attesa,
Sì, eccola che avanza la mia signora, l'anima.

6

L'anima,
sempre e per sempre: più a lungo di quanto la terra sarà solida e bruna, di quanto il mare avrà flussi e riflussi.

Scriverò le poesie della materia, credo che siano le più spirituali,
Scriverò le poesie del mio corpo e della mia mortalità,
Così darò a me stesso le poesie della mia anima e della mia immortalità.

Scriverò un canto per questi Stati, perché nessuno di essi sia soggetto, per nessuna circostanza a un altro Stato,
Scriverò un canto perché vi sia sempre rispetto fra gli Stati, e fra due qualsiasi di loro,
E scriverò un canto irto di punte minacciose per le orecchie del Presidente,

And behind the weapons countless dissatisfied faces;
And a song make I of the One form'd out of all,
The fang'd and glittering One whose head is over all,
Resolute warlike One including and over all,
(However high the head of any else that head is over all.)

I will acknowledge contemporary lands,
I will trail the whole geography of the globe and salute courteously every city large and small,
And employments! I will put in my poems that with you is heroism upon land and sea,
And I will report all heroism from an American point of view.

I will sing the song of companionship,
I will show what alone must finally compact these,
I believe these are to found their own ideal of manly love, indicating it in me,
I will therefore let flame from me the burning fires that were threatening to consume me,
I will lift what has too long kept down those smouldering fires,
I will give them complete abandonment,
I will write the evangel-poem of comrades and of love,
For who but I should understand love with all its sorrow and joy?
And who but I should be the poet of comrades?

7

I am the credulous man of qualities, ages, races,
I advance from the people in their own spirit,

v. 78 L'allusione è alla figura di Lincoln.

E dietro le punte, innumerevoli volti insoddisfatti;
E farò un canto per quell'Una che è formata da tutti
L'Una fulgente e armata di lancia la cui testa tutti
sovrasta,
L'Una ardita e guerriera che tutti include e sovrasta
(Per quanto alte siano le altre teste, quest'Una tutte le
sovrasta).

Riconoscerò le terre contemporanee,
Percorrerò l'intera geografia del globo e saluterò
cortesemente ogni città grande e piccola,
E le occupazioni! Metterò nei miei poemi l'eroismo
che è in voi, in terra e sul mare,
E lo riferirò dal punto di vista dell'America.

Canterò il canto del cameratismo,
Additerò ciò che solo potrà dare compattezza ai
compagni,
Ossia il loro ideale, che dovrà essere fondato
sull'amore virile, prendendo esempio da me;
Lascerò dunque che si sprigionino le fiamme dal fuoco
che minaccia di consumarmi,
Soffierò via la cenere che troppo a lungo l'ha covato,
Gli darò piena libertà,
Scriverò il poema-vangelo dei camerati e dell'amore,
Perché chi, se non io, può capire l'amore con tutte le
sue gioie e i suoi tormenti,
Chi, se non io, deve essere il poeta dei compagni?

7

Io sono un uomo semplice, credo in epoche, razze,
qualità,
Procedo nello spirito del popolo;

v. 95 *credulous*: nel termine si mantiene il tratto semantico di ingenuità e fiducia.

Here is what sings unrestricted faith.

Omnes! omnes! let others ignore what they may,
I make the poem of evil also, I commemorate that part also,
I am myself just as much evil as good, and my nation is—and I
say there is in fact no evil,
(Or if there is I say it is just as important to you, to the land or
to me, as any thing else.)
I too, following many and follow'd by many, inaugurate a religion,
I descend into the arena,
(It may be I am destin'd to utter the loudest cries there, the win-
ner's pealing shouts,
Who knows? they may rise from me yet, and soar above every thing.)

Each is not for its own sake,
I say the whole earth and all the stars in the sky are for religion's
sake.

I say no man has ever yet been half devout enough,
None has ever yet adored or worship'd half enough,
None has begun to think how divine he himself is, and how cer-
tain the future is.

I say that the real and permanent grandeur of these States must
be their religion,

v. 98 L'uso del latino *omnes* per *all*, o tutti, mira ad effetti d'inconsuetudine.

Qui è ciò che canta una fede illimitata.

Omnes! omnes! Ignorino gli altri ciò che possono,
Io scrivo anche il poema del male, celebro anche quella parte,
Io stesso sono impastato di bene e di male, e così la mia nazione: affermo che il male in realtà non esiste
(O, se esiste, esso è importante per voi, per il paese o per me quanto qualsiasi altra cosa).

Anche io, seguendo molti e da altri seguito, inauguro una nuova religione, e scendo nell'arena,
(E forse sono destinato a emettere il grido più forte, l'urlo assordante del vincitore,
Chi può dirlo? può ancora sprigionarsi da me e sorvolare ogni cosa).

Niente è fine a se stesso,
Io dico che tutto, terra e stelle del cielo hanno per fine la religione.

Dico che nessun uomo è mai stato devoto la metà del dovuto,
Nessuno ha mai adorato o venerato la metà del dovuto,
Nessuno ha cominciato a pensare quanto divino sia egli stesso, e quanto certo è il futuro.

Io dico che la vera e durevole grandezza di questi Stati dev'essere la loro religione,

v. 109 La frase è di voluta ambiguità, potendo significare tanto che la religione rappresenta la vera grandezza dell'America (così la traduzione) quanto, specularmente, che è la grandezza degli Stati Uniti a costituire la vera religione.

Otherwise there is no real and permanent grandeur;
(Nor character nor life worthy the name without religion,
Nor land nor man or woman without religion.)

8

What are you doing young man?
Are you so earnest, so given up to literature, science, art, amours?
These ostensible realities, politics, points?
Your ambition or business whatever it may be?

It is well—against such I say not a word, I am their poet also,
But behold! such swiftly subside, burnt up for religion's sake,
For not all matter is fuel to heat, impalpable flame, the essential
life of the earth,
Any more than such are to religion.

9

What do you seek so pensive and silent?
What do you need camerado?
Dear son do you think it is love?

Listen dear son—listen America, daughter or son,
It is a painful thing to love a man or woman to excess, and yet it
satisfies, it is great,

v. 123 *camerado*: compare sette volte nella poesia di W. Come è stato rilevato, non è un prestito diretto, ma un'antica forma inglese – dallo spagnolo *camarada* – che W. avrebbe tratto dai romanzi di Waverley.

Altrimenti non avremo vera e durevole grandezza
(Né carattere, né vita degni del nome senza la religione,
Non patria, non uomo, non donna senza la religione).

8

Che stai facendo, giovane?
Sei tanto solerte? così dedito alla letteratura, alla scienza, all'arte, agli amori?
A realtà evidenti, come politica, scopi da raggiungere,
Affari, ambizioni, quali che possano essere?

È bene — non ho nulla da eccepire, sono il poeta anche di questo.
Ma bada! rapidamente crollano, bruciate dalla religione,
Perché non tutta la materia è combustibile per riscaldare, fiamma impalpabile, vita essenziale della terra,
Più di quanto non siano tali cose per la religione.

9

Che cosa cerchi, così pensoso e muto?
Di che cosa hai bisogno, camerado?
Figlio caro, pensi che sia amore?

Ascolta, caro figlio — ascolta America, ascolta figlia o figlio,
È arduo amare all'eccesso un uomo o una donna, eppure è una cosa che soddisfa, ed è grande,

v. 125 America ha funzione di interlocutore (come nella traduzione) ovvero di oggetto: figlia o figlio, ascolta l'America.

But there is something else very great, it makes the whole coincide,
It, magnificent, beyond materials, with continuous hands sweeps and provides for all.

10

Know you, solely to drop in the earth the germs of a greater religion,
The following chants each for its kind I sing.

My comrade!
For you to share with me two greatnesses, and a third one rising inclusive and more resplendent,
The greatness of Love and Democracy, and the greatness of Religion.

Melange mine own, the unseen and the seen,
Mysterious ocean where the streams empty,
Prophetic spirit of materials shifting and flickering around me,
Living beings, identities now doubtless near us in the air that we know not of,
Contact daily and hourly that will not release me,
These selecting, these in hints demanded of me.

Not he with a daily kiss onward from childhood kissing me,
Has winded and twisted around me that which holds me to him,

v. 134 *melange*: altro francesismo per commistione, miscuglio; risulta meno ovvio in inglese che in italiano, in cui il prestito è ormai acquisito, e di uso comune.

Ma c'è qualcosa che è più grande, che fa che tutto coincida,
Maestosa, di là dalla materia, spazza con mani assidue e a tutto provvede.

10

Sappi che unicamente per far cadere sulla terra i germi d'una più grande religione,
Io canto i canti che seguono, ciascuno secondo la sua specie.

Mio camerata!
Perché tu condivida con me due grandezze, e una terza che cresce e le include, più risplendente,
La grandezza della Democrazia e dell'Amore, e la grandezza della Religione.

Mélange, il mio, di visibile e invisibile,
Oceano misterioso dove si versano i fiumi,
Spirito profetico della materia che balugina e muove intorno a me,
Esseri viventi, presenze che sono senza dubbio accanto a noi nell'aria, e di cui nulla sappiamo,
Contatto d'ogni giorno, d'ogni ora, che non vuole lasciarmi,
Questi scegliendo, questi per cenni chiedevano di me.

Non chi mi dà il bacio quotidiano fin dall'infanzia
Ha avvolto e intrecciato intorno a me ciò che mi lega a lui,

v. 137 Si veda anche la nota introduttiva a «Eidólons».
vv. 140-43 Nessuno, anche tenerissimo, legame materiale e umano eguaglia lo spirituale.

Any more than I am held to the heavens and all the spiritual
world,
After what they have done to me, suggesting themes.

O such themes—equalities! O divine average!
Warblings under the sun, usher'd as now, or at noon, or setting,
Strains musical flowing through ages, now reaching hither,
I take to your reckless and composite chords, add to them, and
cheerfully pass them forward.

11

As I have walk'd in Alabama my morning walk,
I have seen where the she-bird the mocking-bird sat on her nest
in the briers hatching her brood.

I have seen the he-bird also,
I have paus'd to hear him near at hand inflating his throat and
joyfully singing.

And while I paus'd it came to me that what he really sang for was
not there only,
Nor for his mate nor himself only, nor all sent back by the echoes,
But subtle, clandestine, away beyond,
A charge transmitted and gift occult for those being born.

v. 144 *average*: propriamente mediocrità, media.

Più di quanto io sia legato ai cieli, e a tutto il mondo dello spirito,
Dopo quanto hanno fatto per me, suggerendomi i temi.

Oh quali temi: uguaglianze! Oh medietà divina!
Gorgheggiando sotto il sole appena uscito, come ora, o a metà giorno o al tramonto,
Accenti musicali che fluite attraverso le epoche, e qui giunti,
Mi servo dei vostri avventati e compositi accordi, li arricchisco, e gaiamente li tramando.

11

Nell'Alabama, durante le mie passeggiate mattutine,
Ho visto la femmina del mimo poliglotta accovacciata nel nido fra i rovi covare le sue uova,
Poi ho visto anche il maschio,
Mi sono fermato ad ascoltarlo da vicino, cantava a gola piena, gioiosamente,
E, soffermandomi, mi venne da pensare che ciò per cui cantava realmente non fosse tutto lì,
Non fosse solo per sé o per la compagna, né che tutto venisse rimandato dagli echi,
Ma che sottile, remoto, clandestino,
Trasmettesse un dono occulto e un comando a quelli che stavano nascendo.

12

Democracy! near at hand to you a throat is now inflating itself
and joyfully singing.

Ma femme! for the brood beyond us and of us,
For those who belong here and those to come,
I exultant to be ready for them will now shake out carols stronger
and haughtier than have ever yet been heard upon earth.

I will make the songs of passion to give them their way,
And your songs outlaw'd offenders, for I scan you with kindred
eyes, and carry you with me the same as any.

I will make the true poem of riches,
To earn for the body and the mind whatever adheres and goes
forward and is not dropt by death;
I will effuse egotism and show it underlying all, and I will be the
bard of personality,
And I will show of male and female that either is but the equal
of the other,
And sexual organs and acts! do you concentrate in me, for I am
determin'd to tell you with courageous clear voice to prove
you illustrious,
And I will show that there is no imperfection in the present, and
can be none in the future,
And I will show that whatever happens to anybody it may be
turn'd to beautiful results,

v. 157 *ma femme*: la libertà è interpellata in francese, come riconoscimento dei rapporti tra democrazia americana e rivoluzione francese.

12

Democrazia! vicino a te una gola ora si gonfia e canta gioiosamente

Ma femme! per i figli, dopo di noi e di noi,
Per quelli che sono già qui e per quelli che verranno,
Io, esultante d'esser pronto per essi, farò trillare le carole più forti e più superbe mai udite sulla terra.

Comporrò canti di passione per dar loro la via,
E canti per voi criminali fuorilegge, perché vi scruto con occhi di consanguineo, e vi porto con me come ogni altra persona.

Comporrò il vero poema della ricchezza,
Per guadagnare al corpo e alla mente qualunque cosa aderisca e prosegua e non cada per morte;
Diffonderò l'egotismo e mostrerò che è alla base di tutto, e sarò il bardo della personalità,
E mostrerò il maschio e la femmina perché tutti e due sono uguali,
E organi e atti sessuali! concentratevi in me, perché sono deciso a dimostrare con voce chiara e coraggiosa quanto voi siate degni,
E mostrerò che nel presente non c'è imperfezione, né potrà esservi in futuro,
E mostrerò che qualunque cosa accada a chiunque può volgersi in meglio,

And I will show that nothing can happen more beautiful than
death,
And I will thread a thread through my poems that time and events
are compact,
And that all the things of the universe are perfect miracles, each
as profound as any.

I will not make poems with reference to parts,
But I will make poems, songs, thoughts, with reference to ensemble,
And I will not sing with reference to a day, but with reference to
all days,
And I will not make a poem nor the least part of a poem but has
reference to the soul,
Because having look'd at the objects of the universe, I find there
is no one nor any particle of one but has reference to the soul.

13

Was somebody asking to see the soul?
See, your own shape and countenance, persons, substances, beasts,
the trees, the running rivers, the rocks and sands.

All hold spiritual joys and afterwards loosen them;
How can the real body ever die and be buried?

Of your real body and any man's or woman's real body,
Item for item it will elude the hands of the corpse-cleaners and
pass to fitting spheres,

vv. 169-70 Se tutto è un continuo movimento e cambiamento, non c'è nulla di definitivamente negativo: al contrario, anche la morte è supremo momento di bellezza perché premessa di rinascita (cfr. «Canto di me stesso»).

E mostrerò che nulla può accadere che sia più bello della morte,
E intesserò un filo attraverso i miei poemi perché il tempo e gli eventi formano un tutto,
E tutte le cose dell'universo sono miracoli perfetti, e ogni cosa è profonda quanto qualsiasi altra.

Non scriverò poemi riferendomi a parti,
Ma scriverò poemi, canti, pensieri, riferiti al tutto.
E non canterò riferendomi a un giorno, ma con riferimento a tutti i giorni,
E non comporrò alcun poema o la più piccola parte d'un poema che non abbia attinenza con l'anima,
Perché avendo osservato gli oggetti dell'universo, non ne ho trovato alcuno, né particella di alcuno, che non abbia attinenza con l'anima.

13

Qualcuno ha chiesto di vedere l'anima?
Guardi, la tua forma ed espressione, persone, sostanze, animali, e gli alberi, i fiumi che scorrono, le rocce, e le sabbie,

Tutto possiede gioie spirituali che poi libera;
Come può il corpo vero morire ed essere sepolto?

Ogni elemento del tuo vero corpo, del vero corpo d'ogni uomo e d'ogni donna,
Si sottrarrà alle mani dei pulitori di cadaveri e moverà verso più degne sfere,

v. 171 *perfect – perfections*, sono in W. termini ricorrenti per indicare il punto d'arrivo e di compimento della realtà. C'è però un senso di precarietà, che è rafforzato dall'accostamento del termine *miracles*, miracolo.

Carrying what has accrued to it from the moment of birth to the moment of death.

Not the types set up by the printer return their impression, the meaning, the main concern,
Any more than a man's substance and life or a woman's substance and life return in the body and the soul,
Indifferently before death and after death.

Behold, the body includes and is the meaning, the main concern, and includes and is the soul;
Whoever you are, how superb and how divine is your body, or any part of it!

14

Whoever you are, to you endless announcements!

Daughter of the lands did you wait for your poet?
Did you wait for one with a flowing mouth and indicative hand?
Toward the male of the States, and toward the female of the States,
Exulting words, words to Democracy's lands.

Interlink'd, food-yielding lands!
Land of coal and iron! land of gold! land of cotton, sugar, rice!

v. 184 *impression*: sta qui nella doppia accezione fisica (nella stampa) e mentale. Per la prima volta, W. parla di significato in forma esplicita, identificando realtà esistenziale (v. 185) con esso. La realtà coincide col suo significato.

Portando ciò che ha accumulato dal momento della
nascita a quello della morte.

I caratteri disposti dal tipografo non rendono
l'impressione, il significato, la relazione
principale,
Più di quanto la sostanza e la vita d'un uomo o d'una
donna siano resi nell'anima e nel corpo,
Indifferentemente, prima o dopo la morte.

Guarda, il corpo include ed è il significato, il
problema principale, ed include ed è l'anima;
Chiunque tu sia, quanto è superbo, e divino, il tuo
corpo, e ogni parte di esso!

14

Chiunque tu sia, per te infiniti annunci!

Figlia delle terre aspettavi il tuo poeta?
Aspettavi uno con la bocca fluente e la mano che
invita?
Verso l'uomo degli Stati, e verso la donna degli Stati,
Parole di esultanza, parole per le terre della
Democrazia.

Terre collegate, produttrici di cibo!
Terra del ferro e del carbone! terra dell'oro! terra del
cotone, del riso, dello zucchero!

v. 188 L'ambiguità del pronome personale (*you*), applicabile tanto a un interlocutore (lettore) indeterminato quanto, come nella strofa che segue, all'America, ci permette di leggere, accanto all'affermazione di unità tra corpo e anima, tra forma e contenuto di marca trascendentalista, un parallelo tra corpo e terra che riscatta e giustifica l'insistenza geografica del poemetto, e, dunque, tra identità (significato) personale e identità nazionale.

Land of wheat, beef, pork! land of wool and hemp! land of the apple and the grape!
Land of the pastoral plains, the grass-fields of the world! land of those sweet-air'd interminable plateaus!
Land of the herd, the garden, the healthy house of adobie!
Lands where the north-west Columbia winds, and where the south-west Colorado winds!
Land of the eastern Chesapeake! land of the Delaware!
Land of Ontario, Erie, Huron, Michigan!
Land of the Old Thirteen! Massachusetts land! land of Vermont and Connecticut!
Land of the ocean shores! land of sierras and peaks!
Land of boatmen and sailors! fishermen's land!
Inextricable lands! the clutch'd together! the passionate ones!
The side by side! the elder and younger brothers! the bony-limb'd!
The great women's land! the feminine! the experienced sisters and the inexperienced sisters!
Far breath'd land! Arctic braced! Mexican breez'd! the diverse! the compact!
The Pennsylvanian! the Virginian! the double Carolinian!
O all and each well-loved by me! my intrepid nations! O I at any rate include you all with perfect love!
I cannot be discharged from you! not from one any sooner than another!
O death! O for all that, I am yet of you unseen this hour with irrepressible love,
Walking New England, a friend, a traveler,

v. 198 *adobie*: variante ortografica per *adobe* (mattone cotto al sole), conservata da W. in tutte le edizioni.

Terra del grano, del manzo, del maiale! terra della
lana e della canapa! terra della mela e dell'uva!
Terra delle pianure da pascolo, campi d'erba del
mondo! terra di quegli sterminati altipiani
dall'aria profumata!
Terra del gregge, del giardino, della casa salubre di
adobe!
Terra dove serpeggia il Columbia a nord-ovest, il
Colorado a sud-ovest!
Terra del Chesapeake ad oriente! Terra del Delaware!
Terra dell'Ontario, Erie, Huron, Michigan!
Terra dei Vecchi Tredici! terra del Massachusetts!
terra del Vermont e del Connecticut!
Terra di coste oceaniche! terra di sierre e di vette!
Terra di battellieri e marinai! terra di pescatori!
Terre inestricabili! le strette insieme! le appassionate!
Le a fianco a fianco! Le sorelle maggiori e le minori!
le magrissime!
Terra delle grandi donne! la femminile! le sorelle
esperte e le sorelle inesperte!
Terra del lungo respiro! rinfrescato dall'Artico!
temperato dalle brezze messicane! la diversa! la
compatta!
Terra della Pennsylvania, della Virginia, delle due
Caroline!
Tutte e ciascuna da me beneamate! Oh mie intrepide
nazioni! vi abbraccio tutte, con amore perfetto!
Non posso staccarmi da voi! non da una più che da
un'altra!
Oh, morte! oh, nonostante tutto sono ancora tra voi
in quest'ora, non veduto, con amore
irrefrenabile,
Mentre cammino nel New England, amico,
viaggiatore,

v. 202 I Vecchi Tredici sono i primi tredici Stati che formarono l'Unione.

Splashing my bare feet in the edge of the summer ripples on Paumanok's sands,
Crossing the prairies, dwelling again in Chicago, dwelling in every town,
Observing shows, births, improvements, structures, arts,
Listening to orators and oratresses in public halls,
Of and through the States as during life, each man and woman my neighbor,
The Louisianian, the Georgian, as near to me, and I as near to him and her,
The Mississippian and Arkansian yet with me, and I yet with any of them,
Yet upon the plains west of the spinal river, yet in my house of adobie,
Yet returning eastward, yet in the Seaside State or in Maryland,
Yet Kanadian cheerily braving the winter, the snow and ice welcome to me,
Yet a true son either of Maine or of the Granite State, or the Narragansett Bay State, or the Empire State,
Yet sailing to other shores to annex the same, yet welcoming every new brother,
Hereby applying these leaves to the new ones from the hour they unite with the old ones,
Coming among the new ones myself to be their companion and equal, coming personally to you now,
Enjoining you to acts, characters, spectacles, with me.

v. 224 Gli appellativi degli Stati, come questo, di Stato di Granito per il Maine, stato montano, rimarranno d'uso comune fino ai nostri giorni.

O sguazzo a piedi nudi sulle frange delle onde estive sulle sabbie di Paumanok,
O attraverso le praterie, per abitare di nuovo a Chicago, abitare in ogni città,
Per osservare spettacoli, nascite, migliorie, strutture, arti,
Per ascoltare oratori e oratrici nelle pubbliche sale,
In tutti e di tutti gli Stati per tutta la vita, mio vicino ogni uomo e ogni donna,
Louisiani e georgiani, vicini a me quanto io lo sono a loro,
E quelli del Mississippi e dell'Arkansas, con me sempre, e io accanto a ciascuno di loro,
E poi ancora nelle pianure a ovest del fiume dorsale, ancora nella mia casa di adobe,
Ancora, tornando ad est nello Stato Costiero o nel Maryland,
E ancora canadese, sfidando allegramente l'inverno, neve e ghiaccio bene accetti,
O autentico figlio del Maine, o dello Stato del Granito, dello Stato della Baia di Narragansett, dello Stato dell'Impero,
E ancora in nave, verso nuovi lidi, per annetterli, ancora a dare il benvenuto a ogni nuovo fratello,
Così dedicando queste foglie a ogni nuovo venuto fin dal momento che si unisce a chi lo ha preceduto,
Arrivando io stesso con loro, per essere compagno ed eguale, venendo ora da te personalmente,
Prescrivendoti azioni, personaggi, spettacoli con me.

v. 226 Ancora una volta gli aggettivi (*new* ed *old*) possono applicarsi sia agli uomini e all'intersecarsi delle generazioni, sia alle foglie completando la metafora dell'intreccio dei rami e delle foglie.

15

With me with firm holding, yet haste, haste on.

For your life adhere to me,
(I may have to be persuaded many times before I consent to give
    myself really to you, but what of that?
Must not Nature be persuaded many times?)

No dainty dolce affettuoso I,
Bearded, sun-burnt, gray-neck'd, forbidding, I have arrived,
To be wrestled with as I pass for the solid prizes of the universe,
For such I afford whoever can persevere to win them.

16

On my way a moment I pause,
Here for you! and here for America!
Still the present I raise aloft, still the future of the States I
    harbinge glad and sublime,
And for the past I pronounce what the air holds of the red
    aborigines.

v. 230 Viene usato questo verbo (*adhere*), che con i suoi derivati (*adhesive*, *adhesiveness*) diventerà quasi marchio della poesia whitmaniana del cameratismo, dell'amicizia, dell'amore tra uomini: nella doppia accezione, fisica e morale. (Il termine, va notato, è usato in frenologia.) Nell'edizione 1860 di questa stessa poesia se ne fa un uso assai più apertamente allusivo.

v. 233 Questa citazione italiana (non infrequente anche nei *Notebooks*), sottolinea la distanza tra il mito rude ed «atletico» che W. costruisce quale eroe del Nuovo Mondo, e l'eroe cortese della letteratura passata.

15

Con me, con salda presa, ma affrettati, affrettati!

Per la tua vita attàccati a me,
(Dovrai forse convincermi più volte prima che io mi
decida a darmi a te veramente, ma che vuol dire?
La Natura non dev'essere convinta molte volte?)

Non un amabile «dolce affettuoso», non sono tale:
Barbuto, cotto dal sole, con del grigio sul collo,
repulsivo,
Sono arrivato perché si lotti insieme mentre passo per
i solidi premi dell'Universo,
Perché quelli che io offro chiunque può,
perseverando, vincerli.

16

Sosto un momento sul mio cammino,
Qui per te! qui per l'America!
Ancora esalto il presente, ancora annunzio il futuro
degli Stati lieto e sublime,
Quanto al passato pronunzio quel che l'aria conserva
dei rossi aborigeni.

v. 234 *forbidding*: indica distanza e desiderio di distanza, abbastanza contraddittorio rispetto ad altri autoritratti whitmaniani, ma non del tutto rispetto al ritratto preposto alla prima edizione di *LofG*. In esso la posa indicava una romantica volontà di distacco, che autorizzerà la definizione di «Byron in vesti da operaio».

vv. 240-245 I rossi aborigeni sono, in tutto il romanticismo americano, il mitico punto di riferimento nel passato di una terra che si vuole senza passato (così anche per Thoreau, la cui *Week*, nella copia di Whitman, risulta sottolineata e chiosata in tutti i passi che si riferiscono agli indiani). A ciò si aggiunge, come testimoniato dai *Notebooks* di W., la fascinazione fonica ed esotizzante dei nomi indiani ritenuti nella geografia americana, che insieme denotano il continente e partecipano alla sua identità storica e mitica.

The red aborigines,
Leaving natural breaths, sounds of rain and winds, calls as of birds and animals in the woods, syllabled to us for names,
Okonee, Koosa, Ottawa, Monongahela, Sauk, Natchez, Chattahoochee, Kaqueta, Oronoco,
Wabash, Miami, Saginaw, Chippewa, Oshkosh, Walla-Walla,
Leaving such to the States they melt, they depart, charging the water and the land with names.

17

Expanding and swift, henceforth,
Elements, breeds, adjustments, turbulent, quick and audacious,
A world primal again, vistas of glory incessant and branching,
A new race dominating previous ones and grander far, with new contests,
New politics, new literatures and religions, new inventions and arts.

These, my voice announcing—I will sleep no more but arise,
You oceans that have been calm within me! how I feel you, fathomless, stirring, preparing unprecedented waves and storms.

18

See, steamers steaming through my poems,
See, in my poems immigrants continually coming and landing,

vv. 246-252 La sezione è giudicata la più apertamente «profetica» del poemetto. A questo giudizio contribuisce il ritmo fortemente enfatico, affidato a una successione di versi senza verbo finito, nonché il martellare di un aggettivo caro alla retorica del Nuovo Mondo, che è appunto, *new*, ripetuto cinque volte in due versi.

I rossi aborigeni,
Dai quali ereditammo, sillabati nei nomi, respiri naturali, rumori di pioggia e di venti, richiami d'uccelli e d'animali nei boschi,
Okonee, Koosa, Ottawa, Monongahela, Sauk, Natchez, Chattahoochee, Kaqueta, Orinoco,
Wabash, Miami, Saginaw, Chippewa, Oshkosh, Walla-Walla,
Legando questo agli Stati, essi si fondono, scompaiono, caricando di nomi l'acqua e la terra.

17

Rapidi e in espansione, d'ora in poi,
Elementi, razze, adattamenti, audaci, pronti e turbolenti,
Un mondo di nuovo primordiale, prospettive di gloria incessante che si diramano,
Una nuova razza che domini le precedenti e di gran lunga più grande, con nuove lotte,
Nuova politica, nuove letterature e religioni, nuove invenzioni e arti.

Questo annuncia la mia voce – non dormirò più ma sorgerò,
Voi oceani che siete stati calmi dentro di me!
come vi sento, turbolenti, insondabili, preparate onde e tempeste senza confronti.

18

Guardate, nei miei poemi fumano navi a vapore,
Guardate, nei miei poemi immigranti continuamente arrivano e sbarcano,

vv. 253-264 L'ingiunzione *see!*, ripetuta dodici volte ad inizio di verso, domina a livello retorico l'intera sezione e costituisce la decisa svolta del poemetto, in termini di dialogo con un interlocutore-lettore, che verrà direttamente interpellato nell'ultima sezione.

See, in arriere, the wigwam, the trail, the hunter's hut, the flat-boat, the maize-leaf, the claim, the rude fence, and the backwoods village,
See, on the one side the Western Sea and on the other the Eastern Sea, how they advance and retreat upon my poems as upon their own shores,
See, pastures and forests in my poems—see, animals wild and tame—see, beyond the Kaw, countless herds of buffalo feeding on short curly grass,
See, in my poems, cities, solid, vast, inland, with paved streets, with iron and stone edifices, ceaseless vehicles, and commerce,
See, the many-cylinder'd steam printing-press—see, the electric telegraph stretching across the continent,
See, through Atlantica's depths pulses American Europe reaching, pulses of Europe duly return'd,
See, the strong and quick locomotive as it departs, panting, blowing the steam-whistle,
See, ploughmen ploughing farms—see, miners digging mines—see, the numberless factories,
See, mechanics busy at their benches with tools—see from among them superior judges, philosophs, Presidents, emerge, drest in working dresses,
See, lounging through the shops and fields of the States, me well-belov'd, close-held by day and night,
Here the loud echoes of my songs there—read the hints come at last.

v. 255 Il *wigwam* è la capanna dei pellerossa.
v. 257 *Kaw*: una tribù degli Indiani Sioux darà il nome al luogo (Kansas).
vv. 259-261 Si fa riferimento a tre recenti invenzioni: la rotativa, il telegrafo, la locomotiva a vapore. Almeno due di essi (il telegrafo e la

Guardate, en arrière, il wigwam, la pista, il capanno del cacciatore, la chiatta, le foglie di granturco, la concessione, la rozza staccionata, il villaggio sperduto,
Guardate, da un lato il Mare Occidentale, dall'altro il Mare Orientale, come avanzano e si ritirano sui miei poemi come sui loro lidi,
Guardate, pascoli e foreste nei miei poemi — animali selvatici e domestici — e, oltre il Kaw, mandrie infinite di bisonti che brucano l'erbetta ricciuta,
Guardate, nei miei poemi, le città, solide, vaste, nell'entroterra, con strade selciate, edifici di ferro e di pietra, veicoli incessanti, e commercio,
Guardate, le stampatrici a vapore dai molti cilindri, il telegrafo elettrico che si allunga attraverso il continente,
Guardate, attraverso gli abissi dell'Atlantico, impulsi americani raggiungono l'Europa, impulsi europei puntualmente rispondono,
Guardate, la veloce e possente locomotiva che parte, ansando, sbuffando, fischiando,
Guardate, gli aratori arano i campi, i minatori scavano miniere — guardate le innumerevoli fabbriche,
Gli operai ai loro banchi indaffarati coi loro utensili — guardate emergere da essi giudici superiori, filosofi, Presidenti, vestiti in abito da lavoro,
Guardate, me, il beneamato, gironzolante per i campi e le officine degli Stati, notte e giorno beneamato,
Ascoltate il clamore degli echi dei miei canti — leggete le allusioni finalmente avverate.

locomotiva) entrano nel repertorio di due altri grandi dell'Ottocento americano: Dickinson e Thoreau. Nella loro opera, tuttavia, essi vengono quasi naturalmente assorbiti dal paesaggio; in W. sono qui valorizzati come immagini dinamiche di comunicazione.

19

O camerado close! O you and me at last, and us two only.
O a word to clear one's path ahead endlessly!
O something ecstatic and undemonstrable! O music wild!
O now I triumph—and you shall also;
O hand in hand—O wholesome pleasure—O one more desirer
and lover!
O to haste firm holding—to haste, haste on with me.

(1856) 1860 *1881*

v. 271 L'ultimo verso chiude anche formalmente il poemetto. Nella ripresa dell'immagine del viaggio (dallo *starting* del primo verso all'*haste on* di questo), nonché nell'unione dei due poli che si erano alternati, l'io quasi personale del poeta ed il tu del suo interlocutore si affrettano insieme verso una mobile frontiera, già annunciata nella sezione diciassettesima.

19

Oh, camerado, avvicìnati! Tu e io finalmente, e noi
due soli.
Una parola per sgombrare il cammino davanti
all'infinito!
Oh, qualcosa di estatico e indimostrabile! Oh musica
selvaggia!
Oh, mio trionfo! — e anche tu trionferai;
Oh, mano nella mano — salutare piacere — Oh,
ancora uno che mi desidera e mi ama!
Oh, affrettare la stretta - affrettarsi, affrettarsi con
me.

(1856) 1860 *1881*

Song of Myself

1

I celebrate myself, and sing myself,
And what I assume you shall assume,
For every atom belonging to me as good belongs to you.

I loafe and invite my soul,
I lean and loafe at my ease observing a spear of summer grass.

My tongue, every atom of my blood, form'd from this soil, this air,
Born here of parents born here from parents the same, and their parents the same,
I, now thirty-seven years old in perfect health begin,
Hoping to cease not till death.

1,2 *what I assume you shall assume*: anche: ciò che io presumo, e dò per certo, anche tu presumerai e darai per certo.

1,3 *as good belongs to you* (Così appartiene a voi): l'espressione colloquiale è tipica del modo con cui W. mischia i registri linguistici.

1,7 Questo verso, uno di quelli che vengono aggiunti nelle edizioni successive alla prima, tende a sottolineare con forza la radice profon-

Canto di me stesso

1

Canto me stesso, e celebro me stesso,
E ciò che assumo voi dovete assumere
Perché ogni atomo che mi appartiene appartiene anche a voi.

Io ozio, ed esorto la mia anima,
Mi chino e indugio ad osservare un filo d'erba estivo.

La mia lingua, ogni atomo di sangue, fatti da questo suolo, da quest'aria,
Nato qui da genitori nati qui e così i loro padri e così i padri dei padri,
Io, ora, trentasettenne in perfetta salute, ora incomincio,
E spero di non cessare che alla morte.

damente autoctona dell'*io* biografico (qualcuno ha rigorosamente ricostruito, in effetti, la lunga storia «americana» dei rami paterno e materno di W.). Se riferito al successivo, ha anche l'effetto, già ricercato in «Partendo da Paumanok», di mettere in stretta relazione l'avverbio di luogo (qui) con quello di tempo (ora). È la prima evocazione di un'idea di America come luogo in cui storicamente presente s'invera «qui ed ora».

Creeds and schools in abeyance,
Retiring back a while sufficed at what they are, but never forgotten,
I harbor for good or bad, I permit to speak at every hazard,
Nature without check with original energy.

2

Houses and rooms are full of perfumes, the shelves are crowded
with perfumes,
I breathe the fragrance myself and know it and like it,
The distillation would intoxicate me also, but I shall not let it.

The atmosphere is not a perfume, it has no taste of the distillation,
it is odorless,
It is for my mouth forever, I am in love with it,
I will go to the bank by the wood and become undisguised and
naked,
I am mad for it to be in contact with me.
The smoke of my own breath,
Echoes, ripples, buzz'd whispers, love-root, silk-thread, crotch and
vine,
My respiration and inspiration, the beating of my heart, the pass-
ing of blood and air through my lungs,
The sniff of green leaves and dry leaves, and of the shore and
dark-color'd sea-rocks, and of hay in the barn,

2 Tutta la sezione s'incentra su un tessuto d'immagini sensoriali (olfatto). Non diversamente, nelle sezioni successive le immagini predominanti saranno uditive e visive. Definita nelle parole di un critico «un'esperienza, non una filosofia» «SofM» offre in primo luogo i dati sensoriali di questa esperienza.

Credi e scuole in sospeso,
Un po' discosto, sazio di ciò che sono, ma mai dimenticandoli,
Accolgo la natura nel bene e nel male, lascio che parli a caso,
Senza controllo, con l'energia originale.

2

Case e stanze sono piene di profumi, gli scaffali affollati di profumi,
Respiro la fragranza, la riconosco e mi piace,
Il distillato potrebbe ubriacare anche me, ma non lo permetto.

L'atmosfera non è un profumo, non ha il gusto del distillato, è inodore,
È fatta per la mia bocca, in eterno, ne sono innamorato,
Andrò sul pendio presso il bosco, sarò senza maschera e nudo,
Mi struggo dalla voglia di sentirne il contatto.

Il fumo del mio fiato,
Echi, gorgoglii, diffusi bisbigli, radice d'amore, filamento di seta, inforcatura e viticcio,
Il mio inspirare ed espirare, il pulsare del cuore, il transitare dell'aria e del sangue attraverso i polmoni,
Il sentore delle foglie verdi e delle foglie secche, della spiaggia e degli scogli neri, del fieno nel fienile,

2,15 *and know it and I like it*: «e la riconosco e mi piace». È il primo dei moltissimi riferimenti biblici, in questo caso al Dio creatore della *Genesi*.

The sound of the belch'd words of my voice loos'd to the eddies
of the wind,
A few light kisses, a few embraces, a reaching around of arms,
The play of shine and shade on the trees as the supple boughs
wag,
The delight alone or in the rush of the streets, or along the fields
and hill-sides,
The feeling of health, the full-noon trill, the song of me rising from
bed and meeting the sun.

Have you reckon'd a thousand acres much? have you reckon'd
the earth much?
Have you practis'd so long to learn to read?
Have you felt so proud to get at the meaning of poems?

Stop this day and night with me and you shall possess the origin
of all poems,
You shall possess the good of the earth and sun, (there are millions
of suns left,)
You shall no longer take things at second or third hand, nor look
through the eyes of the dead, nor feed on the spectres in books,
You shall not look through my eyes either, nor take things from me,
You shall listen to all sides and filter them from your self.

21,33 *Stop this day and night with me*: l'ambiguità grammaticale del testo inglese consente anche un'interpretazione faustiana: «ferma con me il giorno e la notte», ben in armonia con la lotta di Whitman con il tempo come fluire.

Il suono delle parole eruttate della mia voce
abbandonata ai vortici del vento,
Pochi rapidi baci, pochi abbracci, un tendere a cerchio
di braccia,
Il gioco delle ombre e dei riflessi all'oscillare dei rami
flessuosi,
Il godimento da soli o tra la folla nelle strade, o lungo
i campi o sui fianchi d'una collina,
La sensazione di salute, il vibrare del pieno
mezzogiorno, il canto di me che mi alzo dal letto
e vado incontro al sole.

Hai creduto che mille acri fossero molti? che tutta la
terra fosse molto?
Ti sei esercitato così a lungo per imparare a leggere?
Tanto orgoglio hai sentito perché afferravi il senso dei
poemi?

Férmati con me oggi e questa notte, e ti impadronirai
dell'origine di tutti i poemi,
Ti impadronirai dei beni della terra e del sole (ci sono
ancora milioni di soli),
Non prenderai più le cose di seconda o terza mano, né
guarderai con gli occhi dei morti, né ti nutrirai di
fantasmi libreschi,
E neppure vedrai attraverso i miei occhi o prenderai
le cose da me,
Ascolterai da ogni parte e le filtrerai da te stesso.

2,34 *millions of suns left*: milioni di soli sconosciuti. Lo stupore dinnanzi all'immensità del cosmo, potrebbe aver trovato immediato alimento nelle lezioni di un astronomo di Cincinnati, che avevano avuto luogo a New York nel dicembre del 1847.

3

I have heard what the talkers were talking, the talk of the beginning and the end,
But I do not talk of the beginning or the end.

There was never any more inception than there is now,
Nor any more youth or age than there is now,
And will never be any more perfection than there is now,
Nor any more heaven or hell than there is now.

Urge and urge and urge,
Always the procreant urge of the world.

Out of the dimness opposite equals advance, always substance and increase, always sex,
Always a knit of identity, always distinction, always a breed of life.

To elaborate is no avail, learn'd and unlearn'd feel that it is so.

Sure as the most certain sure, plumb in the uprights, well entretied, braced in the beams,

3,38 *the talk of the beginning and the end* («il discorso del principio e della fine»): ancora una eco biblica. Nell'affermazione tutta whitmaniana di un discorso, e dunque di una realtà che è tutta linguaggio, che non ha inizio né fine, persiste l'eco dell'inizio del Vangelo di Giovanni, per cui nel Verbo è costituito ogni inizio ed è esso stesso «in possesso di un'esistenza senza principio e senza limiti».

3,40-43 Questi versi non sono solo un tipico esempio del procedimento poetico whitmaniano, ma anche un'indicazione delle sue intenzioni.

There was never any more	INCEPTION	than there is now
Nor any more *Youth* or	*Age*	than there is now
And will never be any more	PERFECTION	than there is now
Nor any more *Heaven* and	*Hell*	than there is now

3

Ho udito ciò che i parlatori dicevano, il discorso del principio e della fine,
Ma io non parlo del principio o della fine.

Non ci fu mai più inizio di quanto ce n'è ora,
Né più gioventù o vecchiaia di quanta ce n'è ora,
Né vi sarà più perfezione di quanta ce n'è ora,
Né più cielo o più inferno di quanto ce n'è ora.

Urgere, urgere, urgere,
Sempre l'urgere procreante del mondo.

Dalla confusa oscurità gli opposti eguali avanzano, sempre sostanza e accrescimento, e sesso,
E intrecciarsi di identità, e sempre distinzione, sempre riproduzione.

Elaborare è inutile, dotti e non dotti sentono che è così.

Sicuri come ciò che è più sicuro, i muri a piombo, ben connessi, la travatura rinforzata,

Incastonate in una ferrea cornice di ripetizioni e di paralleli, si evidenziano le due opposizioni orizzontali (*Youth/Age*; *Heaven/Hell*), a loro volta in rapporto di reciproca relazione ed opposizione interna (*Youth/Heaven*; *Age/Hell*), come la opposizione verticale condizionata sia dalla ragione fonetica sia dal rapporto analogico con le opposizioni orizzontali: *Inception/Perfection*. L'opposto d'inizio è per Whitman non *fine* ma *perfezione*, con tutte le implicazioni, estetiche ed etiche, che ciò comporta. Perfezione è davvero per il poeta, come i versi successivi suggeriscono, momento di raggiunto e sospeso equilibrio tra gli eguali opposti che si avanzano nella confusa oscurità. L'amplesso e appagamento sessuale ne sono figure per eccellenza.

3,49-51 Le due immagini, quella realisticamente particolareggiata della costruzione (per cui W. attinge al linguaggio del carpentiere) e quella, più vibrante ed insolita, del cavallo, propongono la contraddittoria contiguità tra *sure* (sicuro), ripetuto due volte e *mystery* (mistero), preparatoria alle contiguità successive, più ambiziose.

Stout as a horse, affectionate, haughty, electrical,
I and this mystery here we stand.

Clear and sweet is my soul, and clear and sweet is all that is not
my soul.

Lack one lacks both, and the unseen is proved by the seen,
Till that becomes unseen and receives proof in its turn.

Showing the best and dividing it from the worst age vexes age,
Knowing the perfect fitness and equanimity of things, while they
discuss I am silent, and go bathe and admire myself.

Welcome is every organ and attribute of me, and of any man
hearty and clean,
Not an inch nor a particle of an inch is vile, and none shall be
less familiar than the rest.

I am satisfied—I see, dance, laugh, sing;
As the hugging and loving bed-fellow sleeps at my side through
the night, and withdraws at the peep of the day with
stealthy tread,
Leaving me baskets cover'd with white towels swelling the house
with their plenty,
Shall I postpone my acceptation and realization and scream at my eyes,

3,53-55 Abbiamo in questi versi una concisa rivendicazione dell'unità della realtà (materiale e spirituale) e della sua traducibilità storica che rende percepibile quanto prima era ancora mistero.

3.58 *vile*: vile e di scarto.

Forti come un cavallo, affezionati, tracotanti, elettrici,
Io e questo mistero qui ci ergiamo.

Limpida e dolce è la mia anima, e limpido e dolce è tutto quello che non è la mia anima.

Se manca uno, mancano entrambi, e il non veduto è provato dal veduto,
Finché questo non diventi invisibile e debba a sua volta esser provato.

Ogni età tormenta l'altra mostrando il meglio e separandolo dal peggio,
Conoscendo la perfetta giustezza e imparzialità delle cose, mentre quelle discutono sto zitto, e vado a fare il bagno e ad ammirare me stesso.

Benvenuto ogni mio organo e attributo, e quelli di ogni uomo onesto e vigoroso,
Non un pollice è da scartare o frazione di pollice, e niente dev'essere meno familiare del resto.

Io sono pago: vedo, ballo, rido e canto;
E se l'amato compagno di letto che dorme abbracciato al mio fianco, allo spuntare del giorno si ritira con passo furtivo,
Lasciandomi cesti di bianchi asciugamani che mi riempiono la casa con la loro abbondanza,
Dovrò posporre la mia accettazione e comprensione e gridare ai miei occhi

3,60 La versione del 1855 è più esplicita: *As God comes a loving bedfellow and sleeps at my side all night* («Come Dio viene, amoroso compagno di letto e mi dorme affianco tutta la notte»).

That they turn from gazing after and down the road,
And forthwith cipher and show me to a cent,
Exactly the value of one and exactly the value of two, and which
is ahead?

4

Trippers and askers surround me,
People I meet, the effect upon me of my early life or the ward
and city I live in, or the nation,
The latest dates, discoveries, inventions, societies, authors old and
new,
My dinner, dress, associates, looks, compliments, dues,
The real or fancied indifference of some man or woman I love,
The sickness of one of my folks or of myself, or ill-doing or loss or
lack of money, or depressions or exaltations,
Battles, the horrors of fratricidal war, the fever of doubtful news,
the fitful events;
These come to me days and nights and go from me again,
But they are not the Me myself.

Apart from the pulling and hauling stands what I am,
Stands amused, complacent, compassionating, idle, unitary,
Looks down, is erect, or bends an arm on an impalpable certain
rest,
Looking with side-curved head curious what will come next,
Both in and out of the game and watching and wondering at it.

4,77 *rest*: nel termine inglese permane anche il significato di luogo di riposo, oltre che di sostegno.

Che si astengano dopo dal guardare giù per la strada,
E mi mostrino sùbito, calcolato al centesimo,
L'esatto valore di uno e l'esatto valore di due, e chi è in vantaggio?

4

La gente che passa e che m'interroga,
Le persone che incontro, gli effetti su di me dei miei primi anni o del quartiere, della città, della nazione in cui vivo,
Gli avvenimenti recenti, le scoperte e invenzioni, le società, gli autori vecchi e nuovi,
Il pranzo, gli abiti, i compagni, il bell'aspetto, i complimenti, i doveri,
L'indifferenza reale o immaginaria di qualcuno che amo,
La malattia d'uno dei miei o mia, le malefatte, la perdita o la penuria di danaro, le depressioni o l'euforia,
Le battaglie, gli orrori della guerra fratricida, la febbre delle dubbie notizie, lo spasmo degli avvenimenti,
Tutto questo mi arriva giorno e notte, e se ne va,
Ma non sono il mio Io.

Separato da ciò che attira e trascina sta quello che io sono,
Se ne sta divertito, compiacente, compassionevole, inattivo, unitario,
Guarda dall'alto, è eretto, o appoggia un braccio a un impalpabile sicuro sostegno,
Con la testa piegata di lato, curioso di ciò che verrà dopo,
Dentro e fuori del gioco, osservandolo e meravigliandosi.

Backward I see in my own days where I sweated through fog with
linguists and contenders,
I have no mockings or arguments, I witness and wait.

5

I believe in you my soul, the other I am must not abase itself to you,
And you must not be abased to the other.

Loafe with me on the grass, loose the stop from your throat,
Not words, not music or rhyme I want, not custom or lecture, not
even the best,
Only the lull I like, the hum of your valvèd voice.

I mind how once we lay such a transparent summer morning,
How you settled your head athwart my hips and gently turn'd over
upon me,
And parted the shirt from my bosom-bone, and plunged your
tongue to my bare-stript heart,
And reach'd till you felt my beard, and reach'd till you held my feet.

Swiftly arose and spread around me the peace and knowledge that
pass all the argument of the earth,
And I know that the hand of God is the promise of my own,
And I know that the spirit of God is the brother of my own,

5 Unione erotico-mistica di corpo e anima, di io e Dio, di io e universo.

5.86 *the hum of your valved voice*: *hum* è, propriamente, il suono prodotto a bocca chiusa; *valved* indica due valve come in una conchi-

Ripenso ai giorni passati quando mi affaticavo nella nebbia con linguisti e dialettici,
Non ho battute o argomenti, io testimonio e attendo.

5

Io credo in te anima mia, e l'altro che io sono non deve umiliarsi
Davanti a te né tu davanti a lui.

Ozia con me sopra l'erba, rimuovi il groppo dalla gola,
Io non chiedo parole, né musica, né rime, né conferenze o patrocini, sia pure i migliori,
Solo la nenia mi appaga, il mormorio della tua voce a bocca chiusa.

Rammento come una volta in un simile limpido mattino d'estate noi due giacevamo,
E tu posavi il capo di traverso sui miei fianchi e ti volgevi a me con tenerezza,
E aperta la camicia sullo sterno, affondasti la lingua dentro al mio cuore nudo,
E ti stendesti fino a sentire la mia barba, e ti stendesti fino a trattenermi i piedi.

Rapidamente sorse e si diffuse intorno a me quella pace e quella conoscenza che oltrepassano ogni disputa terrestre,
E ora so che la mano di Dio è la promessa della mia,
So che lo spirito di Dio è il fratello del mio spirito,

glia (si dice di foglie che crescono a coppia). La traduzione italiana, fedele alla sostanza, perde di necessità la compressione di due immagini in una.

And that all the men ever born are also my brothers, and the
women my sisters and lovers,
And that a kelson of the creation is love,
And limitless are leaves stiff or drooping in the fields,
And brown ants in the little wells beneath them,
And mossy scabs of the worm fence, heap'd stones, elder, mullein
and poke-weed.

6

A child said *What is the grass?* fetching it to me with full hands;
How could I answer the child? I do not know what it is any
more than he.

5,95 *kelson*: keelson, fasciame (di chiglia).

6 L'intera sezione è famosa sia per l'emblematica centralità del simbolo dell'erba, sia per la preziosa ricchezza del tessuto delle immagini, sia, infine, per la sua importanza all'interno della struttura complessiva del testo: tutte le ipotesi di ricostruzione di questa struttura tendono a far cadere dopo la sesta e settima sezione la fine della parte «introduttiva». Seguendo il nostro filo di lettura, noteremo come essa si proponga come paradigmatica dello schema di domanda/risposta, che è uno degli assi portanti del poemetto, nonché della capacità di W. di erodere, minare, deviare l'apparente linearità dello schema con slittamenti dei significanti solo apparentemente asistematici. Il movimento di domanda, attraversa — a livello grammaticale — tutta la sezione: retto da una serie di pronomi e di espressioni interrogativi (*What? Whose? What do you think? What do you think?*); ad esso sembra, altrettanto linearmente, rapportarsi una serie di risposte, che appaiono in progressione di successiva sicurezza (dall'*I do not know* del v. 99 al *There is really no death* del v. 126, cioè dal «non so» al «la morte veramente non esiste»). Tuttavia tra le due corrono una serie di risposte lineari solo in termini grammaticali, ma cariche di evidente incertezza e problematicità semantica (*I guess, I guess, I guess, I guess, I guess* (credo) ...*it seems to me* (mi sembra), *It may be, It may be, It*

Che tutti gli uomini nati sono anche fratelli miei, e le
donne sorelle ed amanti,
E che la controchiglia della creazione è l'amore,
E che sono infinite le foglie dritte o recline nei campi,
E le brune formiche nei piccoli pozzi sotto di loro,
E le croste di muschio del recinto serpeggiante, i
mucchi di sassi, il sambuco, la fitolacca, il
verbasco.

6

Che cos'è l'erba? mi chiese un bambino,
portandomene a piene mani;
Come potevo rispondergli? Non so meglio di lui che
cosa sia.

may be (può essere forse) che finiscono per riflettersi sulla stessa perentorietà del *There is really no death*, sfumandone l'assertività. Ci accorgeremo allora che altri mutamenti si sono nel frattempo ugualmente prodotti, che non c'è più un fanciullo che chiede ed un *io* che risponde, ma che i due si sono anche grammaticalmente fusi nella domanda al verso 104, dove, infatti, troviamo *We* (noi). Il solito movimento di progressiva presentazione di opposti (in particolare gioventù/vecchiaia; vita/morte) ha anch'esso seguito un modello conosciuto: la presentazione di un'antitesi (a livello d'immagine, di singoli versi, di singole parole), la cancellazione dell'antitesi in una affermazione (o un'immagine) che appare conciliare, o almeno accettare, ambedue i poli; e poi una nuova antitesi che nasce direttamente da quest'ultima.

6,99 L'immagine dell'erba è davvero ripresa ciclicamente in tutto il poemetto; e dunque immagine-chiave. Si veda, in precedenza, dal v. 1,5 (e successivamente, quelle che sembrano risposte lineari alla domanda posta in questo verso: *This is the grass that grows wherever the land is and the water is* («quest'è l'erba che cresce dovunque sia l'acqua e la terra») del v. 360 e ancora, *I believe a leaf of grass is no less than the journey-work of the stars* («Credo che una foglia d'erba non sia meno importante di tutto il percorso quotidiano degli astri») del v. 663, o ancora, in vv. 710-1: *now I see it is true... What I guess'd when I loaf'd on the grass* («ora m'accorgo che è vero quello che immaginavo sdraiato sull'erba»).

I guess it must be the flag of my disposition, out of hopeful green
stuff woven.

Or I guess it is the handkerchief of the Lord,
A scented gift and remembrancer designedly dropt,
Bearing the owner's name someway in the corners, that we may
see and remark, and say *Whose?*

Or I guess the grass is itself a child, the produced babe of the
vegetation.

Or I guess it is a uniform hieroglyphic,
And it means, Sprouting alike in broad zones and narrow zones,
Growing among black folks as among white,
Kanuck, Tuckahoe, Congressman, Cuff, I give them the same, I
receive them the same.

And now it seems to me the beautiful uncut hair of graves.

Tenderly will I use you curling grass,
It may be you transpire from the breasts of young men,
It may be if I had known them I would have loved them,
It may be you are from old people, or from offspring taken soon
out of their mothers' laps,
And here you are the mothers' laps.

6,105 Si noti lo slittare dei soggetti e dei predicati: dal primo semplice paradigma: il fanciullo domanda, l'io risponde e l'erba è argomento della domanda e della risposta, siamo passati ad una fusione grammaticale dell'io e del fanciullo nel *we* del verso precedente, ed ora, con questo, è l'erba, a sua volta, che diventa fanciullo.

6,109 Questi sono i tipici gergalismi che W. annota pazientemente

Suppongo che sia lo stendardo della mia vocazione,
fatto col verde tessuto della speranza.

O forse è il fazzoletto del Signore,
Un ricordo profumato lasciato cadere di proposito,
Con la cifra del proprietario in un angolo sicché
possiamo vederla e domandarci *di Chi può essere*?

O forse l'erba stessa è un bambino, il bimbo generato
dalla vegetazione.

O un geroglifico uniforme
Che voglia dire, crescendo tanto in ampi spazi che in
strette fasce di terra,
Fra bianchi e gente di colore,
Canachi, Virginiani, Membri del Congresso, gente
comune, io do loro la stessa cosa e li accolgo
nello stesso modo.

E ora mi appare come la bella capigliatura delle
tombe.

Ti userò con gentilezza, erba ricciuta,
Forse traspiri dal petto di giovani uomini,
Che avrei potuto amare, se li avessi conosciuti,
Forse provieni da vecchi, o da figli ghermiti appena
fuori dai ventri materni,
Ed ecco, sei tu il ventre materno.

sui *Notebooks*, sembrandogli così di catturare meglio il «localismo» linguistico e culturale del suo paese. *Tuckahoe* è una specie di tubero, adoperato per designare i Virginiani; *Cuff*: un negro.

6,115 Nel verso il grembo materno riassume e concilia la dicotomia precedentemente espressa (v. 114): i morti vecchi ed i morti bambini. Attraverso queste contiguità l'idea della vita si sovrappone a quella della morte senza cancellarla.

This grass is very dark to be from the white heads of old mothers,
Darker than the colorless beards of old men,
Dark to come from under the faint red roofs of mouths.

O I perceive after all so many uttering tongues,
And I perceive they do not come from the roofs of mouths for
nothing.

I wish I could translate the hints about the dead young men and
women,
And the hints about old men and mothers, and the offspring taken
soon out of their laps.

What do you think has become of the young and old men?
And what do you think has become of the women and children?

They are alive and well somewhere,
The smallest sprout shows there is really no death,
And if ever there was it led forward life, and does not wait at the
end to arrest it,
And ceas'd the moment life appear'd.

All goes onward and outward, nothing collapses,
And to die is different from what any one supposed, and luckier.

6,129 Uno dei versi in cui W. riassume più sinteticamente insieme il movimento del poemetto e della realtà come egli la concepisce.

6,130 L'uso del termine fortuna a proposito della morte è certo

Quest'erba è troppo scura per uscire dal bianco capo
delle nonne,
Più scura della barba scolorita dei vecchi,
È scura per spuntare dal roseo palato delle bocche.

Oh nonostante tutto io sento il parlottio di tante
lingue,
E comprendo che non esce dalle bocche per nulla.

Vorrei poter tradurre gli accenni ai giovani morti, alle
fanciulle,
Gli accenni ai vecchi e alle madri, ai rampolli ghermiti
ai loro ventri.

Che cosa pensate sia avvenuto dei giovani e dei
vecchi?
E che cosa pensate sia avvenuto delle madri e dei
figli?

Vivono e stanno bene in qualche luogo,
Il più minuscolo germoglio ci dimostra che in realtà
non vi è morte,
E che se mai c'è stata conduceva alla vita, e non
aspetta il termine per arrestarla,
E che cessò nell'istante in cui la vita apparve.

Tutto continua e tutto si estende, niente si annienta,
E il morire è diverso da ciò che tutti suppongono, e
ben più fortunato.

inconsueto. Esso viene ribadito nei primi due versi della sezione successiva, dove il verso stesso si scompone, rimettendo in equilibrio vita e morte.

7

Has any one supposed it lucky to be born?
I hasten to inform him or her it is just as lucky to die, and I know it.

I pass death with the dying and birth with the new-wash'd babe, and am not contain'd between my hat and boots,
And peruse manifold objects, no two alike and every one good,
The earth good and the stars good, and their adjuncts all good.

I am not an earth nor an adjunct of an earth,
I am the mate and companion of people, all just as immortal and fathomless as myself,
(They do not know how immortal, but I know.)

Every kind for itself and its own, for me mine male and female,
For me those that have been boys and that love women,
For me the man that is proud and feels how it stings to be slighted,
For me the sweet-heart and the old maid, for me mothers and the mothers of mothers,
For me lips that have smiled, eyes that have shed tears,
For me children and the begetters of children.

Undrape! you are not guilty to me, nor stale nor discarded,

7,134-135 V. *Genesi*, I:31 «Ed Elolim vide tutto ciò che egli aveva fatto. Ed ecco che era molto buono».
7,137 V. *Genesi*, I:27 «maschio e femmina li creò».

7

Qualcuno ha supposto che sia fortunato il nascere?
Io mi affretto a informarlo che lo è quanto morire, e io lo so.

Io oltrepasso la morte col morente, la nascita col bimbo appena lavato, e non sono contenuto tra il cappello e gli stivali,
E scruto oggetti multiformi, nessuno uguale all'altro, e tutti buoni,
Buona la terra, buoni gli astri, buone le loro appendici.

Io non sono una terra né l'appendice d'una terra,
Sono il compagno e l'amico della gente, che è insondabile e immortale quanto me,
(Non sa quanto immortale, ma io lo so).

Ogni specie per sé e per ciò che è suo; per me il mio è maschio e femmina,
Sono quelli che furono ragazzi e che amano le donne,
Per me è l'uomo orgoglioso che sente quanto punga l'altrui indifferenza,
Per me è la ragazza innamorata e la vecchia zitella, sono le madri e le madri delle madri,
Per me è la bocca che ha sorriso, gli occhi che hanno lacrimato,
Sono i bambini e i genitori dei bambini.

Toglietevi i drappi! non siete colpevoli ai miei occhi, né vecchiume né scarti,

I see through the broadcloth and gingham whether or no,
And am around, tenacious, acquisitive, tireless, and cannot be
shaken away.

8

The little one sleeps in its cradle,
I lift the gauze and look a long time, and silently brush away flies
with my hand.

The youngster and the red-faced girl turn aside up the busy hill,
I peeringly view them from the top.

The suicide sprawls on the bloody floor of the bedroom,
I witness the corpse with its dabbled hair, I note where the pistol
has fallen.

The blab of the pave, tires of carts, sluff of boot-soles, talk of the
promenaders,
The heavy omnibus, the driver with his interrogating thumb, the
clank of the shod horses on the granite floor,
The snow-sleighs, clinking, shouted jokes, pelts of snow-balls,
The hurrahs for popular favorites, the fury of rous'd mobs,

8 Il paradigma della sezione è molto chiaro: dapprima una serie di scene cui l'io assiste, simmetriche anche come struttura grammaticale. Le prime, infatti, sono frasi dichiarative in cui ad inizio di verso abbiamo una ripetizione dell'articolo determinativo (*the*); le seconde frasi ugualmente dichiarative in cui il soggetto (*I*) regge verbi che denotano

Se lo siete o non lo siete lo vedo anche attraverso il
panno e il percalle,
E vado in giro, avido, tenace, instancabile, e non mi
lascio scrollare via.

8

Il piccolo dorme nella culla,
Sollevo il velo e guardo a lungo, e con la mano
silenziosamente allontano le mosche.

Il giovanotto e la ragazza accesa in volto girano verso
i cespugli sulla collina,
Io li vedo dall'alto e di nascosto li osservo.

Il suicida è disteso sul pavimento insanguinato della
stanza da letto;
Io osservo il cadavere, i capelli bagnati, noto dove è
caduta la pistola.

Il brusio della strada, i cerchioni dei carri, le croste di
fango delle suole, i discorsi di chi passeggia,
I pesanti omnibus, il conducente che interroga col
pollice, lo scalpitare dei ferri dei cavalli sul
selciato di granito,
Le slitte, tintinnanti, grida scherzose, lanci di palle di
neve,
Le acclamazioni ai beniamini del momento, la furia
della plebaglia indignata,

la posizione di osservatore anche se via via più coinvolto (*I lift the gauze*; *I look*; *I peeringly view*; *I witness*). A questa prima parte fa riscontro una seconda apparentemente identica, contrassegnata da una serie di frasi che iniziano con *the*: ora si tratta di frasi nominali, senza verbo finito; significativamente, il predicato dell'*I* (v. 166) ha valenze profondamente affettive (*I mind them*).

The flap of the curtain'd litter, a sick man inside borne to the hospital,
The meeting of enemies, the sudden oath, the blows and fall,
The excited crowd, the policeman with his star quickly working his passage to the centre of the crowd,
The impassive stones that receive and return so many echoes,
What groans of over-fed or half-starv'd who fall sunstruck or in fits,
What exclamations of women taken suddenly who hurry home and give birth to babes,
What living and buried speech is always vibrating here, what howls restrain'd by decorum,
Arrests of criminals, slights, adulterous offers made, acceptances, rejections with convex lips,
I mind them or the show or resonance of them—I come and I depart.

9

The big doors of the country barn stand open and ready,
The dried grass of the harvest-time loads the slow-drawn wagon,
The clear light plays on the brown-gray and green intertinged,
The armfuls are pack'd to the sagging mow.

I am there, I help, I came stretch'd atop of the load,
I felt its soft jolts, one leg reclined on the other,

9 La struttura alternata: *The... / I...*, domina anche questa sezione, ma i verbi sono ora di azione, sviluppando il piccolo seme del v. 166 che chiudeva l'altra sezione (*I come and I depart*).

Lo sbattere delle tende d'una lettiga che porta
all'ospedale un malato,
L'incontro di nemici, le imprecazioni immediate, i
colpi e il tonfo,
La folla eccitata, il poliziotto con la stella che s'apre
un passaggio tra la folla,
Le pietre impassibili che ricevono e respingono tanti
echi,
I gemiti del malnutrito e dell'obeso che un colpo di
sole o l'apoplessia fa cadere,
Lo spasimare di donne sorprese dalle doglie che
s'affrettano a casa e partoriscono,
Quante parole vive e sepolte, che ancora vibrano qui,
quante urla soffocate dal decoro,
Arresti di criminali, commenti offensivi, profferte
adultere avanzate, accettate, respinte con labbra
convesse,
Io bado a tutto questo, allo spettacolo o all'eco di
tutto questo: io arrivo e parto.

9

La grande porta del fienile è spalancata,
L'erba secca falciata colma il carro che avanza
lentamente,
La luce chiara scherza sul grigio bruno e il verde
stinto,
Le bracciate si ammassano sul mucchio che s'affloscia.

Io sono lì, dò una mano, allungandomi arrivo in cima
al carico,
Ne avverto le scosse smorzate, una gamba stesa
sull'altra,

I jump from the cross-beams and seize the clover and timothy,
And roll head over heels and tangle my hair full of wisps.

10

Alone far in the wilds and mountains I hunt,
Wandering amazed at my own lightness and glee,
In the late afternoon choosing a safe spot to pass the night,
Kindling a fire and broiling the fresh-kill'd game,
Falling asleep on the gather'd leaves with my dog and gun by my side.

The Yankee clipper is under her sky-sails, she cuts the sparkle and scud,
My eyes settle the land, I bend at her prow or shout joyously from the deck.

The boatmen and clam-diggers arose early and stopt for me,
I tuck'd my trowser-ends in my boots and went and had a good time;
You should have been with us that day round the chowder-kettle.

I saw the marriage of the trapper in the open air in the far west, the bride was a red girl,

9,173 *timothy*: codolina nome volgare della pianta *phleum pratense*, o coda di topo.

10,184-188 Queste scenette di W. hanno le fonti più diverse, talora

Salto dalle traverse e afferro la codolina e il trifoglio,
Faccio capriole, mi arruffo i capelli pieni di festuche.

10

Lontano, in posti deserti e su montagne vado a caccia solitario,
Vago qua e là e mi stupisco della mia agilità e dell'umore allegro,
E verso sera scelgo un posto sicuro per passare la notte,
Accendo un fuoco e vi arrostisco la selvaggina appena uccisa,
E mi addormento sulle foglie ammucchiate con accanto il cane e il fucile.

Il clipper yankee inalbera i velacci, manda spruzzi e scintille,
I miei occhi toccano terra, mi affaccio dalla prua, grido di gioia dal ponte.

I battellieri e i pescatori di molluschi si alzarono presto e mi attesero,
Infilai gli orli dei calzoni negli stivali e li seguii e ci divertimmo,
Avreste dovuto esserci quel giorno intorno alla zuppa di vongole.

Ho veduto le nozze d'un cacciatore di pellicce nel Far West, all'aria aperta, la sposa era un'indiana,

del tutto convenzionali. Nel caso del matrimonio del cacciatore, il riferimento è ad uno specifico quadro di genere, opera di Alfred Jacob Miller: uno dei «quadri indiani» che vengono oggi fortemente rivalutati.

Her father and his friends sat near cross-legged and dumbly smoking, they had moccasins to their feet and large thick blankets hanging from their shoulders,
On a bank lounged the trapper, he was drest mostly in skins, his luxuriant beard and curls protected his neck, he held his bride by the hand,
She had long eyelashes, her head was bare, her coarse straight locks descended upon her voluptuous limbs and reach'd to her feet.

The runaway slave came to my house and stopt outside,
I heard his motions crackling the twigs of the woodpile,
Through the swung half-door of the kitchen I saw him limpsy and weak,
And went where he sat on a log and led him in and assured him,
And brought water and fill'd a tub for his sweated body and bruis'd feet,
And gave him a room that enter'd from my own, and gave him some coarse clean clothes,
And remember perfectly well his revolving eyes and his awkwardness,
And remember putting plasters on the galls of his neck and ankles;
He staid with me a week before he was recuperated and pass'd north,
I had him sit next me at table, my fire-lock lean'd in the corner.

10,189 L'episodio dello schiavo fuggitivo potrebbe anche essere autobiografico, come qualcuno osserva. Non è senza significato il ricorrere di episodi consimili, con struttura narrativa quasi corrispon-

Suo padre e gli amici sedevano a gambe incrociate fumando in silenzio, portavano mocassini e pesanti coperte sulle spalle;
Sopra un rialzo ciondolava lo sposo, quasi tutto coperto di pelli, la barba rigogliosa e i riccioli nascondevano il collo, teneva per mano la donna.
Aveva lunghe ciglia, la testa nuda, i capelli ruvidi e lisci le scendevano sul corpo voluttuoso fino ai piedi.

Lo schiavo fuggitivo si avvicinò alla casa e si fermò all'esterno,
Udivo i suoi movimenti che facevano scricchiolare i ramoscelli della catasta della legna,
Dalla semiporta di cucina lo scorsi esausto e malfermo,
Mi accostai, era seduto su un ciocco, lo rassicurai e lo feci entrare,
Portai dell'acqua e ne colmai una tinozza per quel corpo sudato e quei piedi martoriati,
E gli diedi una stanza a cui si accedeva dalla mia, e gli diedi degli abiti puliti,
Rammento ancora perfettamente come roteava gli occhi e il suo imbarazzo,
Gli applicai qualche impiastro sulle vesciche del collo e alle caviglie;
Stette con me una settimana prima di riprendere le forze per proseguire verso il nord,
A tavola, sedeva accanto a me, il mio fucile appoggiato in un angolo.

dente, in altri scrittori americani contemporanei (ad esempio Thoreau).

10,197-8 *He staid with me*...: cfr. la sezione 33 v. 838: «*I am* the hounded slave...».

11

Twenty-eight young men bathe by the shore,
Twenty-eight young men and all so friendly;
Twenty-eight years of womanly life and all so lonesome.

She owns the fine house by the rise of the bank,
She hides handsome and richly drest aft the blinds of the window.

Which of the young men does she like the best?
Ah the homeliest of them is beautiful to her.

Where are you off to, lady? for I see you,
You splash in the water there, yet stay stock still in your room.

Dancing and laughing along the beach came the twenty-ninth bather,
The rest did not see her, but she saw them and loved them.

The beards of the young men glisten'd with wet, it ran from their
long hair,
Little streams pass'd all over their bodies.
An unseen hand also pass'd over their bodies,
It descended tremblingly from their temples and ribs.

11 La sezione undicesima rievoca una delicata scena di vagheggiamento amoroso: una specie di rovesciamento della scena di Susanna al bagno sbirciata dai vecchioni in *Daniele*, divenuta ampiamente parte dell'iconografia tradizionale.

11,206 La donna è pudicamente nascosta dietro le persiane, e tut-

11

Ventotto giovani fanno il bagno lungo la spiaggia,
Ventotto giovani e tutti così amabili;
Ventotto anni di vita femminile e così solitaria.

È sua la bella casa sul rialto della riva,
E dietro le persiane si nasconde, ben fatta, riccamente vestita.

Quale dei giovani le piace di più?
Ahi, il meno avvenente è già bello per lei.

Dove vai, mia signora? Io ti vedo,
Sguazzi nell'acqua, anche se te ne stai lì ferma nella stanza.

Ballando e ridendo arrivò sulla spiaggia, la ventinovesima bagnante,
Ma gli altri non la videro, lei li vide e li amò.

Le barbe dei giovani luccicavano d'acqua, scorreva dai lunghi capelli,
E a rivoli passava lungo i corpi.
Anche una mano invisibile passò sui loro corpi,
E discese tremante lungo le tempie e i fianchi.

tavia è quasi fisicamente partecipe alla gioiosa felicità del bagno dei ventotto giovani. Questi sono anche gli attributi che l'io-poeta usa per se stesso (*both in and out the game* «allo stesso tempo dentro e fuori del gioco»): la donna è dunque un'ennesima personificazione dell'io-poeta stesso.

The young men float on their backs, their white bellies bulge to the sun, they do not ask who seizes fast to them,
They do not know who puffs and declines with pendant and bending arch,
They do not think whom they souse with spray.

12

The butcher-boy puts off his killing-clothes, or sharpens his knife at the stall in the market,
I loiter enjoying his repartee and his shuffle and break-down.

Blacksmiths with grimed and hairy chests environ the anvil,
Each has his main-sledge, they are all out, there is a great heat in the fire.

From the cinder-strew'd threshold I follow their movements,
The lithe sheer of their waists plays even with their massive arms,
Overhand the hammers swing, overhand so slow, overhand so sure,
They do not hasten, each man hits in his place.

13

The negro holds firmly the reins of his four horses, the block swags underneath on its tied-over chain,
The negro that drives the long dray of the stone-yard, steady and tall he stands pois'd on one leg on the string-piece,

12,218 *shuffle and break-down*: due danze, la prima lenta e sinuosa, la seconda agitata e brillante.

I giovani nuotano sul dorso, i bianchi ventri sporgono al sole, e non si chiedono chi si aggrappa a loro,
Ignorano chi ansima e si piega come un arco che sporge e s'incurva,
Non pensano a chi bagnano di spruzzi.

12

Il garzone del macellaio si toglie il grembiale insanguinato, o affila il suo coltello sul banco del mercato,
Io mi attardo e mi godo le sue battute e il suo balletto di striscio e di tacco.

Fabbri dal petto sudicio e peloso circondano l'incudine,
Ciascuno ha la sua mazza, sono tutti a distanza, c'è gran calore nella forgia.

Dalla soglia coperta di cenere, io seguo i loro movimenti,
L'agile arcata della cintola s'accorda al moto delle braccia poderose,
Le mazze oscillano, così lente e, così sicure,
Non hanno fretta, ciascuno colpisce il punto giusto.

13

Il negro regge saldamente le redini dei suoi quattro cavalli, il blocco oscilla, al di sotto, tenuto da catene,
Il negro che guida il lungo traino della cava di pietre se ne sta alto e saldo su una gamba sulla sbarra traversa,

His blue shirt exposes his ample neck and breast and loosens over
his hip-band,
His glance is calm and commanding, he tosses the slouch of his
hat away from his forehead,
The sun falls on his crispy hair and mustache, falls on the black
of his polish'd and perfect limbs.

I behold the picturesque giant and love him, and I do not stop
there,
I go with the team also.

In me the caresser of life wherever moving, backward as well as
forward sluing,
To niches aside and junior bending, not a person or object missing,
Absorbing all to myself and for this song.

Oxen that rattle the yoke and chain or halt in the leafy shade,
what is that you express in your eyes?
It seems to me more than all the print I have read in my life.

My tread scares the wood-drake and wood-duck on my distant and
day-long ramble,
They rise together, they slowly circle around.

I believe in those wing'd purposes,
And acknowledge red, yellow, white, playing within me,

13,232 *caresser*: il termine implica leggerezza come tenerezza.
13,234 L'assorbimento di ogni cosa in se stesso è in primo luogo

L'azzurra camicia fa risaltare il collo e l'ampio petto e scende libera sui fianchi,
Il suo sguardo è calmo e autorevole, scosta il cappello dalla fronte,
Il sole cade sui capelli crespi e sui baffi, sul nero delle membra lucide e perfette.

Osservo quel gigante pittoresco e lo amo, ma non mi fermo,
Vado anche io col traino.

Io sono uno che accarezza la vita ovunque vada, che volga indietro o in avanti,
Mi chino sulle nicchie appartate e i subalterni, non trascuro un oggetto o una persona,
Tutto assorbendo in me e per questo mio canto.

Buoi che scrollate il giogo e la catena, o vi fermate sotto l'ombra del fogliame, che cosa esprimono i vostri occhi?
Assai di più, mi sembra, di tutta la stampa che ho letto in vita mia.

Nel mio vagare tutto il giorno, il mio passo talvolta spaventa l'anatra sposa e il suo maschio,
S'alzano insieme e volano in cerchio lentamente.

Io credo in queste alate intenzioni,
E riconosco che il rosso, il giallo e il bianco agiscono dentro di me,

esperienza linguistica: la lingua americana è naturale confluenza della molteplicità culturale americana, ed è strumento, ma anche tema privilegiato del canto.

13,239 *those wing'd purposes*: «queste alate intenzioni». C'è, nell'immagine del volo dell'uccello, una precisa intimazione di deliberato disegno.

And consider green and violet and the tufted crown intentional,
And do not call the tortoise unworthy because she is not something
else,
And the jay in the woods never studied the gamut, yet trills pretty
well to me,
And the look of the bay mare shames silliness out of me.

14

The wild gander leads his flock through the cool night,
Ya-honk he says, and sounds it down to me like an invitation,
The pert may suppose it meaningless, but I listening close,
Find its purpose and place up there toward the wintry sky.

The sharp-hoof'd moose of the north, the cat on the house-sill.
the chickadee, the prairie-dog,
The litter of the grunting sow as they tug at her teats,
The brood of the turkey-hen and she with her half-spread wings,
I see in them and myself the same old law.

The press of my foot to the earth springs a hundred affections,
They scorn the best I can do to relate them.

I am enamour'd of growing out-doors,
Of men that live among cattle or taste of the ocean or woods,

13,244 Sempre quest'ammirazione per il cavallo come animale di perfetta struttura anatomica.

E ho idea che il verde e il viola e la cresta piumata siano
intenzionali,
E non disprezzo la tartaruga perché non è qualcos'altro,
E la ghiandaia nei boschi non ha studiato le scale,
eppure per me sa far bene i suoi trilli,
E l'aspetto della puledra baia svergogna la mia
scempiaggine.

14

Il maschio dell'oca selvatica guida lo stormo nella fresca
sera,
E grida *ya-honk*, e giù mi arriva come un invito;
Il furbo può crederlo privo di senso, ma tendendo
l'orecchio
Ne scopro il fine e lo situo in alto nel cielo invernale.

L'alce del nord dallo zoccolo affilato, il gatto sulla soglia
della casa, la cincia bigia, il cane della prateria,
I maialini che tirano le tette della scrofa che grugnisce,
La tacchina con le ali semiaperte e i suoi pulcini,
In loro e in me scorgo la stessa antica legge.

La pressione del mio piede sulla terra sprigiona mille
affetti
Che sbeffeggiano i miei sforzi per descriverli.

Io sono innamorato della vita all'aperto,
Degli uomini in mezzo al bestiame o che sanno di boschi
o d'oceano,

14,247 Il contrasto base è qui tra *meaningless* «privo di senso» e *purposes* («intenzioni») del v. 239; *pert* = oltre all'intelligenza, il termine indica anche una certa dose di impudenza e di petulanza.

Of the builders and steerers of ships and the wielders of axes and
mauls, and the drivers of horses,
I can eat and sleep with them week in and week out.

What is commonest, cheapest, nearest, easiest, is Me,
Me going in for my chances, spending for vast returns,
Adorning myself to bestow myself on the first that will take me,
Not asking the sky to come down to my good will,
Scattering it freely forever.

15

The pure contralto sings in the organ loft,
The carpenter dresses his plank, the tongue of his foreplane whistles
its wild ascending lisp,
The married and unmarried children ride home to their Thanks-
giving dinner,
The pilot seizes the king-pin, he heaves down with a strong arm,
The mate stands braced in the whale-boat, lance and harpoon are
ready,
The duck-shooter walks by silent and cautious stretches,
The deacons are ordain'd with cross'd hands at the altar,
The spinning-girl retreats and advances to the hum of the big
wheel,
The farmer stops by the bars as he walks on a First-day loafe and
looks at the oats and rye,

15 La sezione, che si estende per sessantaquattro versi, è una delle più citate come esempio dei «cataloghi» whitmaniani. Questo immenso presepio di figurine colte in atteggiamento fisso ha la sua precisa

Dei costruttori di navi, dei piloti, di chi maneggia l'ascia
e la mazza, di chi guida i cavalli,
Potrei mangiare e dormire con loro per settimane e
settimane.

Il più comune, il più a buon mercato, il più a portata di
mano, il più semplice, questo sono io,
Io che corro i miei rischi spendendo per molto
guadagnare,
Che mi agghindo per darmi al primo che mi voglia,
Senza chiedere che venga giù il cielo per la mia buona
volontà,
Spargendola sempre, liberamente.

15

Il puro contralto canta nel palco dell'organo,
Il carpentiere leviga la tavola, il ferro della pialla
risalendo manda un aspro fruscìo,
I figli, sposati e non sposati, vanno a pranzo dai genitori
il giorno del Ringraziamento,
Il pilota afferra il manubrio e ala con braccio gagliardo,
Il secondo sta in piedi sulla baleniera, lancia ed arpione
sono pronti,
Il cacciatore d'anatre cammina guardingo con lunghi
passi silenziosi,
I diaconi vengono ordinati, le braccia in croce, all'altare,
La filatrice indietreggia ed avanza al ronzio della grande
ruota,
L'agricoltore fa il suo giretto domenicale, si ferma
davanti allo steccato e osserva l'avena e la segale,

funzione: quella di essere esplicitamente non realtà, ma metarealtà. Essa permette di abbracciare con uno sguardo in una dimensione orizzontale uno spazio molto ampio che in sé assorbe il tempo, cioè l'incalzare delle stagioni (vv. 315-316).

The lunatic is carried at last to the asylum a confirm'd case,
(He will never sleep any more as he did in the cot in his mother's
bed-room;)
The jour printer with gray head and gaunt jaws works at his case,
He turns his quid of tobacco while his eyes blurr with the manuscript;
The malform'd limbs are tied to the surgeon's table,
What is removed drops horribly in a pail;
The quadroon girl is sold at the auction-stand, the drunkard nods
by the bar-room stove,
The machinist rolls up his sleeves, the policeman travels his beat,
the gate-keeper marks who pass,
The young fellow drives the express-wagon, (I love him, though
I do not know him;)
The half-breed straps on his light boots to compete in the race,
The western turkey-shooting draws old and young, some lean on
their rifles, some sit on logs,
Out from the crowd steps the marksman, takes his position, levels
his piece;
The groups of newly-come immigrants cover the wharf or levee,
As the woolly-pates hoe in the sugar-field, the overseer views them
from his saddle,
The bugle calls in the ball-room, the gentlemen run for their part-
ners, the dancers bow to each other,
The youth lies awake in the cedar-roof'd garret and harks to the
musical rain,
The Wolverine sets traps on the creek that helps fill the Huron,
The squaw wrapt in her yellow-hemm'd cloth is offering moccasins
and bead-bags for sale,

15,275 *jour printer* : *journeyman printer*, tipografo.
15,289 *Wolverine*: abitanti del Michigan.

Il pazzo — un caso accertato — viene portato al manicomio
(Non dormirà più nel lettino nella stanza di sua madre);
Il tipografo dal capo grigio e dal volto incavato lavora al bancone,
Mastica il suo tabacco mentre gli occhi gli si annebbiano sul manoscritto;
Membra malformate sono legate alla tavola operatoria,
Ciò che è rimosso cade in un secchio orribilmente;
La giovane mulatta viene venduta all'asta, l'ubriacone sonnecchia presso la stufa della bettola,
Il macchinista si rimbocca le maniche, il poliziotto fa il giro di ronda, il guardiano segna i pedaggi,
Il giovanotto guida il furgone (lo amo, anche se non lo conosco);
Il mezzo-sangue allaccia gli stivaletti per gareggiare nella corsa,
Nell'Ovest la caccia al tacchino attira giovani e vecchi, chi s'appoggia al fucile, chi siede su un tronco,
Il tiratore scelto sbuca dalla folla, si mette in posizione, punta il pezzo;
I nuovi immigranti coprono il molo o la banchina,
Le teste lanose sarchiano i campi di canne da zucchero, il sorvegliante li osserva dall'alto della sella,
La tromba squilla nella sala da ballo, gli uomini cercano le dame, i ballerini si fanno un inchino,
Il giovane giace sveglio nella soffitta dal tetto di cedro e ascolta la pioggia melodiosa,
I Wolverini collocano trappole sul torrente che sbocca nello Huron,
La squaw ravvolta nel panno orlato di giallo vende borsette di perline e mocassini,

The connoisseur peers along the exhibition-gallery with half-shut
eyes bent sideways,
As the deck-hands make fast the steamboat the plank is thrown for
the shore-going passengers,
The young sister holds out the skein while the elder sister winds it
off in a ball, and stops now and then for the knots,
The one-year wife is recovering and happy having a week ago
borne her first child,
The clean-hair'd Yankee girl works with her sewing-machine or in
the factory or mill,
The paving-man leans on his two-handed rammer, the reporter's
lead flies swiftly over the note-book, the sign-painter is
lettering with blue and gold,
The canal boy trots on the tow-path, the book-keeper counts at
his desk, the shoemaker waxes his thread,
The conductor beats time for the band and all the performers
follow him,
The child is baptized, the convert is making his first professions,
The regatta is spread on the bay, the race is begun, (how the
white sails sparkle!)
The drover watching his drove sings out to them that would
stray,
The pedler sweats with his pack on his back, (the purchaser hig-
gling about the odd cent;)
The bride unrumples her white dress, the minute-hand of the clock
moves slowly,
The opium-eater reclines with rigid head and just-open'd lips,
The prostitute draggles her shawl, her bonnet bobs on her tipsy
and pimpled neck,

L'intenditore scruta i quadri della mostra con occhi socchiusi, di traverso,
I marinai assicurano la nave, la passerella è calata per i passeggeri che sbarcano,
La ragazza tiene alta la matassa, la sorella più anziana ne dipana un gomitolo, e ogni tanto si ferma per un nodo,
La sposa d'un anno si sta rimettendo ed è felice che da sette giorni ha avuto il primo figlio;
La giovane yankee dai lindi capelli cuce a macchina o lavora in fabbrica o in filanda,
Il selciaio s'appoggia al mazzapicchio, la matita del reporter scorre rapida sul taccuino, il pittore d'insegne dipinge lettere blu e oro,
Il bardotto trotta sull'alzaia, il contabile fa i conti allo scrittoio, il calzolaio incera lo spago,
Il direttore segna il tempo alla banda e tutti i suonatori lo seguono,
Il bambino è battezzato, il convertito fa la sua professione di fede,
La regata si spande nella baia, la gara è cominciata (come sfavillano le bianche vele!),
Il mandriano vocia alle bestie che stanno per sbrancare,
Il venditore ambulante suda con il sacco sulle spalle (l'acquirente tira il centesimo),
La sposa stira l'abito bianco, la lancetta dei minuti si muove lentamente,
L'oppiomane si sdraia, la testa rigida, le labbra semiaperte,
La prostituta strascina lo scialle, la cuffia le penzola sul collo alticcio e foruncoloso,

The crowd laugh at her blackguard oaths, the men jeer and wink
to each other,
(Miserable! I do not laugh at your oaths nor jeer you;)
The President holding a cabinet council is surrounded by the great
Secretaries,
On the piazza walk three matrons stately and friendly with twined
arms,
The crew of the fish-smack pack repeated layers of halibut in the
hold,
The Missourian crosses the plains toting his wares and his cattle,
As the fare-collector goes through the train he gives notice by the
jingling of loose change,
The floor-men are laying the floor, the tinners are tinning the roof,
the masons are calling for mortar,
In single file each shouldering his hod pass onward the laborers;
Seasons pursuing each other the indescribable crowd is gather'd,
it is the fourth of Seventh-month, (what salutes of cannon
and small arms!)
Seasons pursuing each other the plougher ploughs, the mower
mows, and the winter-grain falls in the ground;
Off on the lakes the pike-fisher watches and waits by the hole in
the frozen surface,
The stumps stand thick round the clearing, the squatter strikes
deep with his axe,
Flatboatmen make fast towards dusk near the cotton-wood or
pecan-trees,

15,310 *halibut*: grossi e piatti pesci oceanici che si mangiano nei giorni festivi.

La folla ride alle sue bestemmie scurrili, gli uomini la
sbeffeggiano e ammiccano fra loro,
(Infelice! io non ti schernisco, le tue bestemmie non mi
fanno ridere);
Il Presidente è in seduta di Consiglio, circondato dai
Ministri,
Tre maestose matrone passeggiano nella piazza
amichevolmente allacciate,
L'equipaggio del peschereccio ammassa strati di halibut
nella stiva,
L'abitante del Missouri attraversa le pianure
trasportando merci e bestiame,
Il bigliettaio percorre il treno preannunciato dal
tintinnio degli spiccioli,
I pavimentisti posano le piastrelle, i lattonieri rivestono
il tetto, i muratori chiedono la malta,
In fila, cofana in spalla, passano i manovali;
Le stagioni si succedono, è il quattro del Settimo-mese,
una folla indescrivibile è riunita (che salve di
cannoni e moschetti!),
Le stagioni si succedono, l'aratore ara, il mietitore
miete, il grano invernale è seminato;
Lontano sui laghi il pescatore di lucci vigila presso un
foro praticato nel ghiaccio,
I ceppi s'ergono fitti attorno alla radura, il pioniere
picchia forte con l'ascia,
Gli uomini delle chiatte ormeggiano al crepuscolo
presso i pioppi o i pecàn,

15,315 *fourth of Seventh-month*: questa designazione quacchera per il 4 di luglio ha le usuali giustificazioni di celebrazione della Dichiarazione d'Indipendenza Americana.

15,318 *squatter*: persona che occupa abusivamente un terreno.

Coon-seekers go through the regions of the Red river or through those drain'd by the Tennessee, or through those of the Arkansas,
Torches shine in the dark that hangs on the Chattahooche or Altamahaw,
Patriarchs sit at supper with sons and grandsons and great-grandsons around them,
In walls of adobie, in canvas tents, rest hunters and trappers after their day's sport,
The city sleeps and the country sleeps,
The living sleep for their time, the dead sleep for their time,
The old husband sleeps by his wife and the young husband sleeps by his wife;
And these tend inward to me, and I tend outward to them,
And such as it is to be of these more or less I am,
And of these one and all I weave the song of myself.

16

I am of old and young, of the foolish as much as the wise,
Regardless of others, ever regardful of others,
Maternal as well as paternal, a child as well as a man,
Stuff'd with the stuff that is coarse and stuff'd with the stuff that is fine,
One of the Nation of many nations, the smallest the same and the largest the same,

16 In questa sezione l'identificazione dell'io con il paese è manifesta. La tecnica seguita è sempre quella di un equilibrio di opposti, ottenuto attraverso una serie di antitesi, con effetti di una quasi cancellazione reciproca. Agli opposti che qualificano l'io, rispondono quelli che caratterizzano lo spazio culturale e geografico: nord e sud,

I cacciatori di procioni attraversano le regioni del Red River, o quelle dell'Arkansas, o quelle prosciugate presso il Tennessee,
Le torce brillano nel buio che incombe sul Chattahoochee o sull'Altamahaw,
I patriarchi siedono a cena circondati da figli, nipoti e pronipoti,
Tra pareti di adobe, sotto tende di tela, cacciatori e lacciolai riposano dopo la fatica del giorno,
La città dorme, la campagna dorme,
I vivi dormono il loro tempo, i morti dormono il tempo loro,
Il vecchio marito dorme accanto alla moglie, il giovane sposo dorme accanto alla sua;
E tutti convergono verso di me, e io mi espando verso di loro,
E quale sia il loro essere, più o meno così sono io,
E di tutti, dal primo all'ultimo, io intesso il canto del me stesso.

16

Io sono dei giovani e dei vecchi, degli stolti e dei saggi,
Incurante degli altri, riguardoso di tutti,
Materno quanto paterno, bambino quanto adulto,
Imbottito di volgarità, ripieno di delicatezza,
Uno della Nazione di molte nazioni, delle più piccole e delle più grandi,

est e ovest del subcontinente nordamericano si alternano a tracciare una serie di linee regolarmente intersecantesi. Una rete ed un disegno quasi astratti a dispetto dell'apparente concretezza dei riferimenti geografici.

16,334 *one of the Nation of many nations*: «uno della Nazione di molte nazioni»; è la definizione che W. preferisce per designare gli Stati Uniti d'America sia nella loro realtà culturale e politica (per cui ritrova l'ideale settecentesco di un'unità da raggiungere senza la mortificazione della molteplicità storica, culturale ed istituzionale degli stati membri) sia nella loro qualità rappresentativa e metaforica.

A Southerner soon as a Northerner, a planter nonchalant and
hospitable down by the Oconee I live,
A Yankee bound my own way ready for trade, my joints the
limberest joints on earth and the sternest joints on earth,
A Kentuckian walking the vale of the Elkhorn in my deer-skin
leggings, a Louisianian or Georgian,
A boatman over lakes or bays or along coasts, a Hoosier, Badger,
Buckeye;
At home on Kanadian snow-shoes or up in the bush, or with
fishermen off Newfoundland,
At home in the fleet of ice-boats, sailing with the rest and tacking,
At home on the hills of Vermont or in the woods of Maine, or the
Texan ranch,
Comrade of Californians, comrade of free North-Westerners, (loving
their big proportions,)
Comrade of raftsmen and coalmen, comrade of all who shake
hands and welcome to drink and meat,
A learner with the simplest, a teacher of the thoughtfullest,
A novice beginning yet experient of myriads of seasons,
Of every hue and caste am I, of every rank and religion,
A farmer, mechanic, artist, gentleman, sailor, quaker,
Prisoner, fancy-man, rowdy, lawyer, physician, priest.

I resist any thing better than my own diversity,
Breathe the air but leave plenty after me,
And am not stuck up, and am in my place.

16,338 *Hoosier, Badger, Buckeye*: nomignoli per gli abitanti dell'Indiana, Wisconsin ed Ohio.

Tanto meridionale quanto del settentrione, un piantatore indifferente e ospitale lungo l'Oconee,
Uno Yankee che segue la sua strada pronto al commercio, le mie giunture le più sciolte e le più salde sulla terra,
Un Kentuckiano che percorre la valle dell'Elkhorn coi miei gambali di pelle di daino, un Georgiano, uno della Louisiana,
Un battelliere sui laghi o le baie o lungo le coste, un Hoosier, un Badger, un Buckeye;
A mio agio con le racchette da neve canadesi, o nel fitto dei boschi, o fra i pescatori di Terranova,
A mio agio nella flotta delle navi rompighiaccio, veleggiando e bordeggiando con le altre,
A mio agio sulle colline del Vermont, o nelle foreste del Maine, o nei ranches del Texas,
Compagno dei Californiani, compagno dei liberi abitanti del Nord-Ovest (amo le loro ampie proporzioni),
Compagno degli zatterieri, dei carbonai, compagno di chi ti stringe la mano e t'invita a bere e a mangiare,
Scolaro con i più semplici, maestro ai più pensosi,
Un novizio agli inizi ma esperto di migliaia di stagioni,
D'ogni casta e colore sono io, d'ogni rango e religione,
Agricoltore, meccanico, artista, gentiluomo, quacchero, marinaio,
Prigioniero, teppista, protettore, medico, avvocato, sacerdote.

A ogni cosa resisto molto meglio che alla mia diversità,
Respiro l'aria ma ne lascio in abbondanza,
E non incedo impettito, e sto al mio posto.

(The moth and the fish-eggs are in their place,
The bright suns I see and the dark suns I cannot see are in their
place,
The palpable is in its place and the impalpable is in its place.)

17

These are really the thoughts of all men in all ages and lands, they
are not original with me,
If they are not yours as much as mine they are nothing, or next
to nothing,
If they are not the riddle and the untying of the riddle they are
nothing,
If they are not just as close as they are distant they are nothing.

This is the grass that grows wherever the land is and the water is,
This the common air that bathes the globe.

18

With music strong I come, with my cornets and my drums,
I play not marches for accepted victors only, I play marches for
conquer'd and slain persons.

16,353 Questo verso che evoca soli risplendenti e soli bui, indica, forse, con immagine audace, gli antipodi, la parte «oscura» dell'emisfero terrestre sottratto alla vista dell'io-poeta, ma anche, più generalmente, l'immensa profondità del cosmo.

17,357 *the riddle*: l'ossessione sul rapporto tra realtà e significato si esprime spesso nell'immagine dell'enigma e della sua chiave. Nella

(La tarma e le uova di pesce stanno al loro posto,
I soli luminosi che vedo e i soli oscuri che non posso vedere stanno al loro posto,
Il palpabile è al suo posto e l'impalpabile è al suo posto).

17

Questi, in realtà, sono pensieri d'ogni uomo in ogni epoca e luogo, non nascono con me,
Se non son vostri quanto miei non sono niente, o quasi niente,
Se non sono l'enigma e la sua soluzione non sono niente,
Se non vi sono vicini quanto sono distanti non sono niente.

Questa è l'erba che cresce dovunque sia l'acqua e la terra,
Questa è l'aria comune che bagna il globo.

18

Con forte musica io vengo, con le mie trombe e i miei tamburi,
E non eseguo marce solo per i vincitori, eseguo marce per gli sconfitti e gli uccisi.

sezione sesta di questo poemetto, l'erba si presenta come un «geroglifico uniforme»: più avanti si allude a *the puzzle of puzzles* «l'enigma degli enigmi» e similmente altrove viene definita l'America.

17,361-64 L'eroismo del vinto è tema tipico del titanismo romantico, che in W. si colora della sua vena paradossale.

Have you heard that it was good to gain the day?
I also say it is good to fall, battles are lost in the same spirit in which they are won.

I beat and pound for the dead,
I blow through my embouchures my loudest and gayest for them.

Vivas to those who have fail'd!
And to those whose war-vessels sank in the sea!
And to those themselves who sank in the sea!
And to all generals that lost engagements, and all overcome heroes!
And the numberless unknown heroes equal to the greatest heroes known!

19

This is the meal equally set, this the meat for natural hunger,
It is for the wicked just the same as the righteous, I make appointments with all,
I will not have a single person slighted or left away,
The kept-woman, sponger, thief, are hereby invited,
The heavy-lipp'd slave is invited, the venerealee is invited;
There shall be no difference between them and the rest.

This is the press of a bashful hand, this the float and odor of hair,

18,366 *embouchures*: si dice bocchino sia l'attaccatura degli strumenti a fiato, sia l'atteggiamento delle labbra del suonatore.
18,367 *fail'd*: sono caduti, ma anche hanno fallito (l'inglese conserva ambedue le accezioni).

Vi hanno insegnato che è bene vincere le battaglie?
Io dico anche che è bene soccombere, perché le battaglie si perdono col medesimo spirito con il quale si vincono.

Io martello e stamburo per i morti,
Per loro soffio attraverso il bocchino le mie marce più allegre e squillanti.

Evviva coloro che sono caduti,
E quelli i cui vascelli affondarono in mare!
E quelli che essi stessi affondarono in mare!
E tutti i generali che persero gli scontri, e tutti gli eroi sopraffatti!
E gli infiniti eroi sconosciuti, uguali in tutto agli eroi più gloriosi!

19

Questo è il pasto equamente servito, questo il cibo per la fame naturale,
È per il giusto quanto per il perverso, con tutti ho preso appuntamento,
Non tollero che una sola persona sia trascurata o esclusa,
La mantenuta, il parassita, il ladro, sono dunque invitati,
Lo schiavo dai labbroni è invitato, il venereo è invitato,
Non vi sarà differenza tra essi e gli altri.

Questa è la pressione d'una timida mano, questo l'odore e il fluttuare di capelli,

19,372 Questo verso, uno dei tanti che si sono definiti «neutri» o di equilibrio, ha la sua parola chiave nell'avverbio *equally*, e uno sfondo evangelico. È una variante: l'ediz. del 1855 recava *pleasantly*.

This the touch of my lips to yours, this the murmur of yearning,
This the far-off depth and height reflecting my own face,
This the thoughtful merge of myself, and the outlet again.

Do you guess I have some intricate purpose?
Well I have, for the Fourth-month showers have, and the mica on
the side of a rock has.

Do you take it I would astonish?
Does the daylight astonish? does the early redstart twittering
through the woods?
Do I astonish more than they?

This hour I tell things in confidence,
I might not tell everybody, but I will tell you.

20

Who goes there? hankering, gross, mystical, nude;
How is it I extract strength from the beef I eat?

What is a man anyhow? what am I? what are you?

All I mark as my own you shall offset it with your own,
Else it were time lost listening to me.

19,382 *intricate purpose*: questo proposito intricato, complesso, indica in questo caso le intenzioni del poeta così come in altro luogo la precisa intenzionalità della natura: ad esempio nel volo degli uccelli.
20,389 Si tratta di una domanda-chiave, anche sul piano dello svolgimento del poemetto. Diventa emblematico il fatto che gli aggettivi

Questo il tocco delle mie labbra sulle vostre, questo il mormorio del desiderio,
Questa la remota profondità e l'altezza che riflettono il mio volto,
Questo il fondersi meditato di me stesso, e il susseguente sbocco.

Supponete che io segua un intricato proposito?
Ebbene, sì, lo seguo, come fanno le piogge del Quarto Mese, e la mica sul fianco d'una roccia.

Date per certo che io voglia stupire?
Stupisce la luce del giorno? o il codirosso mattiniero cinguettante nei boschi?
Stupisco io più che loro?

In questo momento dico cose in confidenza
Che non direi a chiunque, ma voglio dire a voi.

20

Chi va là? grossolano, bramoso, mistico, nudo,
Come estraggo vigore dalla carne che mangio?

Che cos'è l'uomo in fondo? che cosa sono io? che cosa sei tu?

Tutto quello che segno come mio dovrete compensarlo con il vostro,
Altrimenti ascoltarmi sarebbe tempo perduto.

adoperati passino dalla fisicità del «bramoso» e del «grossolano», all'etereità del «mistico» (qualità che più che cumularsi si contraddicono), concludendo su un «nudo» che ha tutti i lineamenti monumentali della statua. Giusta introduzione alle tre domande a chiasmo del v. 391.

I do not snivel that snivel the world over,
That months are vacuums and the ground but wallow and filth.

Whimpering and truckling fold with powders for invalids, conformity, goes to the fourth-remov'd,
I wear my hat as I please indoors or out.

Why should I pray? why should I venerate and be ceremonious?

Having pried through the strata, analyzed to a hair, counsel'd with doctors and calculated close,
I find no sweeter fat than sticks to my own bones.

In all people I see myself, none more and not one a barley-corn less,
And the good or bad I say of myself I say of them.

I know I am solid and sound,
To me the converging objects of the universe perpetually flow,
All are written to me, and I must get what the writing means.

I know I am deathless,
I know this orbit of mine cannot be swept by a carpenter's compass,

20,396 Le medicine in polvere venivano dosate in piccole dosi preparate dal medico.

20,397 *I wear*: l'edizione del 1855 recava il più colloquiale *I cock*.

20,398 Ancora una variante significativa: nella prima edizione il verso si scomponeva in due domande retoriche più dirette: *Shall I*

Io non piagnucolo quel piagnisteo sul mondo intero,
Che i mesi sono vuoti, la terra pantano e immondizia.

Il frignolio e il servilismo uniteli alle polverine per gli invalidi, il conformismo passi in quarta fila,
Io porto il cappello come mi garba al chiuso e fuori.

Perché dovrei pregare? perché dovrei venerare e seguire tante cerimonie?

Avendo curiosato fra gli strati, analizzato al capello, ascoltato il parere dei medici e calcolato minuziosamente,
Non trovo grasso più amabile di quello che è attaccato alle mie ossa.

In ciascuno ritrovo me stesso, nessuno maggiore, nessuno minore d'un solo chicco d'orzo,
E il bene o il male che dico di me lo dico anche di loro.

So d'essere sano e robusto,
Verso di me perennemente fluiscono i convergenti oggetti dell'universo,
Ciascuno è scritto per me, e io devo decifrare il loro senso.

So che sono immortale,
So che questa mia orbita non può essere percorsa dal compasso del falegname,

pray? Shall I venerate and be ceremonious? («Dovrò pregare? Venererò e sarò ossequioso?»): nella nuova versione la leggera ambiguità è totalmente eliminata nel piglio polemico del *Why should I...?* («Perché dovrei?»).

I know I shall not pass like a child's carlacue cut with a burnt
stick at night.

I know I am august,
I do not trouble my spirit to vindicate itself or be understood,
I see that the elementary laws never apologize,
(I reckon I behave no prouder than the level I plant my house by,
after all.)

I exist as I am, that is enough,
If no other in the world be aware I sit content,
And if each and all be aware I sit content.

One world is aware and by far the largest to me, and that is
myself,
And whether I come to my own to-day or in ten thousand or ten
million years,
I can cheerfully take it now, or with equal cheerfulness I can wait.

My foothold is tenon'd and mortis'd in granite,
I laugh at what you call dissolution,
And I know the amplitude of time.

20,408 *carlacue* = *curlicue*, arricciolato, come di scrittura ornata.
20,413 La prima parte del verso, nella sua assoluta simmetria, è certamente un'allusione biblica. La solennità è però spezzata dal colloquiale *that is enough*, tanto basta.
20,419 Si tratta di pezzi della morsa.

So che non svanirò come il cerchio tracciato nella notte dal tizzone d'un bimbo.

So di essere augusto,
Non mi tormento lo spirito perché rivendichi se stesso o sia capito,
So che le leggi elementari non chiedono mai scusa,
(Ritengo, in fin dei conti, di non comportarmi con più orgoglio della livella con cui impianto la casa).

Esisto come sono, e ciò è sufficiente,
Se nessun altro al mondo è consapevole, io mi contento,
Se ognuno e tutti sono consapevoli, resto ugualmente contento.

Un mondo ne è consapevole e di gran lunga il più vasto per me, e quel mondo sono io,
E che io raggiunga il mio quest'oggi o in diecimila o dieci milioni di anni,
Posso accettarlo di buon grado ora, o con uguale buon umore aspettare.

L'appiglio del mio piede ha tenone e mortesa di granito,
Rido di ciò che voi chiamate dissoluzione,
E conosco la vastità del tempo.

21

I am the poet of the Body and I am the poet of the Soul,
The pleasures of heaven are with me and the pains of hell are
with me,
The first I graft and increase upon myself, the latter I translate
into a new tongue.

I am the poet of the woman the same as the man,
And I say it is as great to be a woman as to be a man,
And I say there is nothing greater than the mother of men.

I chant the chant of dilation or pride,
We have had ducking and deprecating about enough,
I show that size is only development.

Have you outstript the rest? are you the President?
It is a trifle, they will more than arrive there every one, and still
pass on.

21 La sezione è un tenero, erotico amplesso della notte e della terra, dove l'io parlante si identifica assolutamente con l'una e con l'altra. Molti hanno notato il virtuosismo delle tecniche stilistiche: «...W. combina schemi di accentuazione tonica, con effetti musicalmente più sottili, in variazioni di usi verbali, parallelismi, strutture grammaticali e tecniche di reiterazione verbale».

21,424 *graft*: innesto, ma anche sottraggo.

21,430 *size*: grandezza, ma anche misura. Scriveva W. nei *Notebooks*: «the great principle underlying all the universe is a ceaseless discussion of change
growth
development
sloughing».

21

Sono il poeta del Corpo e sono il poeta dell'Anima,
Con me sono i piaceri celesti e le pene infernali,
I primi innesto su di me e li faccio crescere, le seconde
 traduco in una lingua nuova.

Sono il poeta della donna come lo sono dell'uomo,
E affermo che è grande essere donna come è grande
 esser uomo,
E che nulla è più grande della madre degli uomini.

Io canto il canto dell'espansione o dell'orgoglio,
Abiure e inchini ne abbiamo avuti abbastanza,
Io mostro che la grandezza è soltanto sviluppo.

Hai distanziato gli altri? Sei tu il Presidente?
È una cosa da nulla, anche più in là arriveranno tutti, e
 andranno anche oltre.

«Il grande principio che è alla base di tutto l'universo è un'eterna discussione di mutamento
crescita
sviluppo
cambiar pelle».
E, nello stesso foglio, contrappone l'idea (o parola) «immutabile» con «le idee di crescita
continuo mutamento
cadere delle foglie
cambio di pelle
sviluppo»
concludendo il pensiero con l'invito a se stesso di inserire nel pezzo a stampa «No rest» («Non (c'è) riposo»).

I am he that walks with the tender and growing night,
I call to the earth and sea half-held by the night.

Press close bare-bosom'd night—press close magnetic nourishing night!
Night of south winds—night of the large few stars!
Still nodding night—mad naked summer night.

Smile O voluptuous cool-breath'd earth!
Earth of the slumbering and liquid trees!
Earth of departed sunset—earth of the mountains misty-topt!
Earth of the vitreous pour of the full moon just tinged with blue!
Earth of shine and dark mottling the tide of the river!
Earth of the limpid gray of clouds brighter and clearer for my sake!
Far-swooping elbow'd earth—rich apple-blossom'd earth!
Smile, for your lover comes.

Prodigal, you have given me love—therefore I to you give love!
O unspeakable passionate love.

21,433 L'immagine della tenera notte che avanza discende da Keats e ha fornito a F.S. Fitzgerald il bellissimo titolo di un suo libro. Essa è frutto di una lunga elaborazione poetica, è mossa da un'immagine visivamente concreta, la notte ancora immersa nel sonno (*Still nodding night*, «Notte che ciondoli ancora»; *Still slumbering night*, «Notte ancora assonnata»).

Sono colui che cammina con la tenera, con l'avanzante notte,
E invoco il mare e la terra già a mezzo posseduti dalla notte.

Stringimi a te, notte dal nudo petto — tienimi stretto, magnetica notte nutrice!
Notte dei venti del sud — notte di poche grandi stelle!
Tranquilla notte che fai cenni — oh nuda e folle notte d'estate.

Sorridi o terra voluttuosa dall'alito fresco!
Terra dei liquidi alberi assonnati!
Terra del dileguato tramonto — terra dei monti coronati di nebbie!
Terra del vitreo sgorgare del plenilunio appena tinto d'azzurro!
Terra di buio e di fulgori che screziano il corso del fiume!
Terra dei chiari grigi delle nuvole, più luminose e trasparenti per il mio godimento!
Terra che ti stendi in ampia curva — terra ricca di meli fioriti!
Sorridi, arriva il tuo amante.

Prodiga, mi hai dato amore — per questo io ti do amore!
Oh inenarrabile appassionato amore.

21,444 Nell'ampia curva della terra, la suggestione del corpo disteso.

22

You sea! I resign myself to you also—I guess what you mean,
I behold from the beach your crooked inviting fingers,
I believe you refuse to go back without feeling of me,
We must have a turn together, I undress, hurry me out of sight of
the land,
Cushion me soft, rock me in billowy drowse,
Dash me with amorous wet, I can repay you.

Sea of stretch'd ground-swells,
Sea breathing broad and convulsive breaths,
Sea of the brine of life and of unshovell'd yet always-ready graves,
Howler and scooper of storms, capricious and dainty sea,
I am integral with you, I too am of one phase and of all phases.

Partaker of influx and efflux I, extoller of hate and conciliation,
Extoller of amies and those that sleep in each others' arms.

I am he attesting sympathy,
(Shall I make my list of things in the house and skip the house
that supports them?)

I am not the poet of goodness only, I do not decline to be the
poet of wickedness also.

22,448 L'incontro con il mare è, fisicamente ed allegoricamente, altra cosa dall'identificazione nell'amplesso di notte e terra. È immersione ed identificazione, è stasi e movimento; è completezza e desiderio. Non manca, fin da questo primo verso, l'intimazione della comunicazione, cioè di un linguaggio e del suo significato, con l'uso delle due parole-chiave a indicare il rapporto *I guess*, *you mean* (io intuisco, tu significhi).

22

Mare! Anche a te mi abbandono — indovino ciò che vuol dire,
Osservo dalla spiagga le tue dita ricurve che invitano,
E so che non vuoi allontanarti senza avermi toccato,
Dobbiamo fare un giro, noi due insieme, mi spoglio, portami in fretta lontano dalla vista della terra,
Fammi da molle cuscino, cullami in un'ondosa sonnolenza,
Spruzzami di pioggia amorosa, saprò ripagarti.

Mare dalle lunghe risacche,
Mare alitante ampi convulsi respiri,
Salmastro mare di vita, di non scavate tombe sempre pronte,
Agitatore e ululatore di tempeste, capriccioso e delicato mare,
Sono parte di te, sono anch'io d'una fase e di tutte le fasi.

Partecipo a influssi e emanazioni, esalto l'odio e la concordia,
Celebro l'amicizia e gli amanti che dormono abbracciati.

Sono colui che testimonia simpatia
(Dovrei redigere la lista degli oggetti di casa e omettere la casa che li sostiene?).

Io non sono il poeta della sola bontà, e non ricuso d'essere il poeta anche della perfidia.

22,458 Nell'integrazione col mare, il poeta riconduce a una dinamica contemporaneità il susseguirsi delle diverse fasi.

22,463-70 L'io si dichiara non tanto indifferente quanto in sé conciliatore della dialettica. Su passi come questi si è basato chi riconduce parte della problematica di W. ad Hegel.

What blurt is this about virtue and about vice?
Evil propels me and reform of evil propels me, I stand indifferent,
My gait is no fault-finder's or rejecter's gait,
I moisten the roots of all that has grown.

Did you fear some scrofula out of the unflagging pregnancy?
Did you guess the celestial laws are yet to be work'd over and
rectified?

I find one side a balance and the antipodal side a balance,
Soft doctrine as steady help as stable doctrine,
Thoughts and deeds of the present our rouse and early start.

This minute that comes to me over the past decillions,
There is no better than it and now.

What behaved well in the past or behaves well to-day is not such
a wonder,
The wonder is always and always how there can be a mean man
or an infidel.

23

Endless unfolding of words of ages!
And mine a word of the modern, the word En-Masse.

22,474 *it and now*: hic et nunc; corrisponde all'« here and now » di altre poesie whitmaniane.

23,477 Il richiamo all'eterno dispiegarsi delle parole proprie di ciascuna età fa naturale seguito al modo, oltre che al contenuto, composi-

Che tiritera è questa sulla virtù e sul vizio?
Il male mi sospinge, la correzione del male mi sospinge, io resto indifferente,
Il mio non è il passo di chi critica o respinge,
Io annaffio le radici di tutto ciò che è cresciuto.

Temevate che uscisse qualche scrofola dall'instancabile gravidanza?
Credevate che le leggi celesti fossero ancora da elaborare e emendare?

Da un lato trovo un peso, agli antipodi il suo contrappeso,
Molli dottrine giovano come salde dottrine,
Pensieri e atti del presente il nostro svegliarci e il mattutino andare.

Questo minuto che mi arriva dai decilioni passati,
Non ce n'è di migliori: è questo ed è ora.

Ciò che agì bene nel passato o agisce bene oggi non è una gran meraviglia
La meraviglia è, e sarà sempre, che possa esistere un uomo meschino o un miscredente.

23

Infinito dispiegarsi di parole negli evi!
E la mia, una parola del moderno, la parola Massa.

tivo della sezione precedente, con l'ostinata conciliazione degli opposti e l'esaltazione dell'equilibrio (v. 470) degli opposti, momento di stasi per eccellenza.

A word of the faith that never balks,
Here or henceforward it is all the same to me, I accept Time absolutely.

It alone is without flaw, it alone rounds and completes all,
That mystic baffling wonder alone completes all.

I accept Reality and dare not question it,
Materialism first and last imbuing.

Hurrah for positive science! long live exact demonstration!
Fetch stonecrop mixt with cedar and branches of lilac,
This is the lexicographer, this the chemist, this made a grammar of the old cartouches,
These mariners put the ship through dangerous unknown seas,
This is the geologist, this works with the scalpel, and this is a mathematician.

Gentlemen, to you the first honors always!
Your facts are useful, and yet they are not my dwelling,
I but enter by them to an area of my dwelling.

Less the reminders of properties told my words,
And more the reminders they of life untold, and of freedom and extrication,

23,480 Il continuo chiudersi e riaprirsi dei termini dialettici è l'unica dimensione temporale ipotizzabile, dunque l'unica per cui possa accettarsi il tempo «in assoluto».

23,486 Il sedo veniva usato nella medicina popolare per curare le

La parola d'una fede che mai esita.
Ora o per l'avvenire fa lo stesso, accetto il Tempo in assoluto.

Solo lui è senza pecca, solo lui dà armonia e completa tutto,
Quella mistica sconcertante meraviglia che sola perfeziona ogni cosa.

Io accetto la Realtà e non oso discuterla,
Da cima a fondo imbevendomi di Materialismo.

Urrà alla scienza positiva! Viva l'esatta dimostrazione!
Recate sedo misto con cedro e rami di lillà,
Costui è un lessicografo, questi un chimico, questi da antichi cartigli ricavò una grammatica,
Quei marinai guidarono la nave per mari ignoti e perigliosi,
Questi è un geologo, costui un matematico, quest'altro opera col bisturi.

Signori, a voi sempre i primi onori!
Le vostre esperienze sono utili, ma non sono di mia pertinenza,
Per mezzo loro mi limito a entrare in un'area di mia pertinenza.

Meno proprietà evocarono le mie parole,
E più evocarono vita non detta, libertà, liberazione,

ferite, mentre il cedro al quale è qui commisto si associa a paesaggi e atmosfere cimiteriali.

23,487 Nell'enumerazione relativa alla «scienza positiva» la presenza del linguista (l'egittologo), che trae una grammatica dagli antichi cartigli, è certamente significativa.

And make short account of neuters and geldings, and favor men and women fully equipt,
And beat the gong of revolt, and stop with fugitives and them that plot and conspire.

24

Walt Whitman, a kosmos, of Manhattan the son,
Turbulent, fleshy, sensual, eating, drinking and breeding,
No sentimentalist, no stander above men and women or apart from them,
No more modest than immodest.

Unscrew the locks from the doors!
Unscrew the doors themselves from their jambs!

Whoever degrades another degrades me,
And whatever is done or said returns at last to me.

Through me the afflatus surging and surging, through me the current and index.

24,497-500 Il primo di questi versi famosi ha subito, negli anni, molti rimaneggiamenti. Nelle prime edizioni, abbiamo *Walt Whitman, an American, one of the roughs, a kosmos* («W.W., americano, uno del popolo, un cosmo»); la parola «cosmo», annotata continuamente e con rilievo da W. nei *Notebooks*, come riferita ad individuo in possesso di una armonia organica, scompare nel 1867 per dar luogo ad una frase più dialogica: *W.W. am I, of mighty Manhattan the son* («W.W. sono io, figlio della potente Manhattan»). Ricompare ancora in *W.W.*

Dare poca importanza a neutri e castrati, privilegiare
uomini e donne pienamente dotati,
E battere il gong della rivolta, e soffermarsi coi profughi
e con quelli che tramano e cospirano.

24

Walt Whitman, un cosmo, il figlio di Manhattan,
Turbolento, carnoso, sensuale, che mangia, che beve, e
che procrea,
Non un sentimentale, non uno al di sopra degli altri,
uomini e donne, o in disparte da essi,
Non più modesto che immodesto.

Svitate i chiavistelli dalle porte!
Le porte stesse, scardinate dagli stipiti!

Chiunque umilia un altro umilia me,
E quanto è detto o fatto alla fine mi torna.

Attraverso di me l'afflato che urge e urge, attraverso di
me la corrente e la lancetta.

am I, a kosmos of mighty Manhattan the son («W.W. sono io, un cosmo, figlio della possente Manhattan»), per poi stabilizzarsi nella versione attuale dove il termine più generale e inconsueto «cosmo», e l'indicazione più localizzata e precisa («il figlio di Manhattan»), scompongono e sostituiscono in forma definitiva i due termini originari «un Americano» e «uno della plebe».

Di questi termini i rimanenti tre versi sono illustrazione ed estensione. Si veda anche la poesia «Kosmos» del 1860.

24,505 *afflatus*: l'afflato dell'ispirazione: parola meno inconsueta in italiano che in inglese.

index: l'indicatore della corrente.

I speak the pass-word primeval, I give the sign of democracy,
By God! I will accept nothing which all cannot have their counterpart of on the same terms.

Through me many long dumb voices,
Voices of the interminable generations of prisoners and slaves,
Voices of the diseas'd and despairing and of thieves and dwarfs,
Voices of cycles of preparation and accretion,
And of the threads that connect the stars, and of wombs and of the father-stuff,
And of the rights of them the others are down upon,
Of the deform'd, trivial, flat, foolish, despised,
Fog in the air, beetles rolling balls of dung.

Through me forbidden voices,
Voices of sexes and lusts, voices veil'd and I remove the veil,
Voices indecent by me clarified and transfigur'd.

I do not press my fingers across my mouth,
I keep as delicate around the bowels as around the head and heart,
Copulation is no more rank to me than death is.

I believe in the flesh and the appetites,
Seeing, hearing, feeling, are miracles, and each part and tag of me is a miracle.

24,506 La parola d'ordine primeva è, qui, non arcana, ma comune e democratica.

24,508 Il verso di sapore evangelico va ben oltre un'affermazione di poetica romantica; esprime la ricerca linguistica whitmaniana, che è tesa a catturare ogni sfumatura di espressione, per dar fiato alle «voci a lungo mute» della storia.

Io do la parola d'ordine primeva, il contrassegno della
democrazia,
Per Dio! non accetterò niente che gli altri non possano
avere alle stesse condizioni.

Attraverso di me le molte voci a lungo mute,
Voci delle infinite generazioni di prigionieri e di schiavi,
Voci degli ammalati e disperati e dei ladri e dei nani,
Voci dei cicli di preparazione e aggregamento,
E dei fili che uniscono le stelle, e degli uteri e della
sostanza paterna,
E dei diritti di quelli che gli altri sottomettono,
Dei deformi, dei futili, degli insulsi, dei disprezzati,
degli sciocchi,
Nebbia nell'aria, stercorari che rotolano la loro pallina.

Attraverso di me le voci proibite,
Voci di sessi e di lussurie, voci velate cui rimuovo il velo,
Voci indecenti che schiarisco e trasfiguro.

Io non mi premo le dita sulla bocca,
Uso delicatezza tanto per le budella che per la testa e il
cuore,
La copula per me non è più oscena della morte.

Io credo nella carne e negli appetiti,
La vista, il tatto, l'udito, sono miracoli, ogni mia parte e
frammento è un miracolo.

24,521 L'affermazione è un'energica difesa delle ragioni del corpo e della materia: e tuttavia l'avvicinamento dell'aggettivo «osceno» alla morte non è privo di qualche riverbero psicologico imprevisto.

Divine am I inside and out, and I make holy whatever I touch or
am touch'd from,
The scent of these arm-pits aroma finer than prayer,
This head more than churches, bibles, and all the creeds.

If I worship one thing more than another it shall be the spread of
my own body, or any part of it,
Translucent mould of me it shall be you!
Shaded ledges and rests it shall be you!
Firm masculine colter it shall be you!
Whatever goes to the tilth of me it shall be you!
You my rich blood! your milky stream pale strippings of my life!
Breast that presses against other breasts it shall be you!
My brain it shall be your occult convolutions!
Root of wash'd sweet-flag! timorous pond-snipe! nest of guarded
duplicate eggs! it shall be you!
Mix'd tussled hay of head, beard, brawn, it shall be you!
Trickling sap of maple, fibre of manly wheat, it shall be you!
Sun so generous it shall be you!
Vapors lighting and shading my face it shall be you!
You sweaty brooks and dews it shall be you!
Winds whose soft-tickling genitals rub against me it shall be you!
Broad muscular fields, branches of live oak, loving lounger in my
winding paths, it shall be you!
Hands I have taken, face I have kiss'd, mortal I have ever
touch'd, it shall be you.

24,530-35 Come è ovvio le immagini e i simboli sono fallici.
24,532 Nel contesto l'allusione allo sperma è indubbia.

Sono divino all'interno e all'esterno, e santifico ogni cosa che tocco o da cui sono toccato,
L'odore di queste ascelle è un aroma più soave delle preghiere,
E questa testa vale più delle chiese, e delle bibbie, più di tutte le fedi.

Se adorerò una cosa più che un'altra sarà l'estensione del mio corpo, o ciascuna sua parte,
Sarai tu, traslucida forma di me!
Voi, recessi ombrosi e sporgenze!
Tu, saldo coltro virile!
Sarete voi, qualsiasi cosa rivolta a coltivare me!
Tu, ricco mio sangue! Il tuo latteo ruscello, pallida spremitura di vita!
Petto che ti premi su altri petti, sarai tu!
Mio cervello, saranno le tue occulte circonvoluzioni!
Radice dell'umido calamo odoroso! timido beccaccino di palude! nido che proteggi il duplice uovo! sarete voi!
Sarai tu, fieno arruffato misto di testa, barba e muscoli!
Gocciante linfa d'acero, fibra di maschio grano, sarete voi!
Voi, miei generosi soli!
Voi, vapori illuminanti e adombranti il mio volto!
Ruscelletti e rugiade di sudore, sarete voi!
Venti che mi strusciate coi vostri salsi titillanti genitali!
Sarete voi, ampi campi muscolosi, rami di viva quercia, bighellone amoroso sui miei tortuosi sentieri!
Mani che ho stretto, volto che ho baciato, mortale che mai abbia toccato, sarete voi.

24,542 È chiaro come qui le immagini si intreccino: la natura diviene corpo ed il corpo natura.

I dote on myself, there is that lot of me and all so luscious,
Each moment and whatever happens thrills me with joy,
I cannot tell how my ankles bend, nor whence the cause of my faintest wish,
Nor the cause of the friendship I emit, nor the cause of the friendship I take again.

That I walk up my stoop, I pause to consider if it really be,
A morning-glory at my window satisfies me more than the metaphysics of books.

To behold the day-break!
The little light fades the immense and diaphanous shadows,
The air tastes good to my palate.

Hefts of the moving world at innocent gambols silently rising freshly exuding,
Scooting obliquely high and low.

Something I cannot see puts upward libidinous prongs,
Seas of bright juice suffuse heaven.

The earth by the sky staid with, the daily close of their junction,
The heav'd challenge from the east that moment over my head,
The mocking taunt, See then whether you shall be master!

Io stravedo per me, vi sono in me tante cose e tutte voluttuose,
Ogni momento e qualunque cosa accada mi fa trasalire di gioia,
Non saprei dire come si flettono le mie caviglie, né dove ha origine il mio più flebile desiderio,
Né la causa dell'amicizia che emano, né di quella che accolgo.

Se salgo le scale alla mia porta, mi fermo a pensare se ciò accada realmente,
Un convolvolo alla finestra mi soddisfa più che la metafisica dei libri.

Guardate l'alba!
La poca luce sbiadisce le ombre diafane e immense,
L'aria sa di buono al mio palato.

Sollevamenti del mondo che muove a balzi innocenti in silenziose ascese, trasudanti freschezze,
Obliquamente guizzanti in alto e in basso.

Qualcosa che non vedo spinge in alto punte libidinose,
Mari di succo luminoso inondano il cielo.

La terra accanto al cielo con cui stava, la conclusione quotidiana della loro unione,
La sfida lanciata da oriente in quel momento sopra la mia testa,
Il beffardo sberleffo. Considera dunque se sarai il padrone!

25

Dazzling and tremendous how quick the sun-rise would kill me,
If I could not now and always send sun-rise out of me.

We also ascend dazzling and tremendous as the sun,
We found our own O my soul in the calm and cool of the day-
break.

My voice goes after what my eyes cannot reach,
With the twirl of my tongue I encompass worlds and volumes of
worlds.

Speech is the twin of my vision, it is unequal to measure itself,
It provokes me forever, it says sarcastically,
Walt you contain enough, why don't you let it out then?

Come now I will not be tantalized, you conceive too much of
articulation,
Do you not know O speech how the buds beneath you are folded?
Waiting in gloom, protected by frost,
The dirt receding before my prophetical screams,
I underlying causes to balance them at last,
My knowledge my live parts, it keeping tally with the meaning of
all things,
Happiness, (which whoever hears me let him or her set out in
search of this day.)

25 L'identificazione, sempre più esaltante, tra il corpo dell'uomo con quello della natura (e viceversa) porta al prorompere dei due forti aggettivi ad inizio della sezione: *Dazzling and tremendous* riferiti al

25

Abbagliante e tremendo, come rapidamente mi ucciderebbe il sole che sorge,
Se non potessi ora e sempre emettere anch'io raggi di sole.

Noi pure ascendiamo abbaglianti e tremendi come il sole,
E il nostro sorgere fondiamo, anima mia, nella calma e nel fresco dell'alba.

La mia voce cerca di ottenere quanto i miei occhi non possono raggiungere,
Con un ruotare di lingua circondo mondi e volumi di mondi.

La parola è gemella della mia visione, è inadeguata a misurare se stessa,
Continuamente mi provoca, con sarcasmo mi dice:
Walt, contieni molto, perché dunque non lo tiri fuori?

Suvvia, non punzecchiarmi, tu pretendi troppo dal discorso,
Non sai forse, o parola, che i germogli sotto di te sono chiusi?
Attendono al buio, protetti dal gelo,
Il terriccio si ritrae alle mie grida profetiche,
Vi sottintendo le cause per bilanciarle alla fine,
La consapevolezza è mio vitale talento, e tiene il passo col senso di tutte le cose,
Felicità (chiunque ascolti, uomo o donna, ne parta oggi stesso alla ricerca).

sorgere del sole, ma anche all'analogica potenza dell'uomo che riesce egli stesso a far sorgere il sole da sé e quindi egli stesso ascende, *dazzling and tremendous* come il sole.

25,574 *keeping tally*: tenere il passo. Vita, consapevolezza, esperienza sono tutt'uno con *il significato* delle cose.

My final merit I refuse you, I refuse putting from me what I really
am,
Encompass worlds, but never try to encompass me,
I crowd your sleekest and best by simply looking toward you.

Writing and talk do not prove me,
I carry the plenum of proof and every thing else in my face,
With the hush of my lips I wholly confound the skeptic.

26

Now I will do nothing but listen,
To accrue what I hear into this song, to let sounds contribute
toward it.

I hear bravuras of birds, bustle of growing wheat, gossip of flames,
clack of sticks cooking my meals,
I hear the sound I love, the sound of the human voice,
I hear all sounds running together, combined, fused or following,
Sounds of the city and sounds out of the city, sounds of the day
and night,
Talkative young ones to those that like them, the loud laugh of
work-people at their meals,
The angry base of disjointed friendship, the faint tones of the sick,

26,582 L'intera sezione è una virtuosistica estensione di quanto si annuncia in questo verso: «Ora non voglio che ascoltare». Uno dei capitoli di *Walden* di Thoreau è intitolato «Suoni». Certo l'uso che W. fa in questa sezione della musicalità del suono, di ogni suono, è ancora

Il mio merito finale ve lo nego, rifiuto di separarmi da ciò che sono realmente,
Circoscrivete mondi, non cercate di circoscrivere me,
Respingo il più ipocrita e il migliore di voi con una sola occhiata.

Lo scrivere e il parlare non provano chi sono,
Io reco il plenum della prova e di ogni altra cosa sul volto,
Con il silenzio imposto alle mie labbra confondo totalmente lo scettico.

26

Ora non voglio che ascoltare,
Per derivare in questo canto ciò che odo, per lasciare che i suoni vi affluiscano.

Odo virtuosismi d'uccelli, brulichio di grano maturante, cicaleccio di fiamme, schiocchi di sterpi che mi cuociono il cibo,
Odo il suono che amo, il suono della voce umana,
Odo tutti i suoni che si espandono insieme, che si combinano, si fondono o susseguono,
Rumori della città e della campagna, rumori del giorno e della notte,
Loquacità di bimbi con quelli che li amano, risate fragorose di operai alla mensa,
Il basso irato dell'amicizia incrinata, i toni flebili degli ammalati,

più radicale: accanto al fischio del treno (che anche in Thoreau si fonde con i suoni naturali), W. armonizza i suoni e i rumori della realtà urbana. La musica moderna (specie negli anni Sessanta) ripercorrerà questo suggerimento, ma rifacendosi più esplicitamente a Thoreau che a Whitman.

The judge with hands tight to the desk, his pallid lips pronouncing a death-sentence,
The heave'e'yo of stevedores unlading ships by the wharves, the refrain of the anchor-lifters,
The ring of alarm-bells, the cry of fire, the whirr of swift-streaking engines and hose-carts with premonitory tinkles and color'd lights,
The steam-whistle, the solid roll of the train of approaching cars,
The slow march play'd at the head of the association marching two and two,
(They go to guard some corpse, the flag-tops are draped with black muslin.)

I hear the violoncello, ('tis the young man's heart's complaint,)
I hear the key'd cornet, it glides quickly in through my ears,
It shakes mad-sweet pangs through my belly and breast.

I hear the chorus, it is a grand opera,
Ah this indeed is music—this suits me.

A tenor large and fresh as the creation fills me,
The orbic flex of his mouth is pouring and filling me full.

I hear the train'd soprano (what work with hers is this?)
The orchestra whirls me wider than Uranus flies,
It wrenches such ardors from me I did not know I possess'd them,
It sails me, I dab with bare feet, they are lick'd by the indolent waves,
I am cut by bitter and angry hail, I lose my breath,

Le labbra pallide del giudice che pronunciano una sentenza di morte, le mani poggiate sul banco,
L'oh issa! degli stivatori che scaricano le merci sui moli, il ritornello dei marinai che salpano l'ancora,
Le campane d'allarme, il grido «al fuoco!», il frusciare affrettato delle pompe e i carri-idranti con gli squilli di avvertimento e le luci colorate,
Il fischio del vapore, il rotolio compatto del convoglio che si approssima,
La lenta marcia eseguita in testa al corteo degli associati in fila a due per due,
(Vanno a scortare un morto, l'asta delle bandiere drappeggiata di nero).

Odo il violoncello (lamento del cuore d'un giovane),
Odo la cornetta, scivola svelta per le orecchie,
Suscita spasmi di dolce follia nel petto e nel ventre.

Odo il coro di un'opera lirica,
E questa è vera musica — questa davvero mi sfama.

Un tenore grande e fresco come la creazione m'appaga,
Il mobile cerchio delle labbra mesce copiosamente e mi riempie.

Odo il soprano bene esercitato (rispetto al suo, che lavoro è questo?)
L'orchestra mi turbina in giri più ampi di quelli di Urano,
Mi strappa ardori di cui mi credevo incapace, dà vento
Alle mie vele, sguazzo a piedi nudi, onde indolenti me li leccano,
Rovesci di grandine rabbiosa mi si avventano contro, mi manca il fiato,

26,604 Urano era ritenuto il pianeta più remoto.

Steep'd amid honey'd morphine, my windpipe throttled in fakes of death,
At length let up again to feel the puzzle of puzzles,
And that we call Being.

27

To be in any form, what is that?
(Round and round we go, all of us, and ever come back thither,)
If nothing lay more develop'd the quahaug in its callous shell were enough.

Mine is no callous shell,
I have instant conductors all over me whether I pass or stop,
They seize every object and lead it harmlessly through me.

I merely stir, press, feel with my fingers, and am happy,
To touch my person to some one else's is about as much as I can stand.

28

Is this then a touch? quivering me to a new identity,
Flames and ether making a rush for my veins,
Treacherous tip of me reaching and crowding to help them,

26,608 *fakes*: i giri e le volute della corda, o cima.
26,609-10 «sentire l'enigma degli enigmi» è ciò che viene chiamato Essere.

Sono immerso in melata morfina, la trachea
strangolata da cappi mortali,
Lasciato infine a sentire l'enigma degli enigmi,
E ciò che chiamano l'Essere.

27

Esistere in qualche forma, che è questo?
(Giriamo e giriamo tutti noi per tornare sempre ad un
punto),
Se non ci fosse niente di più progredito, basterebbe la
vongola nella sua dura conchiglia.

Io non ho una dura conchiglia,
Conduttori istantanei mi attraversano, che io cammini o
mi fermi,
Afferrano ogni oggetto e me lo guidano dentro senza
nuocermi.

Io non faccio che muovere, premere, palpare con le
dita, e mi beo,
Accostare la mia persona a quella d'un altro è quasi il
massimo che posso sostenere.

28

È questo dunque il tatto? farmi fremere verso una nuova
identità,
Etere e fiamme a precipizio nelle vene,
La punta infida che si allunga e gonfia per dar loro un
soccorso,

27,611-12 Il concetto di essere e quello di forma sono uniti. Il verso successivo enuncia l'unica forma possibile, che è circolare, aperta.

28,619 Rispondendo all'ultimo verso della sezione precedente, tutta la sezione gioca sul tatto; e sul rapporto tra tatto e sensibilità, tatto ed esperienza, tatto e consapevolezza d'identità.

My flesh and blood playing out lightning to strike what is hardly different from myself,
On all sides prurient provokers stiffening my limbs,
Straining the udder of my heart for its withheld drip,
Behaving licentious toward me, taking no denial,
Depriving me of my best as for a purpose,
Unbuttoning my clothes, holding me by the bare waist,
Deluding my confusion with the calm of the sunlight and pasture-fields,
Immodestly sliding the fellow-senses away,
They bribed to swap off with touch and go and graze at the edges of me,
No consideration, no regard for my draining strength or my anger,
Fetching the rest of the herd around to enjoy them a while,
Then all uniting to stand on a headland and worry me.

The sentries desert every other part of me,
They have left me helpless to a red marauder,
They all come to the headland to witness and assist against me.

I am given up by traitors,
I talk wildly, I have lost my wits, I and nobody else am the greatest traitor,
I went myself first to the headland, my own hands carried me there.

You villain touch! what are you doing? my breath is tight in its throat,
Unclench your floodgates, you are too much for me.

28.641 Le emozioni dei sensi sembrano sopraffare, in questo caso, il poeta. L'invito al tatto di allontanarsi è quasi in forma di una sined-

La carne e il sangue che lanciano fulmini per colpire ciò
che è diverso da me a malapena,
Provocatori lascivi da ogni parte m'irrigidiscono
le membra,
Spremono la mammella del mio cuore per poche gocce
riluttanti,
Si comportano con me senza riguardi, non accettano
ripulse,
Mi privano del meglio come se avessero uno scopo,
Mi sbottonano i vestiti, mi afferrano per la cintola nuda,
Ingannano la mia confusione con la calma del sole e dei
pascoli,
Sfrontatamente facendo scivolare da parte gli altri sensi,
Che mi subornavano per barattarsi con il tatto e andare
a pascolare ai margini del mio corpo,
Nessun rispetto, nessuna considerazione per le mie forze
esaurite, per la mia rabbia,
Prendendo il resto del branco per gioirne un momento,
Quindi unendoli tutti su un promontorio a tormentarmi.

Le sentinelle disertano ogni altra parte di me,
Inerme mi hanno abbandonato a un rosso masnadiero,
Vengono tutte al promontorio per testimoniare e dar
man forte contro di me.

Sono stato consegnato da traditori,
Parlo da folle, ho perduto il mio senno, sono io e nessun
altro il più gran traditore,
Io per primo mi recai sul promontorio, le mie stesse
mani mi portarono.

Tatto ribaldo! che fai? il respiro mi si blocca in gola,
Schiudi le tue cateratte, tu sei troppo per me.

doche, fortemente personalizzato. Del resto l'immagine del corpo come terreno di caccia, di conquista, di godimento, di conoscenza si

29

Blind loving wrestling touch, sheath'd hooded sharp-tooth'd touch!
Did it make you ache so, leaving me?

Parting track'd by arriving, perpetual payment of perpetual loan,
Rich showering rain, and recompense richer afterward.

Sprouts take and accumulate, stand by the curb prolific and vital,
Landscapes projected masculine, full-sized and golden.

30

All truths wait in all things,
They neither hasten their own delivery nor resist it,
They do not need the obstetric forceps of the surgeon,
The insignificant is as big to me as any,
(What is less or more than a touch?)

Logic and sermons never convince,
The damp of the night drives deeper into my soul.

(Only what proves itself to every man and woman is so,
Only what nobody denies is so.)

protrae, fortemente dinamica, per tutta la sezione. Di converso, nella sezione successiva, e in ispecie nei due ultimi versi (646-7) la terra stessa torna a farsi corpo, a «proiettarsi» umile nella sua piena maturità cromatica e di forme.

29

Cieco contatto di scontri amorosi, inguainato,
incappucciato tatto dai denti affilati,
Tanto male ti fece lasciarmi?

Partenza seguita da arrivo, perpetuo saldo di perpetui prestiti,
Pioggia ricca, e più abbondante ricompensa poi.

Germogli spuntano e si ammassano, vicini al freno,
prolifici e vitali,
Paesaggi maschili, progettati d'oro e a grandezza naturale.

30

La verità è in attesa in ogni cosa,
Non affretta né ostacola il suo parto,
Non ha bisogno del forcipe né del chirurgo,
L'irrilevante è importante ai miei occhi quanto il resto
(Cosa è inferiore o superiore al tatto?).

La logica e i sermoni non convincono mai,
L'umido della notte penetra più profondamente nella mia anima.

(Solo ciò che dà la prova di sé a ogni uomo e a ogni donna,
Solo ciò che nessuno smentisce è così).

30,648 Il verbo *wait*, «attendere», sottolinea l'organico dispiegarsi della realtà.

A minute and a drop of me settle my brain,
I believe the soggy clods shall become lovers and lamps,
And a compend of compends is the meat of a man or woman,
And a summit and flower there is the feeling they have for each
other,
And they are to branch boundlessly out of that lesson until it
becomes omnific,
And until one and all shall delight us, and we them.

31

I believe a leaf of grass is no less than the journey-work of the stars,
And the pismire is equally perfect, and a grain of sand, and the
egg of the wren,
And the tree-toad is a chef-d'œuvre for the highest,
And the running blackberry would adorn the parlors of heaven,
And the narrowest hinge in my hand puts to scorn all machinery,
And the cow crunching with depress'd head surpasses any statue,
And a mouse is miracle enough to stagger sextillions of infidels.

I find I incorporate gneiss, coal, long-threaded moss, fruits, grains,
esculent roots,
And am stucco'd with quadrupeds and birds all over,
And have distanced what is behind me for good reasons,
But call any thing back again when I desire it.

30,658 *soggy clods*: zoccoli grondanti.
31,663 *journey-work*: vi è implicato il percorso come la fatica. Questo verso e tutti quelli che seguono (con la loro mistura di trascendentalismo e di evoluzionismo *avant lettre*) sono — anche formalmente — risposta alla domanda del bambino della sesta sezione.
31,665 *ila arborea*: ranocchio che vive tra gli alberi.

Un solo attimo e una mia sola stilla mettono in ordine la mente,
Credo che ogni zotico possa diventare lampada e amante,
E che il compendio dei compendi è la carne dell'uomo e della donna,
E sommità fiorita il sentimento che hanno l'uno per l'altra,
E che devono diramarsi senza limiti da quella lezione finché diventi onnifica,
E finché tutti ci daranno gioia, e noi a loro.

31

Credo che una foglia d'erba non sia meno importante di tutto il percorso quotidiano degli astri,
E ugualmente perfetta è la formica, e il granello di sabbia, e l'uovo dello scricciolo,
E l'ila arborea è uno chef-d'oeuvre tra i più alti,
E il rovo potrebbe adornare i salotti del cielo,
La minima giuntura della mano può beffarsi di qualunque meccanismo,
E la mucca che sgranocchia a testa bassa supera ogni statua,
E un topolino è un miracolo bastante a far vacillare sestilioni di miscredenti.

Scopro che incorporo gneis, carbone, muschio filamentoso, frutti, grani, radici esculenti,
E sono tutto lavorato a stucco con quadrupedi e uccelli,
E ho distanziato chi mi è dietro per buoni motivi,
Ma posso richiamarlo quando voglio.

31,670 *esculent*: esculente, vocabolo dotto per commestibile.
31,671 Immagine forte in cui il poeta vede il proprio corpo, tutt'uno con la terra, come bassorilievo su cui si inseriscono animali ed uccelli. Un esempio, non inconsueto in W., di immagine dell'immagine.

In vain the speeding or shyness,
In vain the plutonic rocks send their old heat against my approach,
In vain the mastodon retreats beneath its own powder'd bones,
In vain objects stand leagues off and assume manifold shapes,
In vain the ocean settling in hollows and the great monsters lying low,
In vain the buzzard houses herself with the sky,
In vain the snake slides through the creepers and logs,
In vain the elk takes to the inner passes of the woods,
In vain the razor-bill'd auk sails far north to Labrador,
I follow quickly, I ascend to the nest in the fissure of the cliff.

32

I think I could turn and live with animals, they are so placid and self-contain'd,
I stand and look at them long and long.

They do not sweat and whine about their condition,
They do not lie awake in the dark and weep for their sins,
They do not make me sick discussing their duty to God,
Not one is dissatisfied, not one is demented with the mania of owning things,
Not one kneels to another, nor to his kind that lived thousands of years ago,
Not one is respectable or unhappy over the whole earth.

31,675 *plutonic rocks*: le rocce plutoniche, associate alla preistoria geologica (Archeozoico).
31,682 *razor-bill'd auk*: si tratta dell'Alkatorda, gazza marina.

In vano l'affrettarsi o il rifuggire,
In vano le rocce plutoniche al mio avvicinarmi mi alitano contro l'antico calore,
In vano il mastodonte si rifugia sotto la polvere delle sue ossa,
In vano oggetti stanno lontani leghe ed assumono forme molteplici,
In vano l'oceano si assesta in cavità, e i grandi mostri giacciono nel fondo,
In vano la poiana sceglie per casa il cielo,
In vano il serpe sguiscia fra il tronco e il rampicante,
In vano l'alce s'inoltra nei più interni sentieri dei boschi,
In vano la gazza marina migra a nord, nel Labrador,
Rapidamente l'inseguo, m'inerpico fino al suo nido nella fessura della roccia.

32

Io credo che potrei voltarmi e andare a vivere con gli animali, così placidi e controllati,
Resto a guardarli ore e ore.

Non si affaticano, non frignano per la loro condizione,
Non stanno svegli al buio piangendo i loro peccati,
Non mi scocciano coi loro doveri verso Dio,
Nessuno è insoddisfatto, nessuno impazzisce per la mania di possedere,
Nessuno s'inginocchia ad un altro, o a uno della sua specie vissuto migliaia d'anni fa,
Sopra l'intera terra, nessuno ha onori o compassione.

So they show their relations to me and I accept them,
They bring me tokens of myself, they evince them plainly in their
possession.

I wonder where they get those tokens,
Did I pass that way huge times ago and negligently drop them?

Myself moving forward then and now and forever,
Gathering and showing more always and with velocity,
Infinite and omnigenous, and the like of these among them,
Not too exclusive toward the reachers of my remembrancers,
Picking out here one that I love, and now go with him on brotherly terms.

A gigantic beauty of a stallion, fresh and responsive to my caresses,
Head high in the forehead, wide between the ears,
Limbs glossy and supple, tail dusting the ground,
Eyes full of sparkling wickedness, ears finely cut, flexibly moving.

His nostrils dilate as my heels embrace him,
His well-built limbs tremble with pleasure as we race around and
return.

I but use you a minute, then I resign you, stallion,
Why do I need your paces when I myself out-gallop them?
Even as I stand or sit passing faster than you.

32,698 *omnigenous*: di ogni specie.
32,699 *the reachers of my remembrancers*: coloro che saranno raggiunti dai miei memento.

Così mi palesano i loro rapporti con me e io li accetto,
Recano segni di me, e chiaramente ne dimostrano il possesso.

Mi chiedo dove presero quei segni,
Ho forse percorso quella strada, infiniti secoli or sono, e li ho lasciati sbadatamente cadere?

Io avanzo, allora e ora e per sempre,
Raccogliendo e rivelando sempre di più, e rapidamente,
Infinito ed onnigeno, e simile a questi fra i tanti,
Non troppo intollerante verso i limiti dei miei rammentatori,
Scegliendo qui uno che amo, per proseguire con lui in fratellanza.

Gigantesca bellezza d'uno stallone, vivace e sensibile alle mie carezze,
Testa alta sulla fronte, ampia tra le orecchie,
Membra agili e lucenti, coda che spolvera il terreno,
Occhi pieni di sfavillante malizia, orecchie dal taglio perfetto, flessibili e in movimento.

Le froge gli si allargano appena i talloni lo avvinghiano,
Le membra ben costrutte tremano di piacere mentre facciamo una galoppata.

Ti uso solo un momento, stallone, poi ti lascio,
Che bisogno ho della tua andatura quando io stesso la batto?
Perfino immobile o seduto corro più svelto di te.

33

Space and Time! now I see it is true, what I guess'd at,
What I guess'd when I loaf'd on the grass,
What I guess'd while I lay alone in my bed,
And again as I walk'd the beach under the paling stars of the morning.

My ties and ballasts leave me, my elbows rest in sea-gaps,
I skirt sierras, my palms cover continents,
I am afoot with my vision.

By the city's quadrangular houses—in log huts, camping with lumbermen
Along the ruts of the turnpike, along the dry gulch and rivulet bed,
Weeding my onion-patch or hoeing rows of carrots and parsnips, crossing savannas, trailing in forests,
Prospecting, gold-digging, girdling the trees of a new purchase,

33 Il motivo dell'intera sezione è visione e movimento. Questo non solo perché la molteplicità della visione richiede un continuo mutare del punto di vista, ma anche per l'insistenza con cui W. applica il suo modulo di cancellazione per effetto di contrapposizione. Così l'estraniamento (più che la dilatazione) spaziale, necessario a una cancellazione dei limiti, si ottiene attraverso la giustapposizione (solo a considerare i primi versi) di mari e montagne, città e boschi, la strada maestra e il dirupo, l'orto e le savane e foreste, ecc. La dilatazione e cancellazione dei limiti temporali sono invece tutte affidate allo schema grammaticale: una lunghissima successione di frasi nominali per lo più rette da avverbi di luogo (*by*, *along*, *over*, *under*, *upon*, *at*, e soprattutto, torrenzialmente, *where*) qui e là interrotte da frasi di tempo verbale non finito (in *-ing* ed *-ed*) che si riferiscono all'io (*weeding*, *prospecting*, *golddigging*, *camping*, *approaching*, *wandering*, *voyaging*, *hurrying*, *walking*, ma anche *pleased*, *nigh*, *hot*, *solitary*) a preparare (vv. 795-6) l'incalzare di *storming*, *enjoying*, *planning*, *loving*, *cautioning / Backing and filling*, *appearing and disappearing*. Un crescendo che a sua volta prelude alla frase con tempo finito (*I tread night and day such roads*) («Simili strade io percorro notte e giorno») che chiude grammaticalmente e contenutisticamente i primi novanta versi e introduce, anche grammaticalmente, gli altri novanta, costituiti da

33

Spazio e Tempo! ora m'accorgo che è vero, quello che immaginavo,
Quello che immaginavo sdraiato sull'erba,
Che immaginavo giacendo solo nel letto,
O camminando sulla spiaggia sotto le stelle impallidite del mattino.

Mi libero di lacci e zavorre, appoggio i gomiti nelle lacune del mare,
Rasento catene di montagne, le mie palme coprono continenti,
Sono in cammino con la mia visione.

Presso le case quadrangolari della città, in capanne di tronchi, accampato coi tagliaboschi,
Lungo le carraie d'una strada a pedaggio, lungo l'arido dirupo e il letto del ruscello,
Diserbando le mie cipolle o zappando file di carote e pastinache, attraversando savane, seguendo orme nelle foreste,
Cercando minerali, scavando l'oro, circoncidendo gli alberi di nuovo acquisto,

una lunga serie di frasi dichiarative (*I visit*, *I fly*, *I help*, *I anchor*, *I help myself*, *I ascend*, *We sail*, *We pass*, ecc.).

In questa seconda parte il processo di cancellazione (o se vogliamo di identificazione) è affidato al passaggio ripetuto dai verbi che indicano movimento, o affetto (*I go hunting*, *I understand*) al perentorio *I am* (*I am a free companion*, *I am the hounded slave*). Tra tutti questi, maggiore spessore referenziale ed emotivo ha l'evangelico: *I am the man, I suffered, I was there* «Sono quell'uomo, ho sofferto, ero lì» (v. 832).

33,710-11 Due richiami a quanto precede, alla prima sezione *I lean and loafe* ed alla sesta nell'uso di *I guess'd* («supposi») che è il verbo usato nelle interlocutorie risposte alla domanda del bambino. A questo punto la domanda stessa si dilata e la molteplicità di allusioni dell'erba si arricchisce di nuove connotazioni, ad includere anche il senso del tempo e dello spazio e la volontà di superamento del limite.

Scorch'd ankle-deep by the hot sand, hauling by boat down the shallow river,
Where the panther walks to and fro on a limb overhead, where the buck turns furiously at the hunter,
Where the rattlesnake suns his flabby length on a rock, where the otter is feeding on fish,
Where the alligator in his tough pimples sleeps by the bayou,
Where the black bear is searching for roots or honey, where the beaver pats the mud with his paddle-shaped tail;
Over the growing sugar, over the yellow-flower'd cotton plant, over the rice in its low moist field,
Over the sharp-peak'd farm house, with its scallop'd scum and slender shoots from the gutters,
Over the western persimmon, over the long-leav'd corn, over the delicate blue-flower flax,
Over the white and brown buckwheat, a hummer and buzzer there with the rest,
Over the dusky green of the rye as it ripples and shades in the breeze;
Scaling mountains, pulling myself cautiously up, holding on by low scragged limbs,
Walking the path worn in the grass and beat through the leaves of the brush,
Where the quail is whistling betwixt the woods and the wheat-lot,
Where the bat flies in the Seventh-month eve, where the great gold-bug drops through the dark,
Where the brook puts out of the roots of the old tree and flows to the meadow,

33,728 *persimmon*: diospiro, kaki.

Bruciato fino alle caviglie dalla sabbia infocata, trascinando la barca sul fiume in secca,
Dove su un ramo proteso sulla testa va su e giù la pantera, dove il cervo si rivolta furioso al cacciatore,
Dove il serpente a sonagli si scalda al sole in tutta la sua flaccida lunghezza, dove la lontra si ciba di pesci,
Dove l'alligatore dorme coperto di pustole coriacee presso un braccio del fiume,
Dove l'orso nero cerca miele o radici, dove il castoro batte il fango con la sua coda a spatola;
Sulla coltivazione dello zucchero, sul giallo fiore del cotone, sul riso nei bassi campi acquitrinosi,
Sulla fattoria dal tetto aguzzo, con la sua smerlatura e gli snelli doccioni dalle gronde,
Sul diospiro dell'occidente, sul granturco dalle lunghe foglie, sul delicato lino dal fiore azzurro,
Sul grano saraceno bianco e bruno, che ronza e mormora con gli altri,
Sul verde cupo della segala, che sfuma alla brezza e s'increspa,
Scalando montagne, tirandomi su cautamente, attaccato a brevi sporgenze scabrose,
Percorrendo il sentiero tracciato nell'erba o aperto tra le foglie della macchia,
Dove la quaglia fischia tra il bosco e il campo di grano,
Dove svolazza il pipistrello nelle sere del Settimo mese, dove il grande scarabeo dorato tonfa nel buio,
Dove il ruscello sgorga tra le radici del vecchio albero e scorre verso il prato,

Where cattle stand and shake away flies with the tremulous shuddering of their hides,
Where the cheese-cloth hangs in the kitchen, where andirons straddle the hearth-slab, where cobwebs fall in festoons from the rafters;
Where trip-hammers crash, where the press is whirling its cylinders,
Wherever the human heart beats with terrible throes under its ribs,
Where the pear-shaped balloon is floating aloft, (floating in it myself and looking composedly down,)
Where the life-car is drawn on the slip-noose, where the heat hatches pale-green eggs in the dented sand,
Where the she-whale swims with her calf and never forsakes it,
Where the steam-ship trails hind-ways its long pennant of smoke,
Where the fin of the shark cuts like a black chip out of the water,
Where the half-burn'd brig is riding on unknown currents,
Where shells grow to her slimy deck, where the dead are corrupting below;
Where the dense-starr'd flag is borne at the head of the regiments,
Approaching Manhattan up by the long-stretching island,
Under Niagara, the cataract falling like a veil over my countenance,
Upon a door-step, upon the horse-block of hard wood outside,
Upon the race-course, or enjoying picnics or jigs or a good game of baseball,
At he-festivals, with blackguard gibes, ironical license, bull-dances, drinking, laughter,
At the cider-mill tasting the sweets of the brown mash, sucking the juice through a straw,

33,743 *pennant*: fiamma o guidotto (lunga bandiera triangolare).

Dove posa il bestiame e scaccia via le mosche col tremulo scrollare della pelle,
Dove il sacchetto per la cagliata è appeso in cucina, dove gli alari stanno a cavalcioni del focolare, le ragnatele pendono in festoni dai travi,
Dove il maglio frastuona, dove la stampatrice ruota veloce i suoi cilindri,
Dovunque il cuore umano batta sotto le costole con orribili fitte,
Dove il pallone piriforme galleggia in alto (anch'io sospeso in esso, guardo giù serenamente),
Dove il canotto di salvataggio è tirato da un cappio, dove il calore schiude uova verdastre sulla sabbia dentellata,
Dove il piroscafo trascina il suo lungo orifiamma di fumo,
Dove la pinna dello squalo fende l'acqua come una nera scheggia,
Dove il brigantino semiarso è trascinato da correnti sconosciute,
Dove il suo ponte limaccioso si copre di conchiglie, dove sottocoperta i morti si corrompono,
Dove la bandiera fitta di stelle marcia alla testa dei reggimenti,
Accostando Manhattan su per l'isola lungo-distesa,
Sotto il Niagara, la cascata rovesciando come un velo sul mio volto,
Sopra la soglia d'una porta, sul montatoio lì accanto di legno compatto,
Alle corse, ai picnic, ballando gighe o godendo una bella partita a baseball,
Nelle feste tra uomini, fra battute salaci, frecciate oscene, ballonzoli, grandi bevute e risate,
In una fabbrica di sidro, assaggiando la dolce, bruna poltiglia, succhiando il succo attraverso una paglia,

33,752 *bull-dances: buffalo dances*: danze originariamente indiane.

At apple-peelings wanting kisses for all the red fruit I find,
At musters, beach-parties, friendly bees, huskings, house-raisings;
Where the mocking-bird sounds his delicious gurgles, cackles, screams, weeps,
Where the hay-rick stands in the barn-yard, where the dry-stalks are scatter'd, where the brood-cow waits in the hovel,
Where the bull advances to do his masculine work, where the stud to the mare, where the cock is treading the hen,
Where the heifers browse, where geese nip their food with short jerks,
Where sun-down shadows lengthen over the limitless and lonesome prairie,
Where herds of buffalo make a crawling spread of the square miles far and near,
Where the humming-bird shimmers, where the neck of the long-lived swan is curving and winding,
Where the laughing-gull scoots by the shore, where she laughs her near-human laugh,
Where bee-hives range on a gray bench in the garden half hid by the high weeds,
Where band-neck'd partridges roost in a ring on the ground with their heads out,
Where burial coaches enter the arch'd gates of a cemetery,
Where winter wolves bark amid wastes of snow and icicled trees,

33,754 *apple-peelings*: a quanto sembra il termine appare qui per la prima volta a stampa.

33,755 *musters*: raduni. Il termine è ora abbastanza in disuso, tranne in applicazioni marittime.

Tra le ragazze che sbucciano le mele, chiedendo baci per ogni mela rossa,
Ai raduni, ai party sulla spiaggia, ai lavori in comune, spannocchiatura, costruzione d'una casa,
Dove il mimo poliglotta lancia i suoi deliziosi gorgoglii, chioccolii, gridi acuti e lamenti,
Dove la bica campeggia sull'aia, gli steli secchi cospargono il suolo, dove la vacca aspetta nel recinto,
Dove il toro s'avvia al suo lavoro di maschio, lo stallone raggiunge la cavalla, il gallo assalta la gallina,
Dove pascolano le giovenche, dove le oche spilluzzicano il cibo con bruschi rapidi colpi,
Dove le ombre del tramonto si distendono sulle deserte praterie sconfinate,
Dove mandrie formicolanti di bufali si spandono per miglia in lungo e in largo,
Dove brilla il colibrì, dove il cigno longevo inarca il collo sinuoso,
Dove il gabbiano sfreccia lungo il lido, dove echeggia la sua risata quasi umana,
Dove le arnie sono allineate nell'orto sopra una grigia panca, seminascoste dall'erba alta,
Dove le pernici dallo scuro collare dormono in terra accovacciate, in cerchio, con la testa sull'ala,
Dove i funebri carri attraversano gli archi dei cancelli dei cimiteri,
Dove i lupi d'inverno latrano pei deserti di neve e di alberi ricoperti di ghiaccioli,

33,761 Questo risolvere il tempo nello spazio è tipico dell'ottocento americano: l'immagine delle orde dei bisonti che percorrono il continente suggerisce a Thoreau il senso del tempo, quando esclama che vorrebbe potere, come i bisonti, «tenere il passo con le stagioni».
33,763 *laughing-gull*: è il gabbiano comune (larus ridibundus).

Where the yellow-crown'd heron comes to the edge of the marsh at night and feeds upon small crabs,
Where the splash of swimmers and divers cools the warm noon,
Where the katy-did works her chromatic reed on the walnut-tree over the well,
Through patches of citrons and cucumbers with silver-wired leaves,
Through the salt-lick or orange glade, or under conical firs,
Through the gymnasium, through the curtain'd saloon, through the office or public hall;
Pleas'd with the native and pleas'd with the foreign, pleas'd with the new and old,
Pleas'd with the homely woman as well as the handsome,
Pleas'd with the quakeress as she puts off her bonnet and talks melodiously,
Pleas'd with the tune of the choir of the whitewash'd church,
Pleas'd with the earnest words of the sweating Methodist preacher, impress'd seriously at the camp-meeting;
Looking in at the shop windows of Broadway the whole forenoon, flatting the flesh of my nose on the thick plate glass,
Wandering the same afternoon with my face turn'd up to the clouds, or down a lane or along the beach,
My right and left arms round the sides of two friends, and I in the middle;
Coming home with the silent and dark-cheek'd bush-boy, (behind me he rides at the drape of the day,)
Far from the settlements studying the print of animals' feet, or the moccasin print,
By the cot in the hospital reaching lemonade to a feverish patient,

33,770 L'ancia è l'imboccatura di vari strumenti a fiato.
33,782 *drape of the day*: il sipario, la cortina del giorno.

Dove l'airone dal ciuffo giallo ai margini della palude si ciba nottetempo di piccoli granchi,
Dove gli spruzzi dei tuffi dei bagnanti rinfrescano il caldo meriggio,
Dove sul noce sopra il pozzo la cavalletta verde aziona l'ancia cromatica,
Attraverso orti di cedri e di cetrioli dalle foglie venate d'argento,
Attraverso terreni salini o boschetti d'aranci, o sotto conici abeti,
Attraverso palestre, attraverso saloni con tendaggi, attraverso gli uffici o i luoghi aperti al pubblico,
Contento del connazionale, contento dello straniero, contento del nuovo e dell'antico,
Contento della donna brutta quanto di quella bella,
Contento della quacquera che si sbarazza della cuffia e parla melodiosamente,
Contento del coro della chiesa imbiancata di fresco,
Contento del sudato predicatore metodista le cui ardenti parole mi colpirono al raduno all'aperto;
Guardando dentro le vetrine di Broadway l'intera mattinata, con il naso schiacciato sulla lastra di cristallo,
Vagabondando in quello stesso pomeriggio col viso rivolto alle nuvole, lungo un viottolo o lungo la spiaggia,
Con due amici, io nel mezzo, il braccio destro e il sinistro attorno ai loro fianchi,
Tornando a casa col silenzioso boscaiolo dalle guance annerite (cavalca dietro di me al calare del sole),
Lontano dalle concessioni, studiando le tracce delle zampe di animali, le impronte dei mocassini,
Presso la branda dell'ospedale porgendo limonata a un malato febbricitante,

Nigh the coffin'd corpse when all is still, examining with a candle;
Voyaging to every port to dicker and adventure,
Hurrying with the modern crowd as eager and fickle as any,
Hot toward one I hate, ready in my madness to knife him,
Solitary at midnight in my back yard, my thoughts gone from me
a long while,
Walking the old hills of Judæa with the beautiful gentle God by
my side,
Speeding through space, speeding through heaven and the stars,
Speeding amid the seven satellites and the broad ring, and the
diameter of eighty thousand miles,
Speeding with tail'd meteors, throwing fire-balls like the rest,
Carrying the crescent child that carries its own full mother in
its belly,
Storming, enjoying, planning, loving, cautioning,
Backing and filling, appearing and disappearing,
I tread day and night such roads.

I visit the orchards of spheres and look at the product,
And look at quintillions ripen'd and look at quintillions green.

33,789-94 I versi segnano nettamente il passaggio dall'osservazione semirealistica (resa astratta, come si accennava, solo dalla costruzione del brano) alla visionarietà che supera i confini del tempo e della storia (dal casalingo *backyard* alle colline di Giudea); e dello spazio (nello straordinario volo interplanetario, tra il cielo e le stelle).

33,792 L'accenno al «vasto anello» ed al diametro di 80.000 miglia (solo di poco inferiore, dunque, alla misura accertata di 120.160 Km), rendono ovvio il riferimento a Saturno; qualche maggiore incertezza si ha nell'identificazione della fonte che suggerisce il numero di sette satelliti. Di Saturno se ne conoscono oggi dieci, nella maggior parte

Accanto al corpo nella bara, quando tutto è silenzio, esaminandolo con una candela,
Viaggiando verso ogni porto per commercio e avventura,
Spingendo la folla, impaziente e volubile quanto ogni altro,
Violento verso chi odio, pronto ad accoltellarlo nella mia frenesia,
Solitario a mezzanotte nel cortile dietro la casa, i miei pensieri lontani da me per lungo tempo,
Percorrendo le antiche colline della Giudea con il bel Dio gentile al mio fianco,
Proiettandomi nello spazio, attraverso il cielo e le stelle,
Volando fra i sette satelliti e il vasto anello e il diametro di ottantamila miglia,
Volando con le comete munite di coda, scagliando palle di fuoco come il resto,
Portando la falce bambina che reca in grembo la madre piena,
Infuriando, godendo, progettando, amando, usando cautela,
Indietreggiando, invadendo, apparendo, scomparendo,
Simili strade io percorro notte e giorno.

Visito i frutteti di sfere e ne osservo i prodotti,
E tengo conto dei quintilioni maturi, dei quintilioni acerbi.

scoperti fotograficamente. Il numero di sette potrebbe riferirsi allo stato delle scoperte vivacemente presenti nell'opinione pubblica ai tempi di W. (è del 1850 la scoperta di un terzo anello da parte di un astronomo di Harvard e appena qualche anno più tardi — nel 1857 — J.C. Maxwell confuterà definitavamente l'ipotesi Laplace di un anello continuo).

33,794 Bellissima l'immagine della falce bambina della luna, gravida della propria madre (la luna piena che da essa nascerà).

I fly those flights of a fluid and swallowing soul,
My course runs below the soundings of plummets.

I help myself to material and immaterial,
No guard can shut me off, no law prevent me.

I anchor my ship for a little while only,
My messengers continually cruise away or bring their returns to me.

I go hunting polar furs and the seal, leaping chasms with a pike-
pointed staff, clinging to topples of brittle and blue.

I ascend to the foretruck,
I take my place late at night in the crow's-nest,
We sail the arctic sea, it is plenty light enough,
Through the clear atmosphere I stretch around on the wonderful
beauty,
The enormous masses of ice pass me and I pass them, the scenery
is plain in all directions,
The white-topt mountains show in the distance, I fling out my
fancies toward them,
We are approaching some great battle-field in which we are soon
to be engaged,
We pass the colossal outposts of the encampment, we pass with
still feet and caution,
Or we are entering by the suburbs some vast and ruin'd city,
The blocks and fallen architecture more than all the living cities
of the globe.

33,802 *I help myself*: mi servo (come a tavola).

33,806 *topples*: il nome non è registrato come sostantivo. Si pensa che W. alludesse alle guglie di ghiaccio gocciolate (*toppled*) dall'alto.

Volo i voli d'un'anima mutevole e ingorda,
La mia rotta corre sotto il piombo degli scandagli.

Mi approprio del materiale e dell'immateriale,
Nessun guardiano può fermarmi, nessuna legge
impedirmi.

Ancoro la mia nave solo per breve tempo,
I miei messi incrociano lontano e di continuo mi recano i
loro rapporti.

Vado a caccia di foche e di pellicce polari, saltando cre-
pacci con un bastone ferrato, afferrandomi a picchi
fragili e azzurri.

Salgo fino alla galletta del trinchetto,
A notte fatta prendo posto dentro il nido del corvo,
Salpiamo verso il mare artico, c'è ancora luce
abbastanza,
Mi espando nella chiara atmosfera su quella
stupefacente bellezza,
Masse enormi di ghiaccio mi sorpassano e io sorpasso
loro, il paesaggio è percepibile in ogni direzione,
In lontananza appaiono le montagne imbiancate, verso
di loro proietto le mie fantasie,
Ci avviciniamo a qualche grande campo di battaglia in
cui saremo presto ingaggiati,
Oltrepassiamo i colossali avamposti dell'accampamento,
andiamo oltre con passi cauti e silenziosi,
Oppure entriamo dai suburbi in una immensa città
diroccata,
Isolati e architetture crollate più che in ogni altra viva
città della terra.

I am a free companion, I bivouac by invading watchfires,
I turn the bridegroom out of bed and stay with the bride myself,
I tighten her all night to my thighs and lips.

My voice is the wife's voice, the screech by the rail of the stairs,
They fetch my man's body up dripping and drown'd.

I understand the large hearts of heroes,
The courage of present times and all times,
How the skipper saw the crowded and rudderless wreck of the steam-ship, and Death chasing it up and down the storm,
How he knuckled tight and gave not back an inch, and was faithful of days and faithful of nights,
And chalk'd in large letters on a board, *Be of good cheer, we will not desert you;*
How he follow'd with them and tack'd with them three days and would not give it up,
How he saved the drifting company at last,
How the lank loose-gown'd women look'd when boated from the side of their prepared graves,
How the silent old-faced infants and the lifted sick, and the sharp-lipp'd unshaved men;
All this I swallow, it tastes good, I like it well, it becomes mine,
I am the man, I suffer'd, I was there.

33,822 e segg. Il naufragio cui W. allude è quello della San Francisco partita da New York il 22 dicembre 1853 alla volta del Sud America ed incappata ben presto in una tempesta di cui rimase giorni e giorni in balia. Ne parla un numero della «Weekly Tribune» di New York

Io sono un mercenario, bivacco presso i fuochi degli invasori,
Caccio dal letto lo sposo e sto con la sposa,
Tutta la notte me la stringo alle labbra e alle cosce.

La mia voce è la voce della moglie, l'urlo dalla ringhiera della scala,
Portano su il corpo sgocciolante del mio uomo annegato.

Comprendo il grande cuore degli eroi,
Il coraggio del nostro tempo e di ogni tempo,
Del proprietario della nave che vide il relitto affollato e senza timone, e la Morte gli dava la caccia su e giù nella tempesta,
Che serrò i pugni e non si mosse d'un pollice, e fu ligio al dovere giorno e notte,
E scrisse su una tavola col gesso a grandi lettere, *Fatevi animo, non vi abbandoneremo*;
E li seguì e bordeggiò con loro per tre giorni e non volle arrendersi,
E li salvò alla fine, che andavano tutti alla deriva;
Che aspetto avevano le donne smagrite negli abiti larghi quando le trasbordarono dai fianchi di quella tomba già pronta!
E i bimbi, muti, con facce da vecchi, e i malati, sollevati di peso, e gli uomini, le barbe lunghe, le labbra affilate!
E tutto questo io ingoio, e sa di buono, mi piace molto, diventa mio,
Sono quell'uomo, ho sofferto, ero lì.

(21 gennaio 1854), poi ritrovato tra le carte di W. Dalla storia alla cronaca e da questa alla storia. È quanto intende con *present times and all times*, del v. 823.

33,831 L'immagine dell'inghiottire, gustare, assimilare, è perseguita con coerenza da W.

The disdain and calmness of martyrs,
The mother of old, condemn'd for a witch, burnt with dry wood,
her children gazing on,
The hounded slave that flags in the race, leans by the fence, blow-
ing, cover'd with sweat,
The twinges that sting like needles his legs and neck, the mur-
derous buckshot and the bullets,
All these I feel or am.

I am the hounded slave, I wince at the bite of the dogs,
Hell and despair are upon me, crack and again crack the marksmen,
I clutch the rails of the fence, my gore dribs, thinn'd with the
ooze of my skin,
I fall on the weeds and stones,
The riders spur their unwilling horses, haul close,
Taunt my dizzy ears and beat me violently over the head with
whip-stocks.

Agonies are one of my changes of garments,
I do not ask the wounded person how he feels, I myself become
the wounded person,
My hurts turn livid upon me as I lean on a cane and observe.

I am the mash'd fireman with breast-bone broken,
Tumbling walls buried me in their debris,
Heat and smoke I inspired, I heard the yelling shouts of my com-
rades,

33,838 Vedere sez. 10.
33,844 *agonies are one of my changes of garments*: l'immagine è duplice e ricorda la Dickinson: le diverse e successive esperienze viste

Lo sdegno e la calma dei martiri,
La madre condannata come strega, arsa su secca legna sotto gli occhi dei figli,
Lo schiavo inseguito dai cani che s'affloscia nel correre, s'appoggia allo steccato, ansimando, coperto di sudore,
Le fitte che pungono come aghi nelle gambe e nel collo, i pallettoni e le pallottole omicide,
Tutto questo io sento e sono.

Sono lo schiavo inseguito, mi dibatto al morso dei cani,
Disperazione e inferno su di me, sparano e sparano di nuovo i tiratori,
Mi aggrappo alle sbarre dello steccato, il sangue cola denso, misto al trasudamento della pelle,
Cado sull'erba e i sassi,
Gli uomini spronano i loro cavalli riluttanti, si accostano,
Mi assordano d'insulti, mi danno colpi violenti sulla testa coi manici delle fruste.

Le agonie sono uno dei miei travestimenti,
Non chiedo al ferito come si senta, io divento il ferito,
Le piaghe diventano nerastre su di me, mentre mi appoggio a un bastone e sto ad osservare.

Sono il pompiere schiacciato con lo sterno fracassato,
I muri cadendo mi hanno sepolto nelle loro macerie,
Ho respirato aria bruciante e fumo, udito i richiami dei compagni,

come cambio d'abito; e l'affermazione che fa della stessa agonia solo uno dei travestimenti di W.

I heard the distant click of their picks and shovels,
They have clear'd the beams away, they tenderly lift me forth.

I lie in the night air in my red shirt, the pervading hush is for my sake,
Painless after all I lie exhausted but not so unhappy,
White and beautiful are the faces around me, the heads are bared of their fire-caps,
The kneeling crowd fades with the light of the torches.

Distant and dead resuscitate,
They show as the dial or move as the hands of me, I am the clock myself.

I am an old artillerist, I tell of my fort's bombardment,
I am there again.

Again the long roll of the drummers,
Again the attacking cannon, mortars,
Again to my listening ears the cannon responsive.

I take part, I see and hear the whole,
The cries, curses, roar, the plaudits for well-aim'd shots,
The ambulanza slowly passing trailing its red drip,
Workmen searching after damages, making indispensable repairs,
The fall of grenades through the rent roof, the fan-shaped explosion,
The whizz of limbs, heads, stone, wood, iron, high in the air.

33,859 *I am there again*: sono di nuovo lì. Cfr. v. 832.

Il lontano picchìo dei picconi e delle pale,
Hanno rimosso le travi, delicatamente mi sollevano.

Giaccio nell'aria della sera con la camicia arrossata, è per me questo silenzio che dilaga,
Ormai insensibile al dolore, giaccio esausto ma non proprio infelice,
Bianchi e belli sono i volti intorno a me, le teste nude senza l'elmetto
La folla inginocchiata svanisce con la luce delle torce.

Assenti e morti rinascono,
Appaiono come il quadrante o si muovono come le lancette, e sono io l'orologio.

Sono un vecchio artigliere, narro il bombardamento del mio forte,
Sono di nuovo lì.

Di nuovo il lungo rullare dei tamburi,
Di nuovo i cannoni che attaccano, i mortai,
Di nuovo ai miei orecchi in ascolto il cannone che risponde.

Vi prendo parte, vedo e sento tutto,
Gli urli, le bestemmie, il rimbombo, gli applausi per i colpi ben diretti,
L'ambulanza che procede lentamente con il suo rosso sgocciolìo,
Operai che esaminano i danni, riparando l'indispensabile,
Le granate che cadono dal tetto squarciato, le esplosioni a ventaglio,
Il sibilo nell'aria di membra, teste, legno, pietra, ferro.

Again gurgles the mouth of my dying general, he furiously waves with his hand,
He gasps through the clot *Mind not me—mind—the entrenchments.*

34

Now I tell what I knew in Texas in my early youth,
(I tell not the fall of Alamo,
Not one escaped to tell the fall of Alamo,
The hundred and fifty are dumb yet at Alamo,)
'Tis the tale of the murder in cold blood of four hundred and twelve young men.

Retreating they had form'd in a hollow square with their baggage for breastworks,
Nine hundred lives out of the surrounding enemy's, nine times their number, was the price they took in advance,
Their colonel was wounded and their ammunition gone,
They treated for an honorable capitulation, receiv'd writing and seal, gave up their arms and march'd back prisoners of war.

They were the glory of the race of rangers,
Matchless with horse, rifle, song, supper, courtship,
Large, turbulent, generous, handsome, proud, and affectionate,
Bearded, sunburnt, drest in the free costume of hunters,
Not a single one over thirty years of age.

33,871 Mutando parzialmente registro, W. adesso racconta. Si tratta del massacro di 371 texani ad opera dei messicani. Si noti il correttissimo, quasi convenzionale doppio filtro narrativo: «Now I *tell* what I *knew*...».

Di nuovo il gorgoglìo nella strozza del mio generale morente, il gesto iroso della mano,
Attraverso i coaguli rantola, *Non badate a me... badate... alle trincee.*

34

Adesso vi racconto ciò che ho saputo nel Texas, nella mia prima gioventù.
(Non parlerò della caduta di Alamo,
Nessuno è scampato per raccontarci la caduta di Alamo,
I centocinquanta sono ancora muti, ad Alamo),
Questo è il racconto del massacro a sangue freddo di quattrocentododici giovani.

Ritirandosi, si schierarono in quadrato, dietro i loro bagagli,
Novecento vite, fu il prezzo che presero in anticipo dal nemico accerchiante (ed era nove volte il loro numero),
Il colonnello era ferito, le munizioni terminate,
Trattarono una resa onorevole, ricevettero scritto e sigillo, consegnarono le armi e si misero in marcia, prigionieri di guerra.

Erano il vanto della razza dei rangers,
Insuperabili a cavallo e col fucile, e nel cantare, banchettare, corteggiare,
Grandi, generosi, turbolenti, belli, orgogliosi e affettuosi,
Barbuti, abbronzati, vestiti del libero costume dei cacciatori,
Neppure uno che superasse trent'anni.

The second First-day morning they were brought out in squads and massacred, it was beautiful early summer,
The work commenced about five o'clock and was over by eight.

None obey'd the command to kneel,
Some made a mad and helpless rush, some stood stark and straight,
A few fell at once, shot in the temple or heart, the living and dead lay together,
The maim'd and mangled dug in the dirt, the new-comers saw them there,
Some half-kill'd attempted to crawl away,
These were despatch'd with bayonets or batter'd with the blunts of muskets,
A youth not seventeen years old seiz'd his assassin till two more came to release him,
The three were all torn and cover'd with the boy's blood.

At eleven o'clock began the burning of the bodies;
That is the tale of the murder of the four hundred and twelve young men.

34,885 La traduzione non ha usato la locuzione quacchera per la domenica prediletta da W.: si è voluto evitare la cacofonia dell'acco-

La mattina della seconda domenica furono fatti uscire a squadre e massacrati, era il bel tempo della prima estate,
Il lavoro cominciò verso le cinque e terminò alle otto.

Nessuno obbedì all'ordine d'inginocchiarsi,
Qualcuno tentò un folle e disperato assalto, altri rimasero rigidi ed eretti,
Alcuni caddero immediatamente, colpiti al cuore o alla tempia, i vivi e i morti giacquero insieme,
I mutilati, i crivellati di colpi, raspavano nel fango, e là li videro i nuovi arrivati,
Qualcuno, non ucciso del tutto, provò a strisciare via,
Fu liquidato con le baionette, maciullato col calcio dei moschetti;
Un giovane di diciassette anni afferrò il suo assassino e ce ne vollero due per liberarlo,
I tre ne uscirono laceri, imbrattati dal sangue del ragazzo.

Alle undici iniziarono a bruciare i cadaveri.
Questo è il racconto del massacro dei quattrocentododici giovani.

stamento (La seconda prima mattina..), che in italiano perde l'immediatezza del riferimento culturale.

35

Would you hear of an old-time sea-fight?
Would you learn who won by the light of the moon and stars?
List to the yarn, as my grandmother's father the sailor told it to me.

Our foe was no skulk in his ship I tell you, (said he,)
His was the surly English pluck, and there is no tougher or truer,
    and never was, and never will be;
Along the lower'd eve he came horribly raking us.

We closed with him, the yards entangled, the cannon touch'd,
My captain lash'd fast with his own hands.

We had receiv'd some eighteen pound shots under the water,
On our lower-gun-deck two large pieces had burst at the first fire,
    killing all around and blowing up overhead.
Fighting at sun-down, fighting at dark,
Ten o'clock at night, the full moon well up, our leaks on the gain,
    and five feet of water reported,
The master-at-arms loosing the prisoners confined in the after-hold
    to give them a chance for themselves.

35,899 Il verso ha avuto varie versioni, ma in ognuna resta la vera novità: il registro narrativo adoperato ha ora bisogno di un esplicito, convenzionale destinatario come si deduce dall'interlocutorietà dei vv. 897-8 *Would you hear...? Would you learn...?*. La battaglia è quella tra il *Bonhomme Richard* e l'inglese *Serapis* del 23 settembre 1778.

35

Vi piacerebbe udire d'uno scontro navale d'altri tempi?
Sapere chi vinse, sotto la luce della luna e delle stelle?
Ascoltate l'avventurosa storia così come il padre di mia nonna la raccontava a me.

Il nemico non era certo tipo da rimpiattarsi sulla nave, te lo assicuro io (mi diceva),
Un fegataccio scorbutico d'inglese che mai ce ne furono e saranno di più duri e leali;
Mentre scendeva la sera, ci piombò addosso con terribili colpi d'infilata.

Ingaggiamo battaglia, i pennoni s'impigliano, i cannoni si toccano,
Il mio capitano legò la nave alla sua con le sue stesse mani.

Avevamo ricevuto alcune palle da diciotto libbre sotto la linea d'acqua,
Sul ponte inferiore due grossi pezzi erano esplosi al primo colpo, uccidendo all'intorno e mandando in frantumi di sopra.
Si combatte al tramonto, si combatte che è notte,
Sono le dieci, la luna piena è bella alta, le nostre falle imbarcano acqua, cinque piedi ci dicono,
L'aiutante di bordo libera i prigionieri nella cella di poppa, per dargli una via di scampo.

Una possibile fonte di W. potrebbe essere stata la nonna paterna, il cui padre aveva servito in marina agli ordini di John Paul Jones. Tuttavia esistono fonti scritte (il resoconto di Jones stesso a Benjamin Franklin), che W. sembra seguire fedelmente.

The transit to and from the magazine is now stopt by the sentinels,
They see so many strange faces they do not know whom to trust.

Our frigate takes fire,
The other asks if we demand quarter?
If our colors are struck and the fighting done?

Now I laugh content, for I hear the voice of my little captain,
We have not struck, he composedly cries, *we have just begun our part of the fighting.*

Only three guns are in use,
One is directed by the captain himself against the enemy's main-mast,
Two well serv'd with grape and canister silence his musketry and clear his decks.

The tops alone second the fire of this little battery, especially the main-to
They hold out bravely during the whole of the action.

Not a moment's cease,
The leaks gain fast on the pumps, the fire eats toward the powder-magazine.

One of the pumps has been shot away, it is generally thought we are sinking.

Serene stands the little captain,
He is not hurried, his voice is neither high nor low,
His eyes give more light to us than our battle-lanterns.

Toward twelve there in the beams of the moon they surrender to us.

L'accesso alla santabarbara è bloccato dalle sentinelle,
Vedono troppe facce estranee, non sanno più di chi fidarsi.

La nostra fregata prende fuoco,
Gli altri chiedono se ci arrendiamo?
Se i nostri colori sono ammainati e il combattimento è finito?

Adesso rido soddisfatto perché sento la voce del mio piccolo capitano,
Non abbiamo ammainato, grida calmo, *abbiamo appena cominciato a combattere noi*.

Solo tre cannoni sono in uso,
Lo stesso capitano ne punta uno contro l'albero maestro del nemico,
Gli altri due, ben serviti a mitraglia, fanno tacere la moschetteria e sgombrano i ponti.

Solo i gabbieri assecondano il fuoco di questa piccola batteria, specie il gabbiere di maestra,
Tengono duro coraggiosamente durante tutta l'azione.

Non un attimo di sosta,
Le falle hanno la meglio sulle pompe, il fuoco avanza verso la polveriera,

Una pompa è spazzata via da un colpo, pensiamo tutti che stiamo affondando.

Resta sereno il piccolo capitano,
Non s'affretta, non alza né abbassa la voce,
I suoi occhi mandano più luce delle nostre lanterne da battaglia.

Verso la mezzanotte, ai raggi della luna, furono loro che si arresero a noi.

36

Stretch'd and still lies the midnight,
Two great hulls motionless on the breast of the darkness,
Our vessel riddled and slowly sinking, preparations to pass to the one we have conquer'd,
The captain on the quarter-deck coldly giving his orders through a countenance white as a sheet,
Near by the corpse of the child that serv'd in the cabin,
The dead face of an old salt with long white hair and carefully curl'd whiskers,
The flames spite of all that can be done flickering aloft and below,
The husky voices of the two or three officers yet fit for duty,
Formless stacks of bodies and bodies by themselves, dabs of flesh upon the masts and spars,
Cut of cordage, dangle of rigging, slight shock of the soothe of waves,
Black and impassive guns, litter of powder-parcels, strong scent,
A few large stars overhead, silent and mournful shining,
Delicate sniffs of sea-breeze, smells of sedgy grass and fields by the shore, death-messages given in charge to survivors,
The hiss of the surgeon's knife, the gnawing teeth of his saw,

36,929 La serena immagine della notte distesa corona e completa, sul piano del racconto, la storia della resa (avvenuta, appunto, a mezzanotte), ma rappresenta una precisa svolta di tono poetico. Nell'intera sezione il registro descrittivo predomina su quello narrativo, completandone l'effetto e costituendone il commento

36,938 *slight shock of the soothe of wawes*: lieve scossa della carezza delle onde. Nell'italiano si perde inevitabilmente sia l'effetto allitterativo sia quello ritmico, affidato all'eguale distribuzione degli accenti sui monosillabi.

36

Distesa e quieta giace la mezzanotte,
Due grandi scafi immobili sul petto delle tenebre,
La nostra nave crivellata affonda lentamente,
preparativi per passare su quella conquistata,
Il capitano, sul cassero di poppa, dà ordini, bianco come
un lenzuolo,
Lì accanto il cadavere del mozzo che serviva in cabina,
Il volto spento d'un vecchio lupo di mare, lunghi capelli
bianchi e basettoni arruffati con cura,
Le fiamme che ancora lingueggiano, malgrado quanto si
è potuto fare, sopra e sotto coperta,
Le voci roche dei due o tre ufficiali ancora in grado di
fare qualcosa,
Cataste informi di corpi, e corpi sparsi, pezzi di carne
sugli alberi e i pennoni,
Sferzare di sartiame, dondolare di attrezzi, lieve scossa
della carezza delle onde,
Neri cannoni impassibili, cartaccia dei pacchi di polvere,
fetore,
Lassù poche grandi stelle che brillano tetre e silenziose,
Buone zaffate di brezza marina, odori d'àcoro e di
campi dalla costa, discorsi funebri affidati alle cure
dei sopravvissuti,
Il sibilo del bisturi, il rosicchiare dei denti della sega del
chirurgo,

36,940 Anche qui le stelle sono a lutto.

36,941-44 I versi giocano sul contrasto accentuato dalla vicinanza fonica, tra *sniffs* (zaffate) di brezza, *smells* (odori), *sedgy* (di saggina) e lo *hiss* (sibilo) del coltello del chirurgo, cui si associa la forte immagine del rosicchiare dei denti della sua sega (*saw*), e la violenza, se non la truculenza, dell'onomatopeico *Wheeze, cluck, swash* (ansimare, chiocciare, sciaguattare) del sangue che cade.

Wheeze, cluck, swash of falling blood, short wild scream, and long,
dull, tapering groan,
These so, these irretrievable.

37

You laggards there on guard! look to your arms!
In at the conquer'd doors they crowd! I am possess'd!
Embody all presences outlaw'd or suffering,
See myself in prison shaped like another man,
And feel the dull unintermitted pain.

For me the keepers of convicts shoulder their carbines and keep
watch,
It is I let out in the morning and barr'd at night.

Not a mutineer walks handcuff'd to jail but I am handcuff'd to
him and walk by his side,
(I am less the jolly one there, and more the silent one with sweat
on my twitching lips.)

Not a youngster is taken for larceny but I go up too, and am tried
and sentenced.
Not a cholera patient lies at the last gasp but I also lie at the last
gasp,
My face is ash-color'd, my sinews gnarl, away from me people
retreat.

Askers embody themselves in me and I am embodied in them,
I project my hat, sit shame-faced, and beg.

L'ansimare, il chiocciare, lo sciaguattare del sangue che cade, brevi urli furiosi, e lunghi, sordi gemiti che si spengono.
Questi così, questi irrimediabili.

37

Ehi là, poltroni, all'erta! mano alle armi!
Dalle porte espugnate fanno ressa, si impadroniscono di me!
Incarno tutti i proscritti o assoggettati,
Mi vedo in carcere con le forme d'un altro,
E provo cupa ininterrotta pena.

Per me i guardiani portano a spalla il fucile e fanno la guardia,
Sono io che fanno uscire al mattino e rinchiudono la sera.

Non c'è ammutinato condotto in prigione ammanettato che non cammini al mio fianco, ammanettato con me,
(E più che il tipo allegro, sono quello taciturno, con il sudore sulle labbra che tremano).

Non c'è ladruncolo preso che anch'io non sia processato e condannato,
Non c'è malato di colera in agonia che anch'io non sia ai miei ultimi rantoli,
Ho la faccia cinerea, i tendini si torcono, tutti si scostano da me.

I mendicanti s'incarnano in me e io m'incarno in essi,
Tendo il cappello, siedo con volto vergognoso, e chiedo l'elemosina.

38

Enough! enough! enough!
Somehow I have been stunn'd. Stand back!
Give me a little time beyond my cuff'd head, slumbers, dreams, gaping,
I discover myself on the verge of a usual mistake.

That I could forget the mockers and insults!
That I could forget the trickling tears and the blows of the bludgeons and hammers!
That I could look with a separate look on my own crucifixion and bloody crowning.

I remember now,
I resume the overstaid fraction,
The grave of rock multiplies what has been confided to it, or to any graves,
Corpses rise, gashes heal, fastenings roll from me.

I troop forth replenish'd with supreme power, one of an average unending procession,
Inland and sea-coast we go, and pass all boundary lines,
Our swift ordinances on their way over the whole earth,
The blossoms we wear in our hats the growth of thousands of years.

38 Il lungo e tortuoso cammino di identificazione e distinzione di anima e corpo, di spirituale e di materiale che è tema e forma del «Canto di me stesso» e che ha assunto talora aspetti che lo collegavano ad esperienze mistiche orientali, ora approda alla coincidenza con

38

Basta! basta! basta!
Per qualche motivo sono rimasto intontito. Fatevi indietro!
Datemi un po' di tempo, per la mia testa frastornata da schiaffi, assopimenti, sogni, guardare a bocca aperta,
Io mi scopro sull'orlo d'un errore abituale.

Che io abbia potuto scordare schernitori ed ingiurie!
Che io abbia potuto scordare le lacrime versate, i colpi di mazza e di martello,
Che abbia potuto contemplare con occhio distaccato la mia crocifissione e la corona insanguinata.

Ricordo adesso,
Riprendo la parte tralasciata,
La tomba di roccia moltiplica quanto è stato confinato in essa, o in ogni altra tomba,
I cadaveri si levano, i tagli nella carne si richiudono, i legami si sciolgono da me,

Io avanzo in truppa dotato d'un potere supremo, uno d'un corteo interminabile,
Nell'entroterra e costeggiando procediamo, oltrepassando tutte le frontiere,
Le nostre pronte ordinanze si diramano per tutta la terra,
I fiori che rechiamo sui cappelli sono la fioritura di migliaia di anni.

la figura del Cristo. Il Cristo umiliato e offeso della Crocifissione ed alla vigilia della Resurrezione è supremo conciliatore di contraddizioni.

38,969 Se tutte le tombe sono per Whitman fertili di vita, la tomba di pietra da cui il Cristo sorge è addirittura moltiplicatrice di vita.

Eleves, I salute you! come forward!
Continue your annotations, continue your questionings.

39

The friendly and flowing savage, who is he?
Is he waiting for civilization, or past it and mastering it?

Is he some Southwesterner rais'd out-doors? is he Kanadian?
Is he from the Mississippi country? Iowa, Oregon, California?
The mountains? prairie-life, bush-life? or sailor from the sea?

Wherever he goes men and women accept and desire him,
They desire he should like them, touch them, speak to them, stay
with them.

Behavior lawless as snow-flakes, words simple as grass, uncomb'd
head, laughter, and naivetè,
Slow-stepping feet, common features, common modes and ema-
nations,
They descend in new forms from the tips of his fingers,
They are wafted with the odor of his body or breath, they fly out
of the glance of his eyes.

38,974 *eleves* (élèves): allievi, discepoli (con non insolito francesismo).
39,976 Cfr. verso 990.

Elèves, io vi saluto! venite avanti!
Continuate le vostre annotazioni, continuate
gl'interrogatori.

39

Il primitivo espansivo e cortese, chi è?
Uno che aspetta la civiltà, o che l'ha superata e
la domina?

E' qualche sud-occidentale cresciuto all'aria aperta? è
un canadese?
E' delle terre del Mississippi? dello Iowa, dell'Oregon,
California?
Viene dai monti? dalle praterie? è un boscaiolo o un
marinaio dell'oceano?

Dovunque vada, la sua compagnia è bene accolta,
desiderata da uomini e da donne,
Vogliono che li ami, che li tocchi, che parli con loro, che
si trattenga con loro.

Modi sciolti come fiocchi di neve, parole semplici come
l'erba, testa arruffata, risate, candore,
Passi lenti, modi, fattezze, emanazioni ordinarie,
Discendono in nuove forme dalla punta delle dita,
Esalano con l'odore del suo corpo, del fiato, sfuggono
dalle sue rapide occhiate.

40

Flaunt of the sunshine I need not your bask—lie over!
You light surfaces only, I force surfaces and depths also.

Earth! you seem to look for something at my hands,
Say, old top-knot, what do you want?

Man or woman, I might tell how I like you, but cannot,
And might tell what it is in me and what it is in you, but cannot,
And might tell that pining I have, that pulse of my nights and davs.

Behold, I do not give lectures or a little charity,
When I give I give myself.

You there, impotent, loose in the knees,
Open your scarf'd chops till I blow grit within you,
Spread your palms and lift the flaps of your pockets,
I am not to be denied, I compel, I have stores plenty and to spare,
And any thing I have I bestow.

I do not ask who you are, that is not important to me,
You can do nothing and be nothing but what I will infold you.

40,990 *old top-knot*: nomignolo tra comico e affettuoso attribuito all'indiano (a causa del ciuffo che ne coronava la testa).

40,995 *when I give I give myself*: «quando io do, dono tutto me stesso». Il verso afferma concisamente la fede whitmaniana nella vita (e nella poesia) come esperienza, giustificando così l'inesausta ricerca

40

Magniloquenza del sole, non ho bisogno di crogiolarmi
ai tuoi raggi — scansati!
Tu illumini solo superfici, io forzo superfici e
profondità.

Terra! sembra che aspetti qualcosa dalle mie mani,
Parla, vecchia testona, che vuoi?

Uomo o donna, vorrei dirvi quanto vi amo, ma non ci
riesco,
Dirvi quello che c'è in me e che c'è in voi, ma non ci
riesco,
Dirvi lo struggimento, il palpitare delle mie notti e dei
miei giorni.

Badate, io non do lezioni né faccio opere di carità,
Quando io do, dono tutto me stesso.

Tu là, impotente dalle ginocchia lasche,
Apri quelle ganasce avvolte in sciarpe perché io t'insuffli
coraggio,
Allarga le palme, solleva i risvolti delle tasche,
Nessuno può ricusarmi, io forzo, ho provviste in
abbondanza e di riserva,
E tutto quello che ho lo regalo.

Non ti chiedo chi sei, non è importante per me,
Non puoi far niente, né essere altro che ciò che avvolgo
in te.

di assoluta coincidenza esistenziale tra l'una e l'altra. L'intera sezione sembra, del resto, collocarsi all'interno della struttura del poemetto come momento di riflessione ed equilibrio.

40,997 *scarf'd chops* sta per «scarified», volti segnati o rugosi.

To cotton-field drudge or cleaner of privies I lean,
On his right cheek I put the family kiss,
And in my soul I swear I never will deny him.

On women fit for conception I start bigger and nimbler babes,
(This day I am jetting the stuff of far more arrogant republics.)

To any one dying, thither I speed and twist the knob of the door,
Turn the bed-clothes toward the foot of the bed,
Let the physician and the priest go home.

I seize the descending man and raise him with resistless will,
O despairer, here is my neck,
By God, you shall not go down! hang your whole weight upon me.

I dilate you with tremendous breath, I buoy you up,
Every room of the house do I fill with an arm'd force,
Lovers of me, bafflers of graves.

Sleep—I and they keep guard all night,
Not doubt, not decease shall dare to lay finger upon you,
I have embraced you, and henceforth possess you to myself,
And when you rise in the morning you will find what I tell you is so.

41

I am he bringing help for the sick as they pant on their backs,
And for strong upright men I bring yet more needed help.

Su chi sfacchina nei campi di cotone, su chi pulisce le
latrine io mi curvo,
E sulla loro guancia destra depongo un bacio familiare,
E giuro per l'anima mia che mai li rinnegherò.

In donne atte a concepire do vita a figli più forti e più
svegli,
(Oggi faccio scaturire la materia per più tracotanti
repubbliche).

Verso chi sta morendo mi affretto e giro il pomo della
porta,
Rovescio le coperte verso i piedi del letto
E mando a casa medico e prete.

Afferro l'uomo avvilito e lo sollevo con volontà
irresistibile,
O disperato, ecco il mio collo,
Perdio, non cadrai! appenditi a me con tutto il tuo peso.

Io ti dilato con un titanico soffio, ti faccio stare a galla,
Ogni stanza della casa la riempio con una forza armata,
E chi mi ama può eludere la tomba.

Dormite: loro e io faremo guardia tutta la notte,
Nessun dubbio, nessun malanno oserà mettere un dito
su di voi,
Io vi ho abbracciati, e d'ora in poi io vi possiedo in me,
E quando vi alzerete al mattino vi accorgerete che
quello che dico è così.

41

Io sono colui che reca aiuto agli ammalati che
boccheggiano supini,

I heard what was said of the universe,
Heard it and heard it of several thousand years;
It is middling well as far as it goes—but is that all?

Magnifying and applying come I,
Outbidding at the start the old cautious hucksters,
Taking myself the exact dimensions of Jehovah,
Lithographing Kronos, Zeus his son, and Hercules his grandson,
Buying drafts of Osiris, Isis, Belus, Brahma, Buddha,
In my portfolio placing Manito loose, Allah on a leaf, the crucifix engraved,
With Odin and the hideous-faced Mexitli and every idol and image,
Taking them all for what they are worth and not a cent more,
Admitting they were alive and did the work of their days,
(They bore mites as for unfledg'd birds who have now to rise and fly and sing for themselves,)
Accepting the rough deific sketches to fill out better in myself, bestowing them freely on each man and woman I see,
Discovering as much or more in a framer framing a house,
Putting higher claims for him there with his roll'd-up sleeves driving the mallet and chisel,

41,1028-1032 Da Crono, figlio di Urano e padre di Zeus, a Zeus, a Osiride e ad Iside, al dio Babilonese, a Manito spirito protettore degli indiani Algonquin, al dio Atzeco della guerra, Mexitli, a Brahma e a

E agli uomini sani e ritti reca un aiuto anche più necessario.

Ho udito ciò che si è detto dell'universo,
L'ho udito e udito per svariate migliaia di anni;
Passabilmente bene, così com'è: ma questo è tutto?

Io vengo a ingrandire e applicare,
Offrendo in partenza più dei vecchi guardinghi rigattieri,
Prendendo io stesso le esatte misure di Geova,
Litografando Cronos, suo figlio Zeus, suo nipote Ercole,
Acquistando disegni di Osiride, Iside, Belo, Brahma, Buddha,
Sistemando nella stessa cartella Allah su un foglio, Manitu slegato, il crocifisso impresso,
Con Odino e Mexitli dal volto spaventoso, e ogni idolo e immagine,
Prendendoli in blocco per quello che valgono, non un soldo di più,
Ammettendo che furono vivi ai loro tempi e fecero il loro lavoro
(Portarono briciole a uccelli implumi che ora devono sorgere e volare e cantare per conto proprio),
Accogliendo i rozzi schizzi deifici per rifinirli in me stesso, elargendoli gratuitamente a ogni uomo e donna che vedo,
Scoprendo altrettanto, o di più, nell'operaio che fabbrica una casa,
Anzi, rivendicando di più per quest'ultimo, con le sue maniche rimboccate, il suo lavoro di mazzuolo e scalpello,

Buddha, ad Odino, dio della guerra nella mitologia nordica, la tecnica di avvicinamento per contrapposizione è sempre la stessa. Lo stesso rimane il fine, quello di cancellare tempi e luoghi e di relativizzare «ogni idolo ed immagine», per far luogo all'immagine monumentalizzata del figlio dell'uomo (senza lettera maiuscola).

Not objecting to special revelations, considering a curl of smoke or a hair on the back of my hand just as curious as any revelation,
Lads ahold of fire-engines and hook-and-ladder ropes no less to me than the gods of the antique wars,
Minding their voices peal through the crash of destruction,
Their brawny limbs passing safe over charr'd laths, their white foreheads whole and unhurt out of the flames;
By the mechanic's wife with her babe at her nipple interceding for every person born,
Three scythes at harvest whizzing in a row from three lusty angels with shirts bagg'd out at their waists,
The snag-tooth'd hostler with red hair redeeming sins past and to come,
Selling all he possesses, traveling on foot to fee lawyers for his brother and sit by him while he is tried for forgery;
What was strewn in the amplest strewing the square rod about me, and not filling the square rod then,
The bull and the bug never worshipp'd half enough,
Dung and dirt more admirable than was dream'd,
The supernatural of no account, myself waiting my time to be one of the supremes,
The day getting ready for me when I shall do as much good as the best, and be as prodigious;
By my life-lumps! becoming already a creator,
Putting myself here and now to the ambush'd womb of the shadows.

41,1048 *the bull and the bug*: il toro e lo scarafaggio (o scarabeo). Al di là dei possibili riferimenti (ricordiamo almeno che il toro è sacro e lo scarafaggio simbolo del sole nella religione egiziana) l'avvicina-

Senza nulla eccepire verso rivelazioni eccezionali, considerando una voluta di fumo o un pelo sul dorso della mano altrettanto curiosi quanto qualsiasi rivelazione;
Giovani con pompe antincendio e scale di corda con ramponi non sono inferiori per me agli dei delle antiche battaglie,
Le loro voci squillano in mezzo al fragore dei crolli,
Le membra muscolose passano incolumi su assi bruciacchiate, le bianche fronti escono illese dalle fiamme;
Accanto alla moglie del meccanico con il bambino al seno, intercedendo per ogni essere nato,
Tre falci in fila che fischiano mietendo, tre angeli vigorosi con le camicie gonfie alla cintura,
Lo stalliere dai denti sporgenti e dai rossi capelli che redime i peccati passati e futuri,
Vendendo tutto ciò che possiede, viaggiando a piedi per pagar gli avvocati al fratello, e siede accanto a lui nel processo come falsario.
Ciò che era sparso negli spazi più ampi copre una pertica quadrata intorno a me, anzi nemmeno la riempie,
Il toro e l'insetto mai venerati a sufficienza, nemmeno la metà,
Sterco e sporcizia più ammirevoli di quanto fu fantasticato,
Il soprannaturale di nessun conto, io stesso aspetto il tempo in cui sarò uno dei supremi;
Il giorno si prepara in cui farò del bene quanto i migliori, e sarò altrettanto prodigioso.
Pei miei bitorzoli vitali! Già divento un creatore,
Ponendo me stesso qui e ora nel grembo in agguato delle ombre.

mento di due animali comuni, dal nome di suono simile e così diversi per misura, temperamento e funzione, sembra di per sé ragione sufficiente per questo verso.

42

A call in the midst of the crowd,
My own voice, orotund sweeping and final.

Come my children,
Come my boys and girls, my women, household and intimates,
Now the performer launches his nerve, he has pass'd his prelude
on the reeds within.

Easily written loose-finger'd chords—I feel the thrum of your
climax and close.

My head slues round on my neck,
Music rolls, but not from the organ,
Folks are around me, but they are no household of mine.

Ever the hard unsunk ground,
Ever the eaters and drinkers, ever the upward and downward sun,
ever the air and the ceaseless tides,
Ever myself and my neighbors, refreshing, wicked, real,
Ever the old inexplicable query, ever that thorn'd thumb, that
breath of itches and thirsts,
Ever the vexer's *hoot! hoot!* till we find where the sly one hides
and bring him forth,
Ever love, ever the sobbing liquid of life,
Ever the bandage under the chin, ever the trestles of death.

42,1066 Si tratta di una riduzione dell'immagine più consueta della trafittura della carne.

42

Un grido tra la folla,
La mia voce, sonora, trascinante e decisiva.

Venite, figli miei,
Venite, giovani e ragazze, donne mie, familiari e intimi amici,
Ora l'esecutore dà vigore al suo slancio, ha passato il suo preludio nel registro degli oboi.

Facili accordi dalle agili dita — sento il ronzio del vostro crescendo e del finale.

La testa mi si gira sul collo,
La musica si riversa, ma non dall'organo,
Gente mi attornia, ma non miei familiari.

Sempre il duro suolo che non sprofonda,
Sempre mangiatori e bevitori, sempre il sole che s'alza e s'abbassa, sempre aria e maree incessanti,
Sempre io e il mio prossimo, rincoranti, maligni, reali,
Sempre l'antico inesplicabile quesito, sempre quel pollice punto dagli spini, quell'alito di smanie e cupidigie,
Sempre l'urlaccio del vessatore, finché non scopriremo dove il furbastro si rintana e lo cacceremo fuori,
Sempre l'amore, il singhiozzante liquido vitale,
Sempre la fascia sotto il mento, i cavalletti della bara.

Here and there with dimes on the eyes walking,
To feed the greed of the belly the brains liberally spooning,
Tickets buying, taking, selling, but in to the feast never once going,
Many sweating, ploughing, thrashing, and then the chaff for payment receiving,
A few idly owning, and they the wheat continually claiming.

This is the city and I am one of the citizens,
Whatever interests the rest interests me, politics, wars, markets, newspapers, schools,
The mayor and councils, banks, tariffs, steamships, factories, stocks, stores, real estate and personal estate.

The little plentiful manikins skipping around in collars and tail'd coats,
I am aware who they are, (they are positively not worms or fleas,)
I acknowledge the duplicates of myself, the weakest and shallowest is deathless with me,
What I do and say the same waits for them,
Every thought that flounders in me the same flounders in them.

I know perfectly well my own egotism,
Know my omnivorous lines and must not write any less,
And would fetch you whoever you are flush with myself.

42,1070 Le monete che chiudono gli occhi dei morti.

Camminando qua e là con due soldi sugli occhi,
Per nutrire l'ingordigia del ventre il cervello elargendo a cucchiaiate,
Acquistando, portando, vendendo biglietti, ma mai una volta partecipando alla festa,
Molti che sudano, arano, trebbiano e ricevono paglia in pagamento,
Pochi che oziando posseggono, e reclamano il grano continuamente.

Questa è la città e io sono un cittadino,
Quanto interessa gli altri interessa anche me, politica, guerre, mercati, scuole, giornali,
Il sindaco e il consiglio comunale, banche, tariffe, fabbriche, navi, azioni, negozi, beni mobili e immobili.

I numerosi ometti che saltellano intorno incollettati e con le giacche a coda,
Io so bene chi sono (non sono né pulci né vermi, questo è certo),
Riconosco i duplicati di me stesso, il più debole e vacuo è insieme a me immortale,
Quello che faccio e dico attende anche loro,
Ogni pensiero che in me si dibatte, in essi si agita ugualmente.

Conosco perfettamente il mio egotismo,
So dei miei onnivori versetti e so che non devo scriverne uno di meno,
E vorrei convincervi, chiunque voi siate, a esaltarvi con me.

Not words of routine this song of mine,
But abruptly to question, to leap beyond yet nearer bring;
This printed and bound book—but the printer and the printing-office boy?
The well-taken photographs—but your wife or friend close and solid in your arms?
The black ship mail'd with iron, her mighty guns in her turrets—but the pluck of the captain and engineers?
In the houses the dishes and fare and furniture—but the host and hostess, and the look out of their eyes?
The sky up there—yet here or next door, or across the way?
The saints and sages in history—but you yourself?
Sermons, creeds, theology—but the fathomless human brain,
And what is reason? and what is love? and what is life?

43

I do not despise you priests, all time, the world over,
My faith is the greatest of faiths and the least of faiths,
Enclosing worship ancient and modern and all between ancient and modern,
Believing I shall come again upon the earth after five thousand years,
Waiting responses from oracles, honoring the gods, saluting the sun,

42,1088-89 Il contrasto è qui tra oggetto e persona, sempre più precisa del primo.

42,1095 Ancora tre domande, questa volta a chiusura di sezione: connesse a quanto W. ha detto poco prima, ma sostanzialmente lasciate senza risposta. C'è un leggero scarto tra queste e le tre tremende domande della sezione ventesima: *What is man, anyhow? What are*

Non parole di routine, questo mio canto,
È per domande brusche, è per balzare oltre e tuttavia avvicinare;
Questo libro stampato e rilegato — ma il tipografo e il ragazzino apprendista?
Queste fotografie bene inquadrate — ma tua moglie o l'amico fidato che stringi tra le braccia?
La nave corazzata di ferro, i possenti cannoni nelle torrette — ma il fegato del capitano e dei macchinisti?
Il cibo, nelle case, e i piatti e i mobili — ma l'ospite e sua moglie, e lo sguardo dei loro occhi?
Il cielo, lassù — ma qui, o alla porta accanto, o all'altro lato della strada?
I santi e i saggi della storia — ma tu?
Sermoni, fedi, teologia — ma l'insondabile cervello umano?
E che cos'è la ragione? e l'amore? e la vita?

43

Non vi disprezzo, preti di tutti i tempi, di tutto il mondo,
La mia fede è la più grande delle fedi e la più piccola delle fedi,
Racchiude culti antichi e moderni e ogni altro culto fra gli antichi e i moderni,
Poiché credo che tornerò sulla terra fra cinquemila anni,
Attendo responsi dagli oracoli, onoro gli dei, saluto il sole,

you? What am I? che divengono: *And what is reason? And what is love? And what is life?* («E che cos'è la ragione? E l'amore? E la vita?»). Uno scarto che tuttavia suggerisce nuovi paralleli nel sistema whitmaniano: uomo / ragione; tu / amore; io / vita.

Making a fetich of the first rock or stump, powowing with sticks in the circle of obis,
Helping the llama or brahmin as he trims the lamps of the idols,
Dancing yet through the streets in a phallic procession, rapt and austere in the woods a gymnosophist,
Drinking mead from the skull-cup, to Shastas and Vedas admirant, minding the Koran,
Walking the teokallis, spotted with gore from the stone and knife, beating the serpent-skin drum,
Accepting the Gospels, accepting him that was crucified, knowing assuredly that he is divine,
To the mass kneeling or the puritan's prayer rising, or sitting patiently in a pew,
Ranting and frothing in my insane crisis, or waiting dead-like till my spirit arouses me,
Looking forth on pavement and land, or outside of pavement and land,
Belonging to the winders of the circuit of circuits.

One of that centripetal and centrifugal gang I turn and talk like a man leaving charges before a journey.

Down-hearted doubters dull and excluded,
Frivolous, sullen, moping, angry, affected, dishearten'd, atheistical,

42,1101 Stregoneria di origine africana.

42,1103 Gimnosofisti: nella tragedia greca, i saggi indiani, di cui si riferiscono incontri leggendari con Alessandro Magno.

42,1104 *Shastas and Vedas*: i Veda sono i libri sacri, i Shastas (= Shastras) i libri canonici dell'Induismo.

Mi creo un feticcio col primo sasso o tronco, faccio incantesimi con stecchi nel cerchio magico,
Aiuto il lama o il bramino a smoccolare le lampade degli idoli,
E danzo per le strade in processioni falliche, rapito e austero sono un gimnosofista nei boschi,
Bevo idromele dal teschio-coppa, ammiro gli Shasta e i Veda, do importanza al Corano,
Attraverso il teocalli macchiato di sangue rappreso schizzato dalla pietra e dal coltello, batto il tamburo di pelle di serpente,
Accetto i Vangeli, accetto colui che fu crocifisso, dando per certo che è divino,
M'inginocchio alla messa, mi alzo alla preghiera puritana, resto seduto paziente in un banco di chiesa,
Urlo e schiumo in una crisi di demenza o aspetto come morto che il mio spirito si desti,
Poso lo sguardo su selciato e terra o fuori del selciato e della terra
Appartengo a coloro che tracciano il cerchio dei cerchi.

Uno della combriccola centripeta e centrifuga, mi giro e parlo come uno che dia ordini prima della partenza.

O voi pieni di dubbi, sfiduciati depressi ed esclusi,
Frivoli, scontrosi, abbattuti, collerici, emotivi, scoraggiati, atei,

43,1105 *teokallis*: teocalli, antico tempio messicano a piramide tronca.
43,1108 Qui è uno sciamano.
43,1111 *gang*: un gruppo di compagni di viaggio.

I know every one of you, I know the sea of torment, doubt,
despair and unbelief.

How the flukes splash!
How they contort rapid as lightning, with spasms and spouts of
blood!

Be at peace bloody flukes of doubters and sullen mopers,
I take my place among you as much as among any,
The past is the push of you, me, all, precisely the same,
And what is yet untried and afterward is for you, me, all, precisely
the same.

I do not know what is untried and afterward,
But I know it will in its turn prove sufficient, and cannot fail.

Each who passes is consider'd, each who stops is consider'd, not
a single one can it fail.

It cannot fail the young man who died and was buried,
Nor the young woman who died and was put by his side,
Nor the little child that peep'd in at the door, and then drew back
and was never seen again,
Nor the old man who has lived without purpose, and feels it with
bitterness worse than gall,
Nor him in the poor house tubercled by rum and the bad dis-
order,

43,1117 *bloody flukes*: sanguinanti come le code delle balene arpionate.

Conosco ciascuno di voi, conosco il mare di tormento,
dubbio, disperazione, scetticismo.

Come schizza, come si contorce la coda della balena
Rapida come lampo, con spasmi e fiotti di sangue!

Calmatevi, code sanguinanti di scettici e cupi depressi,
Prendo il mio posto tra voi come tra gli altri,
Il passato è la spinta per voi, per me, e per tutti
esattamente la stessa,
E ciò che è ancora intentato e sarà poi è per voi, per me
e per tutti esattamente lo stesso.

Non so che cosa è intentato e verrà poi,
Ma so che a suo tempo si mostrerà sufficiente e non
potrà fallire.

Chiunque passa è considerato, chiunque si ferma è
considerato, nemmeno uno può fallire.

Non può fallire il giovane che morì e fu sepolto,
Non la ragazza che morì e gli fu messa accanto,
Non il bambino che si affacciò alla porta, e si ritrasse e
non fu mai più visto,
Non il vecchio vissuto senza scopo, e ne prova amarezza
peggiore del fiele,
Non quell'altro all'ospizio dei poveri, tubercoloso dal
rum e dai disordini,

Nor the numberless slaughter'd and wreck'd, nor the brutish koboo
call'd the ordure of humanity,
Nor the sacs merely floating with open mouths for food to slip in,
Nor any thing in the earth, or down in the oldest graves of the
earth,
Nor any thing in the myriads of spheres, nor the myriads of
myriads that inhabit them,
Nor the present, nor the least wisp that is known.

44

It is time to explain myself—let us stand up.

What is known I strip away,
I launch all men and women forward with me into the Unknown.

The clock indicates the moment—but what does eternity indicate?

We have thus far exhausted trillions of winters and summers,
There are trillions ahead, and trillions ahead of them.

Births have brought us richness and variety,
And other births will bring us richness and variety.

I do not call one greater and one smaller,
That which fills its period and place is equal to any.

43,1129 *koboo*: nativo della costa orientale di Sumatra.

44,1137 Ecco l'orgogliosa affermazione del superamento dei limiti temporali. Ma la sua perentorietà viene illuminata dai versi che seguono ed in ispecie dal v. 1143 *That which fills its period and place is equal*

Non gli infiniti massacrati e naufraghi, né il bestiale
Kobu detto lo sterco dell'umanità,
Non i sacchi fluttuanti a bocca aperta perché vi scivoli il cibo,
Né cosa alcuna in terra o sotto, nelle più antiche tombe della terra,
Né alcuna cosa nelle miriadi di sfere, né le miriadi di miriadi che le abitano,
Né il presente, né il più piccolo frammento conosciuto.

44

E' tempo che spieghi me stesso — alziamoci in piedi.

Ciò ch'è noto me lo strappo di dosso,
Scaglio tutti con me, uomini e donne, avanti, nell'Ignoto.

L'orologio indica l'istante — ma che mai indica l'eternità?

Abbiamo fin qui consumato trilioni d'estati e d'inverni,
Ce ne sono trilioni davanti, e nuovi trilioni oltre quelli.

Le nascite ci hanno portato ricchezza e varietà,
E altre nascite ci porteranno ricchezza e varietà.

Non chiamo uno più grande e un altro più piccolo,
Ciò che risponde al suo periodo e luogo è uguale ad ogni altro.

to any, versi che dichiarano la particolare filosofia della storia, eternamente incarnata, eternamente caduca ed eternamente rinnovantesi, che sustanzia l'eternità di Whitman.

Were mankind murderous or jealous upon you, my brother, my sister?
I am sorry for you, they are not murderous or jealous upon me,
All has been gentle with me, I keep no account with lamentation,
(What have I to do with lamentation?)

I am an acme of things accomplish'd, and I am encloser of things to be.

My feet strike an apex of the apices of the stairs,
On every step bunches of ages, and larger bunches between the steps,
All below duly travel'd, and still I mount and mount.

Rise after rise bow the phantoms behind me,
Afar down I see the huge first Nothing, I know I was even there,
I waited unseen and always, and slept through the lethargic mist,
And took my time, and took no hurt from the fetid carbon.

Long I was hugg'd close—long and long.

Immense have been the preparations for me,
Faithful and friendly the arms that have help'd me.

Cycles ferried my cradle, rowing and rowing like cheerful boatmen,
For room to me stars kept aside in their own rings,
They sent influences to look after what was to hold me.

44,1148 Non è solo una definizione dell'io, o del poeta; ma è anche una sintetica definizione di un ideale storico, e di un ideale linguistico.

44,1155 *fetid carbon*: si riferisce al periodo geologico dell'era paleozoica detto Carbonifero o Carbonico.

Gli uomini sono stati sanguinari o invidiosi, con voi, fratello, sorella?
Mi dispiace per voi, con me non sono stati né sanguinari né invidiosi,
Tutti sono stati gentili, con me, non tengo conto dei lamenti,
(Che cosa me ne faccio dei lamenti?).

Io sono l'apice delle cose compiute, e il serbatoio di quelle a venire.

I miei piedi si piantano sul vertice estremo della scala,
Sopra ogni gradino mucchi di ere, e mucchi più grandi fra gradino e gradino,
Quelli di sotto debitamente superati, e io continuo a salire e a salire.

Ascesa dopo ascesa, s'inchinano i fantasmi dietro di me,
Vedo laggiù in lontananza l'immenso Nulla primigenio, so che anch'io ne fui parte,
Attesi invisibile, da sempre, addormentato nella nebbia letargica,
E catturai il mio tempo, e non fui danneggiato dal fetido carbonio.

A lungo fui abbracciato — a lungo, a lungo.

Enormi furono i preparativi, per me,
Fedeli e amiche le braccia che mi hanno assistito.

Cicli di evi traghettarono la mia culla, remando e remando come allegri barcaioli,
Per farmi posto le stelle si tennero da parte nei loro propri cerchi,
Inviarono influssi a sorvegliare ciò che doveva contenermi.

Before I was born out of my mother generations guided me,
My embryo has never been torpid, nothing could overlay it.

For it the nebula cohered to an orb,
The long slow strata piled to rest it on,
Vast vegetables gave it sustenance,
Monstrous sauroids transported it in their mouths and deposited
it with care.

All forces have been steadily employ'd to complete and delight me,
Now on this spot I stand with my robust soul.

45

O span of youth! ever-push'd elasticity!
O manhood, balanced, florid and full.

My lovers suffocate me,
Crowding my lips, thick in the pores of my skin,
Jostling me through streets and public halls, coming naked to me
at night,
Crying by day *Ahoy!* from the rocks of the river, swinging and
chirping over my head,
Calling my name from flower-beds, vines, tangled underbrush,
Lighting on every moment of my life,
Bussing my body with soft balsamic busses,
Noiselessly passing handfuls out of their hearts and giving them
to be mine.

44,1167 *sauroids*: sauroidi, enormi rettili preistorici, che si sosteneva portassero le proprie uova in bocca.
45,1171 La virilità è denotata da pienezza, floridità, equilibrio.

Prima che io nascessi da mia madre, generazioni mi guidarono,
Il mio embrione non fu mai intorpidito, niente poteva soffocarlo.

Per lui la nebulosa si condensò in una sfera,
Gli strati lentamente si accumularono per sostenerlo,
Enormi vegetali lo nutrirono,
Sauroidi mostruosi lo trasportarono in bocca e lo depositarono con cura.

Tutte le forze sono state stabilmente impiegate per completarmi e allietarmi,
Ora, in questo luogo, io sto, con la mia anima robusta.

45

O spanna di giovinezza! elasticità sempre tesa!
O età virile, equilibrata, florida e piena.

I miei amanti mi asfissiano,
Si affollano alle mie labbra, mi otturano i pori della pelle,
Mi danno spinte nelle strade e nei ritrovi pubblici, vengono nudi nottetempo a trovarmi.
Di giorno mi gridano *Ohé!* dagli scogli del fiume, girano e cinguettano sulla mia testa,
Mi chiamano per nome dalle aiuole, dai rampicanti, dall'intricato sottobosco,
Giungono in ogni momento della mia vita,
Sbaciucchiano il mio corpo con molli baci balsamici,
Mi donano in silenzio i loro cuori a piene mani perché mi appartengano.

Old age superbly rising! O welcome, ineffable grace of dying
days!

Every condition promulges not only itself, it promulges what grows
after and out of itself,
And the dark hush promulges as much as any.

I open my scuttle at night and see the far-sprinkled systems,
And all I see multiplied as high as I can cipher edge but the rim
of the farther systems.

Wider and wider they spread, expanding, always expanding,
Outward and outward and forever outward.

My sun has his sun and round him obediently wheels,
He joins with his partners a group of superior circuit,
And greater sets follow, making specks of the greatest inside them.

There is no stoppage and never can be stoppage,
If I, you, and the worlds, and all beneath or upon their surfaces,
were this moment reduced back to a pallid float, it would
not avail in the long run,
We should surely bring up again where we now stand,
And surely go as much farther, and then farther and farther.

45,1180 L'ineffabile *grazia* dei giorni della morte è ben lontana dal sentimento di malcelata repulsione, che la morte e la corruzione del

Vecchiaia che sorgi maestosa! O benvenuta, grazia ineffabile dei giorni morenti!

Ogni condizione promulga non solo se stessa, ma anche ciò che verrà poi e nascerà da essa,
E il nero silenzio promulga come qualsiasi altra cosa.

Apro di notte il mio abbaino e contemplo i remoti sistemi disseminati nel cielo,
E tutto ciò che vedo, moltiplicato per quanto posso contare, rasenta appena l'orlo di sistemi più remoti.

Lontano, più lontano si propagano, estendendosi, estendendosi sempre
Più in là, verso l'esterno, e ancora oltre, eternamente.

Il mio sole ha il suo sole e intorno a lui ruota obbediente,
E con i suoi compagni fa parte d'un gruppo d'un più vasto circuito,
E seguono mondi più grandi, che i maggiori di essi fanno sembrare granelli.

Non c'è sosta né potrà esservi sosta,
E se tu, io, e i mondi, sopra e sotto le loro superfici fossimo in questo momento nuovamente ridotti a una pallida nebbia fluttuante, sarebbe inutile, alla lunga,
Sicuramente arriveremmo ancora dove ora siamo,
E certamente andremmo oltre, e poi più lontano e più lontano.

corpo ispiravano a W. giovane. Siamo in una dimensione che tende ad eliminare la diversità tra vita e morte: in una realtà vista come continua espansione e continuità (v. 1186 e v. 1190).

45,1181 *promulges*: promulgate = promulgare, affermare.

A few quadrillions of eras, a few octillions of cubic leagues, do not hazard the span or make it impatient,
They are but parts, any thing is but a part.

See ever so far, there is limitless space outside of that,
Count ever so much, there is limitless time around that.

My rendezvous is appointed, it is certain,
The Lord will be there and wait till I come on perfect terms,
The great Camerado, the lover true for whom I pine will be there.

46

I know I have the best of time and space, and was never measured and never will be measured.

I tramp a perpetual journey, (come listen all!)
My signs are a rain-proof coat, good shoes, and a staff cut from the woods,
No friend of mine takes his ease in my chair,
I have no chair, no church, no philosophy,
I lead no man to a dinner-table, library, exchange,
But each man and each woman of you I lead upon a knoll,
My left hand hooking you round the waist,
My right hand pointing to landscapes of continents and the public road.

45,1198-200 Ancora echi evangelici in quest'appuntamento con il Signore.

46,1201-2 Si tratta di un viaggio perpetuo, l'unico che permetta di esorcizzare i limiti del tempo e dello spazio, e dunque consenta all'io di «averne il meglio».

Alcuni quadrilioni di ere, qualche ottilione di leghe cubiche, non mettono in gioco lo spazio né lo rendono impaziente,
Essi non sono che parti, qualunque cosa non è che una parte.

Guarda lontano più che puoi, di là da quello è lo spazio senza limiti,
Conta più a lungo che puoi, da ogni parte è il tempo senza fine.

Il mio appuntamento è fissato, ed è certo,
Il Signore sarà ad aspettarmi, arriverò in perfetto accordo,
Il Grande Compagno, l'amante sincero per cui mi struggo, sarà là ad aspettarmi.

46

Io so che ho la meglio sul tempo e sullo spazio, e non fui mai misurato e mai sarò misurato.

Sono perennemente in viaggio (venite tutti e ascoltate!)
I miei segni un cappotto a prova d'acqua, un buon paio di scarpe, e un bastone tagliato nel bosco.
Nessun mio amico si rilassa sulla mia sedia,
Io non ho cattedra, né chiesa, né filosofia,
Non porto a tavola nessuno, né in biblioteca, né in borsa,
Ma ogni uomo e ogni donna la conduco su un poggio,
La sinistra agganciata alla sua vita,
La destra che indica paesaggi di continenti e la pubblica via.

Not I, not any one else can travel that road for you,
You must travel it for yourself.

It is not far, it is within reach,
Perhaps you have been on it since you were born and did not
know,
Perhaps it is everywhere on water and on land.

Shoulder your duds dear son, and I will mine, and let us hasten
forth,
Wonderful cities and free nations we shall fetch as we go.

If you tire, give me both burdens, and rest the chuff of your hand
on my hip,
And in due time you shall repay the same service to me,
For after we start we never lie by again.

This day before dawn I ascended a hill and look'd at the crowded
heaven,
And I said to my spirit *When we become the enfolders of those
orbs, and the pleasure and knowledge of every thing in
them, shall we be fill'd and satisfied then?*
And my spirit said *No, we but level that lift to pass and continue
beyond.*

You are also asking me questions and I hear you,
I answer that I cannot answer, you must find out for yourself.

46,1217 *chuff*: colloquiale per *chubby* o *fat*, grassoccio, per estensione il palmo della mano.

46,1223-24 Nel dialogo tra io e tu l'esplicita formulazione delle

Né io né nessun altro possiamo percorrerla al tuo posto,
Devi percorrerla da te.

Non è lontana, è a portata di mano,
Forse ci stai camminando da quando sei nato e non lo sapevi,
Forse è dovunque, in terra e in mare.

Prendi i tuoi stracci, figliolo, io prendo i miei, affrettiamoci,
Toccheremo città meravigliose, sul nostro cammino, e libere nazioni.

Se ti stanchi, dammi il tuo fagotto, e appoggiami il palmo della mano sull'anca,
Mi renderai a suo tempo lo stesso servizio,
Perché una volta partiti noi non ci fermeremo.

Oggi, prima dell'alba, sono salito su un colle e ho guardato il cielo affollato,
E ho detto al mio spirito: *Quando avremo abbracciato tutti quei mondi e goduto e saputo ogni cosa di essi, saremo sazi e soddisfatti, dopo?*
E il mio spirito disse: *Arriveremo a quel limite per superarlo e proseguire oltre.*

Mi poni domande, e io ti ascolto,
E ti rispondo che non posso rispondere, devi cercare da te.

modalità del dialogo. Domande cui l'interlocutore non può rispondere e a cui ciascuno deve trovare la sua risposta. È una formula ricorrente in «SofM.» Basti pensare alla sezione sesta, in cui il tu, l'interlocutore privilegiato è rappresentato dal bambino: che il riferimento non sia gratuito è anche dimostrato dal *dear son* del verso successivo.

Sit a while dear son,
Here are biscuits to eat and here is milk to drink,
But as soon as you sleep and renew yourself in sweet clothes, I kiss you with a good-by kiss and open the gate for your egress hence.

Long enough have you dream'd contemptible dreams,
Now I wash the gum from your eyes,
You must habit yourself to the dazzle of the light and of every moment of your life.

Long have you timidly waded holding a plank by the shore,
Now I will you to be a bold swimmer,
To jump off in the midst of the sea, rise again, nod to me, shout, and laughingly dash with your hair.

47

I am the teacher of athletes,
He that by me spreads a wider breast than my own proves the width of my own,
He most honors my style who learns under it to destroy the teacher.

The boy I love, the same becomes a man not through derived power, but in his own right,
Wicked rather than virtuous out of conformity or fear,

47,1234 Le immagini di W. hanno sempre una maggiore coerenza interna di quanto non appaia a prima vista. L'allenatore di atleti non è un'immagine che si riferisce solo ad un ideale fisico-morale di virilità che W. ribadisce, ma funge anche da collegamento — a livello narrati-

Siedi un momento, caro figlio,
Qui c'è biscotto per mangiare e c'è latte per bere,
Ma non appena avrai dormito e indossato morbidi indumenti, ti darò un bacio d'addio e ti aprirò il cancello per andartene.

Per troppo tempo hai fatto sogni spregevoli,
Ora io ti detergo la cispa dagli occhi,
Devi assuefarti al fulgore della luce e di ogni momento della vita.

Per troppo tempo hai sguazzato vicino alla riva timidamente reggendoti a una tavola,
Ora voglio che tu sia un nuotatore spavaldo,
Che ti tuffi nel bel mezzo del mare, e torni a galla, e mi fai un cenno, e gridi, e ridendo ti scrolli i capelli.

47

Sono maestro di atleti,
Chi grazie a me espande un torace più ampio del mio dimostra l'ampiezza del mio torace,
E più onora il mio stile chi impara da esso ad annientare il maestro.

Il ragazzo che amo diventa un uomo non per virtù derivata, ma di suo proprio diritto,
Meglio perverso che virtuoso per paura o conformismo.

vo — con la fine della sezione precedente, dove l'io invita il suo giovane interlocutore a lasciare la riva e tentare con lui il mare. L'allenatore non soltanto accetta che l'allievo lo superi, ma postula questo superamento. Dalla maggiore bravura dell'allievo si varrà, anzi, la sua capacità di maestro.

Fond of his sweetheart, relishing well his steak,
Unrequited love or a slight cutting him worse than sharp steel cuts,
First-rate to ride, to fight, to hit the bull's eye, to sail a skiff, to sing a song or play on the banjo,
Preferring scars and the beard and faces pitted with small-pox over all latherers,
And those well-tann'd to those that keep out of the sun.

I teach straying from me, yet who can stray from me?
I follow you whoever you are from the present hour,
My words itch at your ears till you understand them.

I do not say these things for a dollar or to fill up the time while I wait for a boat,
(It is you talking just as much as myself, I act as the tongue of you,
Tied in your mouth, in mine it begins to be loosen'd.)

I swear I will never again mention love or death inside a house,
And I swear I will never translate myself at all, only to him or her who privately stays with me in the open air.

If you would understand me go to the heights or water-shore,
The nearest gnat is an explanation, and a drop or motion of waves a key,
The maul, the oar, the hand-saw, second my words.

No shutter'd room or school can commune with me,
But roughs and little children better than they.

Innamorato della sua ragazza, buon gustatore della sua bistecca,
Amore non corrisposto o noncuranza lo feriscono peggio d'un acciaio affilato,
Primeggia nella lotta, nel cavalcare, nel centrare un bersaglio, sa manovrare una vela, suonare il banjo e cantare,
A tutti gli insaponatori, preferisce le barbe, le cicatrici, le facce bucate dal vaiolo,
E quelli bene abbronzati a quelli protetti dal sole.

Insegno a deviare da me, ma chi può farlo?
Io ti seguo da questo momento dovunque tu sia,
Le mie parole ti ronzeranno nelle orecchie finché le avrai capite.

Non dico queste cose per un dollaro o per riempire il tempo mentre aspetto il battello,
(Siete voi che parlate al pari di me, io non sono che la vostra lingua,
Che è legata nella vostra bocca, mentre la mia comincia a sciogliersi).

Giuro che mai più menzionerò amore e morte in una casa,
E giuro che non tradurrò mai più me stesso, se non per quello o quella che staranno con me all'aria aperta.

Se vorrete capirmi andate su un'altura o in riva all'acqua,
Il primo moscerino è un chiarimento, e una goccia o un movimento delle onde una chiave,
Il maglio, il remo, la sega, assecondano le mie parole.

Nessuna stanza chiusa, nessuna scuola può andare d'accordo con me,
Ma rozzi e bambini vi riescono meglio.

The young mechanic is closest to me, he knows me well,
The woodman that takes his axe and jug with him shall take me with him all day,
The farm-boy ploughing in the field feels good at the sound of my voice,
In vessels that sail my words sail, I go with fishermen and seamen and love them.

The soldier camp'd or upon the march is mine,
On the night ere the pending battle many seek me, and I do not fail them,
On that solemn night (it may be their last) those that know me seek me.

My face rubs to the hunter's face when he lies down alone in his blanket,
The driver thinking of me does not mind the jolt of his wagon,
The young mother and old mother comprehend me,
The girl and the wife rest the needle a moment and forget where they are,
They and all would resume what I have told them.

48

I have said that the soul is not more than the body,
And I have said that the body is not more than the soul,
And nothing, not God, is greater to one than one's self is,
And whoever walks a furlong without sympathy walks to his own funeral drest in his shroud,

48,1272 *furlong*: misura pari a 1/8 di miglio.

Il giovane operaio è il più vicino a me, e mi conosce bene,
Il taglialegna che porta con sé ascia e brocca mi porta con sé tutto il giorno,
Il ragazzo che ara nel campo si sente bene al suono della mia voce,
Le mie parole fanno vela con le navi, vado con pescatori e marinai, e li amo.

Il soldato accampato è dei miei, e quello in marcia,
La notte che precede una battaglia sono in molti a cercarmi, e io non li trascuro,
In quella notte solenne (che può essere l'ultima) chi mi conosce mi cerca.

Il mio viso sfiora il viso del cacciatore che giace avvolto nella sua coperta,
Il carrettiere che mi pensa non bada più agli scossoni del carro,
La giovane madre, la vecchia madre, mi comprendono,
La maritata e la ragazza depongono l'ago un momento e dimenticano dove si trovano,
Esse e tutti vorrebbero riassumere quello che ho detto loro.

48

Ho detto che l'anima non vale più del corpo,
E ho detto che il corpo non vale più dell'anima,
Che nulla, neppure Dio, è per chiunque più grande del suo io,
Che chi fa duecento yarde senza simpatia segue il proprio funerale vestito del sudario,

And I or you pocketless of a dime may purchase the pick of the earth,
And to glance with an eye or show a bean in its pod confounds the learning of all times,
And there is no trade or employment but the young man following it may become a hero,
And there is no object so soft but it makes a hub for the wheel'd universe,
And I say to any man or woman, Let your soul stand cool and composed before a million universes.

And I say to mankind, Be not curious about God,
For I who am curious about each am not curious about God,
(No array of terms can say how much I am at peace about God and about death.)

I hear and behold God in every object, yet understand God not in the least,
Nor do I understand who there can be more wonderful than myself.

Why should I wish to see God better than this day?
I see something of God each hour of the twenty-four, and each moment then,
In the faces of men and women I see God, and in my own face in the glass,

48,1281-85 W. oltrepassa l'emersoniana visione di Dio come ani-

Che senza un soldo in tasca, tu e io, possiamo comperare la parte migliore della terra,
Che dare un'occhiata o mostrare un fagiolo nel suo baccello confonde il sapere d'ogni tempo,
Che non c'è impiego o attività in cui il giovane non possa diventare un eroe,
Che non v'è oggetto così tenero da non poter formare il mozzo del rotante universo,
E che dico a ogni uomo e a ogni donna: *L'anima vostra resti calma e serena davanti a un milione di universi.*

E dico a tutta l'umanità: *Non siate curiosi circa Dio*,
Perché io che sono curioso di tutto non sono curioso di Dio,
(Nessun insieme di parole può esprimere quanto io sia tranquillo circa la morte e Dio).

Ascolto e vedo Dio in ogni oggetto, eppure non capisco minimamente Dio,
Né che possa esserci qualcuno più meraviglioso di me stesso.

Perché dovrei desiderare di veder Dio meglio di oggi?
Vedo qualcosa di Dio in ogni ora delle ventiquattro, in ogni loro istante,
Vedo Dio in ogni volto umano e nel mio allo specchio,

ma universale nascosta in ogni cosa e particolarmente nella natura («incontro Dio nel cespuglio») per formulare una vera e propria teologia della immanenza.

I find letters from God dropt in the street, and every one is sign'd by God's name,
And I leave them where they are, for I know that wheresoe'er I go,
Others will punctually come for ever and ever.

49

And as to you Death, and you bitter hug of mortality, it is idle to try to alarm me.

To his work without flinching the accoucheur comes,
I see the elder-hand pressing receiving supporting,
I recline by the sills of the exquisite flexible doors,
And mark the outlet, and mark the relief and escape.

And as to you Corpse I think you are good manure, but that does not offend me,
I smell the white roses sweet-scented and growing,
I reach to the leafy lips, I reach to the polish'd breasts of melons.

And as to you Life I reckon you are the leavings of many deaths,
(No doubt I have died myself ten thousand times before.)

I hear you whispering there O stars of heaven,
O suns—O grass of graves—O perpetual transfers and promotions,

48,1286 Le lettere lasciate cadere per strada corrispondono all'erba come il fazzoletto con l'iniziale ricamata all'angolo (e possiamo chiederci: «Di chi?»)

49,1289 La morte abbraccia (*hug*) come il compagno di letto della

Trovo lettere inviate da Dio per le strade, ciascuna firmata col suo nome,
E le lascio dove si trovano, perché io so che dovunque mi diriga
Altre verranno puntualmente, sempre e per sempre.

49

Quanto a te, Morte, e al tuo implacabile abbraccio, è inutile tentare di allarmarmi.

Senza esitare l'ostetrico compie il suo lavoro,
Vedo l'anziana mano che preme, riceve, sorregge,
Mi adagio presso le soglie delle preziose cedevoli porte,
E noto l'uscita, noto il sollievo e l'evasione.

E quanto a te, Cadavere, penso che sei un buon concime, e questo non mi offende.
Odoro le candide rose profumate e fiorite
Mi accosto a labbra di foglie, tendo la mano alle lisce mammelle dei meloni.

Quanto a te, Vita, penso tu sia il residuo di numerose morti
(Senza dubbio anche io sono già morto diecimila volte).

Vi sento bisbigliare, stelle del cielo,
E voi soli — e tu erba delle tombe — oh perenni passaggi e accrescimenti,

sezione terra, cioè Dio. L'avvicinamento di Dio alla morte, esplicito ed implicito, è frequente nell'ultima parte di «SofM».

49,1300 Questo è davvero il senso dei simboli whitmaniani ed in particolare dell'erba: perpetuo mutamento e crescita.

If you do not say any thing how can I say any thing?

Of the turbid pool that lies in the autumn forest,
Of the moon that descends the steeps of the soughing twilight,
Toss, sparkles of day and dusk—toss on the black stems that decay in the muck,
Toss to the moaning gibberish of the dry limbs.

I ascend from the moon, I ascend from the night,
I perceive that the ghastly glimmer is noonday sunbeams reflected,
And debouch to the steady and central from the offspring great or small.

50

There is that in me—I do not know what it is—but I know it is in me.

Wrench'd and sweaty—calm and cool then my body becomes,
I sleep—I sleep long.

I do not know it—it is without name—it is a word unsaid,
It is not in any dictionary, utterance, symbol.

Something it swings on more than the earth I swing on,
To it the creation is the friend whose embracing awakes me.

50,1309-12 L'io è ora definito in ragione di una parola «non detta», nucleo di verità: dunque l'io è esso stesso parola.

Se voi non dite nulla, come posso io dire qualcosa?

Dal torbido stagno della foresta autunnale,
Dalla luna che scende il pendio del sospiroso crepuscolo,
Spargetevi scintille del giorno e del crepuscolo — spargetevi sui neri fusti che marciscono nel fango,
Sul lamentoso farfugliare dei rami secchi.

Io m'innalzo dalla luna; m'innalzo dalla notte,
M'avvedo che la luce spettrale è riflesso dei raggi del sole meridiano,
E sboccò nel fisso e nel centrale dalla progenie del piccolo o del grande.

50

C'è questo in me — io non so che cosa sia — ma so che c'è.

Contorto e sudato, bagnato di sudore — calmo, poi, e rinfrescato il corpo,
E dormo — dormo a lungo.

Non lo conosco — non ha nome — è una parola non detta,
Non c'è in nessun dizionario, simbolo, espressione.

Qualcosa lo fa roteare più che la terra su cui io ruoto,
La creazione è l'amica il cui abbraccio mi sveglia a contemplarlo.

Perhaps I might tell more. Outlines! I plead for my brothers
and sisters.

Do you see O my brothers and sisters?
It is not chaos or death—it is form, union, plan—it is eternal
life—it is Happiness.

51

The past and present wilt—I have fill'd them, emptied them,
And proceed to fill my next fold of the future.

Listener up there! what have you to confide to me?
Look in my face while I snuff the sidle of evening,
(Talk honestly, no one else hears you, and I stay only a minute
longer.)

Do I contradict myself?
Very well then I contradict myself,
(I am large, I contain multitudes.)
I concentrate toward them that are nigh, I wait on the door-slab.

Who has done his day's work? who will soonest be through with
his supper?
Who wishes to walk with me?

Will you speak before I am gone? will you prove already too late?

50,1318 In due versi il sistema del mondo secondo W. Un sistema che diventa chiave compositiva: felicità (la parola non detta, nucleo generatore della vita) si scompone in *forma*, *unione*, *disegno*. Il suo contrario sono *caos* e *morte*. Questo brano è stato studiato nell'ambito di una lettura di «SofM» come esperienza mistica.

Potrei dire di più, probabilmente. Abbozzi! Io difendo i miei fratelli e sorelle.

Vedete, miei fratelli e sorelle?
Non è né caos né morte — è forma, unione, disegno — è vita eterna — è Felicità.

51

Il passato e il presente avvizziscono — io li ho riempiti, svuotati,
E mi appresto a riempire la prossima cavità del futuro.

Tu che ascolti lassù! Che hai da confidarmi?
Guardami in faccia mentre fiuto l'avanzare furtivo della sera
(Parla sinceramente, nessun altro ti udrà, io resto solo un minuto).

Mi contraddico?
Ebbene sì, mi contraddico
(Sono spazioso, contengo moltitudini).
Mi concentro sui più vicini, resto sul limitare della porta.

Chi ha compiuto la sua giornata di lavoro? chi sarà il più veloce a finire la cena?
Chi desidera camminare con me?

Vuoi parlare prima che io sia partito? vuoi cimentarti quando è troppo tardi?

51,1322 *snuff the sidle*: c'è qui la possibilità di una doppia immagine: quella previlegiata dal traduttore in cui *snuff* equivale a *sniff* (fiutare): «e la sera si fa puro profumo», e quella che tradurrebbe *snuff* con spegnere (come di candela): «e la sera diviene luce che cade, ultimi raggi obliqui».

51,1324 Altra, molto nota, frase che ha precisi precedenti in Emerson. Alla fine di un poemetto il cui postulato di una realtà infinitamente capace di contraddirsi diviene motore dinamico, essa acquista una maggiore risonanza.

52

The spotted hawk swoops by and accuses me, he complains of my gab and my loitering.

I too am not a bit tamed, I too am untranslatable,
I sound my barbaric yawp over the roofs of the world.

The last scud of day holds back for me,
It flings my likeness after the rest and true as any on the shadow'd wilds,
It coaxes me to the vapor and the dusk.

I depart as air, I shake my white locks at the runaway sun,
I effuse my flesh in eddies, and drift it in lacy jags.

I bequeath myself to the dirt to grow from the grass I love,
If you want me again look for me under your boot-soles.

You will hardly know who I am or what I mean,
But I shall be good health to you nevertheless,
And filter and fibre your blood.

Failing to fetch me at first keep encouraged,
Missing me one place search another,
I stop somewhere waiting for you.

1855 *1881*

52,1331-41 L'io si ridefinisce attraverso una serie di immagini (il falco, l'aria stessa, la terra, — e l'erba), che rappresentano, non definiscono: di definitorio rimane solo la struttura grammaticale ingannevolmente dichiarativa: *I am*, sono. L'uomo, il poeta, la lingua stessa chiamati funzionalmente «a tradurre», sono intrinsecamente intraducibili.

52

Il falco maculato mi si precipita accanto e mi accusa,
si lamenta delle mie chiacchiere e del mio ozio.

Neanche io sono domato, io pure sono intraducibile,
Emetto il mio grido barbarico sopra i tetti del mondo.

L'ultima folata del giorno si trattiene per me,
Lancia dietro le altre la mia effigie precisa quanto ogni altra per il deserto pieno di ombre,
E lusingando mi trascina verso il buio e il vapore.

Come l'aria svanisco, scuoto i miei bianchi capelli al sole che fugge,
Spargo la mia carne in vortici e la trascino in frange merlettate.

Lascio me stesso alla terra per nascere dall'erba che amo,
Se ancora mi vuoi cercami sotto le suole delle scarpe.

Difficilmente saprai chi io sia o che cosa significhi,
E tuttavia sarò per te salutare,
E filtrerò e darò forza al tuo sangue.

Se non mi trovi subito non scoraggiarti,
Se non mi trovi in un posto cerca in un altro,
Da qualche parte starò fermo ad aspettare te.

1855 *1881*

52,1346 Nella prima versione mancava il punto finale. Potrebbe essere stato un puro errore tipografico. Piace pensare che non fosse così, che il colloquio, lo scontro, l'identificazione dell'io e del non io, che costituiscono, oltre che l'argomento, la dinamica del poemetto, rimanessero volutamente aperti, con una struttura infinitamente espansibile nel tempo e nello spazio.

Children of Adam

As Adam Early in the Morning

As Adam early in the morning,
Walking forth from the bower refresh'd with sleep,
Behold me where I pass, hear my voice, approach,
Touch me, touch the palm of your hand to my body as I pass,
Be not afraid of my body.

1861 *1867*

v. 5 Il verso in cui s'impone categoricamente di «non aver paura del mio corpo», chiude la poesia e la raccolta, aprendo ai temi e al clima di *Calamus*.

Figli d'Adamo

Come Adamo di prima mattina

Come Adamo di prima mattina
Usciva all'aperto ristorato dal sonno,
Guardate dove passo, ascoltate la voce, avvicinatevi,
Toccatemi, posate la palma della mano sul mio corpo mentre passo,
Non abbiate paura del mio corpo.

1861 *1867*

Calamus

In Paths Untrodden

In paths untrodden,
In the growth by margins of pond-waters,
Escaped from the life that exhibits itself,
From all the standards hitherto publish'd, from the pleasures,
profits, conformities,
Which too long I was offering to feed my soul,
Clear to me now standards not yet publish'd, clear to me that my
soul,
That the soul of the man I speak for rejoices in comrades,
Here by myself away from the clank of the world,
Tallying and talk'd to here by tongues aromatic,
No longer abash'd, (for in this secluded spot I can respond as I
would not dare elsewhere,)
Strong upon me the life that does not exhibit itself, yet contains
all the rest,
Resolv'd to sing no songs to-day but those of manly attachment,

v. 1 *untrodden*: non battuti i sentieri intorno al lago comunicano, ad apertura di verso, il senso di segretezza e di mistero che sovrintende alla scoperta che si vuol comunicare; ad esso si richiamano, conferendo unitarietà alla metafora e alla poesia, lo *away from the clank of the*

Calamus

Per sentieri non battuti

Per sentieri non battuti,
Nella vegetazione ai margini delle acque stagnanti,
Fuggito dalla vita che esibisce se stessa,
Da tutti i canoni accettati, da piaceri, profitti, conformismi
Che troppo a lungo ho dato in pasto alla mia anima,
Chiare ora le regole ancora non divulgate, chiaro che l'anima mia,
Che l'anima dell'uomo per cui parlo trova gioia nei camerati,
Qui con me stesso lontano dal fragore del mondo,
Qui corrispondendo e conversando con lingue aromatiche,
Non più confuso (perché in quest'angolo appartato posso rispondere come altrove non oserei),
Possente mi sovrasta la vita che non si esibisce, ma che contiene tutto il resto,
Oggi deciso a non cantare altri canti se non i canti dell'affetto virile,

world del v. 8 ed il *secluded spot* del v. 10, che «portano» al *secret* del verso 17.

v. 9 Queste lingue aromatiche mantengono, deliberatamente, ogni possibile valenza metaforica: sono certo gli steli lanceolati delle piante, ma anche lingue vere e proprie nel doppio riferimento, comunicativo (*talk'd to*) e amoroso (*tallying*).

Projecting them along that substantial life,
Bequeathing hence types of athletic love,
Afternoon this delicious Ninth-month in my forty-first year,
I proceed for all who are or have been young men,
To tell the secret of my nights and days,
To celebrate the need of comrades.

1860 1867

Roots and Leaves Themselves Alone

Roots and leaves themselves alone are these,
Scents brought to me and women from the wild woods and pond-side,
Breast-sorrel and pinks of love, fingers that wind around tighter than vines,
Gushes from the throats of birds hid in the foliage of trees as the sun is risen,
Breezes of land and love set from living shores to you on the living sea, to you O sailors!
Frost-mellow'd berries and Third-month twigs offer'd fresh to young persons wandering out in the fields when the winter breaks up,
Love-buds put before you and within you whoever you are,
Buds to be unfolded on the old terms,

v. 15 Si tratta del settembre 1859.

Proiettandoli in quella vita sostanziale,
Di qui trasmettendo modelli di amore atletico,
Nel pomeriggio di questo delizioso Nono-mese nel mio
quarantesimo anno,
Io comincio a narrare, per tutti quelli che sono o sono
stati giovani,
Il segreto delle mie notti e dei miei giorni,
A celebrare il bisogno di compagni.

1860 *1867*

Radici e foglie soltanto sono queste

Radici e foglie soltanto sono queste,
Profumi recati a uomini e donne dai boschi selvaggi e dai
bordi degli stagni,
Acetosella del petto e garofani d'amore, dita che
avvinghiano più forte dei viticci,
Zampilli da gole d'uccelli nascosti nel fogliame quando il
sole si leva,
Brezze di terra e d'amore da rive colme di vita per mari
colmi di vita fino a voi, marinai!
Bacche addolcite dal gelo, freschi rametti del Terzo-
mese offerti a giovani che vagano nei campi quando
l'inverno si scioglie,
Germogli d'amore intorno a voi, dentro di voi,
dovunque siate,
Germogli che devono schiudersi secondo i termini
antichi,

v. 3 *Breast-sorrel*: quest'acetosella del petto comprime in uno dei famosi composti whitmaniani una delle belle immagini della sezione sesta di «SofM», quella dell'erba che nasce dal petto dei giovani morti.

If you bring the warmth of the sun to them they will open and
bring form, color, perfume, to you,
If you become the aliment and the wet they will become flowers,
fruits, tall branches and trees.

1860 *1867*

To a Stranger

Passing stranger! you do not know how longingly I look upon
you,
You must be he I was seeking, or she I was seeking, (it comes to
me as of a dream,)
I have somewhere surely lived a life of joy with you,
All is recall'd as we flit by each other, fluid, affectionate, chaste,
matured,
You grew up with me, were a boy with me or a girl with me,
I ate with you and slept with you, your body has become not yours
only nor left my body mine only,
You give me the pleasure of your eyes, face, flesh, as we pass, you
take of my beard, breast, hands, in return,
I am not to speak to you, I am to think of you when I sit alone
or wake at night alone,
I am to wait, I do not doubt I am to meet you again,
I am to see to it that I do not lose you.

1860 *1867*

Se recherete loro il calore del sole si apriranno recando a voi forma, colore, profumo,
Se voi sarete l'alimento e l'umido, diventeranno fiori, e frutti, ed alti rami, e alberi.

1860 *1867*

A uno sconosciuto

Sconosciuto che passi! tu non sai con che desiderio ti guardo,
Devi essere colui che cercavo, o colei che cercavo (mi arriva come un sogno),
Sicuramente ho vissuto con te in qualche luogo una vita di gioia,
Tutto ritorna, fluido, affettuoso, casto, maturo, mentre passiamo veloci uno vicino all'altro,
Sei cresciuto con me, con me sei stato ragazzo o giovanetta,
Ho mangiato e dormito con te, il tuo corpo non è più solo tuo né ha lasciato il mio corpo solo mio,
Mi dai il piacere dei tuoi occhi, del tuo viso, della tua carne, passando, in cambio prendi la mia barba, il mio petto, le mie mani,
Non devo parlarti, devo pensare a te quando siedo in disparte o mi sveglio di notte, tutto solo,
Devo aspettare, perché t'incontrerò di nuovo, non ho dubbi,
Devo vedere come non perderti più.

1860 *1867*

This Moment Yearning and Thoughtful

This moment yearning and thoughtful sitting alone,
It seems to me there are other men in other lands yearning
and thoughtful,
It seems to me I can look over and behold them in Germany,
Italy, France, Spain,
Or far, far away, in China, or in Russia or Japan, talking other
dialects,
And it seems to me if I could know those men I should become
attached to them as I do to men in my own lands,
O I know we should be brethren and lovers,
I know I should be happy with them.

1860 *1881*

I Hear It Was Charged Against Me

I hear it was charged against me that I sought to destroy institu-
tions,
But really I am neither for nor against institutions,
(What indeed have I in common with them? or what with the
destruction of them?)

This Moment Yearning and Thoughtful

v. 1 *yearning*: pensoso, ma anche desideroso, proteso verso qualcosa o qualcuno.

I Hear It Was Charged Against Me

v. 1 *I sought to destroy institutions*: W. qui rivendica il piano puramente ideale ed utopico del suo «manifesto», con una veemenza che

In questo momento in cui siedo pensoso e solitario

In questo momento, in cui siedo pensoso e solitario, struggendomi,
So che altri uomini, in altre terre, sono pensosi e si struggono,
E che potrei vederli, alzando gli occhi, in Germania, in Italia, in Francia, Spagna
O più lontano, in Cina, in Russia, in Giappone, parlando altri dialetti,
E so che se potessi conoscere quegli uomini saprei attaccarmi ad essi come agli uomini delle mie parti,
E so che ci ameremmo e saremmo fratelli,
So che sarei felice insieme a loro.

1860 *1881*

Sento che mi si accusa

Sento che mi si accusa di voler sovvertire le istituzioni,
In verità io non sono né a favore né contro le istituzioni,
(Come può essere? Che cosa ho in comune con esse? o con il loro sovvertimento?)

ricorda il distacco sprezzante di Thoreau di *Civil Disobedience* che affermava: «Non è dovere dell'uomo, naturalmente dedicarsi a sradicare il male, per grande che esso sia. Egli potrà avere altri problemi da affrontare». *Civil Disobedience* è del 1848, e l'incontro tra Thoreau e W. avviene nel 1855.

Only I will establish in the Mannahatta and in every city of these
States inland and seaboard,
And in the fields and woods, and above every keel little or large
that dents the water,
Without edifices or rules or trustees or any argument,
The institution of the dear love of comrades.

1860 1867

v. 6 L'affermazione di questa novità, di quest'utopia dell'amore fra eguali, assume nuovi significati, se avvicinata alla chiusa di *Civil Disobedience* che invoca una comunità dove ciascuno si riconosca gli obblighi «of neighbors and fellowmen» e in cui lo Stato stesso tratti ciascun cittadino «da buon vicino». In questa luce, e per questa breve poesia, divengono persuasive le proteste di W. che legge il suo «amore cameratesco» come pura indicazione storico-sociale.

Io vorrei solo fondare a Mannahatta e in ogni città di
questi Stati, costieri o dell'interno,
E nei campi, nei boschi, e su ogni nave piccola o grande
che solchi le acque,
Senza edifici e regole, senza amministratori, senza
nessun dibattito,
L'istituzione del caro amore dei camerati.

1860 *1867*

Salut Au Monde!

1

O take my hand Walt Whitman!
Such gliding wonders! such sights and sounds!
Such join'd unended links, each hook'd to the next,
Each answering all, each sharing the earth with all.

What widens within you Walt Whitman?
What waves and soils exuding?
What climes? what persons and cities are here?
Who are the infants, some playing, some slumbering?
Who are the girls? who are the married women?
Who are the groups of old men going slowly with their arms about
each other's necks?
What rivers are these? what forests and fruits are these?
What are the mountains call'd that rise so high in the mists?
What myriads of dwellings are they fill'd with dwellers?

v. 1 Prima ancora che nell'esplicita apostrofe del v. 5, Walt Whitman è anche «altro» da sé già in questo primo verso dove, come il *camerado* di «Starting from Paumanok» è invitato a camminare mano nella mano con il poeta.

Salut au monde!

1

Oh prendimi per mano, Walt Whitman!
Quali prodigi trascorrono! Quali suoni e visioni!
Quanti infiniti anelli, uno all'altro agganciato,
Ciascuno assecondando il tutto, ciascuno dividendo la
terra con tutti.

Che cosa s'amplia dentro di te, Walt Whitman?
Quali onde e suoli trasudano?
Quali climi? che città, che persone?
Chi sono i bimbi che giocano? chi quelli che dormono?
Chi le ragazze? le donne sposate?
E quei gruppi di vecchi che camminano lenti, il braccio
al collo l'uno dell'altro?
Che foreste, che fiumi sono questi? che frutti?
Come si chiamano quei monti che così alti s'innalzano
nella nebbia?
Che cosa sono quelle miriadi di case affollate di gente?

vv. 5-13 Il primo nucleo domanda/risposta è costituito da questa prima strofa, che con il martellare dei pronomi interrogativi ad inizio di verso costituisce, nell'ambito del discorso, la domanda. Ad essa corrisponde, nella strofa successiva, la risposta.

2

Within me latitude widens, longitude lengthens,
Asia, Africa, Europe, are to the east–America is provided for in
the west,
Banding the bulge of the earth winds the hot equator,
Curiously north and south turn the axis-ends,
Within me is the longest day, the sun wheels in slanting rings, it
does not set for months,
Stretch'd in due time within me the midnight sun just rises above
the horizon and sinks again,
Within me zones, seas, cataracts, forests, volcanoes, groups,
Malaysia, Polynesia, and the great West Indian islands.

10

I see vapors exhaling from unexplored countries,
I see the savage types, the bow and arrow, the poison'd splint, the
fetich, and the obi.

I see African and Asiatic towns,
I see Algiers, Tripoli, Derne, Mogadore, Timbuctoo, Monrovia,

v. 15 Un'altra, meno apparente opposizione: il Nuovo e il Vecchio Mondo, l'uno ad Ovest, l'altro raggruppato ad Est.

v. 16 Il caldo del sud (con l'equatore), il freddo del nord (con la notte più lunga), sono tenuti in equilibrio dall'asse intorno a cui ruotano; così il v. 17 funge materialmente da asse che collega e sostiene i due poli del v. 16 da una parte e dei vv. 18 e 19 dall'altra.

vv. 22-137 Nelle cinque strofe omesse domina incontrastata e nuda la struttura domanda/risposta. Se la risposta alla domanda *What do you hear Walt Whitman?* (v. 22) è tutta contenuta in una strofa, la terza (*I hear*..., *I hear*... ecc.); la domanda simmetrica del verso 41

2

Dentro di me la latitudine s'allarga, la longitudine s'allunga,
Asia, Africa, Europa, sono a oriente — all'America è dato l'occidente,
Tutto intorno alla curva della terra gira il caldo equatore,
A nord e a sud stranamente ruotano i vertici dell'asse,
Dentro di me è il giorno più lungo, il sole ruota in cerchi obliqui, non tramonta per mesi,
E, a suo tempo, disteso in me, il sole di mezzanotte si leva appena sull'orizzonte e sùbito cala,
Dentro di me zone, mari, cascate, vulcani, foreste, arcipelaghi,
Malesia, Polinesia, le grandi isole delle Indie Occidentali.

10

Vedo esalare vapori da terre inesplorate,
Vedo gente selvaggia, l'arco e la freccia, la punta avvelenata, il sortilegio e il feticcio.

Vedo città asiatiche e africane,
Vedo Tripoli, Algeri, Derna, Timbuctu, Mogadore, Monrovia,

(*What do you see Walt Whitman?*) ha una risposta estremamente più estesa che abbraccia circa novanta versi, ciascuno dei quali una semplice frase dichiarativa, ritmati, come di consueto, dal martellare dell'*I see* ad inizio di verso (solo talora variato nel più aulico sinonimo *I behold*). La serie si conclude con la strofa decima, i cui versi 161 e 162 introducono predicati diversi (*I go*, e *I salute*), che preludono all'undicesima, dodicesima e tredicesima strofa le quali interpellano singolarmente come *you* gli abitanti del mondo intero, per arrivare al saluto finale.

vv. 140-42 Con tecnica abituale i tre versi presentano struttura e ritmo triadico: un primo verso di sintesi ed equilibrio, poi seguito da

I see the swarms of Pekin, Canton, Benares, Delhi, Calcutta, Tokio,
I see the Kruman in his hut, and the Dahoman and Ashantee-man
in their huts,
I see the Turk smoking opium in Aleppo,
I see the picturesque crowds at the fairs of Khiva and those of
Herat,
I see Teheran, I see Muscat and Medina and the intervening sands,
I see the caravans toiling onward,
I see Egypt and the Egyptians, I see the pyramids and obelisks,
I look on chisell'd histories, records of conquering kings, dynasties,
cut in slabs of sand-stone, or on granite-blocks,
I see at Memphis mummy-pits containing mummies embalm'd,
swathed in linen cloth, lying there many centuries,
I look on the fall'n Theban, the large-ball'd eyes, the side-drooping
neck, the hands folded across the breast.

I see all the menials of the earth, laboring,
I see all the prisoners in the prisons,
I see the defective human bodies of the earth,
The blind, the deaf and dumb, idiots, hunchbacks, lunatics,
The pirates, thieves, betrayers, murderers, slave-makers of the earth,
The helpless infants, and the helpless old men and women.

I see male and female everywhere,
I see the serene brotherhood of philosophs,

una coppia di versi che sdoppiano il primo raggruppando ciascuno un riferimento ad uno dei continenti (Africa il 141 ed Asia il 142).

Analogamente il raggruppamento e contrasto geografico sarà sfruttato nelle altre tre seguenti coppie di versi che preparano, dopo la pausa grafica, le generalizzazioni d'eco evangelica dei vv. 151-162.

v. 143 *Kru*: tribù liberiana. *Dahomey*: popolo africano. *Ashanti*: o Ashante: tribù guerriera dell'Africa Occidentale.

Vedo sciamare le folle di Pechino, Canton, Benares,
Delhi, Tokio, Calcutta,
Vedo i Kru e i Dahomey nelle loro capanne, vedo gli
Ashanti nelle loro capanne,
Vedo il turco che fuma l'oppio ad Aleppo,
Vedo le folle pittoresche alle fiere di Khiva e di Herat,
Vedo Teheran, vedo Muscat e Medina, e il deserto fra
loro, vedo le carovane avanzare faticosamente,
Vedo l'Egitto e gli Egiziani, vedo gli obelischi e le
piramidi,
Osservo i rilievi scolpiti, testimonianze di re
conquistatori, dinastie incise su lastre di arenaria, o
blocchi di granito,
Vedo le tombe di Memphis, le mummie imbalsamate
avvolte in bende di lino, che vi giacciono da secoli,
Contemplo il tebano caduto, gli occhi dai grandi bulbi, il
collo piegato di lato, le mani incrociate sul petto.

Vedo i servi di tutta la terra affaticarsi,
Vedo tutti i prigionieri nelle carceri,
Vedo i corpi tarati della terra,
Il cieco, il sordomuto, gli idioti, i gobbi, i pazzi,
I ladri, i pirati, i traditori, i negrieri del mondo,
I bambini indifesi, i vecchi e le vecchie indifese.

Vedo il maschio e la femmina dovunque,
Vedo il sereno sodalizio dei filosofi,

v. 145 *Khiva*: antico khanato in Asia occidentale (ora URSS). *Herat*: antica città dell'Afghanistan nel nordovest.

v. 146 Siamo ora al vicino Oriente: Iran, Oman, Arabia saudita e Grecia.

v. 150 Naturalmente si tratta di Luxor, non di Tebe.

I see the constructiveness of my race,
I see the results of the perseverance and industry of my race,
I see ranks, colors, barbarisms, civilizations, I go among them, I mix indiscriminately,
And I salute all the inhabitants of the earth.

11

You whoever you are!
You daughter or son of England!
You of the mighty Slavic tribes and empires! you Russ in Russia!
You dim-descender, black, divine-soul'd African, large, fine-headed, nobly-form'd, superbly destin'd, on equal terms with me!
You Norwegian! Swede! Dane! Icelander! you Prussian!
You Spaniard of Spain! you Portuguese!
You Frenchwoman and Frenchman of France!
You Belge! you liberty-lover of the Netherlands! (you stock whence I myself have descended;)
You sturdy Austrian! you Lombard! Hun! Bohemian! farmer of Styria!
You neighbor of the Danube!
You working-man of the Rhine, the Elbe, or the Weser! you working-woman too!
You Sardinian! you Bavarian! Swabian! Saxon! Wallachian! Bulgarian!

v. 163 Il tu è ora perentoriamente altro da sé, rafforzato dal pronome che costituisce la cerniera della simmetria del verbo: *You whoever you are*.

Vedo l'efficienza costruttiva della mia razza,
Vedo i risultati della perseveranza e dell'industria della mia razza,
Vedo ranghi, colori di pelle, barbarie, civiltà, vi passo in mezzo, mi mescolo senza discriminare,
E saluto tutti gli abitanti della terra.

11

Tu, chiunque tu sia!
Tu, figlia o figlio d'Inghilterra!
Tu, delle potenti tribù e degli imperi slavi! Tu, russo in Russia!
Tu, d'oscure origini, nero, Africano dall'anima divina, grande, di nobili forme, bella testa, dal destino superbo, mio pari!
Tu, Norvegese! Svedese! Danese! Islandese! Prussiano!
Tu, Spagnolo di Spagna! tu, Portoghese!
Tu e tu, uomo e donna, Francesi di Francia!
Tu, Belga! tu, amante di libertà, Olandese! (stirpe da cui anch'io discendo);
Tu, vigoroso Austriaco! tu, Lombardo! Unno! Boemo! contadino della Stiria!
Tu, vicino del Danubio!
Tu, operaio del Reno, dell'Elba, o del Weser! e tu pure, operaia!
Tu, Sardo! tu, Bavarese! Svevo! Sassone! Valacco! Bulgaro!

You Roman! Neapolitan! you Greek!
You lithe matador in the arena at Seville!
You mountaineer living lawlessly on the Taurus or Caucasus!
You Bokh horse-herd watching your mares and stallions feeding!
You beautiful-bodied Persian at full speed in the saddle shooting arrows to the mark!
You Chinaman and Chinawoman of China! you Tartar of Tartary!
You women of the earth subordinated at your tasks!
You Jew journeying in your old age through every risk to stand once on Syrian ground!
You other Jews waiting in all lands for your Messiah!
You thoughtful Armenian pondering by some stream of the Euphrates! you peering amid the ruins of Nineveh! you ascending mount Ararat!
You foot-worn pilgrim welcoming the far-away sparkle of the minarets of Mecca!
You sheiks along the stretch from Suez to Bab-el-mandeb ruling your families and tribes!
You olive-grower tending your fruit on fields of Nazareth, Damascus, or lake Tiberias!
You Thibet trader on the wide inland or bargaining in the shops of Lassa!
You Japanese man or woman! you liver in Madagascar, Ceylon, Sumatra, Borneo!
All you continentals of Asia, Africa, Europe, Australia, indifferent of place!

v. 181 Versi come questo, che pongono la donna tra i deboli e gli sfruttati, hanno consentito una lettura femminista di Whitman.

v. 186 *Bab-el-mandeb*: stretto che collega il Mar Rosso con l'Oceano Indiano.

Tu, Romano! Napoletano! Tu, Greco!
Tu, flessuoso matador nell'arena di Siviglia!
Tu, montanaro che vivi senza legge sul Tauro o sul Caucaso!
Tu, guardiano di cavalli di Buchara che porti al pascolo puledre e stalloni!
Tu, Persiano dal bel corpo, che in sella a gran carriera scagli frecce al bersaglio!
Tu, Cinese di Cina! Tartaro della Tartaria!
Voi, donne della terra soggette ai vostri doveri!
Tu, Ebreo che da vecchio ti metti in viaggio affrontando ogni rischio pur di trovarti una volta sul suolo siriano!
Voi, altri Ebrei che in ogni terra aspettate il vostro Messia!
Tu, Armeno che mediti presso qualche affluente dell'Eufrate! Tu che fai capolino tra le rovine di Ninive! Tu che t'inerpichi sul Monte Ararat!
Tu, pellegrino dai piedi sfiniti che saluti da lontano lo scintillio dei minareti della Mecca!
Voi, sceicchi che tra Suez e Bab-el-mandeb governate le vostre famiglie e tribù!
Tu, olivicoltore che badi ai tuoi prodotti nei campi di Nazareth, Damasco, o del Lago Tiberiade!
Tu, che commerci nell'entroterra tibetano o mercanteggi nelle botteghe di Lhasa!
Tu, Giapponese uomo o donna! Tu, abitante di Ceylon, di Sumatra, del Borneo, del Madagascar!
Tutti voi, continentali dell'Asia, dell'Africa, d'Europa, dell'Australia, non importa in che luogo!

All you on the numberless islands of the archipelagoes of the sea!
And you of centuries hence when you listen to me!
And you each and everywhere whom I specify not, but include
just the same!
Health to you! good will to you all, from me and America sent!

Each of us inevitable,
Each of us limitless—each of us with his or her right upon the
earth,
Each of us allow'd the eternal purports of the earth,
Each of us here as divinely as any is here.

13

My spirit has pass'd in compassion and determination around the
whole earth,
I have look'd for equals and lovers and found them ready for me
in all lands,
I think some divine rapport has equalized me with them.

You vapors, I think I have risen with you, moved away to distant
continents, and fallen down there, for reasons,
I think I have blown with you you winds;
You waters I have finger'd every shore with you,
I have run through what any river or strait of the globe has run
through,
I have taken my stand on the bases of peninsulas and on the high
embedded rocks, to cry thence:

v. 195 Dal tutti al ciascuno, energicamente ribadito in quattro versi. Con l'aggettivo *inevitable*, fonicamente e concettualmente portante nel verso, si ritorna alla visione della realtà umana come disegno, cui ognuno partecipa e a cui ognuno è indispensabile.

E tutti voi sulle miriadi di isole degli arcipelaghi del mare!
E voi che fra secoli mi ascolterete!
E voi, singolarmente e ovunque siate, di cui nulla specifico, ma che qui includo ugualmente!
Salute a voi! amicizia a voi tutti, da me e dall'America!

Ciascuno di noi è inevitabile,
Ciascuno di noi è illimitato — ciascuno di noi col suo diritto sulla terra,
Ciascuno di noi è destinato ai fini eterni della terra,
Ciascuno di noi si trova qui divinamente quanto chiunque sia qui.

13

Con pietà e decisione il mio spirito ha fatto il giro della terra,
Ho cercato uguali ed amanti, e li ho trovati pronti per me in ogni luogo,
Credo che qualche divino rapporto ci abbia equiparati.

Vapori, con voi mi devo esser sollevato, sospinto verso lontani continenti, e lì piovuto, per varie ragioni,
Con voi, venti, devo aver soffiato,
Insieme a voi acque, accarezzato ogni lido,
Ho attraversato ciò che ogni fiume o stretto del globo ha attraversato,
Ho preso posto alla base di penisole e su alte rocce incassate, per gridare di lassù:

vv. 212-13 Ecco per la prima volta l'esplicitazione della parola spirito: l'uso di un sostantivo fortemente denotativo nella lingua di W., *compassion*; e la consueta tensione verso l'«eguale», omologato all'amante, che riassume nell'utopia whitmaniana l'aspirazione all'equilibrio e alla pace.

Salut au monde!

What cities the light or warmth penetrates I penetrate those cities myself,
All islands to which birds wing their way I wing my way myself.

Toward you all, in America's name,
I raise high the perpendicular hand, I make the signal,
To remain after me in sight forever,
For all the haunts and homes of men.

1856 *1881*

Salut au monde!
In quante città penetra luce e calore, penetro anch'io,
In tutte le isole verso cui volano gli uccelli mi faccio strada anch'io.

Verso di voi, tutti, nel nome dell'America,
Sollevo alta la mano e faccio il segnale
Che dopo di me resti visibile, per sempre
A tutte le case, a tutti i rifugi dell'uomo.

1856 *1881*

Crossing Brooklyn Ferry

1

Flood-tide below me! I see you face to face!
Clouds of the west—sun there half an hour high—I see you also face to face.

Crowds of men and women attired in the usual costumes, how curious you are to me!
On the ferry-boats the hundreds and hundreds that cross, returning home, are more curious to me than you suppose,
And you that shall cross from shore to shore years hence are more to me, and more in my meditations, than you might suppose.

2

The impalpable sustenance of me from all things at all hours of the day,

vv. 6-19 La seconda strofa è nitidamente divisa in due blocchi: un primo blocco, non infrequente in W., composto da una serie di frasi ellittiche, senza verbo finito, collegate al secondo blocco (che ha frasi rette, invece, da una serie di verbi al futuro), dalla parola *others* che

Sul ferry di Brooklyn

1

Marea montante sotto di me! ti guardo faccia a faccia!
Nuvole a occidente — sole lassù ancora alto per mezz'ora — anche voi guardo faccia a faccia.

Folle di uomini e di donne vestite dei soliti abiti, come strane mi sembrate!
E le migliaia che attraversano il fiume sui traghetti, tornando a casa, mi sembrano più strane di quanto immaginiate,
E voi che passerete, di qui a molti anni, da riva a riva, siete per me e per le mie meditazioni, ben più importanti di quanto possiate immaginare.

2

L'impalpabile alimento che tutte le cose mi forniscono a ogni ora del giorno,

chiude, come predicato, il primo blocco (*hearing of others*), e apre come soggetto quattro dei sette versi del secondo blocco. A questo mutamento di funzione grammaticale, è affidata per intero la transizione dalla sfera soggettiva della voce narrante a quella, visivamente e affettivamente collettiva, delle varie generazioni che attraverseranno l'East River e leggeranno la poesia whitmaniana.

The simple, compact, well-join'd scheme, myself disintegrated,
every one disintegrated yet part of the scheme,
The similitudes of the past and those of the future,
The glories strung like beads on my smallest sights and hearings,
on the walk in the street and the passage over the river,
The current rushing so swiftly and swimming with me far away,
The others that are to follow me, the ties between me and them,
The certainty of others, the life, love, sight, hearing of others.

Others will enter the gates of the ferry and cross from shore to
shore,
Others will watch the run of the flood-tide,
Others will see the shipping of Manhattan north and west, and
the heights of Brooklyn to the south and east,
Others will see the islands large and small;
Fifty years hence, others will see them as they cross, the sun half
an hour high,
A hundred years hence, or ever so many hundred years hence,
others will see them,
Will enjoy the sunset, the pouring-in of the flood-tide, the falling-
back to the sea of the ebb-tide.

3

It avails not, time nor place—distance avails not,
I am with you, you men and women of a generation, or ever so
many generations hence,

v. 7 *yet part of the scheme*: questa visione (di origine cristiana) della realtà e della storia come «schema» (e altrove come enigma) di cui esiste un disegno e una chiave, e di cui il singolo (nel tempo e nello spazio) è parte, coincide, anche se non completamente, con quella

Il semplice, compatto, ben connesso schema del quale io
stesso e gli altri disgregati siamo parte integrale,
Le analogie con il passato e quelle col futuro,
Le bellezze infilate come perle nel piccolo raggio di ciò
che vedo e sento, passeggiando per via, attraver-
sando il fiume,
La corrente che scorre impetuosa e con me scivola
lontano,
Gli altri che devono seguirmi, ciò che mi lega ad essi,
La certezza degli altri, la vita, l'amore, la vista, l'udito
degli altri.

Altri entreranno dai cancelli del ferry per andare
dall'una all'altra riva,
Altri osserveranno la corsa della marea montante,
Altri vedranno il naviglio di Manhattan a nord e
a occidente, e a sud e ad est le alture di Brooklyn,
Altri vedranno le grandi e piccole isole.
Di qui a cinquant'anni, ancora altri le vedranno,
attraversando il fiume, il sole alto per mezz'ora,
Di qui a cent'anni, o a centinaia d'anni, altri staranno a
guardare,
A godere il tramonto, il riversarsi della marea
montante, il rifluire al mare della marea
decrescente.

3

Né il tempo, né il luogo hanno importanza, la distanza
non conta,
Sono con voi, uomini e donne d'una o più generazioni a
venire,

trascendentalista della realtà e storia come «forma» che si sviluppa organicamente da nuclei singoli ed apparentemente disgregati.

Just as you feel when you look on the river and sky, so I felt,
Just as any of you is one of a living crowd, I was one of a crowd,
Just as you are refresh'd by the gladness of the river and the
bright flow, I was refresh'd,
Just as you stand and lean on the rail, yet hurry with the swift
current, I stood yet was hurried,
Just as you look on the numberless masts of ships and the thick-
stemm'd pipes of steamboats, I look'd.

I too many and many a time cross'd the river of old,
Watched the Twelfth-month sea-gulls, saw them high in the air
floating with motionless wings, oscillating their bodies,
Saw how the glistening yellow lit up parts of their bodies and left
the rest in strong shadow,
Saw the slow-wheeling circles and the gradual edging toward the
south,
Saw the reflection of the summer sky in the water,
Had my eyes dazzled by the shimmering track of beams,
Look'd at the fine centrifugal spokes of light round the shape of
my head in the sunlit water,
Look'd on the haze on the hills southward and south-westward,
Look'd on the vapor as it flew in fleeces tinged with violet,
Look'd toward the lower bay to notice the vessels arriving,
Saw their approach, saw aboard those that were near me,
Saw the white sails of schooners and sloops, saw the ships at anchor,

v. 28 L'uso del termine quacquero «dodicesimo mese» invece del più comune «dicembre», è spesso ricercato da W. per ragioni di effetto poetico e di rievocazione storica. A proposito dell'atemporalità del

Ciò che provate guardando il fiume e il cielo, io l'ho provato,
Come voi fate parte d'una folla, ne feci parte anch'io,
Come voi vi sentite rianimare dalla bellezza del fiume, dal suo fluire luminoso, io mi sentii rianimare,
Come voi state in piedi e vi appoggiate alla ringhiera, eppure andate in fretta con la veloce corrente, io mi appoggiavo e andavo,
E come voi guardate la fitta selva dei velieri e le grosse pipe dei vapori, così io li guardavo.

Anche io ho attraversato un tempo il fiume molte volte,
Ho guardato i gabbiani del Dodicesimo-mese, li ho visti alti nell'aria librarsi ad ali ferme, i corpi oscillanti,
Il dorso illuminato dai gialli riflessi, il resto ombra scura,
Li ho veduti ruotare in lenti cerchi e gradualmente spostarsi verso sud,
Ho visto il cielo estivo rispecchiarsi nell'acqua,
Gli occhi abbagliati dal fascio scintillante dei riflessi,
Ho veduto sull'acqua illuminata dal sole i bei raggi centrifughi farmi un'aureola intorno all'ombra della testa,
Ho veduto l'ombra sui colli a sud e a sud-ovest,
Il vapore disperdersi in bioccoli viola,
Ho spinto lo sguardo fino alla baia di sotto per osservare le navi in arrivo,
Le ho viste avvicinarsi, guardai a bordo di quelle più vicine,
Vidi le bianche vele di golette e scialuppe, vidi navi alla fonda,

poemetto, si noti come anche le stagioni si accavallino: qui siamo in inverno, altrove (v. 31) in estate.

The sailors at work in the rigging or out astride the spars,
The round masts, the swinging motion of the hulls, the slender
serpentine pennants,
The large and small steamers in motion, the pilots in their pilot-
houses,
The white wake left by the passage, the quick tremulous whirl of
the wheels,
The flags of all nations, the falling of them at sunset,
The scallop-edged waves in the twilight, the ladled cups, the
frolicsome crests and glistening,
The stretch afar growing dimmer and dimmer, the gray walls of
the granite storehouses by the docks,
On the river the shadowy group, the big steam-tug closely flank'd
on each side by the barges, the hay-boat, the belated
lighter,
On the neighboring shore the fires from the foundry chimneys
burning high and glaringly into the night,
Casting their flicker of black contrasted with wild red and yellow
light over the tops of houses, and down into the clefts of
streets.

4

These and all else were to me the same as they are to you,
I loved well those cities, loved well the stately and rapid river,
The men and women I saw were all near to me,
Others the same—others who look back on me because I look'd
forward to them,
(The time will come, though I stop here to-day and to-night.)

I marinai al lavoro con le sartie o a cavalcioni delle antenne,
Gli alberi tondi, il dondolio degli scafi, i sottili guidoni serpeggianti,
I vaporetti e i piroscafi in moto, coi piloti nelle loro cabine,
Le bianche scie lasciate dal loro passaggio, il rapido vibrante turbinare delle ruote,
Bandiere di tutte le nazioni, ammainate al tramonto,
Le onde dentellate nel crepuscolo, ciotole scodellate, allegre creste luccicanti,
La lontananza che si fa sempre più confusa, i grigi muri di granito dei magazzini sulle banchine,
Il gruppo in ombra sul fiume, il grosso rimorchiatore con le due chiatte ai lati, il barcone del fieno, l'alleggio in ritardo,
Le fiamme, sulla vicina riva, dai fumaioli della fonderia che ardono alte e abbaglianti nella notte,
E gettano barbagli di nero contrastati da rosso e giallo pallido sopra le cime delle case e nei crepacci delle strade.

4

Queste e ogni altra cosa sono state per me ciò che sono per voi,
Ho amato molto quelle città, ho amato molto il fiume rapido e maestoso,
Gli uomini e le donne che vedevo mi erano tutti vicini,
E così gli altri — gli altri che guardano indietro verso di me perché ho guardato in avanti verso di loro
(Verrà quel tempo, anche se io mi fermo qui oggi e stanotte).

v. 44 *the ladled cups*: *to ladle* è propriamente il porgere, o riempire come di un mestolo.

5

What is it then between us?
What is the count of the scores or hundreds of years between us?

Whatever it is, it avails not—distance avails not, and place avails not,
I too lived, Brooklyn of ample hills was mine,
I too walk'd the streets of Manhattan island, and bathed in the waters around it,
I too felt the curious abrupt questionings stir within me,
In the day among crowds of people sometimes they came upon me,
In my walks home late at night or as I lay in my bed they came upon me,
I too had been struck from the float forever held in solution,
I too had receiv'd identity by my body,
That I was I knew was of my body, and what I should be I knew I should be of my body.

6

It is not upon you alone the dark patches fall,
The dark threw its patches down upon me also,
The best I had done seem'd to me blank and suspicious,
My great thoughts as I supposed them, were they not in reality meagre?
Nor is it you alone who know what it is to be evil,

v. 62 Materialmente si tratta dell'acqua salsa dell'oceano presente, e non dispersa, nell'East River. L'immagine, che verrà ripresa al v. 106, in apparente contraddizione chimica (qui si parla di soluzione, lì, più appropriatamente, di sospensione) viene comunemente associata

5

Che cosa, allora, si frappone tra noi?
Che senso ha il conteggio delle decine d'anni o dei secoli
tra noi?

Qualunque cosa sia, non importa — non importa
distanza, e non importa luogo,
Anch'io sono vissuto, Brooklyn dalle ampie colline è
stata mia,
Anch'io ho percorso le strade di Manhattan, e ho fatto il
bagno nelle acque intorno all'isola,
Anch'io ho sentito strani interrogativi agitarmisi dentro
all'improvviso,
Mi assalivano a volte in mezzo a folle di gente,
O rincasando a notte fonda, o mentre giacevo nel mio
letto,
Anch'io fui preso da quel flusso tenuto sempre in
soluzione,
Anche io ho ricevuto l'identità dal mio corpo,
Quello che ero, seppi che era del mio corpo, e ciò che
sarei stato seppi sarebbe stato del mio corpo.

6

Non solamente su di voi cadono macchie di buio,
Il buio gettò le sue macchie anche sopra di me,
Quello che avevo fatto meglio mi sembrò scialbo e
sospetto,
I miei grandi pensieri, così li supponevo, non erano
angusti in realtà?
Non siete voi soli a conoscere che cosa sia il male,

al principio della vita. Qualcuno vi ha visto una metafora dell'Over-Soul emersoniana, altri del rapporto tra feto e liquido amniotico. Alla luce del verso che segue, tuttavia, ciò che importa è l'assoluta fisicità del riferimento, che sembra aprirsi anche ad altre immagini (seme e liquido seminale, ad esempio).

I am he who knew what it was to be evil,
I too knitted the old knot of contrariety,
Blabb'd, blush'd, resented, lied, stole, grudg'd,
Had guile, anger, lust, hot wishes I dared not speak,
Was wayward, vain, greedy, shallow, sly, cowardly, malignant,
The wolf, the snake, the hog, not wanting in me,
The cheating look, the frivolous word, the adulterous wish, not wanting,
Refusals, hates, postponements, meanness, laziness, none of these wanting,
Was one with the rest, the days and haps of the rest,
Was call'd by my nighest name by clear loud voices of young men as they saw me approaching or passing,
Felt their arms on my neck as I stood, or the negligent leaning of their flesh against me as I sat,
Saw many I loved in the street or ferry-boat or public assembly, yet never told them a word,
Lived the same life with the rest, the same old laughing, gnawing, sleeping,
Play'd the part that still looks back on the actor or actress,
The same old role, the role that is what we make it, as great as we like,
Or as small as we like, or both great and small.

v. 71 Il contrasto, la contraddizione, la contrarietà sono sempre, per W., «nodo».

Anch'io sono uno che seppe che cosa era il male,
Anche io ho lavorato a maglia l'antico nodo delle contraddizioni,
Ho ciarlato, mentito, arrossito, mi sono offeso, ho rubato, invidiato,
Ho avuto astuzie, rabbie, libidini, desideri brucianti che non osavo confessare,
Sono stato volubile, ingordo, vanitoso, furbo, futile, malevolo, vigliacco,
Il lupo, il porco, il serpente, non mancarono in me,
L'aspetto ingannevole, la frase frivola, il desiderio adultero non mi mancarono,
Odi, rifiuti, rinvii, bassezze, poltronerie, niente di questo mi mancò,
Fui uno come gli altri, ebbi i giorni e la sorte degli altri,
Voci limpide e forti di giovani, vedendomi passare o avvicinarmi, mi chiamarono col mio nome più familiare,
Sentii sul collo le loro braccia, stando in piedi, e il noncurante abbandono della carne, quando sedevo,
Vidi molti che amai per la strada, sul ferry-boat, in pubbliche riunioni, e non ho detto loro una parola,
Vissi la stessa vita degli altri, lo stesso vecchio ridere, rosicchiare, dormire,
Rappresentai la parte che sempre richiama l'attore o l'attrice,
La stessa vecchia parte che è come noi la creiamo, grande quanto vogliamo,
O piccola quanto vogliamo, o grande e piccola insieme.

v. 83 *looks back on*: una separazione dialettica e misteriosa tra entità esistenziale e ruolo; tra relatività storica e assoluto; tra volontà individuale e destino.

7

Closer yet I approach you,
What thought you have of me now, I had as much of you—I laid
in my stores in advance,
I consider'd long and seriously of you before you were born.

Who was to know what should come home to me?
Who knows but I am enjoying this?
Who knows, for all the distance, but I am as good as looking at
you now, for all you cannot see me?

8

Ah, what can ever be more stately and admirable to me than mast-
hemm'd Manhattan?
River and sunset and scallop-edg'd waves of flood-tide?
The sea-gulls oscillating their bodies, the hay-boat in the twilight,
and the belated lighter?
What gods can exceed these that clasp me by the hand, and with
voices I love call me promptly and loudly by my nighest
name as I approach?
What is more subtle than this which ties me to the woman or man
that looks in my face?
Which fuses me into you now, and pours my meaning into you?

We understand then do we not?
What I promis'd without mentioning it, have you not accepted?
What the study could not teach—what the preaching could not
accomplish is accomplish'd, is it not?

7

Mi accosto di più a voi,
Qualunque idea vi facciate di me, l'ho avuta in anticipo di voi,
Prima che voi nasceste, vi ho pensato a lungo, e seriamente.

Chi poteva sapere che cosa me ne sarebbe venuto?
Chi può sapere che io non ne provi piacere?
Chi può sapere se io non sia in grado, malgrado tutta la distanza, di guardare voi fin da ora, benché non possiate vedermi?

8

Oh, che può esserci per me di più mirabile della maestosa Manhattan cinta di alberi di navi?
Più che il fiume e il tramonto e le onde dentellate della marea montante?
Più che i gabbiani oscillanti i loro corpi, il barcone del fieno nel crepuscolo, e l'alleggio in ritardo?
Quali dèi possono esserci maggiori di questi che mi stringono la mano e a voce alta sùbito mi chiamano col mio nome più familiare, mentre passo?
Che cos'è più inafferrabile di questo che mi lega all'uomo o alla donna che mi guarda negli occhi?
Che cos'è che mi amalgama con voi, e versa in voi il mio pensiero?

Noi ci capiamo, non è vero?
Ciò che promisi senza nominarlo non l'avete forse accettato?
Ciò che lo studio non poté insegnare e la predica non poté perfezionare ora è compiuto, non è vero?

v. 93 *lighter*: alleggio, ma anche chiatta o barcone da alleggio.

9

Flow on, river! flow with the flood-tide, and ebb with the ebb-
tide!
Frolic on, crcsted and scallop-edg'd waves!
Gorgeous clouds of the sunset! drench with your splendor me, or
the men and women generations after me!
Cross from shore to shore, countless crowds of passengers!
Stand up, tall masts of Mannahatta! stand up, beautiful hills of
Brooklyn!
Throb, baffled and curious brain! throw out questions and answers!
Suspend here and everywhere, eternal float of solution!
Gaze, loving and thirsting eyes, in the house or street or public
assembly!
Sound out, voices of young men! loudly and musically call me by
my nighest name!
Live, old life! play the part that looks back on the actor or actress!
Play the old role, the role that is great or small according as one
makes it!
Consider, you who peruse me, whether I may not in unknown
ways be looking upon you;
Be firm, rail over the river, to support those who lean idly, yet
haste with the hasting current;
Fly on, sea-birds! fly sideways, or wheel in large circles high in
the air;
Receive the summer sky, you water, and faithfully hold it till all
downcast eyes have time to take it from you!

v. 101 e segg. La serie di esortativi: *flow on*, *frolic on*, *stand up*, *sound out* culminano nel v. 110: *live, old life!*, che ha il suo corrispettivo nel successivo: *Play the part*... (vd. sopra v. 83). Il verso sembra concretare l'immagine dell'esistenza e della storia come dramma col-

9

Continua a scorrere, fiume! alzati e abbassati con le maree!
Scherzate, onde crestate e orlate di smerli!
Fastose nubi del tramonto! inzuppate col vostro splendore me e le generazioni d'uomini e donne che verranno!
Attraversate il fiume da riva a riva, folle innumerabili!
State eretti, alberi delle navi di Mannahatta! voi, bei colli di Brooklyn!
Pulsa, cervello perplesso e frustrato! butta fuori domande e risposte!
Fermati un attimo, qui e altrove, eterno fluttuare della soluzione!
Guardate ovunque, occhi amanti e assetati, in casa, per la strada, nei pubblici raduni!
Risonate, voci di giovani! chiamate forte e musicalmente il mio più intimo nome!
Vivi, vecchia vita! recita la parte che richiama l'attore o l'attrice!
L'antica parte, che è piccola o grande come ciascuno la crea!
Considerate, voi che mi studiate attentamente, se in qualche modo sconosciuto io non possa vedervi;
Sta' salda, ringhiera sul fiume, per sorreggere quelli che si appoggiano a te pigramente, eppure corrono in fretta con la corrente che va in fretta;
Volate, uccelli marini! volate di sghembo, o ruotate alti nell'aria in ampi cerchi;
Acque, accogliete il cielo estivo, e fedelmente serbatelo finché ogni occhio abbassandosi abbia il tempo di coglierlo da voi!

lettivo, di cui essa distribuisce le parti e di cui i singoli sono attori. Forse una versione particolare di un'eco shakespeariana del «gigantesco teatro».

Diverge, fine spokes of light, from the shape of my head, or any one's head, in the sunlit water!
Come on, ships from the lower bay! pass up or down, white-sail'd schooners, sloops, lighters!
Flaunt away, flags of all nations! be duly lower'd at sunset!
Burn high your fires, foundry chimneys! cast black shadows at nightfall! cast red and yellow light over the tops of the houses!
Appearances, now or henceforth, indicate what you are,
You necessary film, continue to envelop the soul,
About my body for me, and your body for you, be hung our divinest aromas,
Thrive, cities—bring your freight, bring your shows, ample and sufficient rivers,
Expand, being than which none else is perhaps more spiritual,
Keep your places, objects than which none else is more lasting.

You have waited, you always wait, you dumb, beautiful ministers,
We receive you with free sense at last, and are insatiate henceforward,
Not you any more shall be able to foil us, or withhold yourselves from us,
We use you, and do not cast you aside—we plant you permanently within us,
We fathom you not—we love you—there is perfection in you also,
You furnish your parts toward eternity,
Great or small, you furnish your parts toward the soul.

1856 *1881*

v. 116 I raggi di luce che formano aureola scompaiono con lo scomparire del sole.

Divergete, bei raggi di luce, dalla forma della mia e di qualunque altra testa riflessa nell'acqua illuminata dal sole!
Arrivate, navi, dalla baia di sotto! passate, bianche vele di golette, su e giù passate, alleggi e scialuppe!
Sventolate, bandiere d'ogni nazione! e puntuali ammainatevi al tramonto!
Suscitate alte fiamme, ciminiere delle fonderie, gettate ombre nere al calar della notte! luci gialle e vermiglie sopra le cime delle case!
Apparenze, ora e per l'avvenire, indicate ciò che siete,
Tu, velo necessario, continua ad avvolgere l'anima,
Intorno al mio corpo per me, e al vostro per voi, si effonda la nostra divina fragranza,
Prosperate, città — fiumi vasti e adeguati portino i vostri carichi di merci, rechino i vostri spettacoli,
Espanditi, essere, di cui niente altro è più spirituale,
Conservate il vostro posto, oggetti dei quali niente è più duraturo.

Avete aspettato — voi sempre aspettate — ministri muti e belli,
E con liberi sensi vi accogliamo, e d'ora in poi saremo insaziabili,
Né voi potrete evitarci, o nascondervi a noi,
Vi useremo, non vi terremo da parte, vi trapiantiamo saldamente in noi,
Non vi misureremo fino in fondo — vi amiamo — anche in voi è perfezione,
Fate la vostra parte verso l'eternità,
Piccola o grande che sia, fate la vostra parte verso l'anima.

1856 *1881*

v. 131 *Parts* può qui interpretarsi sia come equivalente di «ruolo», sia come «parti di un tutto». L'esistenza di ambedue le immagini nel poemetto autorizza entrambe le letture. Un terzo significato implicito in ambedue le letture è quello di «fare la propria parte», «fare il proprio dovere».

A Song of the Rolling Earth

1

A song of the rolling earth, and of words according,
Were you thinking that those were the words, those upright lines?
those curves, angles, dots?
No, those are not the words, the substantial words are in the
ground and sea,
They are in the air, they are in you.

Were you thinking that those were the words, those delicious sounds
out of your friends' mouths?
No, the real words are more delicious than they.

Human bodies are words, myriads of words,
(In the best poems re-appears the body, man's or woman's, well-
shaped, natural, gay,
Every part able, active, receptive, without shame or the need of
shame.)

v. 1 *rolling*: la terra, anche in questo poemetto, certamente «ruota» nello spazio. Si è tuttavia preferito il più generico «gira» per tentare di catturare almeno in parte anche l'elemento musicale e ritmico (della danza) che l'immagine evoca (talora esplicitamente) e che l'inglese *rolling*, appunto, non esclude; *words according*: l'inglese *accor-*

Un canto della terra che gira

1

Un canto della terra che gira, e di parole che
l'accompagnano,
Credevi che fossero quelle le parole, quelle linee diritte?
quelle curve, angoli, puntini?
No, quelle non sono le parole, le parole sostanziali sono
nel suolo e nel mare,
Sono nell'aria e sono in te.

Credevi che fossero quelle le parole, quei suoni deliziosi
dalle bocche dei tuoi amici?
No, le autentiche parole sono più deliziose.

I corpi umani sono parole, miriadi di parole
(Nelle poesie migliori, il corpo ricompare, d'uomo o di
donna, ben formato, ilare, spontaneo,
Sano in ogni sua parte, attivo, ricettivo, senza pudore o
necessità di pudore).

ding è certo più preciso del più diluito corrispettivo italiano, indicando una precisa corrispondenza tra la terra e le parole.

vv. 7-9 e vv. 13-14 Cfr. «Starting from Paumanok» vv. 187-88 per il rapporto tra corpo (realtà), parola e significato.

Air, soil, water, fire—those are words,
I myself am a word with them—my qualities interpenetrate with theirs—my name is nothing to them,
Though it were told in the three thousand languages, what would air, soil, water, fire, know of my name?

A healthy presence, a friendly or commanding gesture, are words, sayings, meanings,
The charms that go with the mere looks of some men and women, are sayings and meanings also.

The workmanship of souls is by those inaudible words of the earth,
The masters know the earth's words and use them more than audible words.

Amelioration is one of the earth's words,
The earth neither lags nor hastens,
It has all attributes, growths, effects, latent in itself from the jump,
It is not half beautiful only, defects and excrescences show just as much as perfections show.

The earth does not withhold, it is generous enough,
The truths of the earth continually wait, they are not so conceal'd either,
They are calm, subtle, untransmissible by print,
They are imbued through all things conveying themselves willingly,
Conveying a sentiment and invitation, I utter and utter,
I speak not, yet if you hear me not of what avail am I to you?
To bear, to better, lacking these of what avail am I?

Aria, suolo, acqua, terra — quelle sono parole,
Anche io — la mia essenza compenetrata nella loro — sono parola, il mio nome è niente per loro,
Anche se fosse detto in tremila linguaggi, che cosa saprebbero aria, suolo, acqua, fuoco, del mio nome?

Un aspetto sano, un gesto amico o di comando, sono parole, detti, significati,
Anche il fascino che accompagna la pura presenza di certi uomini o donne è parola, significato.

La padronanza delle anime proviene da quelle parole della terra che non si possono udire,
I maestri conoscono le parole della terra e le usano più delle parole che si possono udire.

Miglioramento è una delle parole della terra,
La terra non rallenta né si affretta,
Possiede tutti gli attributi, sviluppi, effetti, latenti in lei dall'inizio,
Non è bella solo a metà, difetti ed escrescenze si palesano quanto ciò che è perfetto.

La terra non si nega, è generosa abbastanza,
Le verità della terra sono sempre in attesa, nemmeno loro sono molto nascoste,
Sono calme, sottili, non sono trasmissibili attraverso la stampa,
Impregnano tutte le cose che vogliono essere trasmesse,
Che trasmettono un invito e un sentimento; io continuo a esprimermi,
Non parlo, ma se voi non mi udite in che cosa posso esservi utile?
Partorire, perfezionare, senza questo in che cosa sono utile?

(Accouche! accouchez!
Will you rot your own fruit in yourself there?
Will you squat and stifle there?)

The earth does not argue,
Is not pathetic, has no arrangements,
Does not scream, haste, persuade, threaten, promise,
Makes no discriminations, has no conceivable failures,
Closes nothing, refuses nothing, shuts none out,
Of all the powers, objects, states, it notifies, shuts none out.

The earth does not exhibit itself nor refuse to exhibit itself, possesses still underneath,
Underneath the ostensible sounds, the august chorus of heroes, the wail of slaves,
Persuasions of lovers, curses, gasps of the dying, laughter of young people, accents of bargainers,
Underneath these possessing words that never fail.

To her children the words of the eloquent dumb great mother never fail,
The true words do not fail, for motion does not fail and reflection does not fail,
Also the day and night do not fail, and the voyage we pursue does not fail.

v. 28 *Accouche! Accouchez!*: più esattamente *Accouchée! Accouchez!*, Tu, gravida! Sgrava!

(*Accouche! Accouchez!*
Volete che il frutto marcisca dentro di voi?
Volete accoccolarvi e soffocare lì?)

La terra non discute,
Non è patetica, non viene a patti,
Non grida, non sollecita, non persuade, non minaccia o promette,
Non discrimina, non concepisce fallimenti,
Non chiude nulla, non rifiuta nulla, non esclude nessuno,
Da tutti i poteri, stati, obiettivi, che rende noti, non esclude nessuno.

La terra non si esibisce, né rifiuta di esibirsi, ha ricchezze nascoste,
Sotto i rumori manifesti, l'augusto coro degli eroi, il gemito degli schiavi,
Le esortazioni degli amanti, le maledizioni, i rantoli dei moribondi, le risate dei giovani, gli accenti dei mercanti,
Sotto questo possiede parole che non falliscono mai.

Le parole dirette ai suoi figli dall'eloquente grande madre muta non falliscono mai,
Le parole vere non falliscono, perché l'impulso non fallisce, la riflessione non fallisce,
Anche il giorno e la notte non falliscono, e il viaggio che perseguiamo non fallisce.

vv. 35-36 Si noti, alla fine dei due versi, la ripetizione *verbatim* di *shuts none out / shuts none out*, che ha enfasi, anche fonica, di «recitativo» operistico.

Of the interminable sisters,
Of the ceaseless cotillons of sisters,
Of the centripetal and centrifugal sisters, the elder and younger sisters,
The beautiful sister we know dances on with the rest.

With her ample back towards every beholder,
With the fascinations of youth and the equal fascinations of age,
Sits she whom I too love like the rest, sits undisturb'd,
Holding up in her hand what has the character of a mirror, while her eyes glance back from it,
Glance as she sits, inviting none, denying none,
Holding a mirror day and night tirelessly before her own face.

Seen at hand or seen at a distance,
Duly the twenty-four appear in public every day,
Duly approach and pass with their companions or a companion,
Looking from no countenances of their own, but from the countenances of those who are with them,
From the countenances of children or women or the manly countenance,
From the open countenances of animals or from inanimate things,
From the landscape or waters or from the exquisite apparition of the sky,

v. 44 e segg. Si tratta delle stelle e dei pianeti in formazione di danza; tra loro, la terra, anche lei nel suo «giro» di danza; (si ricordi che i *cotillons* sono delle quadriglie).

vv. 48-53 L'insolita immagine della luna come «bella riflessa» di cui scorgiamo i lineamenti nello specchio è tanto felice quanto coerente.

vv. 54-70 Nell'arco di quasi venti versi l'immagine della danza celeste, con la schiera di ore e giorni che si aggiungono alle stelle e ai

Tra le infinite sorelle,
Nell'incessante cotillon delle sorelle,
Sorelle centripete e centrifughe, sorelle anziane e più giovani,
La bella sorella che noi conosciamo continua a danzare.

Con l'ampio dorso verso ogni spettatore,
Con il fascino della gioventù e il fascino non diverso dell'età,
Siede colei che amo anch'io come gli altri, siede imperturbata,
Reggendo in mano quel che sembra uno specchio, guarda dietro le spalle,
Seduta guarda, non invitando nessuno, non respingendo nessuno,
Tenendo lo specchio davanti agli occhi, giorno e notte, senza stancarsi.

Vedute da vicino o vedute a distanza,
Le ventiquattro compaiono in pubblico puntualmente ogni giorno,
Puntualmente si avvicinano e passano con il loro corteggio, o con un solo compagno,
Guardando non da un proprio volto, ma dal volto di chi le accompagna,
Dal volto di donne o bambini, o da un volto virile,
Dall'espressione aperta di animali o di cose inanimate,
Dal paesaggio o dall'acqua o dall'aspetto mirabile del cielo,

pianeti, sfuma senza scosse nell'immagine di chiusa dove lo spazio è divenuto mare e la terra, bella danzante, è divenuta la nave che lo solca. Il ritmo è scandito nei primi versi, si distende dal v. 54 al 64, per impennarsi di nuovo e divenire più marcato e serrato e culminare nei tre aggettivi del v. 70 *swift*, *glad*, *content*, in cui la gioia del creato coincide con il ritmo stesso.

From our countenances, mine and yours, faithfully returning them,
Every day in public appearing without fail, but never twice with
the same companions.

Embracing man, embracing all, proceed the three hundred and
sixty-five resistlessly round the sun;
Embracing all, soothing, supporting, follow close three hundred
and sixty-five offsets of the first, sure and necessary as they.

Tumbling on steadily, nothing dreading,
Sunshine, storm, cold, heat, forever withstanding, passing, carrying,
The soul's realization and determination still inheriting,
The fluid vacuum around and ahead still entering and dividing,
No balk retarding, no anchor anchoring, on no rock striking,
Swift, glad, content, unbereav'd, nothing losing,
Of all able and ready at any time to give strict account,
The divine ship sails the divine sea.

2

Whoever you are! motion and reflection are especially for you,
The divine ship sails the divine sea for you.

Whoever you are! you are he or she for whom the earth is solid
and liquid,
You are he or she for whom the sun and moon hang in the sky,
For none more than you are the present and the past,
For none more than you is immortality.

Dal mio, dal nostro aspetto, fedelmente riflesso,
Compaiono in pubblico, puntuali, ogni giorno, ma mai due volte con gli stessi compagni.

Abbracciando l'uomo, abbracciando ogni cosa, i trecentosessantacinque procedono irresistibilmente intorno al sole;
Abbracciando tutto, consolando, sostenendo, li seguono da presso i loro trecentosessantacinque germogli, sicuri e necessari come i primi.

Rotolando con moto uniforme, nulla temendo,
Sole, tempeste, gelo, calura, perennemente resistendo, superando, sorreggendo,
Ereditando ciò che l'anima comprende e determina,
Penetrando e dividendo il vuoto fluido davanti e all'intorno,
Nessun intralcio ritardandolo, nessuna ancora ancorandolo, contro nessuno scoglio naufragando,
Veloce, lieto, soddisfatto, intatto, senza perdere nulla,
Capace di tutto, pronto a ogni istante a darne esatto conto,
Il divino vascello naviga il mare divino.

2

Chiunque tu sia! impulso e riflessione sono per te specialmente,
Per te il divino vascello naviga il mare divino.

Chiunque tu sia! Tu sei colui o colei per cui la terra è solida e liquida,
Sei colui o colei per cui il sole e la luna sono sospesi in cielo,
Perché nessuno più di te è il presente e il passato,
Nessuno più di te è l'immortalità.

Each man to himself and each woman to herself, is the word of
the past and present, and the true word of immortality;
No one can acquire for another—not one,
Not one can grow for another—not one.

The song is to the singer, and comes back most to him,
The teaching is to the teacher, and comes back most to him,
The murder is to the murderer, and comes back most to him,
The theft is to the thief, and comes back most to him,
The love is to the lover, and comes back most to him,
The gift is to the giver, and comes back most to him—it cannot
fail,
The oration is to the orator, the acting is to the actor and actress
not to the audience,
And no man understands any greatness or goodness but his own,
or the indication of his own.

3

I swear the earth shall surely be complete to him or her who shall
be complete,
The earth remains jagged and broken only to him or her who
remains jagged and broken.

I swear there is no greatness or power that does not emulate
those of the earth,
There can be no theory of any account unless it corroborate the
theory of the earth,

v. 91 Questo riferimento alla terra «incrinata e infranta» non sembra senza echi della incrinatura del Santo Graal, che tanti diretti ed indiretti riferimenti ha avuto nella letteratura americana.

Ciascun uomo per sé, ciascuna donna per sé, è parola
del presente e del passato, e la vera parola
dell'immortalità,
Nessuno può acquisire per un altro — nessuno,
Nessuno può crescere per un altro — nessuno.

Il canto è per il cantante, e torna a lui soprattutto,
L'insegnamento è per l'insegnante, e torna a lui
soprattutto,
L'assassinio è per l'omicida, e torna a lui soprattutto,
Il furto è per il ladro, e torna a lui soprattutto,
L'amore è per l'amante, e torna a lui soprattutto,
Il dono è per il donatore, e torna a lui soprattutto — non
può fallire,
Il discorso è per l'oratore, la recita per l'attore o per
l'attrice, non per il pubblico,
E nessun uomo concepisce grandezza e bontà alcuna,
tranne la propria, o l'indicazione della propria.

3

Affermo che la terra sarà sicuramente completa per
colui o per colei che saranno completi,
La terra resta incrinata e infranta soltanto per colui o
per colei che restano incrinati e infranti.

Affermo che non esiste grandezza o potere che non imiti
quelli della terra,
Né teoria di qualche peso che non corrobori la teoria
della terra,

No politics, song, religion, behavior, or what not, is of account, unless it
compare with the amplitude of the earth,
Unless it face the exactness, vitality, impartiality, rectitude of the
earth.

I swear I begin to see love with sweeter spasms than that which
responds love,
It is that which contains itself, which never invites and never
refuses.

I swear I begin to see little or nothing in audible words,
All merges toward the presentation of the unspoken meanings
of the earth,
Toward him who sings the songs of the body and of the truths
of the earth,
Toward him who makes the dictionaries of words that print can-
not touch.

I swear I see what is better than to tell the best,
It is always to leave the best untold.

When I undertake to tell the best I find I cannot,
My tongue is ineffectual on its pivots,
My breath will not be obedient to its organs,
I become a dumb man.

v. 96 L'uso di *respond* come verbo transitivo è una «libertà» del poeta, che, come i trascendentalisti, si riavvicina all'uso verbale della radice latina. Emerson e Thoreau credevano profondamente al «ringiovanimento» lessicale ottenuto attraverso una rivitalizzazione delle radici etimologiche. L'operazione che è, in genere, di natura semantica; è, invece, in questo caso, di natura grammaticale.

Politica, canto, religione, comportamento, non hanno alcun valore se non si confrontano con la vastità della terra,
Se non affrontano la precisione, imparzialità, rettitudine, vitalità della terra.

E giuro che comincio a vedere un amore con più soavi spasimi di quello che risponde all'amore,
Ed è l'amore che contiene se stesso, che non invita e non respinge mai.

Comincio a scorgere ben poco nelle parole percepibili.
Tutto si fonde e converge verso i significati mai espressi della terra,
Verso colui che canta i canti del corpo e delle verità della terra,
Verso colui che compila i dizionari delle parole che la stampa non può imprimere.

E giuro anche che capisco ciò che è meglio dell'esprimere il meglio,
Ed è lasciare sempre il meglio non detto.

Quando mi provo a dire il meglio mi accorgo che non ci riesco,
La mia lingua è ferma sui suoi perni,
Il mio respiro non obbedisce ai suoi organi,
E io divento muto.

vv. 101-2 Il distico, isolato tra due pause, ha tono e contenuto squisitamente romantici e sembrerebbe riformulare l'ipotesi romantica della ineffabilità della poesia. In verità, è collegato con i versi che seguono, ed in ispecie con l'ultima strofa in cui il poeta e tutti i poeti per lui e con lui sono esortati ad «ammassare le parole della terra» in attesa di coloro che li «giustificheranno e capiranno». In questo contesto, rappresenta dunque una delle tante espressioni della fiducia whitmaniana nella dinamica funzione conoscitiva dell'arte. Essa, che non parla una volta per sempre ma si esprime nella storia come dice anche altrove, è «crescita» e condivisione.

The best of the earth cannot be told anyhow, all or any is best,
It is not what you anticipated, it is cheaper, easier, nearer,
Things are not dismiss'd from the places they held before,
The earth is just as positive and direct as it was before,
Facts, religions, improvements, politics, trades, are as real as before,
But the soul is also real, it too is positive and direct,
No reasoning, no proof has establish'd it,
Undeniable growth has establish'd it.

4

These to echo the tones of souls and the phrases of souls,
(If they did not echo the phrases of souls what were they then?
If they had not reference to you in especial what were they then?)

I swear I will never henceforth have to do with the faith that tells
the best,
I will have to do only with that faith that leaves the best untold.

Say on, sayers! sing on, singers!
Delve! mould! pile the words of the earth!
Work on, age after age, nothing is to be lost,
It may have to wait long, but it will certainly come in use,
When the materials are all prepared and ready, the architects shall
appear.

v. 109 *cheaper*: più abbordabile nel senso del prezzo.

Il meglio della terra non può essere detto in alcun modo,
tutto e ogni parte è il meglio,
Non è ciò che ti aspetti, è più abbordabile, più vicino,
più facile,
Le cose non sono scacciate dai posti che occupavano
prima,
La terra è positiva e diretta proprio come era prima,
Fatti, religioni, miglioramenti, politica, commerci, sono
realtà come prima,
Ma anche l'anima è reale, anche lei è positiva e diretta,
Nessun ragionamento, nessuna prova l'ha stabilita,
Una innegabile crescita l'ha stabilita.

4

Queste mie per fare eco alle melodie delle anime, alle
frasi delle anime,
(Se non facessero eco alle frasi delle anime a che
servirebbero?
Se non si riferissero a te specialmente, a che
servirebbero?).

Giuro che d'ora in poi non voglio avere più a che fare
con la fede che dice ciò che è meglio,
Voglio avere a che fare soltanto con la fede che lascia il
meglio non detto.

Parlate, oratori! cantate, cantori!
Scavate! modellate! ammassate le parole della terra!
Evo dopo evo, continuate a lavorare, nulla sarà
perduto,
Si potrà attendere a lungo, ma di sicuro riuscirà
vantaggioso,
Quando tutti i materiali saranno preparati e pronti
all'uso, gli architetti appariranno.

I swear to you the architects shall appear without fail,
I swear to you they will understand you and justify you,
The greatest among them shall be he who best knows you, and
encloses all and is faithful to all,
He and the rest shall not forget you, they shall perceive that you
are not an iota less than they,
You shall be fully glorified in them.

1856 *1881*

Giuro che gli architetti appariranno,
Giuro che capiranno e ti giustificheranno,
Il più grande sarà quello che meglio ti conosce,
    e abbraccia tutto ed è fedele a tutto,
Né lui né gli altri ti lasceranno da parte, si renderanno
    conto che non sei d'uno iota da meno di loro,
Tu sarai pienamente glorificato in loro.

1856 *1881*

Birds of Passage

Myself and Mine

Myself and mine gymnastic ever,
To stand the cold or heat, to take good aim with a gun, to sail a
    boat, to manage horses, to beget superb children,
To speak readily and clearly, to feel at home among common
    people,
And to hold our own in terrible positions on land and sea.

Not for an embroiderer,
(There will always be plenty of embroiderers, I welcome them also,)
But for the fibre of things and for inherent men and women.

Not to chisel ornaments,
But to chisel with free stroke the heads and limbs of plenteous
    supreme Gods, that the States may realize them walking
    and talking.

v. 1 *gymnastic ever*: i primi versi, di decisa «monumentalità», con figure colte in una gestualità molto carica, danno all'atletismo del corpo suggerito dall'aggettivo *gymnastic* valore rappresentativo, appunto, del gruppo, della tribù, della nazione.

v. 5 e segg. Le immagini contrapposte iniziano con l'immagine del ricamo, la più diametralmente opposta all'eroico atletismo dell'*homo*

Uccelli di passo

Io e i miei

Io e i miei, sempre atletici
Per sopportare caldo e freddo, prendere buona mira col fucile, manovrare una barca, cavalcare, far magnifici figli,
Parlare chiaro e prontamente, sentirsi a casa fra la gente comune,
Far fronte a ogni tremenda situazione in mare o in terra.

Non per un ricamatore,
(Ce ne saranno sempre in abbondanza, do il benvenuto anche a loro),
Ma per la fibra delle cose e gli uomini e le donne che vi sono impliciti.

Non per cesellare ornamenti,
Ma per scolpire con liberi colpi le teste e i corpi di numerose divinità supreme, perché gli Stati possano vederli camminare e parlare.

americanus dei primi versi. Se vogliamo, e a dispetto di molto W., il polo negativo, rispetto all'ideale «virile» vagheggiato anche figurativamente, è femminile.

Let me have my own way,
Let others promulge the laws, I will make no account of the laws,
Let others praise eminent men and hold up peace, I hold up
agitation and conflict,
I praise no eminent man, I rebuke to his face the one that was
thought most worthy.

(Who are you? and what are you secretly guilty of all your life?
Will you turn aside all your life? will you grub and chatter all
your life?
And who are you, blabbing by rote, years, pages, languages,
reminiscences,
Unwitting to-day that you do not know how to speak properly a
single word?)

Let others finish specimens, I never finish specimens,
I start them by exhaustless laws as Nature does, fresh and modern
continually.

I give nothing as duties,
What others give as duties I give as living impulses,
(Shall I give the heart's action as a duty?)

Let others dispose of questions, I dispose of nothing, I arouse
unanswerable questions,

v. 11 *promulge*: promulgate, promulgare.
v. 23 *dispose of questions*: eliminare, far piazza pulita delle domande.

Lasciatemi fare a modo mio,
Altri promulghino leggi, io non voglio curarmi delle leggi,
Altri incensino gli uomini insigni e sostengano la pace, io sostengo la sommossa e il conflitto,
Non lodo nessuna eminenza, biasimo apertamente chi fu stimato il più degno.

(Chi sei? Di che ti sei reso colpevole segretamente per tutta la vita?
Ti sottrarrai tutta la vita? tutta la vita razzolando e ciarlando?
E chi sei tu che blateri a memoria anni, pagine, lingue, ricordi,
Nemmeno oggi sapendo che non sai come pronunciare correttamente una sola parola?)

Completino gli altri gli esemplari, io non completo mai gli esemplari,
Do loro l'avvio secondo leggi che non decadono, come fa la Natura, sempre fresche e moderne.

Io non chiedo doveri,
Quelli che gli altri impongono, li do come impulsi vitali
(Darei come doveri i movimenti del cuore?).

Altri risolvano problemi, io non risolvo nulla, io sollevo domande cui non si può rispondere,

Who are they I see and touch, and what about them?
What about these likes of myself that draw me so close by tender
        directions and indirections?

I call to the world to distrust the accounts of my friends, but
        listen to my enemies, as I myself do,
I charge you forever reject those who would expound me, for I
        cannot expound myself,
I charge that there be no theory or school founded out of me,
I charge you to leave all free, as I have left all free.

After me, vista!
O I see life is not short, but immeasurably long,
I henceforth tread the world chaste, temperate, an early riser, a
        steady grower,
Every hour the semen of centuries, and still of centuries.

I must follow up these continual lessons of the air, water, earth,
I perceive I have no time to lose.

1860 *1881*

vv. 31-35 Il paradosso s'incentra sulla contrapposizione dei vv. 35 (*I have no time to lose*) e 31 (*life is not short, but immeasurably long*) e si articola in una scomposizione semantica dell'avverbio *immeasurably* e nel suo sviluppo poetico: non si misura ciò che cresce (*steady grower*,

Chi sono quelli che vedo e che tocco, e che dire di loro?
Che dire di questi miei simili che mi si accostano con teneri modi diretti e indiretti?

Invito la gente a diffidare dei resoconti dei miei amici, si ascoltino invece i miei nemici, come fo io,
Vi chiedo una volta per tutte di respingere chi vuole spiegarmi, perché nemmeno io posso spiegarmi,
Vi chiedo che non venga fondata su di me alcuna scuola o teoria,
Vi chiedo di lasciar liberi tutti, come io ho lasciato liberi tutti.

Dietro di me, in prospettiva!
Oh, mi rendo conto che la vita non è breve, ma enormemente lunga,
E d'ora in poi percorrerò il mondo castamente e sobriamente, uno che s'alza presto, un coltivatore giudizioso,
Ogni ora è il seme di secoli, e di secoli ancora.

Devo seguire queste continue lezioni dell'aria, dell'acqua e della terra,
Mi accorgo che non ho tempo da perdere.

1860 *1881*

the semen of centuries); né ciò che non ha inizio né fine, ma continuità (*continual lesson*).

Sea-Drift

Out of the Cradle Endlessly Rocking

Out of the cradle endlessly rocking,
Out of the mocking-bird's throat, the musical shuttle,
Out of the Ninth-month midnight,
Over the sterile sands and the fields beyond, where the child
leaving his bed wander'd alone, bareheaded, barefoot,
Down from the shower'd halo,
Up from the mystic play of shadows twining and twisting as if
they were alive,
Out from the patches of briers and blackberries,
From the memories of the bird that chanted to me,
From your memories sad brother, from the fitful risings and fall-
ings I heard,
From under that yellow half-moon late-risen and swollen as if with
tears,
From those beginning notes of yearning and love there in the
mist,

vv. 1-22 Il proemio consiste di un'unica lunghissima frase (che Spitzer definisce «oceanica»), risolta sintatticamente nel nucleo di base

Relitti marini

Dalla culla che dondola incessante

Dalla culla che dondola incessante,
Dalla gola del mimo poliglotta, melodiosa spoletta,
Dalla mezzanotte del Nono-mese,
Là, sulle sabbie sterili, e i campi più oltre, dove il
bambino errava, abbandonato il letto, a capo nudo,
solo, senza scarpe,
Dall'alone che pioveva giù,
Dal mistico gioco delle ombre, che si torcevano e
intrecciavano come fossero vive,
Dai cespugli di more e di rose canine,
Dai ricordi dell'uccello che cantava per me,
Dal ricordo di te, malinconico fratello, dal canto che a
intervalli udivo crescere e svanire,
Da sotto quella mezzaluna gialla, sorta tardi e gonfia
come di pianto,
Da quelle prime note di desiderio e amore nella nebbia,

(NP + VP) solo negli ultimi tre versi (*I... sing*). Vi acquista rilievo e funzione portante l'incalzante successione di avverbi di luogo (*Out - Out - Out - Over - Down - Up - Out - From - From - From - From - From - From - From - From*).

v. 5 *shower'd halo*: i raggi della luna che cadono a pioggia.

From the thousand responses of my heart never to cease,
From the myriad thence-arous'd words,
From the word stronger and more delicious than any,
From such as now they start the scene revisiting,
As a flock, twittering, rising, or overhead passing,
Borne hither, ere all eludes me, hurriedly,
A man, yet by these tears a little boy again,
Throwing myself on the sand, confronting the waves,
I, chanter of pains and joys, uniter of here and hereafter,
Taking all hints to use them, but swiftly leaping beyond them,
A reminiscence sing.

Once Paumanok,
When the lilac-scent was in the air and Fifth-month grass was
growing,
Up this seashore in some briers,
Two feather'd guests from Alabama, two together,

vv. 13-14 L'insistenza qui più centrale che altrove, sull'importanza della parola, sulla sua coincidenza con la lingua e di questa con la poesia, si può riscontrare nello spazio dato a «Words» nei *Notebooks*.

vv. 16-20 La posticipazione del soggetto rende particolarmente difficile catturare a prima vista la precisa funzione, nel discorso, di questo lungo inciso, due versi del quale (16 e 17) chiaramente appositivi rispetto al *they* del v. 15, e due (vv. 18 e 19) dell'*I* del v. 20. L'unità dell'inciso resta affidata, come spesso in Whitman, alla pura contiguità e successione dei pronomi personali (il *me* del v. 17, con il *myself* del v. 19 e, naturalmente, con l'*I* del v. 20).

v. 20 *uniter of here and hereafter*: una delle più concise definizioni della funzione del poeta in genere, e dell'io narrante in particolare in questa poesia. Si noterà l'utilizzazione particolare dei due avverbi, l'uno di luogo l'altro di tempo, che, nell'accostamento, mutuano reciprocamente una doppia referenzialità (qui, ma anche ora; dopo di ciò ma anche in qualche modo, al di fuori di qui). L'unico verbo finito è al presente.

Dalle mille risposte del mio cuore che mai cesseranno,
Dalle miriadi di parole di là sorte,
Dalla parola più forte e delicata d'ogni altra,
Da queste che ora sorgono rievocando la scena,
Come uno stormo cinguettante, che si solleva, o svola
    sulla testa,
Portate qui in gran fretta, prima che tutto mi sfugga,
Un uomo, ma ancora una volta per queste lacrime
    bimbo,
Gettandomi sulla sabbia, di faccia alle onde,
Io, cantore di pene e di gioie, che unisco il qui e il dopo,
Raccogliendo ogni accenno per usarlo, ma sveltamente
    saltando oltre,
Canto un ricordo.

A Paumanok, un tempo,
Quando l'odore dei lillà era nell'aria e l'erba del Quinto-
    mese cresceva,
In un roveto, su questa riva marina,
Due ospiti pennuti dell'Alabama, una coppia,

v. 23 W. rimane sempre, come si è visto, attaccato all'uso del nome indiano della nativa Long Island. Nei suoi *Notebooks* scrive in una sezione intitolata *Cities, Islands, rivers, new settlements*, ecc.: «It is far better to call a new inhabited islands by its native word, than by its first discoverer, or call it new anything». («È molto meglio chiamare una nuova isola col suo nome nativo, che non con il nome del primo esploratore o chiamarla nuova qualcosa»).

v. 24 *Fifth-month*: l'utilizzazione del termine quacquero per vari mesi è costante in W., per un romantico desiderio di rivalutazione della cultura «locale» rispetto all'estraneità dei nomi della tradizione, così dei mesi come dei giorni legati a diverse, e lontane, fonti mitologiche e culturali. Questa parte centrale, iniziata favolisticamente con il sintetico *Once*, comincia a far uso di tempi passati (*was growing*): ma solo nella relativa, perché i sei versi seguenti rimangono rigorosamente formati da frasi nominali ellittiche.

v. 26 L'evocatività e rispondenza allitterativa e ritmica di questo verso palesa la sua intenzionalità quando è ripresa, a mo' di *refrain*, nel canto dell'uccello (vv. 34, 35 e 40), di cui questo verso costituisce un preciso raccordo.

And their nest, and four light-green eggs spotted with brown,
And every day the he-bird to and fro near at hand,
And every day the she-bird crouch'd on her nest, silent, with
bright eyes,
And every day I, a curious boy, never too close, never disturbing
them,
Cautiously peering, absorbing, translating.

Shine! shine! shine!
Pour down your warmth, great sun!
While we bask, we two together.

Two together!
Winds blow south, or winds blow north,
Day come white, or night come black,
Home, or rivers and mountains from home,
Singing all time, minding no time,
While we two keep together.

Till of a sudden,
May-be kill'd, unknown to her mate,

v. 31 *peering, absorbing, translating*: sulla precisa successione dei tre momenti dell'esperienza (umana e poetica), l'osservare, l'assorbire o interiorizzare, il tradurre o trasmettere ad altri, si è molto scritto. L'ultimo termine, quello del tradurre, risulta pertinente a due livelli: quello più generale della funzione poetica e quello più specifico, all'interno di questa poesia, della traduzione in parole del canto dell'uccello. Anche sulla maestria di quest'ultima traduzione si è molto scritto. Essa si affida, ben più che al rilievo del corsivo, senza mai indulgere a

E il loro nido, e quattro uova verdoline macchiate di bruno,
E il maschio ogni giorno su e giù vicinissimo,
E la femmina a covare ogni giorno, silenziosa, con gli occhietti brillanti,
E un ragazzino curioso, mai troppo vicino, mai disturbandoli,
Cauto osservava, assorbiva e traduceva.

Splendi! Splendi!
Versa giù il tuo calore, grande sole,
Mentre noi ci scaldiamo, noi due insieme.

Due insieme!
Soffino i venti da sud, soffino i venti da nord,
Sia chiaro il giorno o scura la notte,
Qui, o fiumi e monti lontano dal nido,
Sempre cantando, incuranti del tempo,
Finché saremo insieme.

Ma d'improvviso,
Forse uccisa, ignaro il suo compagno,

tentazioni squisitamente imitative (ad esempio ad effetti banalmente onomatopeici), al ritmo del «cantato», assicurato così dall'uso dei refrain come dallo stacco tra i versi più brevi e più regolarmente accentati, dal moltiplicarsi di rime interne e d'allitterazioni e dall'intonazione che tende a salire in fine di verso, in contrasto con l'intonazione normalmente «calante» della frase affermativa inglese moltiplicando e rendendo a suo modo sistemico il tono esclamativo (che taluni dei versi indicano anche ortograficamente), e, infine, dalla quasi regolarità di un ritmo quaternario di cui partecipa un pausa. Il tempo usato è il presente.

v. 41 Il brevissimo verso indica il nuovo passaggio al registro narrativo: passaggio molto brusco, sia in termini di contenuto con una puntuale corrispondenza con il drammatico mutare dell'azione, (*of a sudden*); sia foneticamente con un netto prevalere delle pause a disfare le cadenze del precedente tessuto ritmico; sia grammaticalmente attraverso un appropriato uso del passato della narrazione.

One forenoon the she-bird crouch'd not on the nest,
Nor return'd that afternoon, nor the next,
Nor ever appear'd again.

And thenceforward all summer in the sound of the sea,
And at night under the full of the moon in calmer weather,
Over the hoarse surging of the sea,
Or flitting from brier to brier by day,
I saw, I heard at intervals the remaining one, the he-bird,
The solitary guest from Alabama.

Blow! blow! blow!
Blow up sea-winds along Paumanok's shore;
I wait and I wait till you blow my mate to me.

Yes, when the stars glisten'd,
All night long on the prong of a moss-scallop'd stake,
Down almost amid the slapping waves,
Sat the lone singer wonderful causing tears.

He call'd on his mate,
He pour'd forth the meanings which I of all men know.

Yes my brother I know,
The rest might not, but I have treasur'd every note,
For more than once dimly down to the beach gliding,
Silent, avoiding the moonbeams, blending myself with the shadows,

v. 52 Il verso: *Blow! blow! blow!* si pone in corrispondenza con il precedente v. 32: *Shine! shine! shine* e con i successivi versi 71 e 81: *Soothe! soothe! soothe!* e *Loud! loud! loud!*.

v. 60 Il rapporto tra la parola e significato/i è al centro di tutta la tensione poetica ed esistenziale di W.

Un mattino la femmina non covò più nel nido,
Né ritornò quel pomeriggio, né ritornò il seguente,
Né riapparve mai più.

Da allora per tutta l'estate nel fragore del mare,
Sotto la luna piena, di notte, nell'aria più calma,
Sopra il rauco gonfiarsi delle onde,
O di giorno, svolazzante di roveto in roveto,
Ogni tanto lo vedevo e lo udivo, il solitario ospite
Dell'Alabama, il vedovo uccello.

Soffiate! Soffiate!
Soffiate venti del mare lungo la spiaggia di Paumanok;
Io sto qui ad aspettare, aspetto che soffiate verso di me la mia compagna.

Così, quando le stelle brillavano,
Tutta la notte in cima a un palo screziato di muschio,
Quasi in mezzo alle onde schiaffeggianti,
Stava il cantore solitario, suscitando lacrime di meraviglia.

Chiamava la compagna,
Dando libero sfogo a quei significati che io solo conosco.

Sì, fratello mio, io li conosco,
Gli altri uomini no, ma io ho fatto tesoro d'ogni nota,
Poiché più volte, scivolando furtivo sulla spiaggia,
Silenzioso, evitando la luce della luna, fondendomi con le ombre,

vv. 61-65 In questi versi umbratili (*dimly, avoiding the moonbeans, blending myself with the shadows, obscure*) («oscuramente, evitando i raggi lunari, confondendosi con le ombre, scuro»), in cui il poeta si ritrae bambino, convivono il passato ed il presente. Il primo affidato ai tempi verbali, il secondo al *recalling now* del v. 65.

Recalling now the obscure shapes, the echoes, the sounds and
sights after their sorts,
The white arms out in the breakers tirelessly tossing,
I, with bare feet, a child, the wind wafting my hair,
Listen'd long and long.

Listen'd to keep, to sing, now translating the notes,
Following you my brother.

Soothe! soothe! soothe!
Close on its wave soothes the wave behind,
And again another behind embracing and lapping, every one close,
But my love soothes not me, not me.

Low hangs the moon, it rose late,
It is lagging—O I think it is heavy with love, with love.

O madly the sea pushes upon the land,
With love, with love.

O night! do I not see my love fluttering out among the breakers?
What is that little black thing I see there in the white?

Loud! loud! loud!
Loud I call to you, my love!

High and clear I shoot my voice over the waves,
Surely you must know who is here, is here,
You must know who I am, my love.

Ne rammento le oscure forme, gli echi, i rumori e i sospiri a modo loro,
Le bianche braccia che si agitavano instancabili nei frangenti,
Io, un bambino, a piedi nudi, i capelli mossi dal vento,
A lungo, a lungo ascoltavo.

Ascoltavo per ricordare, per cantare, ora, traducendo le note,
Seguendo te, fratello.

Pace! pace! pace!
L'onda che sopravviene calma l'onda che preme,
E un'altra dietro l'abbraccia e l'accarezza,
Non mi dà pace il mio amore, non a me, non a me.

Bassa pende la luna, sorta tardi,
S'attarda — oh, credo oppressa dall'amore, dall'amore.

Folle il mare si getta sulla terra,
Con amore, con amore.

Oh notte, non è il mio amore che vedo sbattere le ali tra i frangenti?
Cos'è la piccola macchia nera che là nel bianco intravedo?

Forte! forte! forte!
Forte ti chiamo, amore mio,

Alta e chiara è la mia voce sulle onde,
Certo tu sai chi è qui, chi è qui,
Amore, sai chi sono io.

Low-hanging moon!
What is that dusky spot in your brown yellow?
O it is the shape, the shape of my mate!
O moon do not keep her from me any longer.

Land! land! O land!
Whichever way I turn, O I think you could give me my mate back again if you only would,
For I am almost sure I see her dimly whichever way I look.

O rising stars!
Perhaps the one I want so much will rise, will rise with some of you.

O throat! O trembling throat!
Sound clearer through the atmosphere!
Pierce the woods, the earth,
Somewhere listening to catch you must be the one I want.

Shake out carols!
Solitary here, the night's carols!
Carols of lonesome love! death's carols!
Carols under that lagging, yellow, waning moon!
O under that moon where she droops almost down into the sea!
O reckless despairing carols.

v. 101 *carols*: sono, usualmente, canti e danze di gioia. L'avvicinamento con la solitudine e la morte e, più avanti, con gli aggettivi *reckless* e *despairing*, è, insieme, inconsueto e di efficace effetto bitonale.

Luna bassa sull'orizzonte,
Cos'è quel punto scuro sul tuo giallo pallore?
Oh, è la forma della mia compagna!
Oh luna non tenermela più a lungo lontana.

Terra, oh terra!
Dove mi volto penso che potresti ridarmela, solo che lo volessi,
Perché dovunque guardo sono quasi sicuro di vederla.

Stelle che ora sorgete,
Forse chi tanto desidero sorgerà con qualcuna di voi.

Oh gola, gola tremante!
Risuona più limpida nell'aria!
Penetra i boschi, la terra,
Da qualche parte dev'essere in ascolto quella che tanto mi manca.

Svegliatevi, canti!
Qui nella solitudine, carole della notte!
Carole dell'amore solitario! Carole di morte!
Carole sotto la luna che lenta e gialla declina!
Oh, sotto quella luna che quasi affonda nel mare,
Incaute, disperate carole!

But soft! sink low!
Soft! let me just murmur,
And do you wait a moment you husky-nois'd sea,
For somewhere I believe I heard my mate responding to me,
So faint, I must be still, be still to listen,
But not altogether still, for then she might not come immediately to me.

Hither my love!
Here I am! here!
With this just-sustain'd note I announce myself to you,
This gentle call is for you my love, for you.

Do not be decoy'd elsewhere,
That is the whistle of the wind, it is not my voice,
That is the fluttering, the fluttering of the spray,
Those are the shadows of leaves.

O darkness! O in vain!
O I am very sick and sorrowful.

O brown halo in the sky near the moon, drooping upon the sea!
O troubled reflection in the sea!
O throat! O throbbing heart!
And I singing uselessly, uselessly all the night.

O past! O happy life! O songs of joy!
In the air, in the woods, over fields,
Loved! loved! loved! loved! loved!
But my mate no more, no more with me!
We two together no more.

Ma piano! a bassa voce!
Che sia appena un sussurro!
E tu, mare rauco, arrèstati un momento,
Perché mi sembra di sentire la mia compagna rispondere,
Ma così debolmente, devo star zitto, star zitto e starmene in ascolto,
Ma non zitto del tutto, ché potrebbe non correre da me immediatamente.

Qui, amor mio!
Sono qui! qui!
Con questa nota appena sostenuta mi annunzio a te,
Questo dolce richiamo è per te, amore, per te.

Non farti distrarre in altri luoghi,
Quella non è la mia voce, è il fischio del vento,
Quel frullìo è il frullìo degli spruzzi,
Quelle ombre, le ombre delle foglie.

Oh buio! oh vani sforzi!
Sto tanto male e sono colmo d'angoscia.

Oscuro alone nel cielo presso la luna china sul mare!
Riflesso inquieto sull'acqua!
Oh gola! oh cuore palpitante!
Tutta la notte canto inutilmente, inutilmente.

Oh passato! vita felice! canti di gioia
Nell'aria, nei boschi, sopra i campi,
Amata! amata! amata! amata! amata!
Ma non è più con me la mia compagna!
Non più insieme noi due, non più.

The aria sinking,
All else continuing, the stars shining,
The winds blowing, the notes of the bird continuous echoing,
With angry moans the fierce old mother incessantly moaning,
On the sands of Paumanok's shore gray and rustling,
The yellow half-moon enlarged, sagging down, drooping, the face
of the sea almost touching,
The boy ecstatic, with his bare feet the waves, with his hair the
atmosphere dallying,
The love in the heart long pent, now loose, now at last tumultu-
ously bursting,
The aria's meaning, the ears, the soul, swiftly depositing,
The strange tears down the cheeks coursing,
The colloquy there, the trio, each uttering,
The undertone, the savage old mother incessantly crying,
To the boy's soul's questions sullenly timing, some drown'd secret
hissing,
To the outsetting bard.

Demon or bird! (said the boy's soul,)
Is it indeed toward your mate you sing? or is it really to me?

vv. 130-143 Il susseguirsi di notazioni nervose, fatte in prevalenza di frasi nominali e di verbi in tempi non finiti, ha sempre colpito il lettore. In questo caso si è utilizzata la formula di «impressionismo poetico». Quel che sembra interessante sottolineare sull'uso delle forme in *-ing* in questo brano poetico, è che la coincidenza tra il tratto semantico di movimento del verbo, e quello di sospensione e arresto della forma verbale, ottiene non tanto l'effetto di «movimento cristallizzato» quanto quello di aggiungere, all'interno della narrazione, un nuovo e preciso livello temporale in cui il ritmo si sostituisce dimensio-

La melodia svaniva,
Tutto continuava, il luccicchio delle stelle,
Il soffiare dei venti, le assidue note degli uccelli,
Con gemiti rabbiosi senza requie gemeva l'antica madre selvaggia,
Sulla spiaggia di Paumanok grigia e frusciante,
La mezzaluna gialla, grande, pendula, bassa, quasi toccando la faccia del mare,
Il ragazzino estatico, coi piedi nudi tra le onde, i capelli che l'aria scompigliava,
L'amore a lungo represso, liberato, tumultuosamente prorompente,
Il senso della melodia che nelle orecchie, nell'anima, rapidamente si depositava,
Le strane lacrime scorrenti sulle guance,
Il dialogo, il trio, ciascuna voce esprimendosi,
Il sottofondo, l'antica madre selvaggia che urlava incessante,
Scandendo il tempo cupamente sulle domande dell'anima fanciulla, qualche segreto sommerso sibilando
Al bardo che nasceva.

Demonio o uccello! (esclamò l'anima fanciulla)
Davvero canti per la tua compagna? o non piuttosto per me?

nalmente alla durata, a costruire grammaticalmente il presente della memoria.

v. 144 *Demon or bird!*: appellativo che rievoca famosi echi romantici: lo *sprite bird* dell'«Ode all'allodola» di Shelley e il *thou wert not born for death, immortal bird* dell'«Ode all'usignolo» di Keats.

vv. 144-149 Anche se la costruzione dei tempi verbali è perfettamente convenzionale, ed il presente delle parole del fanciullo rigorosamente giustificato dalla finzione di un discorso diretto (*said the boy's soul* v. 144), il contrasto tra il passato di *I have heard you* e l'enfatico presente di *Now*... I *know* rafforzato dall'ulteriore contrasto tra lo *sleeping* del v. 146 e l'*awake* del verso successivo, segnano il passaggio empatico tra la voce dell'uccello e quella del ragazzo-poeta.

For I, that was a child, my tongue's use sleeping, now I have heard you,
Now in a moment I know what I am for, I awake,
And already a thousand singers, a thousand songs, clearer, louder and more sorrowful than yours,
A thousand warbling echoes have started to life within me, never to die.

O you singer solitary, singing by yourself, projecting me,
O solitary me listening, never more shall I cease perpetuating you,
Never more shall I escape, never more the reverberations,
Never more the cries of unsatisfied love be absent from me,
Never again leave me to be the peaceful child I was before what there in the night,
By the sea under the yellow and sagging moon,
The messenger there arous'd, the fire, the sweet hell within,
The unknown want, the destiny of me.

O give me the clew! (it lurks in the night here somewhere,)
O if I am to have so much, let me have more!

A word then, (for I will conquer it,)
The word final, superior to all,
Subtle, sent up—what is it?—I listen;
Are you whispering it, and have been all the time, you sea-waves?
Is that it from your liquid rims and wet sands?

v. 150 Ora che il fanciullo stupito e sgomento ha una voce trova nell'uccello un altro da sé, un fratello cui si rivolge (vv. 150-164) con la seconda persona: *you singer solitary* simmetrico al *solitary me*. Ma l'in-

Perché io, ch'ero un bimbo, la lingua usa a dormire, ora ti ho udito,
E in un istante ho compreso per quale motivo sono qui, io mi sveglio,
E già mille cantori, mille canti, più sonori e più limpidi, più dolenti dei tuoi,
Mille echi gorgheggianti prendono vita in me, per non morire più.

Oh tu, solitario cantore, che per te canti, me proiettando,
Solitario io che ti ascolto e mai cesserò di eternarti,
Non fuggirò mai più, mai più i riverberi,
Mai più i pianti dell'amore insoddisfatto saranno assenti da me,
Né più potrò essere il bambino sereno che ero là nella notte,
Accanto al mare, sotto la gialla luna declinante;
Si destò il messaggero, il fuoco, il dolce inferno dentro,
L'ignota brama, il mio destino.

Dammi il gomitolo! (è qui nascosto da qualche parte nella notte)
Se devo avere tanto, fammi avere di più!

Una parola (perché la voglio conquistare),
La parola decisiva, superiore a ogni altra,
Inafferrabile, inviata — quale è mai? — sto in ascolto;
La sussurrate voi, e da sempre, onde del mare?
È quella che si leva dalle vostre liquide creste e umide sabbie?

terlocutore reale, a cui vengono rivolti i perché, a cui si chiede la «chiave» del profondo enigma esistenziale del dolore, rimane per qualche verso sospeso, e poi si palesa nel mare: *you sea-waves*.

Whereto answering, the sea,
Delaying not, hurrying not,
Whisper'd me through the night, and very plainly before day-break,
Lisp'd to me the low and delicious word death,
And again death, death, death, death,
Hissing melodious, neither like the bird nor like my arous'd child's heart,
But edging near as privately for me rustling at my feet,
Creeping thence steadily up to my ears and laving me softly all over,
Death, death, death, death, death.

Which I do not forget,
But fuse the song of my dusky demon and brother,
That he sang to me in the moonlight on Paumanok's gray beach,
With the thousand responsive songs at random,
My own songs awaked from that hour,
And with them the key, the word up from the waves,
The word of the sweetest song and all songs,

vv. 165-173 Nelle due ultime strofe (questa, con la risposta del mare, e la successiva in cui l'esperienza fatta parola diviene tutt'uno con le voci della natura e l'armonia delle sfere) si è in genere notata la piena composizione della drammatica contraddittorietà della realtà. Si è anche parlato di sintesi, sottolineando la funzione bireferenziale della metafora portante del mare, ovvero notando come si incrocino – sempre a livello metaforico – due linee di sviluppo: l'uccello che passa da toni di svagata innocenza a toni di oscura melanconia, la vecchia madre che dondola la culla che da *savage old mother incessantly crying* (v. 141) diviene *the old crone... hissing melodious* (v. 170). E come ciò rappresenti una conciliazione dei diversi aspetti di una natura bifronte, agevolando l'introduzione di un'armonia universale. Nei verbi delle

E rispondendo, il mare
Senza indugiare, senza affrettarsi,
Mi sussurrò nella notte, e chiaramente prima dell'alba,
Mi frusciò l'umile, deliziosa parola: morte,
E poi ancora morte, morte, morte.
Cinguettò melodioso, non come l'uccello né come il mio
cuore ormai desto di bimbo,
Ma avvicinandosi, come per dirlo in privato, frusciando
ai miei piedi,
E poi strisciando con calma fino al mio orecchio,
lavandomi tutto dolcemente,
Morte, morte, morte, morte, morte.

E io non la dimentico,
E il canto che il mio oscuro demone e fratello,
Mi cantò nella luce della luna sulla grigia spiaggia di
Paumanok,
Io lo fondo coi mille che risposero a caso,
E coi miei propri canti destati da quell'ora,
E con essi la chiave, la parola venuta dalle onde,
La parola del canto più dolce, e di ogni altro canto,

ultime due strofe (la cui struttura coincide come abbiamo visto con i due registri espressivi adottati), la penultima è narrata al passato e nell'ultima predomina il presente. In ogni caso, qui come altrove, non la sintesi ma l'equilibrio dialettico sembra il fine cui Whitman tende. Ancora una volta non fusione ma coincidenza di opposti, segnata appunto dalla biriferenzialità del mare; segnata dalla tensione dialettica del tempo dei verbi nel primo ed ultimo verso dell'ultima strofa: *Which I do not forget, / but fuse...* e *The sea whisper'd me*; e dalla copresenza (precedentemente segnata dal corsivo) dei due veri attori del dramma in quest'ultimo verso. Equilibrio, epifania, coincidenza non sintesi, come coincidenza, epifania e non sintesi è il possibile, sognato equilibrio tra vita e morte.

That strong and delicious word which, creeping to my feet,
(Or like some old crone rocking the cradle, swathed in sweet
garments, bending aside,)
The sea whisper'd me.

1859 *1881*

Tears

Tears! tears! tears!
In the night, in solitude, tears,
On the white shore dripping, dripping, suck'd in by the sand,
Tears, not a star shining, all dark and desolate,
Moist tears from the eyes of a muffled head;
O who is that ghost? that form in the dark, with tears?
What shapeless lump is that, bent, crouch'd there on the sand?
Streaming tears, sobbing tears, throes, choked with wild cries;
O storm, embodied, rising, careering with swift steps along the
beach!
O wild and dismal night storm, with wind—O belching and des-
perate!
O shade so sedate and decorous by day, with calm countenance
and regulated pace,
But away at night as you fly, none looking—O then the unloosen'd
ocean,
Of tears! tears! tears!

1867 *1871*

Quella forte e deliziosa parola che, strisciando ai miei piedi,
(O come una vecchia che dondoli una culla, avvolta in morbide vesti, curvandosi da un lato)
Mi sussurrò il mare.

1859 *1881*

Lacrime

Lacrime! lacrime! lacrime!
Nella notte, in solitudine, lacrime,
Sopra la bianca riva goccianti, goccianti, bevute dalla sabbia,
Lacrime, non una stella, buio e desolazione,
Umide lacrime dagli occhi d'una testa infagottata;
Chi è quel fantasma? quella forma che lacrima nel buio?
Quella massa confusa, curva, accucciata sulla sabbia?
Che versa lacrime, singhiozza, spasima, soffoca grida selvagge?
Oh tempesta, fatta carne, che ti sollevi, e corri con passi rapidi lungo la spiaggia!
Oh furiosa, notturna, cupa bufera — oh come erutti disperata!
E tu, ombra, così composta e dignitosa di giorno, col volto calmo e il passo regolato,
Come imperversi di notte, quando nessuno ti vede — oh allora oceano sfrenato
Di lacrime! lacrime! lacrime!

1867 *1871*

v. 2 Notte e solitudine, due poli negativi che si sposano, sul piano dell'immagine, alle lacrime assorbite dall'arida avidità della sabbia.

After the Sea-Ship

After the sea-ship, after the whistling winds,
After the white-gray sails taut to their spars and ropes,
Below, a myriad myriad waves hastening, lifting up their necks,
Tending in ceaseless flow toward the track of the ship,
Waves of the ocean bubbling and gurgling, blithely prying,
Waves, undulating waves, liquid, uneven, emulous waves,
Toward that whirling current, laughing and buoyant, with curves,
Where the great vessel sailing and tacking displaced the surface,
Larger and smaller waves in the spread of the ocean yearnfully
    flowing,
The wake of the sea-ship after she passes, flashing and frolicsome
    under the sun,
A motley procession with many a fleck of foam and many fragments,
Following the stately and rapid ship, in the wake following.

1874 *1881*

Dietro la nave

Dietro la nave, dietro i venti che fischiano,
Dietro le vele bianco-grigie tese ai pennoni e alle corde,
Miriadi di onde si accalcano, sollevano il collo,
Con incessante flusso convergono verso la scia,
Onde dell'oceano gorgoglianti, effervescenti,
gioiosamente scrutanti,
Onde, onde ondulanti, liquide, emule, mutevoli onde,
Verso quella corrente vorticante, ridenti e spensierate,
curvando,
Dove la grande nave veleggiando e bordeggiando
smosse la superficie,
Onde più grandi e più piccole, che fluiscono
vogliosamente nella distesa dell'oceano,
Scia della nave quando è passata, allegra e scintillante
sotto il sole,
Corteo disparato di fiocchi di spuma e dei più vari
frammenti,
Che segue la nave rapida e maestosa, scortandola nella
sua scia.

1874 *1881*

By the Roadside

Gods

Lover divine and perfect Comrade,
Waiting content, invisible yet, but certain,
Be thou my God.

Thou, thou, the Ideal Man,
Fair, able, beautiful, content, and loving,
Complete in body and dilate in spirit,
Be thou my God.

O Death, (for Life has served its turn,)
Opener and usher to the heavenly mansion,
Be thou my God.

Aught, aught of mightiest, best I see, conceive, or know,
(To break the stagnant tie—thee, thee to free, O soul,)
Be thou my God.

vv. 5-6 Concisamente ancora un ideale autoritratto. Dai *Notebooks*: *Free, savage, fluent, / composed -fond of / self-* («libero, selvaggio, fluente, / composto-amante di / sé»).

Lungo la strada

Dei

Divino amante e perfetto Camerata,
Tu che attendi contento, ancora invisibile, ma certo,
Sii tu il mio Dio.

Tu, tu, l'Uomo Ideale,
Leale, abile, bello, soddisfatto e amoroso,
Il corpo integro, lo spirito effuso,
Sii tu il mio Dio.

Morte (poiché la Vita ha compiuto il suo turno),
Tu che apri la porta e introduci nel celeste palazzo,
Sii tu il mio Dio.

Quanto di più possente, quanto di meglio vedo,
    immagino o conosco,
(Per rompere il nodo stagnante — e te, te liberare,
    anima mia)
Sii tu il mio Dio.

v. 9 L'immagine della morte come colei che apre le porte delle magioni celesti è abbastanza convenzionale, rispetto a tante altre esaltazioni della morte come colei che «*assorbe* la vita».

All great ideas, the races' aspirations,
All heroisms, deeds of rapt enthusiasts,
Be ye my Gods.

Or Time and Space,
Or shape of Earth divine and wondrous,
Or some fair shape I viewing, worship,
Or lustrous orb of sun or star by night,
Be ye my Gods.

1871 *1881*

Perfections

Only themselves understand themselves and the like of themselves,
As souls only understand souls.

1860 *1860*

The Dalliance of the Eagles

Skirting the river road, (my forenoon walk, my rest,)
Skyward in air a sudden muffled sound, the dalliance of the eagles,
The rushing amorous contact high in space together,
The clinching interlocking claws, a living, fierce, gyrating wheel,
Four beating wings, two beaks, a swirling mass tight grappling,
In tumbling turning clustering loops, straight downward falling,

Tutte le grandi idee, le aspirazioni delle razze,
Ogni eroismo, ogni azione di estatico entusiasmo,
Siate i miei Dei.

Oppure voi, Tempo e Spazio,
Forma divina e prodigiosa della Terra,
Belle forme che vedendo adoro,
Lucente orbe del sole o di notturna stella,
Siate voi i miei Dei.

1871 *1881*

Perfezioni

Solo essi capiscono se stessi e i loro simili,
Come le anime soltanto capiscono le anime.

1860 *1860*

L'amplesso delle aquile

Lungo la strada che costeggia il fiume (mia pomeridiana passeggiata, mio ristoro),
Alto nell'aria, improvviso, un rumore smorzato, due aquile in amore,
L'impetuoso avido contatto, l'unione alta nello spazio,
Artigli che si afferrano, s'intrecciano, una ruota selvaggia, viva, turbinante,
Quattro ali che battono, due becchi, una massa vorticosa strettamente avvinghiata,
Che cala in cerchi, si rovescia, s'arrotola, cade giù a precipizio,

Till o'er the river pois'd, the twain yet one, a moment's lull,
A motionless still balance in the air, then parting, talons loosing,
Upward again on slow-firm pinions slanting, their separate diverse
flight,
She hers, he his, pursuing.

1880 *1881*

v. 8 *a motionless still balance in the air*: si noti la ridondanza degli aggettivi indicanti quiete a qualificare il perfetto equilibrio di sospensione nell'aria prima della separazione. Culmine di immagine nell'immagine, essa risulta grammaticalmente simmetrica rispetto al *separate, diverse flight* del verso successivo.

Finché sul fiume sospesi, ancora uniti, la calma d'un istante,
Un immobile muto bilanciarsi nell'aria, poi il distacco, gli artigli che si sciolgono,
Le ali lente e salde nuovamente piegate verso l'alto, i loro voli diversi, separati,
Lei il suo, lui il suo, seguendo.

1880 *1881*

Drum-Taps

From Paumanok Starting I Fly Like a Bird

From Paumanok starting I fly like a bird,
Around and around to soar to sing the idea of all,
To the north betaking myself to sing there arctic songs,
To Kanada till I absorb Kanada in myself, to Michigan then,
To Wisconsin, Iowa, Minnesota, to sing their songs, (they are inimitable;)
Then to Ohio and Indiana to sing theirs, to Missouri and Kansas and Arkansas to sing theirs,
To Tennessee and Kentucky, to the Carolinas and Georgia to sing theirs,
To Texas and so along up toward California, to roam accepted everywhere;
To sing first, (to the tap of the war-drum if need be,)
The idea of all, of the Western world one and inseparable,
And then the song of each member of these States.

1865 *1867*

Rulli di tamburo

Partendo da Paumanok volo come un uccello

Partendo da Paumanok volo come un uccello,
In ampi cerchi m'innalzo per cantare l'idea di tutti,
Verso nord mi dirigo a eseguirvi artici canti,
Nel Canada, per assorbire in me il Canada, poi nel Michigan,
Iowa, Wisconsin, Minnesota, per eseguire i loro canti (che sono inimitabili);
Poi nell'Ohio e in Indiana, per eseguire i loro, nel Missouri, nel Kansas, nell'Arkansas,
E nel Kentucky, nel Tennessee, in Georgia, nelle due Caroline, per eseguire i loro canti,
Nel Texas e avanti, verso la California, girovagando, accettato dovunque,
Per cantare (se necessario al ritmo dei tamburi di guerra)
Prima d'ogni altra l'idea di tutti, del mondo occidentale uno ed inseparabile,
E poi il canto d'ogni membro di questi Stati.

1865 *1867*

Vigil Strange I Kept on the Field One Night

Vigil strange I kept on the field one night;
When you my son and my comrade dropt at my side that day,
One look I but gave which your dear eyes return'd with a look I
shall never forget,
One touch of your hand to mine O boy, reach'd up as you lay on
the ground,
Then onward I sped in the battle, the even-contested battle,
Till late in the night reliev'd to the place at last again I made my
way,
Found you in death so cold dear comrade, found your body son
of responding kisses, (never again on earth responding,)
Bared your face in the starlight, curious the scene, cool blew the
moderate night-wind,
Long there and then in vigil I stood, dimly around me the battle-
field spreading,
Vigil wondrous and vigil sweet there in the fragrant silent night,
But not a tear fell, not even a long-drawn sigh, long, long I gazed,
Then on the earth partially reclining sat by your side leaning my
chin in my hands,
Passing sweet hours, immortal and mystic hours with you dearest
comrade—not a tear, not a word,

v. 1 A parte l'inversione non inusuale in W., il verso che dà il titolo alla poesia colpisce per l'uso inaspettato dell'aggettivo *strange* a denotare la triste veglia. Che, peraltro, viene via via definita *wondrous sweet of silence*, per poi tornare (v. 22) allo «strana» del primo verso. Una nota di felice, lievissima, dissonanza rispetto alla quasi perfetta coerenza del campo semantico associato a questa romantica «veglia d'amore e di morte»; ad essa si raccorda l'uso di *curious* a disegnare la scena (v. 9).

Strana veglia ho tenuto una notte sul campo di battaglia

Strana veglia ho tenuto una notte sul campo di battaglia;
Quando quel giorno eri caduto al mio fianco, figlio mio e mio camerata,
Ti avevo dato solo uno sguardo, che i tuoi cari occhi ricambiarono con uno sguardo che non potrò dimenticare
E con un tocco della mano sulla mia, mentre eri steso a terra;
Poi mi ero affrettato nella mischia, e solo a notte inoltrata, avuto il cambio,
Potei tornare in quell'angolo, e ti trovai nel gelo della morte,
Compagno caro, trovai il tuo corpo, figlio che i baci ricambiavi (né più lo farai su questa terra),
Nudo il tuo volto, sotto la luce delle stelle, strana scena, nel vento fresco e leggero della notte;
A lungo allora rimasi lì a vegliarti, in mezzo al campo di battaglia che si stendeva buio intorno a noi.
Veglia mirabile e dolce nella notte silenziosa e fragrante,
Veglia senza una lacrima, senza lunghi sospiri. A lungo, a lungo ti guardai,
Poi mi sedetti in terra, accanto a te, leggermente reclino, il mento sulle mani,
E trascorsi ore dolci, ore immortali e mistiche, insieme a te, camerata amatissimo — non una lacrima, non una parola,

vv. 8-9 Le usuali inversioni enfatizzano, anche accentualmente, gli aggettivi e gli avverbi, offrendo nel testo inglese una catena di significati che parzialmente si perde in italiano: *bare*, *curious*, *cool* (fresco, ma anche raggelante), *long* (a lungo), *dimly* (nel buio, oscuramente).

Vigil of silence, love and death, vigil for you my son and my soldier,
As onward silently stars aloft, eastward new ones upward stole,
Vigil final for you brave boy, (I could not save you, swift was your death,
I faithfully loved you and cared for you living, I think we shall surely meet again,)
Till at latest lingering of the night, indeed just as the dawn appear'd,
My comrade I wrapt in his blanket, envelop'd well his form,
Folded the blanket well, tucking it carefully over head and carefully under feet,
And there and then and bathed by the rising sun, my son in his grave, in his rude-dug grave I deposited,
Ending my vigil strange with that, vigil of night and battle-field dim,
Vigil for boy of responding kisses, (never again on earth responding,)
Vigil for comrade swiftly slain, vigil I never forget, how as day brighten'd,
I rose from the chill ground and folded my soldier well in his blanket,
And buried him where he fell.

1865 *1867*

Veglia di silenzio d'amore e di morte, veglia per te, figlio mio e mio soldato,
Mentre le stelle avanzavano in alto, silenziose, altre a oriente salivano furtive,
Ultima veglia per te, valoroso ragazzo (troppo rapida fu la tua morte, io non potevo salvarti,
Ma ti amai fedelmente, mi occupai di te vivo, sicuramente ci ritroveremo),
Finché nell'ultimo indugiare della notte, mentre l'alba appariva,
Avvolsi il mio camerata nella sua coperta, avvolsi bene il suo corpo,
Ripiegai la coperta, la rimboccai con cura sulla testa, con cura sotto i piedi,
E lì sul posto, e bagnato dal sole nascente, deposi il figlio mio nella fossa, nella sua fossa scavata rozzamente,
E terminai la mia strana veglia, veglia di notte e buio campo di battaglia,
Veglia per un ragazzo che ricambiava i baci (né più lo farà su questa terra),
Veglia per il mio camerata così presto annientato, veglia che mai scorderò, di come nel cielo che schiariva,
Mi alzai dalla terra gelata, e avvolsi bene il mio soldato dentro la sua coperta,
E lo seppellii dove cadde.

1865 *1867*

Year That Trembled and Reel'd Beneath Me

Year that trembled and reel'd beneath me!
Your summer wind was warm enough, yet the air I breathed
froze me,
A thick gloom fell through the sunshine and darken'd me,
Must I change my triumphant songs? said I to myself,
Must I indeed learn to chant the cold dirges of the baffled?
And sullen hymns of defeat?

1865 *1867*

Look Down Fair Moon

Look down fair moon and bathe this scene,
Pour softly down night's nimbus floods on faces ghastly, swollen,
purple,
On the dead on their backs with arms toss'd wide,
Pour down your unstinted nimbus sacred moon.

1865 *1881*

Look Down Fair Moon

v. 1 L'apertura del verso e l'invocazione alla *fair moon* ha echi elisabettiani e dizione pacata, affidata ad accenti regolarmente distanziati, in una serie monosillabica. Il contrasto con i volti sconvolti dei soldati sul campo di battaglia è accentuato dalla distanza di effetto fonico tra primo e secondo verso.

v. 4 *unstinted*: lett. non limitato.

Anno che sotto di me sentii tremare e vacillare

Anno che sotto di me sentii tremare e vacillare,
Il vento della tua estate era caldo, ma l'aria che respiravo mi gelava,
Una tenebra densa scendeva coi raggi del sole e mi offuscava,
Dovrò cambiare i miei canti trionfali? chiedevo a me stesso,
Dovrò imparare a cantare le fredde lugubri nenie degli umiliati,
E i cupi inni degli sconfitti?

1865 *1867*

Abbassa il tuo sguardo, bella luna

Abbassa il tuo sguardo, bella luna, e inonda questa scena,
Versa benigna i fiotti del nimbo della notte su volti orrendi, tumefatti, violacei,
Sopra i morti riversi con le braccia spalancate,
Versa il tuo nimbo generoso, sacra luna.

1865 *1881*

Reconciliation

Word over all, beautiful as the sky,
Beautiful that war and all its deeds of carnage must in time be
utterly lost,
That the hands of the sisters Death and Night incessantly softly
wash again, and ever again, this soil'd world;
For my enemy is dead, a man divine as myself is dead,
I look where he lies white-faced and still in the coffin—I draw
near,
Bend down and touch lightly with my lips the white face in the
coffin.

1865-6 1881

v. 1 La «parola» più bella di tutte le altre è questa volta strettamente legata alla temperie storica. Non «morte» come in «Out of the Cradle», ma riconciliazione.

v. 4 Questo verso ha fatto l'inalterata fortuna di tutta la poesia. In esso le «equivalenze» whitmaniane si velano di pietà. Se la prima è quella esplicitata grammaticalmente (*a man divine as myself*), la seconda simmetria che contribuisce al tono di dolente pietà è quella del verso stesso, le due parti del quale, separate da cesura, chiudono ciascuna con la parola *dead*, mettendo così in diretto contrasto (ma anche in contiguità semantica e affettiva), *enemy* e *a man divine as myself*.

Riconciliazione

Parola che superi ogni altra, bella come il cielo;
È bello che la guerra con tutte le sue carneficine debba col tempo completamente scomparire,
Che le mani delle sorelle Notte e Morte lavino silenziose ancora e sempre questo sudicio mondo;
Perché è morto il mio nemico, è morto un uomo divino come me,
E io lo guardo, giace pallido e immoto nella bara — mi avvicino,
Mi curvo e sfioro con le labbra il suo pallido viso nella bara.

1865-6 *1881*

Memories of President Lincoln

When Lilacs Last in the Dooryard Bloom'd

1

When lilacs last in the dooryard bloom'd,
And the great star early droop'd in the western sky in the night,
I mourn'd, and yet shall mourn with ever-returning spring.

Ever-returning spring, trinity sure to me you bring,
Lilac blooming perennial and drooping star in the west,
And thought of him I love.

2

O powerful western fallen star!
O shades of night—O moody, tearful night!

v. 1 Nella conferenza su Lincoln del 1882, W. dirà: del 14 aprile 1865: «... essendo avanzata la stagione, c'erano molti lillà in fiore. Per uno di quei capricci che si inseriscono negli avvenimenti e li colorano, pur senza parteciparne in alcun modo, mi rendo conto che la vista e l'odore di quei fiori mi riportano sempre all'immane tragedia di quel

In memoria del presidente Lincoln

Quando i lillà fiorivano, l'ultima volta nel prato davanti alla casa

1

Quando i lillà fiorivano, l'ultima volta, nel prato davanti alla casa,
E il grande astro nel cielo d'occidente calava presto la sera,
Io ero in lutto, e sempre lo sarò, ogni volta che torni primavera.

Primavera che sempre ritorni, sempre mi porterai questa triade,
I lillà perennemente in fiore, l'astro che tramonta ad occidente,
Ed il pensiero di colui che amo.

2

Oh possente astro d'occidente tramontato!
Oh notte piena d'ombre — notte cupa e lacrimosa!

giorno». Si noti la nota domestica dell'accenno al *dooryard*, il piccolo praticello all'entrata.

v. 2 Come dice lo stesso W. la stella bassa ad occidente a quell'epoca era Venere.

v. 7 Siccome la stella bassa sull'occaso rappresenta simbolicamente Lincoln, è definita *powerful*.

O great star disappear'd—O the black murk that hides the star!
O cruel hands that hold me powerless—O helpless soul of me!
O harsh surrounding cloud that will not free my soul.

3

In the dooryard fronting an old farm-house near the white-wash'd palings,
Stands the lilac-bush tall-growing with heart-shaped leaves of rich green,
With many a pointed blossom rising delicate, with the perfume strong I love,
With every leaf a miracle—and from this bush in the dooryard,
With delicate-color'd blossoms and heart-shaped leaves of rich green,
A sprig with its flower I break.

4

In the swamp in secluded recesses,
A shy and hidden bird is warbling a song.

Solitary the thrush,
The hermit withdrawn to himself, avoiding the settlements,
Sings by himself a song.

v. 14 Le possibili implicazioni erotiche legate alle foglie e ai fiori di lillà, più pertinenti in altre poesie whitmaniane, hanno in questi due versi una presenza di sottofondo.

Oh grande astro scomparso — nera tenebra che lo
nascondi!
Oh mani crudeli che mi trattengono impotente — anima
mia smarrita!
Oh nube gelida che mi circonda e paralizza la mia
anima!

3

Nel recinto davanti ad una vecchia casa di campagna,
presso la staccionata dipinta di bianco,
Cresce una pianta di lillà, alta, con le foglie a forma di
cuore d'un verde intenso,
E molti grappoli di fiori, delicati, dal profumo acuto che
amo,
Ogni foglia un miracolo — e là in quel prato davanti a
quella casa,
Da quella pianta dai fiori dal colore delicato, con le
foglie a forma di cuore d'un verde intenso,
Stacco un rametto fiorito.

4

Nella palude, in un angolo remoto,
Gorgheggia un timido uccello.

Solitario il tordo,
L'eremita chiuso in sé, che evita i luoghi abitati,
Canta per sé una canzone.

vv. 15-21 *shy*, *hidden*, *solitary*, *hermit*: sono le caratteristiche dell'uccello prescelto quale tramite e simbolo del canto. Gli ombrosi recessi si addicono al canto che celebra l'amore ed il dolore personale.

Song of the bleeding throat,
Death's outlet song of life, (for well dear brother I know,
If thou wast not granted to sing thou would'st surely die.)

5

Over the breast of the spring, the land, amid cities,
Amid lanes and through old woods, where lately the violets peep'd from the ground, spotting the gray debris,
Amid the grass in the fields each side of the lanes, passing the endless grass,
Passing the yellow-spear'd wheat, every grain from its shroud in the dark-brown fields uprisen,
Passing the apple-tree blows of white and pink in the orchards,
Carrying a corpse to where it shall rest in the grave,
Night and day journeys a coffin.

6

Coffin that passes through lanes and streets,
Through day and night with the great cloud darkening the land,

v. 23 *song of the bleeding throat*: l'immagine forte esplode con particolare violenza dopo l'umbratile delicatezza dei versi che la precedono.

v. 24 Il canto di vita che dà sfogo alla morte è, anche concettualmente, uno dei livelli di conciliazione del distacco. L'estrema concisione dell'espressione inglese consente una forte vicinanza delle parole morte e vita.

vv. 26-32 La breve strofa è stata spesso e giustamente celebrata ed analizzata. In primo luogo per la sua struttura retorico-grammaticale, dove le posposizioni care a W. sono rigidamente applicate ad ogni livello: da quello della strofa stessa in cui la frase principale cade dopo sei versi che indicano il cammino, tutti retti da un anaforico avverbio

Canzone della gola sanguinante,
Canto di vita che sgorga dalla morte (perché so bene, fratello,
Se non ti fosse concesso di cantare sicuramente ne morresti).

5

Sul petto della primavera, per tutto il paese, in mezzo alle città,
Lungo sentieri e attraverso i vecchi boschi, dove occhieggiava poco fa la violetta, macchiettando i grigi detriti,
In mezzo all'erba nei campi ai due lati dei sentieri, passando tra l'erba senza fine,
Passando tra i gialli germogli del grano, ogni chicco risorto dal suo bruno sudario,
Passando tra i meli nei frutteti, fioriti di bianco e di rosa,
Recando un corpo alla tomba dove potrà riposare,
Notte e giorno viaggia una bara.

6

Bara che passi lungo strade e sentieri,
Notte e giorno, con una grande nuvola nera che oscura tutto il paese,

di luogo e da un participio indicante moto (*over*, *amid*, *passing*) a quello della stessa frase principale, ed ultimo verso della strofa, anch'essa a struttura rigorosamente cataforica. Tutto ciò conferisce al soggetto grammaticale e poetico *coffin* (la bara), rilievo, solennità e finalità. Ma sono anche da notare la concisissima sineddoche iniziale, in cui la bara, che muove sul continente, passa *over the breast of spring* e l'insistita allusione all'erba, la cui referenzialità simbolica è rafforzata, non indebolita dalla perfetta coerenza che il v. 28 mantiene a livello realistico con il paesaggio primaverile in cui si inserisce.

vv. 33-34 *through*: lo stesso avverbio per il luogo (*lanes and streets*) e il tempo (*day and night*).

With the pomp of the inloop'd flags with the cities draped in black,
With the show of the States themselves as of crape-veil'd women standing,
With processions long and winding and the flambeaus of the night,
With the countless torches lit, with the silent sea of faces and the unbared heads,
With the waiting depot, the arriving coffin, and the sombre faces,
With dirges through the night, with the thousand voices rising strong and solemn,
With all the mournful voices of the dirges pour'd around the coffin,
The dim-lit churches and the shuddering organs—where amid these you journey,
With the tolling tolling bells' perpetual clang,
Here, coffin that slowly passes,
I give you my sprig of lilac.

7

(Nor for you, for one alone,
Blossoms and branches green to coffins all I bring,
For fresh as the morning, thus would I chant a song for you O sane and sacred death.

All over bouquets of roses,
O death, I cover you over with roses and early lilies,
But mostly and now the lilac that blooms the first,

v. 48 Il ramoscello di lillà posato amorevolmente sulla bara non è amore e rimpianto per il morto, è omaggio di amore e di vita per la morte stessa.

Con la pompa delle bandiere abbrunate, delle città parate a lutto,
Con gli Stati schierati come donne velate di nero,
Con i lunghi cortei serpeggianti, le fiaccolate notturne,
Con infinite torce accese, il mare silenzioso dei volti e delle teste scoperte,
Con la stazione in attesa, la bara che arriva, i visi cupi e dolenti,
Con gli inni funebri echeggianti nella notte, le mille voci che si levano forti e solenni,
Con tutte le voci di compianto degli inni intorno alla bara,
Le luci fioche delle chiese, il tremolo degli organi — là dove viaggi in mezzo a tutto questo,
Tra il perpetuo clangore di campane che rintoccano rintoccano,
Su te, bara che lentamente passi,
Depongo il mio rametto di lillà.

7

(Non a te solo, non per uno soltanto,
Ma su tutte le bare io reco fiori e verdi rami,
Perché un canto vorrei intonare per te, fresco come il mattino, sacra e saggia morte.

Bouquet di rose da per tutto, oh morte,
E io di rose ti ricopro e di gigli precoci,
Ma soprattutto di lillà, che sono i primi a fiorire,

Copious I break, I break the sprigs from the bushes,
With loaded arms I come, pouring for you,
For you and the coffins all of you O death.)

8

O western orb sailing the heaven,
Now I know what you must have meant as a month since I walk'd,
As I walk'd in silence the transparent shadowy night,
As I saw you had something to tell as you bent to me night after night,
As you droop'd from the sky low down as if to my side, (while the other stars all look'd on,)
As we wander'd together the solemn night, (for something I know not what kept me from sleep,)
As the night advanced, and I saw on the rim of the west how full you were of woe,
As I stood on the rising ground in the breeze in the cool transparent night,
As I watch'd where you pass'd and was lost in the netherward black of the night,
As my soul in its trouble dissatisfied sank, as where you sad orb,
Concluded, dropt in the night, and was gone.

9

Sing on there in the swamp,
O singer bashful and tender, I hear your notes, I hear your call,

Ne coglierò tanti, spezzando i rametti dagli arbusti,
E a braccia colme arriverò per versarli su di te
E sopra tutte le tue bare, oh morte).

8

Orbe dell'occidente che veleggi nei cieli,
Ora so quello che volevi dire, quando, ora è un mese, vagavo,
Camminando in silenzio tra le ombre trasparenti della notte,
Capii che avevi qualcosa da dirmi, mentre scendevi verso me, notte dopo notte,
Mentre calavi dal cielo come per metterti al mio fianco (e le altre stelle stavano tutte a guardare),
Mentre erravamo insieme nella notte solenne (perché qualcosa d'ignoto mi teneva lontano dal sonno),
Mentre la notte avanzava, e io vedevo a occidente, all'orizzonte, come eri colma di dolore,
E io ti guardavo, in piedi su un'altura, nella brezza, nella notte fresca e trasparente,
Ti guardavo passare e mi perdevo nel nero più denso della notte,
E l'anima mia sconsolata nel suo tormento sembrava inabissarsi, dove tu, orbe mesto,
Concluso il viaggio, cadevi nella notte, e scomparivi.

9

Continua a cantare, laggiù nella palude,
Cantore timido e tenero, io odo le tue note, odo il tuo richiamo,

I hear, I come presently, I understand you,
But a moment I linger, for the lustrous star has detain'd me,
The star my departing comrade holds and detains me.

10

O how shall I warble myself for the dead one there I loved?
And how shall I deck my song for the large sweet soul that has gone?
And what shall my perfume be for the grave of him I love?

Sea-winds blown from east and west,
Blown from the Eastern sea and blown from the Western sea, till there on the prairies meeting,
These and with these and the breath of my chant,
I'll perfume the grave of him I love.

11

O what shall I hang on the chamber walls?
And what shall the pictures be that I hang on the walls,
To adorn the burial-house of him I love?

Pictures of growing spring and farms and homes,
With the Fourth-month eve at sundown, and the gray smoke lucid and bright,
With floods of the yellow gold of the gorgeous, indolent, sinking sun, burning, expanding the air,

vv. 78-80 Queste immagini della terra divengono veri e propri quadri (dunque esplicitamente metarealtà) da appendersi alle pareti del

Lo odo e ti comprendo, verrò presto,
Ma mi soffermo un istante, perché l'astro lucente mi ha fermato,
L'astro, il mio camerata che parte, mi stringe a sé e mi trattiene.

10

Oh, in che modo devo gorgheggiare per quel morto che amavo?
Come devo abbellire il mio canto per la grande, dolce anima partita?
E quale sarà il mio profumo per la tomba dell'uomo che amavo?

Venti marini, soffiati da est e da ovest,
Soffiati dal mare orientale e soffiati dal mare occidentale, per incontrarsi qui, lungo le praterie,
Di voi, e con voi, e col respiro del mio canto,
Profumerò la tomba di colui che io amo.

11

Oh, che cosa posso appendere ai muri della stanza?
Quali saranno i dipinti che appenderò alle pareti
Per adornare il sepolcro di colui che amo?

Quadri di primavere in fiore e case e fattorie,
Sere del Quarto-mese al tramonto, con grigi vapori trasparenti e luminosi,
Torrenti d'oro giallo del sontuoso, indolente, declinante sole che arde e inonda l'aria,

sepolcro. In qualche modo tutto il paese si fa sepolcro intorno alla bara che passa, ed ogni panorama diventa un quadro che lo adorna.

With the fresh sweet herbage under foot, and the pale green leaves
of the trees prolific,
In the distance the flowing glaze, the breast of the river, with a
wind-dapple here and there,
With ranging hills on the banks, with many a line against the sky,
and shadows,
And the city at hand with dwellings so dense, and stacks of chim-
neys,
And all the scenes of life and the workshops, and the workmen
homeward returning.

12

Lo, body and soul—this land,
My own Manhattan with spires and the sparkling and hurrying
tides, and the ships,
The varied and ample land, the South and the North in the light,
Ohio's shores and flashing Missouri,
And ever the far-spreading prairies cover'd with grass and corn.

Lo, the most excellent sun so calm and haughty,
The violet and purple morn with just-felt breezes,
The gentle soft-born measureless light,
The miracle spreading bathing all, the fulfill'd noon,
The coming eve delicious, the welcome night and the stars,
Over my cities shining all, enveloping man and land.

Con la dolce erba fresca sotto i piedi, le foglie verde tenero dei fertili alberi,
E in lontananza la patina fluida, la curva del fiume, qua e là screziata dal vento,
Con le colline schierate sulle rive, profili contro il cielo, e ombre,
E la città vicina con tante case, e gruppi di ciminiere,
E tutte le scene della vita e delle officine, e gli operai che ritornano a casa.

12

Guarda, oh corpo e anima mia — questa terra,
La mia Manhattan con le sue guglie, le rapide scintillanti correnti, le navi,
La vasta e mutevole terra, il Nord e il Sud in piena luce, le rive dell'Ohio e il lampeggiante Missouri,
E ovunque le immense praterie coperte d'erba e di grano.

Guarda, il sole più eccelso così calmo e orgoglioso,
I mattini porpora e viola con brezze che appena si sentono,
La mite luce infinita che nasce a poco a poco,
Il miracolo che si diffonde inondando ogni cosa, il pieno mezzogiorno,
La sera che arriva soavemente, la notte benvenuta, e le stelle
Che splendono tutte sopra le mie città, e avvolgono uomini e terre.

13

Sing on, sing on you gray-brown bird,
Sing from the swamps, the recesses, pour your chant from the bushes,
Limitless out of the dusk, out of the cedars and pines.

Sing on dearest brother, warble your reedy song,
Loud human song, with voice of uttermost woe.

O liquid and free and tender!
O wild and loose to my soul—O wondrous singer!
You only I hear—yet the star holds me, (but will soon depart,)
Yet the lilac with mastering odor holds me.

14

Now while I sat in the day and look'd forth,
In the close of the day with its light and the fields of spring, and the farmers preparing their crops,
In the large unconscious scenery of my land with its lakes and forests,
In the heavenly aerial beauty, (after the perturb'd winds and the storms,)
Under the arching heavens of the afternoon swift passing, and the voices of children and women,

vv. 104-5 Le assonanze di suoni l/ e d/ rafforzano foneticamente nel testo inglese la descrizione del canto dell'uccello come *liquid, free and tender* (liquido, libero e tenero).

13

Canta, canta, uccello grigio e bruno,
Canta dalle paludi, dai recessi, versa il tuo canto dai cespugli,
All'infinito, fuori dall'ombra, fuori dai cedri e dai pini.

Canta, fratello diletto, gorgheggia il tuo canto flautato,
Umano limpido canto, con voce di profonda mestizia.

Oh liquido e libero e tenero!
Così ardito e selvaggio alla mia anima — prodigioso cantore!
Te solo ascolterei — l'astro ancora mi trattiene (ma presto sparirà),
Il lillà mi trattiene col suo profumo che sovrasta ogni altro.

14

Mentre sedevo, quel giorno, e guardavo avanti a me,
Verso la fine del giorno con la sua luce e i campi di primavera, e i contadini che preparavano le messi,
Nel vasto inconsapevole paesaggio della mia terra con i suoi laghi e le foreste,
Nella celeste bellezza dell'aria (dopo i venti turbolenti e i temporali),
Sotto la volta del cielo del pomeriggio che trascorreva veloce, e le voci dei bimbi e delle donne,

The many-moving sea-tides, and I saw the ships how they sail'd,
And the summer approaching with richness, and the fields all busy with labor,
And the infinite separate houses, how they all went on, each with its meals and minutia of daily usages,
And the streets how their throbbings throbb'd, and the cities pent —lo, then and there,
Falling upon them all and among them all, enveloping me with the rest,
Appear'd the cloud, appear'd the long black trail,
And I knew death, its thought, and the sacred knowledge of death.

Then with the knowledge of death as walking one side of me,
And the thought of death close-walking the other side of me,
And I in the middle as with companions, and as holding the hands of companions,
I fled forth to the hiding receiving night that talks not,
Down to the shores of the water, the path by the swamp in the dimness,
To the solemn shadowy cedars and ghostly pines so still.

vv. 116-18 La nuvola che oscura la stella è costante simbolo di morte in W. come è chiaro qui dove addirittura coincide con l'immagine del corteo funebre.

v. 119 Un verso solenne, dove appare due volte la parola morte e due volte parole che indicano conoscenza (*knew* e *knowledge*) alle quali si rapporta direttamente, come area semantica, *thought* (pensiero). Assume così particolare peso l'unico termine estraneo a una così compatta struttura semantica: *sacred*, riferito a questa misteriosa inti-

E le maree sempre in moto, e io vedevo le navi che salpavano,
L'estate approssimarsi con tutte le sue ricchezze, i campi fervidi di opere,
Le case sparse, infinite, coi loro pasti e le minuzie del viver quotidiano,
E le strade palpitanti di vita, e le città segregate — ecco, improvvisa,
Cadendo su tutto e in mezzo a tutto, avviluppando me e ogni cosa,
Apparve la nuvola, apparve la sua lunga coda nera,
E io conobbi la morte, il suo pensiero, e la sacra consapevolezza della morte.

Allora, come se la coscienza della morte camminasse al mio fianco,
Ed il pensiero della morte mi seguisse dall'altro,
E io in mezzo, come tra compagni, come stringendo le mani di compagni,
Fuggii nella notte che nasconde ed accoglie e che non parla,
Corsi alle rive dell'acqua, al sentiero che borda la palude, nel buio,
Verso le ombre solenni dei cedri e dei mistici pini, così immobili e sereni.

mazione della morte, ma riverberato altresì dalla e sulla morte stessa.

vv. 120-21 Con passaggio del tutto consueto in questa poesia, dove i confini tra umano e non umano, astratto e concreto sfumano fino a scomparire, la conoscenza (o coscienza) della morte ed il pensiero di essa (con il suo carico di lutto e di sofferenza) divengono fisicamente compagni di strada, parte integrante del corteo.

And the singer so shy to the rest receiv'd me,
The gray-brown bird I know receiv'd us comrades three,
And he sang the carol of death, and a verse for him I love.

From deep secluded recesses,
From the fragrant cedars and the ghostly pines so still,
Came the carol of the bird.

And the charm of the carol rapt me,
As I held as if by their hands my comrades in the night,
And the voice of my spirit tallied the song of the bird.

Come lovely and soothing death,
Undulate round the world, serenely arriving, arriving,
In the day, in the night, to all, to each,
Sooner or later delicate death.

Prais'd be the fathomless universe,
For life and joy, and for objects and knowledge curious,
And for love, sweet love—but praise! praise! praise!
For the sure-enwinding arms of cool-enfolding death.

v. 135 e segg. Ha qui inizio il canto dell'uccello. Nella prima versione esso non era in corsivo. Appare così contrassegnato in *LofG* 1871, dove questa «poesia nella poesia» aveva addirittura un proprio sottotitolo: *Death Carol* (canto di morte). Nel 1881 W. elimina il sottotitolo, ma continua a distinguere con il corsivo il canto dell'uccello. Per analoghi "canti nel canto", si vedano quello dell'uccello di «Dalla culla» e dell'albero in «Canto dell'albero di Redwood» non compreso in questa raccolta. Il canto «liquido e tenero» qui si dimostra tale in molte direzioni: in primo luogo per la presenza strutturante dell'immagine del mare presente dall'inizio (*undulate*) alla fine (*rising and sinking waves*), ed esplicita nei vv. 149 (*the loving floating ocean*) e 156 (*the ocean shore and the husky whispering wave*). Tale immagine ha

E il cantore mi accolse, così restio con gli altri,
L'uccello grigiobruno che conosco accolse me e i miei due compagni,
E cantò un cantico di morte, ed un versetto per colui che amo.

Dai profondi isolati recessi,
Dai cedri odorosi e dai mistici pini così immobili,
Si levò il canto dell'uccello.

E l'incanto del canto mi rapì
I miei camerati mentre tenevo come per mano nella notte,
E la voce del mio spirito si accordava col canto dell'uccello.

Vieni, leggiadra consolatrice morte,
Ondeggia intorno al mondo, arrivando serena,
Di giorno o di notte arrivando, a tutti e a ciascuno,
A chi presto a chi più tardi, morte gentile.

Lodato sia l'insondabile universo
Per la vita e la gioia, e per gli oggetti e il sapere curiosi,
E per l'amore, per il dolcissimo amore — ma sia tre volte lodato
Per le fresche, avvolgenti, sicure braccia della morte.

diversi referenti simbolici: è tutt'uno con il canto dell'uccello (che infatti *floats*, galleggia), ma è anche figura della morte, a cui l'uccello rivolge il suo canto d'amore. È un esempio interessante di una particolare struttura circolare delle immagini che rende ciascuna rappresentazione autonoma ma anche segno e simbolo dell'altra. Questo tipo di struttura simbolica sarà fonte — non sempre adeguatamente riconosciuta — di molta poesia anglosassone del ventesimo secolo, e, in particolare, della tessitura simbolica del *Paterson* di W.C. Williams. Per effetto di questa struttura simbolica a catena, *lovely and soothing* è il canto dell'uccello — e del poeta —, ma è anche il mare, ed è la morte stessa.

Dark mother always gliding near with soft feet,
Have none chanted for thee a chant of fullest welcome?
Then I chant it for thee, I glorify thee above all,
I bring thee a song that when thou must indeed come, come unfalteringly.

Approach strong deliveress,
When it is so, when thou hast taken them I joyously sing the dead,
Lost in the loving floating ocean of thee,
Laved in the flood of thy bliss O death.

From me to thee glad serenades,
Dances for thee I propose saluting thee, adornments and feastings for thee,
And the sights of the open landscape and the high-spread sky are fitting,
And life and the fields, and the huge and thoughtful night.

The night in silence under many a star,
The ocean shore and the husky whispering wave whose voice I know,
And the soul turning to thee O vast and well-veil'd death,
And the body gratefully nestling close to thee.

Over the tree-tops I float thee a song,
Over the rising and sinking waves, over the myriad fields and the prairies wide,
Over the dense-pack'd cities all and the teeming wharves and ways,
I float this carol with joy, with joy to thee O death.

Nera madre che sempre ci scivoli accanto con passo leggero,
Nessuno t'ha mai cantato un canto di caldo benvenuto?
Lo farò io, allora, per esaltarti al di sopra d'ogni cosa,
Ti offro un canto affinché, quando dovrai davvero venire, tu venga senza esitare.

Avvicìnati, grande liberatrice,
Quando li hai presi con te, io canto gioiosamente i morti
Che fluttuano perduti nel tuo amoroso oceano,
Lavati dalle onde della tua beatitudine, oh morte.

Da me avrai liete serenate,
E proposte di balli in tuo onore, e feste, e addobbi,
E panorami di liberi paesaggi, e il cielo in alto disteso, che meglio a te si confanno,
E la vita nei campi, e la notte immensa e pensosa.

La notte tacita sotto infinite stelle,
Le rive dell'oceano e il rauco murmure dell'onda di cui conosco la voce,
E l'anima che a te si rivolge, oh morte immensa e velata,
E il corpo che si annida accanto a te, colmo di gratitudine.

Sopra le cime degli alberi diffondo un canto per te,
Sopra le onde che s'alzano e s'abbassano, sui campi innumerevoli e le ampie praterie,
Sulle città sovraffollate, sui moli brulicanti e le strade,
Diffondo quest'inno con gioia, per te, morte, con gioia.

15

To the tally of my soul,
Loud and strong kept up the gray-brown bird,
With pure deliberate notes spreading filling the night.

Loud in the pines and cedars dim,
Clear in the freshness moist and the swamp-perfume,
And I with my comrades there in the night.

While my sight that was bound in my eyes unclosed,
As to long panoramas of visions.

And I saw askant the armies,
I saw as in noiseless dreams hundreds of battle-flags,
Borne through the smoke of the battles and pierc'd with missiles
I saw them,
And carried hither and yon through the smoke, and torn and
bloody,
And at last but a few shreds left on the staffs, (and all in silence,)
And the staffs all splinter'd and broken.

I saw battle-corpses, myriads of them,
And the white skeletons of young men, I saw them,
I saw the debris and debris of all the slain soldiers of the war,
But I saw they were not as was thought,

v. 163 *to the tally*: qui all'unisono. L'espressione, molto usata da W. anche in altri luoghi dove si vuole sottolineare l'importanza concettuale, poetica e sentimentale del «doppio», nasce dalla simmetria della talea nel mondo botanico.

15

Con voce alta e sicura,
All'unisono con la mia anima, cantava l'uccello grigiobruno,
Con note pure e studiate, dilungandosi, riempiendo la notte.

A voce alta nel buio dei pini e dei cedri,
Limpida nell'aria umida e fresca, nell'odore della palude,
E noi là, nella notte, io e i miei camerati.

E la mia vista, intanto, ch'era bendata nei miei occhi si aprì
Come ad un lungo susseguirsi di visioni.

Vedevo come di sbieco gli eserciti,
E come in un sogno silenzioso vedevo centinaia di bandiere
Agitarsi nel fumo della battaglia, e le vedevo forate da proiettili,
Portate qua e là attraverso il fumo, lacere, insanguinate,
Ridotte a pochi brandelli attaccati alle aste (e tutto nel silenzio),
E le aste tutte rotte e scheggiate.

E vedevo i cadaveri della battaglia, ne vedevo miriadi,
E bianchi scheletri di giovani, vedevo,
Vedevo i loro resti, e i resti di tutti i soldati uccisi in guerra,
Ma non erano come si credeva,

They themselves were fully at rest, they suffer'd not,
The living remain'd and suffer'd, the mother suffer'd,
And the wife and the child and the musing comrade suffer'd,
And the armies that remain'd suffer'd.

16

Passing the visions, passing the night,
Passing, unloosing the hold of my comrades' hands,
Passing the song of the hermit bird and the tallying song of my soul,
Victorious song, death's outlet song, yet varying ever-altering song,
As low and wailing, yet clear the notes, rising and falling, flooding the night,
Sadly sinking and fainting, as warning and warning, and yet again bursting with joy,
Covering the earth and filling the spread of the heaven,
As that powerful psalm in the night I heard from recesses,
Passing, I leave thee lilac with heart-shaped leaves,
I leave thee there in the door-yard, blooming, returning with spring.

I cease from my song for thee,
From my gaze on thee in the west, fronting the west, communing with thee,
O comrade lustrous with silver face in the night.

v. 195-205 In chiusa W. torna ai ritmi ed alle immagini del viaggio («empatia tra spazio e movimento»): ancora una volta l'inversione sintattica di nomi e aggettivi nell'ultimo verso (*the cedars dusk and dim*) consente una chiusa foneticamente e semanticamente definitiva su *dim*.

Erano in pace perfetta, non soffrivano,
Soffrivano i vivi che restavano, le madri soffrivano,
Le mogli e i figli soffrivano e il camerata pensoso,
E gli eserciti che restavano soffrivano.

16

Svanite le visioni, dileguata la notte,
Sciolta la stretta delle mani dei miei due camerati,
Svanito il canto del tordo eremita, e il canto all'unisono
della mia anima,
Canto vittorioso, canto di sfogo della morte, eppure
vario e mutevole canto,
Come sommesso lamento, eppure chiare le sue note,
che s'innalzano e scendono e inondano la notte,
Tristemente calando, svanendo, come ammonissero e
avvertissero, per subito erompere di gioia,
Coprendo la terra, colmando la distesa dei cieli;
Come quel salmo possente che ho udito dai recessi nella
notte,
Lontanando, ti lascio, con le tue foglie a forma di cuore,
Là nel prato davanti alla casa, lillà in fiore, che sempre
ritorni a primavera.

E metto fine al mio canto per te,
Al mio contemplarti a occidente, al mio guardare
l'occidente, in comunione con te,
Camerata che illumini la notte con il tuo volto
d'argento.

Yet each to keep and all, retrievements out of the night,
The song, the wondrous chant of the gray-brown bird,
And the tallying chant, the echo arous'd in my soul,
With the lustrous and drooping star with the countenance full of woe,
With the holders holding my hand nearing the call of the bird,
Comrades mine and I in the midst, and their memory ever to keep, for the dead I loved so well,
For the sweetest, wisest soul of all my days and lands—and this for his dear sake,
Lilac and star and bird twined with the chant of my soul,
There in the fragrant pines and the cedars dusk and dim.

1865–6 *1881*

Eppure serbo ogni cosa recuperata dalla notte,
Il canto, il canto prodigioso dell'uccello grigiobruno
E il canto concordante, l'eco destata nel mio spirito,
E insieme l'astro lucente che tramontava colmo di tristezza,
E chi mi teneva per mano avvicinandoci al canto dell'uccello,
Compagni miei, e io in mezzo a loro, e la loro memoria da mantenere sempre, per il morto che tanto amavo,
Per l'anima più soave e più saggia di tutti i miei giorni e le mie terre: per il suo amato ricordo,
Lillà, astro ed uccello intrecciati laggiù con il canto della mia anima,
Là nei pini odorosi, nei cedri neri e velati.

1865-6 *1881*

O Captain! My Captain!

O Captain! my Captain! our fearful trip is done,
The ship has weather'd every rack, the prize we sought is won,
The port is near, the bells I hear, the people all exulting,

While follow eyes the steady keel, the vessel grim and daring;
But O heart! heart! heart!
O the bleeding drops of red,
Where on the deck my Captain lies,
Fallen cold and dead.

O Captain! my Captain! rise up and hear the bells;
Rise up—for you the flag is flung—for you the bugle trills,
For you bouquets and ribbon'd wreaths—for you the shores a-crowding,
For you they call, the swaying mass, their eager faces turning;
Here Captain! dear father!
This arm beneath your head!
It is some dream that on the deck,
You've fallen cold and dead.

My Captain does not answer, his lips are pale and still,
My father does not feel my arm, he has no pulse nor will,
The ship is anchor'd safe and sound, its voyage closed and done,
From fearful trip the victor ship comes in with object won;
Exult O shores, and ring O bells!
But I with mournful tread,
Walk the deck my Captain lies,
Fallen cold and dead.

1865–6 *1871*

O Capitano! mio Capitano!

O Capitano! mio Capitano! il nostro viaggio tremendo è finito,
La nave ha superato ogni tempesta, l'ambito premio è vinto,
Il porto è vicino, odo le campane, il popolo è esultante,
Gli occhi seguono la solida chiglia, l'audace e altero vascello;
Ma o cuore! cuore! cuore!
O rosse gocce sanguinanti sul ponte
Dove è disteso il mio Capitano
Caduto morto, freddato.

O Capitano! mio Capitano! àlzati e ascolta le campane; àlzati,
Svetta per te la bandiera, trilla per te la tromba, per te
I mazzi di fiori, le ghirlande coi nastri, le rive nere di folla,
Chiamano te, le masse ondeggianti, i volti fissi impazienti,
Qua Capitano! padre amato!
Questo braccio sotto il tuo capo!
È un puro sogno che sul ponte
Cadesti morto, freddato.

Ma non risponde il mio Capitano, immobili e bianche le sue labbra,
Mio padre non sente il mio braccio, non ha più polso e volere;
La nave è ancorata sana e salva, il viaggio è finito,
Torna dal viaggio tremendo col premio vinto la nave;
Rive esultate, e voi squillate, campane!
Io con passo angosciato cammino sul ponte
Dove è disteso il mio Capitano
Caduto morto, freddato.

By Blue Ontario's Shore

1

By blue Ontario's shore,
As I mused of these warlike days and of peace return'd, and the dead that return no more,
A Phantom gigantic superb, with stern visage accosted me,
Chant me the poem, it said, *that comes from the soul of America, chant me the carol of victory,*
And strike up the marches of Libertad, marches more powerful yet,
And sing me before you go the song of the throes of Democracy.

(Democracy, the destin'd conqueror, yet treacherous lip-smiles everywhere,
And death and infidelity at every step.)

v. 3 Il Fantasma gigantesco e superbo, che appare per la prima volta nell'edizione del 1867, rimane tra i più misteriosi interlocutori dell'io-poeta. Spirito della nazione, o della libertà, o anima del popolo, o musa democratica, esso è comunque ennesima proiezione e monumentalizzazione dell'io-poeta che ispira e interpella.

Presso la riva dell'Ontario azzurro

1

Presso la riva dell'Ontario azzurro,
Mentre ero assorto a meditare sui giorni di guerra, sulla pace tornata, sui morti che non tornano più,
Gigantesco, maestoso, un Fantasma dal volto severo mi venne vicino,
Cantami, disse, *il poema che nasce dall'anima dell'America, cantami l'inno della vittoria,*
E intona le marce della Libertad, marce ancora più possenti,
E prima che tu te ne vada, cantami le doglie della Democrazia.

(Democrazia, predestinata vincitrice, eppure da ogni parte sorrisi ipocriti di traditori,
E morte e infedeltà a ogni passo).

2

A Nation announcing itself,
I myself make the only growth by which I can be appreciated,
I reject none, accept all, then reproduce all in my own forms.
A breed whose proof is in time and deeds,
What we are we are, nativity is answer enough to objections,
We wield ourselves as a weapon is wielded,
We are powerful and tremendous in ourselves,
We are executive in ourselves, we are sufficient in the variety of
ourselves,
We are the most beautiful to ourselves and in ourselves,
We stand self-pois'd in the middle, branching thence over the
world,
From Missouri, Nebraska, or Kansas, laughing attacks to scorn.

Nothing is sinful to us outside of ourselves,
Whatever appears, whatever does not appear, we are beautiful or
sinful in ourselves only.

(O Mother–O Sisters dear!
If we are lost, no victor else has destroy'd us,
It is by ourselves we go down to eternal night.)

v. 9 Si noti l'assoluta corrispondenza di questo verso con il primo verso di «SofM»:

A Nation announcing itself
I celebrate myself

Ambedue propongono in un'apparente perfetta specularità il modello formale di una certa identità culturale. Esso viene ribadito dall'apparente tautologia del v. 13 *what we are we are*.

2

Una Nazione si annuncia,
Quanto a me, coltivo l'unico prodotto per cui posso essere apprezzato,
Non rifiuto nessuno, accetto tutti, poi riproduco tutto nelle mie proprie forme.

Una stirpe il cui collaudo è nel tempo e nei fatti,
Siamo quello che siamo, la nascita è risposta sufficiente a qualunque obiezione,
Maneggiamo noi stessi come un'arma,
Siamo possenti e tremendi in noi stessi,
Siamo l'esecutivo di noi stessi, sufficienti nella nostra varietà,
Siamo i più belli in noi e per noi,
Stiamo nel mezzo bilanciandoci, di là ramificando in tutto il mondo,
Dal Missouri, dal Nebraska o dal Kansas, mettendo in ridicolo gli attacchi.

Niente è peccaminoso per noi all'infuori di noi,
Qualunque cosa appaia, qualunque cosa non appaia, noi siamo belli o peccatori solo in noi.

(Oh Madre — Oh care Sorelle!
Se ci perdiamo, nessun vincitore ci ha sconfitti,
È da noi stessi che sprofondiamo, giù nella notte eterna).

vv. 14-17 *myself* diviene *ourselves*, l'io si è fatto noi, ma il martellare del pronome (quattro volte in quattro versi, in tre dei quali a chiusura di verso), ripropone un modello formale identico a quello di «SofM».

4

Piety and conformity to them that like,
Peace, obesity, allegiance, to them that like,
I am he who tauntingly compels men, women, nations,
Crying, Leap from your seats and contend for your lives!

I am he who walks the States with a barb'd tongue, questioning every one I meet,
Who are you that wanted only to be told what you knew before?
Who are you that wanted only a book to join you in your nonsense?

(With pangs and cries as thine own O bearer of many children,
These clamors wild to a race of pride I give.)

O lands, would you be freer than all that has ever been before?
If you would be freer than all that has been before, come listen to me.

Fear grace, elegance, civilization, delicatesse,
Fear the mellow sweet, the sucking of honey-juice,
Beware the advancing mortal ripening of Nature,
Beware what precedes the decay of the ruggedness of states and men.

5

Ages, precedents, have long been accumulating undirected materials,
America brings builders, and brings its own styles.

v. 36 *barb'd tongue*: la lingua in momenti difficili dev'essere dura e fornita di punte.

4

Pietà e conformismo a chi piacciono,
Pace, obesità, devozione, a chi piacciono,
Io sono colui che con sprezzanti sarcasmi intima a uomini, donne, nazioni,
Urlando, Saltate su dai vostri sedili e combattete per le vostre vite!

Io sono colui che percorre gli Stati con lingua fornita di punte, interrogando chiunque incontro,
Chi sei tu che volevi ti si dicesse soltanto quello che già sai?
Chi sei tu che volevi solo un libro che si aggiungesse ai tuoi nonsensi?

(Con spasmi e urli come i tuoi, oh procreatrice di molti figli,
Questi selvaggi clamori offro a una stirpe orgogliosa).

Oh terre, vorreste essere più libere di quanto mai fu in passato?
Se volete essere più libere di quanto fu in passato, venite ad ascoltarmi.

Temete la grazia, l'eleganza, la civiltà, la délicatesse,
Temete le molli dolcezze, i succhi ricchi di miele,
Guardatevi dal letale progressivo maturarsi della Natura,
State attente a ciò che precede il decadere dell'asprezza nelle nazioni e negli uomini.

5

Età precedenti hanno da tempo accumulato materiali senza una direzione,
L'America porta i costruttori, e porta i propri stili.

The immortal poets of Asia and Europe have done their work
and pass'd to other spheres,
A work remains, the work of surpassing all they have done.

America, curious toward foreign characters, stands by its own at
all hazards,
Stands removed, spacious, composite, sound, initiates the true
use of precedents,
Does not repel them or the past or what they have produced
under their forms,
Takes the lesson with calmness, perceives the corpse slowly borne
from the house,
Perceives that it waits a little while in the door, that it was fittest
for its days,
That its life has descended to the stalwart and well-shaped heir
who approaches,
And that he shall be fittest for his days.

Any period one nation must lead,
One land must be the promise and reliance of the future.

These States are the amplest poem,
Here is not merely a nation but a teeming Nation of nations,

v. 52 *removed... composite, sound*: gli attributi associati qui all'America sono identici a quelli altrove associati all'io.

v. 53 e segg. Tutta la fine della sezione e buona parte della sezione successiva (che qui non compare) sono trasferiti dalla Prefazione.

v. 55 *fittest for its days*: questa totale armonia del proprio luogo col proprio tempo è, per W., carattere distintivo dell'America come egli la rappresenta a se stesso e a noi.

I poeti immortali dell'Asia e dell'Europa hanno
compiuto il loro lavoro e sono passati ad altre sfere,
Resta un lavoro, quello di superare tutto quanto hanno
fatto.

L'America, curiosa delle indoli straniere, tiene fede alle
proprie ad ogni costo,
Sta lontana, è spaziosa, composita, sana, dà inizio al
vero uso dei precedenti,
Non li respinge, né rifiuta il passato o ciò che hanno
prodotto nei loro modi,
Accetta con calma la lezione, osserva il feretro uscire
lentamente dalla casa,
Lo vede attendere un istante sulla porta, si rende conto
che era adatto al proprio tempo,
Che la sua vita è passata all'erede vigoroso e ben fatto
che si avvicina risoluto,
E che sarà il più adatto al suo tempo.

In ogni periodo una nazione deve guidare,
Una terra dev'essere promessa e affidamento del futuro.

Questi Stati sono il poema più vasto,
Qui non c'è solo una nazione, ma una brulicante
Nazione di nazioni,

v. 60 «Yet America — aveva scritto Emerson in *The Poet* — is a poem in our eyes; its ample geography dazzles the imagination, and it will not wait long for metres» («Eppure l'America, ai nostri occhi, è un poema; la sua ampia geografia folgora la fantasia, e non aspetterà ancora a lungo il suo metro»).

Here the doings of men correspond with the broadcast doings of the day and night,
Here is what moves in magnificent masses careless of particulars,
Here are the roughs, beards, friendliness, combativeness, the soul loves,
Here the flowing trains, here the crowds, equality, diversity, the soul loves.

7

(Lo, high toward heaven, this day,
Libertad, from the conqueress' field return'd,
I mark the new aureola around your head,
No more of soft astral, but dazzling and fierce,
With war's flames and the lambent lightnings playing,
And your port immovable where you stand,
With still the inextinguishable glance and the clinch'd and lifted fist,
And your foot on the neck of the menacing one, the scorner utterly crush'd beneath you,
The menacing arrogant one that strode and advanced with his senseless scorn, bearing the murderous knife,
The wide-swelling one, the braggart that would yesterday do so much,
To-day a carrion dead and damn'd, the despised of all the earth,
An offal rank, to the dunghill maggots spurn'd.)

v. 107 e segg. Tutta la settima sezione fu aggiunta nell'edizione del 1867.

Qui il fare degli uomini concorda con il vasto operare
del giorno e della notte.
Qui è ciò che avanza in magnifiche masse poco curanti
dei particolari,
Qui la rudezza, le barbe, l'amicizia, la combattività che
l'anima ama,
Qui le folle, i cortei, l'uguaglianza e la diversità, che
l'anima ama.

7

(Guarda su in alto verso il cielo, oggi,
Libertad è tornata dai campi di conquista,
Scorgo la nuova aureola attorno alla tua testa,
Non più tenue, astrale, ma violenta, abbagliante,
Con fiamme di guerra e guizzi di lampi lambenti,
E il tuo portamento, fermo, irremovibile,
Con l'occhio acceso e il pugno chiuso levato,
E il piede sul collo di chi ti minacciava, lo schernitore
completamente schiacciato sotto di te,
L'arrogante che avanzava a grandi passi, minacciando
col suo scherno insensato, impugnando il coltello
assassino,
Il tronfio, lo spaccone che ieri voleva fare chissà che,
Una dannata carogna oggi aborrita da tutta la terra,
Carcassa putrida da gettare con un calcio ai vermi del
letamaio).

10

Of these States the poet is the equable man,
Not in him but off from him things are grotesque, eccentric, fail of their full returns,
Nothing out of its place is good, nothing in its place is bad,
He bestows on every object or quality its fit proportion, neither more nor less,
He is the arbiter of the diverse, he is the key,
He is the equalizer of his age and land,
He supplies what wants supplying, he checks what wants checking,
In peace out of him speaks the spirit of peace, large, rich, thrifty, building populous towns, encouraging agriculture, arts, commerce, lighting the study of man, the soul, health, immortality, government,
In war he is the best backer of the war, he fetches artillery as good as the engineer's, he can make every word he speaks draw blood,
The years straying toward infidelity he witholds by his steady faith,
He is no arguer, he is judgment, (Nature accepts him absolutely,)
He judges not as the judge judges but as the sun falling round a helpless thing,
As he sees the farthest he has the most faith,
His thoughts are the hymns of the praise of things,
In the dispute on God and eternity he is silent,

v. 137 Ancora un diretto trasferimento dalla Prefazione, in particolare dal suo sesto paragrafo che informa tutta la sezione.

10

Di questi Stati il poeta è l'uomo equabile,
Non in lui ma lontano da lui le cose sono grottesche, eccentriche, dànno scarsi profitti,
Nulla è male al proprio posto, fuori del proprio posto nulla è bene,
Egli conferisce ad ogni oggetto, ad ogni qualità, la giusta proporzione, né più né meno,
È l'arbitro del diverso, è la chiave,
È l'equalizzatore del suo tempo, della sua terra,
Fornisce quello che occorre, controlla quello che va controllato,
In pace, parla in lui lo spirito di pace, grande, ricco, prosperoso, che costruisce popolose città, incoraggia le arti, il commercio, l'agricoltura, illumina lo studio dell'uomo, l'anima, la salute, il governo. l'immortalità,
In guerra, è il sostegno migliore, fornisce artiglierie non inferiori a quelle degli ingegneri, da ogni parola che pronunzia può far spillare sangue,
Con la sua fede costante può trattenere gli anni che deviano verso l'infedeltà,
Non disquisisce, ma giudica (la Natura lo accetta totalmente),
E non giudica come giudicano i giudici, ma come il sole che cade da ogni lato su una cosa indifesa,
E poiché spinge il suo sguardo il più lontano possibile, possiede la fede più grande,
I suoi pensieri sono inni in lode delle cose,
Nella disputa su Dio e l'eternità osserva il silenzio,

vv. 147-148 I due versi appaiono una perfetta illustrazione del senso della vita e della poesia per W.: non argomentazione ed ideologia ma esperienza e accettazione.

He sees eternity less like a play with a prologue and denouement,
He sees eternity in men and women, he does not see men and
    women as dreams or dots.

For the great Idea, the idea of perfect and free individuals,
For that, the bard walks in advance, leader of leaders,
The attitude of him cheers up slaves and horrifies foreign despots.

Without extinction is Liberty, without retrograde is Equality,
They live in the feelings of young men and the best women,
(Not for nothing have the indomitable heads of the earth been
    always ready to fall for Liberty.)

11

For the great Idea,
That, O my brethren, that is the mission of poets.

Songs of stern defiance ever ready,
Songs of the rapid arming and the march,
The flag of peace quick-folded, and instead the flag we know,
Warlike flag of the great Idea.

(Angry cloth I saw there leaping!
I stand again in leaden rain your flapping folds saluting,
I sing you over all, flying beckoning through the fight—O the
    hard-contested fight!

v. 160 Questa sezione, con evidenti riferimenti alla recente guerra, è aggiunta nel 1867.

L'eternità non la vede come un dramma con un prologo e un dénouement,
La vede in uomini e donne, e gli uomini e le donne non li vede come sogni o macchioline.

Per la grande Idea, per l'idea dell'individuo libero e perfetto,
Per essa il bardo cammina avanti a tutti ed è guida alle guide,
Il suo contegno rincuora gli schiavi e fa paura ai despoti stranieri.

La Libertà non si estingue, l'Uguaglianza non può tornare indietro,
Vivono nel sentimento dei giovani e delle donne migliori
(Non per niente le più indomite teste della terra sono sempre state pronte a cadere per la Libertà).

11

Per la grande Idea,
Questa, fratelli, è la missione dei poeti.

Canti sempre pronti di sfida inesorabile,
Canti del rapido correre alle armi e del mettersi in marcia,
Messa via la bandiera di pace e al suo posto innalzata quella che conosciamo,
La bandiera di guerra della grande Idea.

(Straccio rabbioso che ho visto là sussultare,
Sono di nuovo sotto la pioggia di piombo salutando le tue pieghe palpitanti,
Io canto te sopra tutto, che fai cenni correndo attraverso la battaglia — oh lotta così duramente contrastata!

The commons ope their rosy-flashing muzzles—the hurtled balls
scream,
The battle-front forms amid the smoke—the volleys pour incessant
from the line,
Hark, the ringing word *Charge!*—now the tussle and the furious
maddening yells,
Now the corpses tumble curl'd upon the ground,
Cold, cold in death, for precious life of you,
Angry cloth I saw there leaping.)

13

Rhymes and rhymers, pass away, poems distill'd from poems pass
away,
The swarms of reflectors and the polite pass, and leave ashes,
Admirers, importers, obedient persons, make but the soil of litera-
ture,
America justifies itself, give it time, no disguise can deceive it or
conceal from it, it is impassive enough,
Only toward the likes of itself will it advance to meet them,
If its poets appear it will in due time advance to meet them,
there is no fear of mistake,
(The proof of a poet shall be sternly deferr'd till his country
absorbs him as affectionately as he has absorb'd it.)

He masters whose spirit masters, he tastes sweetest who results
sweetest in the long run,

v. 217 L'America andrà incontro solo agli uguali a se stesso. Riaffiora l'ideale del totale superamento dell'alterità in un incontro del doppio-uguale.

I cannoni aprono le loro bocche dai rosei lampi — fischiano le palle scagliate,
Il fronte si schiera in mezzo al fumo — dalla linea di fuoco piovono scariche incessanti,
Ascolta! squilla la parola *Carica!* — ora la mischia, gli urli di pazza furia,
Ora i cadaveri cadono rotolando a terra, freddati,
In un gelo di morte, per la tua vita preziosa,
Straccio pieno di collera che ho visto sussultare).

13

Le rime e i rimatori scompaiono, le poesie distillate da poesie svaniscono,
Lo sciame dei critici e dei colti si dissolve, e lascia ceneri,
Ammiratori, importatori, teste ubbidienti, non sono che l'humus della letteratura,
L'America si giustifica da sé, datele tempo, nessun travestimento può ingannarla o camuffarla, è abbastanza impassibile,
Solo a chi le somiglia andrà incontro,
Se i suoi poeti appariranno, a tempo debito si farà avanti a incontrarli, non c'è tema di errore,
(L'accertamento d'un poeta dovrà essere severamente differito fino a che il suo paese non l'abbia assimilato con il medesimo affetto con cui lui ha assimilato il paese).

Quegli domina che domina il suo spirito, quegli ha gusto più dolce che alla lunga risulterà più dolce,

The blood of the brawn beloved of time is unconstraint;
In the need of songs, philosophy, an appropriate native grand-opera, shipcraft, any craft,
He or she is greatest who contributes the greatest original practical example.

Already a nonchalant breed, silently emerging, appears on the streets,
People's lips salute only doers, lovers, satisfiers, positive knowers,
There will shortly be no more priests, I say their work is done,
Death is without emergencies here, but life is perpetual emergencies here,
Are your body, days, manners, superb? after death you shall be superb,
Justice, health, self-esteem, clear the way with irresistible power;
How dare you place any thing before a man?

16

Underneath all, Nativity,
I swear I will stand by my own nativity, pious or impious so be it;
I swear I am charm'd with nothing except nativity,
Men, women, cities, nations, are only beautiful from nativity.

v. 226 Cfr. «Song of Myself», sez. 43.
v. 262 L'uso del termine *nativity* per *birth*, è, contemporaneamente, una voluta sacralizzazione del comune, e una desacralizzazione del sacro.

Il sangue dei muscoli, amato dal tempo è indipendenza,
Nel bisogno di canti, filosofia, opere liriche idonee e native, arsenali, arti e mestieri d'ogni genere,
Colui o colei sarà grande che darà esempi pratici più vasti e originali.

Una generazione noncurante emerge silenziosa, appare già per le strade,
Le labbra della gente salutano solo chi lavora, ama, soddisfa e sa effettivamente,
Fra breve non ci saranno più preti, affermo che la loro opera è compiuta,
Qui la morte non ha imprevisti, ma la vita è eternamente imprevedibile,
Il tuo corpo, i tuoi modi, i tuoi giorni sono splendidi? dopo la morte sarai superbo,
Giustizia, salute, rispetto di se stessi, aprono la via con forza irresistibile;
Come osate anteporre qualcosa ad un uomo?

16

Al fondo di tutto, la Natività,
Giuro che resterò fedele alla mia natività, pia o empia che sia;
Giuro che niente mi affascina eccetto la natività,
Uomini, donne, città, nazioni, hanno la loro bellezza dalla natività.

Underneath all is the Expression of love for men and women,
(I swear I have seen enough of mean and impotent modes of expressing love for men and women,
After this day I take my own modes of expressing love for men and women.)

I swear I will have each quality of my race in myself,
(Talk as you like, he only suits these States whose manners favor the audacity and sublime turbulence of the States.)

Underneath the lessons of things, spirits, Nature, governments, ownerships, I swear I perceive other lessons,
Underneath all to me is myself, to you yourself, (the same monotonous old song.)

17

O I see flashing that this America is only you and me,
Its power, weapons, testimony, are you and me,
Its crimes, lies, thefts, defections, are you and me,
Its Congress is you and me, the officers, capitols, armies, ships, are you and me,
Its endless gestations of new States are you and me,
The war, (that war so bloody and grim, the war I will henceforth forget), was you and me,
Natural and artificial are you and me,

v. 273 e segg. L'America si è finalmente scomposta in un modello esplicitamente speculare: *you and me* (con una tendenza continua al ribaltamento dei ruoli). Non *noi*, ma *tu ed io*.

Al fondo di tutto è l'Espressione dell'amore per gli uomini e le donne,
(Giuro d'aver visto molti modi gretti e impotenti di esprimere l'amore per gli uomini e le donne,
Da oggi assumo i miei modi d'esprimere l'amore per gli uomini e le donne.)

Giuro che in me voglio avere tutte le qualità della mia razza,
(Dite quel che vi pare, ma a questi Stati si addice solo chi ha modi che assecondino l'audacia e la sublime turbolenza di questi Stati).

Sotto gli insegnamenti delle cose, Natura, spiriti, governi, possedimenti, giuro che ravviso altre lezioni,
Al fondo di tutto, per me ci sono io, per te ci sei tu (la solita, vecchia, monotona canzone).

17

Oh, io vedo in un lampo che quest'America siamo solo tu e io,
La sua potenza, le sue armi, la sua testimonianza, siamo tu e io,
I suoi delitti, menzogne, ruberie, defezioni, siamo tu e io,
Il suo Congresso, siamo tu e io, funzionari, palazzi del governo, eserciti, navi, siamo tu e io,
Le sue gestazioni continue di nuovi Stati, siamo tu e io,
La guerra (quella guerra spietata e sanguinaria che d'ora in poi voglio scordare) siamo stati tu e io,
Il naturale e l'artificiale, siamo tu e io,

Freedom, language, poems, employments, are you and me,
Past, present, future, are you and me.

I dare not shirk any part of myself,
Not any part of America good or bad,
Not to build for that which builds for mankind,
Not to balance ranks, complexions, creeds, and the sexes,
Not to justify science nor the march of equality,
Nor to feed the arrogant blood of the brawn belov'd of time.

I am for those that have never been master'd,
For men and women whose tempers have never been master'd,
For those whom laws, theories, conventions, can never master.

I am for those who walk abreast with the whole earth,
Who inaugurate one to inaugurate all.

I will not be outfaced by irrational things,
I will penetrate what it is in them that is sarcastic upon me,
I will make cities and civilizations defer to me,
This is what I have learnt from America—it is the amount, and it
I teach again.

(Democracy, while weapons were everywhere aim'd at your breast,
I saw you serenely give birth to immortal children, saw in dreams
your dilating form,
Saw you with spreading mantle covering the world.)

vv. 298-99 L'America come realtà in espansione diventa immagine retorica, *forma* dilatantesi, grande mantello aperto a coprire il mondo.

La libertà, la lingua, le poesie, il lavoro, siamo tu e io,
Il passato, il presente, il futuro, siamo tu e io.

Io non ardisco sottrarre nessuna parte di me,
Né alcuna parte dell'America, buona o cattiva che sia,
Non il costruire quello che costruisce per l'umanità,
Non l'equilibrare ranghi, carnagioni, fedi, e sessi,
Non il giustificare la scienza né la marcia
dell'uguaglianza,
Non il nutrire il sangue arrogante del nerboruto
beniamino del tempo.

Io sono per coloro che non furono mai dominati,
Per gli uomini e le donne il cui carattere non fu mai
dominato,
Per coloro che leggi, teorie, convenzioni, non potranno
mai dominare.

Io sono per coloro che camminano di pari passo con il
mondo intero,
Che insediano uno per insediare tutti.

Non mi farò intimidire da cose irrazionali,
Approfondirò quanto in esse è sarcastico nei miei
confronti,
Farò che città e civiltà mi siano deferenti,
Questo è quel che ho imparato dall'America – è
la somma di tutto, e la insegno a mia volta.

(Democrazia, mentre puntavano armi da per tutto con-
tro il tuo petto,
Io ti ho veduta serena partorire figli immortali, ho visto
in sogno la tua figura dilatarsi,
Ti ho vista ricoprire la terra con il tuo manto spiegato).

18

I will confront these shows of the day and night,
I will know if I am to be less than they,
I will see if I am not as majestic as they,
I will see if I am not as subtle and real as they,
I will see if I am to be less generous than they,
I will see if I have no meaning, while the houses and ships have meaning,
I will see if the fishes and birds are to be enough for themselves, and I am not to be enough for myself.

I match my spirit against yours you orbs, growths, mountains, brutes,
Copious as you are I absorb you all in myself, and become the master myself,
America isolated yet embodying all, what is it finally except myself?
These States, what are they except myself?

I know now why the earth is gross, tantalizing, wicked, it is for my sake,
I take you specially to be mine, you terrible, rude forms.

(Mother, bend down, bend close to me your face,
I know not what these plots and wars and deferments are for,
I know not fruition's success, but I know that through war and crime your work goes on, and must yet go on.)

18

Confronterò questi spettacoli del giorno e della notte,
Saprò se devo essere da meno di loro,
Vedrò se non sono maestoso quanto loro,
Vedrò se non sono penetrante e reale quanto loro,
Vedrò se devo essere meno generoso di loro,
Vedrò se non ho alcun significato, mentre lo hanno le case e le navi,
Vedrò se i pesci e gli uccelli devono bastare a se stessi, e io non devo bastare a me stesso.

Contrapporrò il mio spirito al vostro, corpi celesti, montagne, vegetazione, animali,
Per quanto siate copiosi vi assorbo tutti in me, e ne divento padrone.
L'America isolata e che incorpora tutto, cos'è alla fine se non me?
Questi Stati, che cosa sono se non me?

Adesso so perché la terra è volgare, maligna, allettatrice e deludente, essa lo è per il mio bene,
Io vi considero soprattutto mie, pessime, rudi forme.

(Madre, chinati, accosta a me il tuo volto,
Io non so a quale scopo siano questi complotti, guerre e differimenti,
Non so il successo del risultato, ma so che attraverso la guerra e il delitto l'opera tua continua, deve continuare).

19

Thus by blue Ontario's shore,
While the winds fann'd me and the waves came trooping toward me,
I thrill'd with the power's pulsations, and the charm of my theme was upon me,
Till the tissues that held me parted their ties upon me.

And I saw the free souls of poets,
The loftiest bards of past ages strode before me,
Strange large men, long unwaked, undisclosed, were disclosed to me.

20

O my rapt verse, my call, mock me not!
Not for the bards of the past, not to invoke them have I launch'd you forth,
Not to call even those lofty bards here by Ontario's shores,
Have I sung so capricious and loud my savage song.

Bards for my own land only I invoke,
(For the war the war is over, the field is clear'd,)
Till they strike up marches henceforth triumphant and onward,
To cheer O Mother your boundless expectant soul.

Bards of the great Idea! bards of the peaceful inventions! (for the war, the war is over!)

v. 316 La diciannovesima è ancora una sezione aggiunta nel 1867.

19

Così, presso la riva dell'Ontario azzurro,
Mentre i venti mi ventolavano e le onde accorrevano a schiere verso di me,
Fremetti per le pulsazioni del potere e caddi sotto l'incanto del mio tema,
Finché i tessuti che mi trattenevano troncarono i legami su di me.

E io vidi le anime libere dei poeti,
I più sublimi bardi dei secoli passati mi sfilarono davanti,
Uomini grandi, strani, da tanto tempo non destati, non rivelati, si palesarono a me.

20

Oh miei versi rapiti, oh mio appello non prenderti gioco di me!
Non per i bardi del passato, non per invocarli ti ho lanciato,
Non per chiamarli, quei sublimi bardi, qui sulle rive dell'Ontario,
Ho intonato così forte e capriccioso il mio canto selvaggio.

Invoco bardi solo per la mia terra
(Perché la guerra, la guerra è finita, il campo è sgombro)
Affinché d'ora in poi intonino marce trionfali
Per salutare, oh Madre, l'anima tua sconfinata che aspetta.

Bardi della grande Idea! bardi delle invenzioni pacifiche! (perché la guerra, la guerra è finita!)

Yet bards of latent armies, a million soldiers waiting ever-ready,
Bards with songs as from burning coals or the lightning's fork'd stripes!
Ample Ohio's, Kanada's bards—bards of California! inland bards—bards of the war!
You by my charm I invoke.

1856 *1881*

E tuttavia bardi degli eserciti latenti, un milione di soldati sempre pronti,
Bardi con canti che sembrano uscire da brucianti carboni o dai guizzi serpentini della folgore!
Bardi del vasto Ohio e del Canada — bardi di California! bardi dell'entroterra — bardi della guerra!
Siete voi che io invoco col mio incanto.

1856 *1881*

Autumn Rivulets

There Was a Child Went Forth

There was a child went forth every day,
And the first object he look'd upon, that object he became,
And that object became part of him for the day or a certain part of the day,
Or for many years or stretching cycles of years.

The early lilacs became part of this child,
And grass and white and red morning-glories, and white and red clover, and the song of the phœbe-bird,
And the Third-month lambs and the sow's pink-faint litter, and the mare's foal and the cow's calf,
And the noisy brood of the barnyard or by the mire of the pond-side,
And the fish suspending themselves so curiously below there, and the beautiful curious liquid,

v. 3 La coincidenza delle «cose» con l'esperienza delle medesime è certo suggerita a W. da una poetica e da una filosofia del linguaggio trascendentalista. Tuttavia, egli la esprime fin da questa poesia con

Ruscelletti autunnali

C'era un bambino che usciva ogni giorno

C'era un bambino che usciva ogni giorno,
E il primo oggetto che osservava, in quello si
trasfondeva,
E quell'oggetto diventava parte di lui per quel giorno o
per parte del giorno,
O per molti anni o vasti cicli di anni.

I primi lillà divennero parte del bambino,
E l'erba e i convolvoli bianchi e quelli rossi, e il bianco e
il rosso trifoglio, e il canto del saltimpalo,
Gli agnelli marzolini, la rosea figliata della scrofa, il
vitello e il puledro,
La chiassosa nidiata dell'aia o del pantano vicino allo
stagno,
E i pesci così stranamente sospesi, e il bel liquido strano,

un'assolutezza quasi totalizzante che ci conduce, senza difficoltà, alla poesia del novecento americano.

vv. 4-5 Il tempo è totalmente relativizzato: un giorno o una frazione di esso o interi cicli di anni sono totalmente appiattiti nella coscienza.

And the water-plants with their graceful flat heads, all became part of him.

The field-sprouts of Fourth-month and Fifth-month became part of him,
Winter-grain sprouts and those of the light-yellow corn, and the esculent roots of the garden,
And the apple-trees cover'd with blossoms and the fruit afterward, and wood-berries, and the commonest weeds by the road,
And the old drunkard staggering home from the outhouse of the tavern whence he had lately risen,
And the schoolmistress that pass'd on her way to the school,
And the friendly boys that pass'd, and the quarrelsome boys,
And the tidy and fresh-cheek'd girls, and the barefoot negro boy and girl,
And all the changes of city and country wherever he went.

His own parents, he that had father'd him and she that had conceiv'd him in her womb and birth'd him,
They gave this child more of themselves than that,
They gave him afterward every day, they became part of him.

The mother at home quietly placing the dishes on the supper-table,
The mother with mild words, clean her cap and gown, a wholesome odor falling off her person and clothes as she walks by,
The father, strong, self-sufficient, manly, mean, anger'd, unjust,

v. 24 *self-sufficient*: autosufficiente, ma anche ipersicuro, autoritario.

Le piante acquatiche dalle graziose cime piatte; tutto questo divenne parte di lui.

E nei campi, i germogli del Quarto e Quinto mese divennero parte di lui,
Quelli del grano d'inverno e del mais giallo pallido, delle radici eduli dell'orto,
E i meli coperti di fiori e più tardi di frutti, le bacche dei boschi, le più comuni erbacce ai lati della strada,
E il vecchio ubriacone che ritornava a casa barcollando dalla taverna che aveva appena lasciato,
E la maestra che passava andando a scuola,
E i ragazzi che passavano, quelli amici tra loro e i litigiosi,
E le fanciulle, linde e ordinate, con la freschezza sulle guance, e i figli dei negri a piedi nudi,
E tutti i cambiamenti di città e di campagna dovunque si recasse.

I genitori, colui che lo aveva generato e lei che lo aveva concepito nel ventre e partorito,
Diedero più che questo, di se stessi, al bambino,
Gliene diedero in seguito ogni giorno, divennero parte di lui.

La madre in casa silenziosa che preparava i piatti per la cena,
La madre che aveva parole dolci, la cuffia e la gonna sempre linde, e camminando emanava odore di buono dalla persona e dagli abiti,
Il padre, forte, autoritario, rude, gretto, collerico, ingiusto,

The blow, the quick loud word, the tight bargain, the crafty lure,
The family usages, the language, the company, the furniture, the
yearning and swelling heart,
Affection that will not be gainsay'd, the sense of what is real, the
thought if after all it should prove unreal,
The doubts of day-time and the doubts of night-time, the curious
whether and how,
Whether that which appears so is so, or is it all flashes and specks?
Men and women crowding fast in the streets, if they are not flashes
and specks what are they?
The streets themselves and the façades of houses, and goods in
the windows,
Vehicles, teams, the heavy-plank'd wharves, the huge crossing at
the ferries,
The village on the highland seen from afar at sunset, the river
between,
Shadows, aureola and mist, the light falling on roofs and gables of
white or brown two miles off,
The schooner near by sleepily dropping down the tide, the little
boat slack-tow'd astern,
The hurrying tumbling waves, quick-broken crests, slapping,
The strata of color'd clouds, the long bar of maroon-tint away
solitary by itself, the spread of purity it lies motionless in,
The horizon's edge, the flying sea-crow, the fragrance of salt
marsh and shore mud,

v. 27 Il rapporto tra reale e irreale, ambiguo e mutevole anche nel tempo, è tema di altre poesie di W.

La botta, la sgridata improvvisa, il faticoso compromesso, l'abile lusinga,
Le abitudini della famiglia, il linguaggio, le compagnie, il mobilio, il cuore gonfio di tenerezza,
L'affetto che non si può rifiutare, il senso di ciò che è reale e il pensiero se dopo tutto si mostrasse irreale,
I dubbi del giorno e i dubbi della notte, l'incuriosito se e come,
Se ciò che appare è realmente in quel modo, o è solo polvere e bagliori,
Uomini e donne che affollano le strade che cosa sono se non polvere e bagliori?
Le strade stesse e le facciate delle case, le merci nelle vetrine,
E veicoli, mute di cavalli, i moli dal pesante tavolato, l'enorme incrocio ai ferry,
Il villaggio sull'altopiano visto al tramonto in lontananza, col fiume in mezzo,
Ombre, nebbia ed alone, luce radente sopra tetti e timpani bianchi o brunastri lontani due miglia,
La vicina goletta che si abbandona sonnolenta alla marea, rimorchiata a poppa con la gomena lenta,
Le onde che s'accavallano rapide, le creste sùbito infrante, schiaffeggianti,
Gli strati di nubi colorate, la lunga striscia marrone lontana, solitaria, immobile nella diffusa purezza,
L'orlo dell'orizzonte, il cormorano in volo, l'odore dell'acquitrino salmastro e della riva fangosa,

These became part of that child who went forth every day, and
who now goes, and will always go forth every day.

1855 *1871*

This Compost

1

Something startles me where I thought I was safest,
I withdraw from the still woods I loved,
I will not go now on the pastures to walk,
I will not strip the clothes from my body to meet my lover the sea,
I will not touch my flesh to the earth as to other flesh to renew me.

O how can it be that the ground itself does not sicken?
How can you be alive you growths of spring?
How can you furnish health you blood of herbs, roots, orchards, grain?
Are they not continually putting distemper'd corpses within you?
Is not every continent work'd over and over with sour dead?

Where have you disposed of their carcasses?
Those drunkards and gluttons of so many generations?
Where have you drawn off all the foul liquid and meat?

v. 39 Il passaggio dalla «reminiscenza» alla dimensione mitica è totalmente affidato al tempo dei verbi compressi in un solo verso: *went forth / now goes / will always go forth*.

Tutto questo diventò parte di quel bimbo che usciva
ogni giorno, e ancora esce e uscirà sempre ogni giorno.

1855 *1871*

Questo concime

1

Qualcosa mi fa trasalire là dove mi credevo più al sicuro,
E mi ritraggo dai boschi silenziosi tanto amati,
Non andrò più a passeggiare nei pascoli,
Non spoglierò il mio corpo per incontrarmi col mio amante, il mare,
Né accosterò la mia carne alla terra, come ad un'altra carne, per rinnovarmi.

Oh come può la stessa terra non provare disgusto?
Come potete essere vivi, germogli della primavera?
E tu, sangue dell'erba, delle radici, dei frutteti, del grano, come puoi dar salute?
Non immettono in te continuamente liquefatti cadaveri?
Non è ogni continente lavorato e lavorato con rancidi morti?

Dove ti sei sbarazzata delle loro carcasse?
Di quei beoni ed ingordi di tante generazioni?
Dove hai cacciato tutto quel lurido liquido e quel cibo?

I do not see any of it upon you to-day, or perhaps I am deceiv'd,
I will run a furrow with my plough, I will press my spade through the sod and turn it up underneath,
I am sure I shall expose some of the foul meat.

2

Behold this compost! behold it well!
Perhaps every mite has once form'd part of a sick person—yet behold!
The grass of spring covers the prairies,
The bean bursts noiselessly through the mould in the garden,
The delicate spear of the onion pierces upward,
The apple-buds cluster together on the apple-branches,
The resurrection of the wheat appears with pale visage out of its graves,
The tinge awakes over the willow-tree and the mulberry-tree,
The he-birds carol mornings and evenings while the she-birds sit on their nests,
The young of poultry break through the hatch'd eggs,
The new-born of animals appear, the calf is dropt from the cow, the colt from the mare,
Out of its little hill faithfully rise the potato's dark green leaves,
Out of its hill rises the yellow maize-stalk, the lilacs bloom in the dooryards,
The summer growth is innocent and disdainful above all those strata of sour dead.

What chemistry!
That the winds are really not infectious,

Non ne vedo oggi su di te, o forse m'inganno,
Aprirò un solco col mio aratro, spingerò la mia vanga nella zolla e la rivolterò,
Sicuramente porterò alla luce un po' di quella putrida carne.

2

Guarda questo concime! guardalo bene!
Forse ogni briciola faceva parte d'un uomo malato — eppure osserva!
L'erba di primavera copre le praterie,
Il fagiolo spunta senza rumore dal terriccio dell'orto,
Il delicato stelo della cipolla si fa strada verso l'alto,
I germogli del melo si ammassano sui rami,
Il grano risorge dalla tomba con pallido volto,
Il colorito torna al salice e al gelso,
Gli uccelli cantano mattina e sera, le loro femmine covano nel nido,
I pulcini si aprono un varco attraverso le uova dischiuse,
Nascono i piccoli degli animali, dalla vacca il vitello, dalla cavalla il vannino,
Dal suo minuscolo monticello spuntano puntuali le scure foglie della patata,
E dal suo il giallo stelo del mais, fioriscono i lillà nelle aiole davanti alle case,
L'estate spiega la sua vegetazione innocente e sdegnosa su tutti quegli strati di rancidi morti.

Quale chimica!
Ché i venti in realtà non infettano,

That this is no cheat, this transparent green-wash of the sea
which is so amorous after me,
That it is safe to allow it to lick my naked body all over with its
tongues,
That it will not endanger me with the fevers that have deposited
themselves in it,
That all is clean forever and forever,
That the cool drink from the well tastes so good,
That blackberries are so flavorous and juicy,
That the fruits of the apple-orchard and the orange-orchard, that
melons, grapes, peaches, plums, will none of them poison me,
That when I recline on the grass I do not catch any disease,
Though probably every spear of grass rises out of what was once
a catching disease.

Now I am terrified at the Earth, it is that calm and patient,
It grows such sweet things out of such corruptions,
It turns harmless and stainless on its axis, with such endless
successions of diseas'd corpses,
It distills such exquisite winds out of such infused fetor,
It renews with such unwitting looks its prodigal, annual, sumptu-
ous crops,
It gives such divine materials to men, and accepts such leavings
from them at last.

1856 *1881*

Ché questo non è un imbroglio, questo verde
trasparente sciacquio del mare che mi segue amoroso,
Ché posso senza rischi lasciarmi leccare il corpo nudo dalle sue lingue,
Ché non mi attaccherà le febbri che si sono depositate in lui,
Ché tutto è sempre puro,
Ché il fresco sorso dal pozzo è così buono,
Ché le more sono così gustose e succulente,
Ché i frutti dell'aranceto e del meleto, che l'uva, i meloni, le susine, le pesche, non mi avveleneranno,
Ché quando mi sdraio sull'erba non subisco un contagio,
Anche se ogni filo d'erba spunta da quella che una volta è stata forse una malattia contagiosa.

Ora sono atterrito dalla Terra, così calma e paziente,
Così dolci cose fa nascere da cosiffatta corruzione,
Gira inerme e senza colpa sul suo asse, con tale sequela infinita di cadaveri infetti,
Distilla venti profumati da tale fetido infuso,
Con aria innocente ogni anno rinnova le sue abbondanti sontuose messi,
E dona agli uomini tali divine sostanze, e ne riceve alla fine siffatti rifiuti.

1856 *1881*

What Am I After All

What am I after all but a child, pleas'd with the sound of my own
        name? repeating it over and over;
I stand apart to hear—it never tires me.

To you your name also;
Did you think there was nothing but two or three pronunciations
        in the sound of your name?

1860 *1867*

v. 4 La chiusa sulla domanda e il rivolgersi dell'io poeta ad un interlocutore indeterminato, sono modalità tipiche della lirica whitmaniana.

Che cosa sono, alla fine

Che cosa sono, alla fine, se non un bambino
compiaciuto del suono del suo nome? e lo ripete, e
lo ripete;
Sto a lungo ad ascoltarlo — non me ne stanco mai.

Anche per te, il tuo nome;
Credevi che il suono del tuo nome si potesse pronunzia-
re soltanto in due o tre modi?

1860 *1867*

Whispers of Heavenly Death

Whispers of Heavenly Death

Whispers of heavenly death murmur'd I hear,
Labial gossip of night, sibilant chorals,
Footsteps gently ascending, mystical breezes wafted soft and low,
Ripples of unseen rivers, tides of a current flowing, forever flowing,
(Or is it the plashing of tears? the measureless waters of human
tears?)

I see, just see skyward, great cloud-masses,
Mournfully slowly they roll, silently swelling and mixing,
With at times a half-dimm'd sadden'd far-off star,
Appearing and disappearing.

(Some parturition rather, some solemn immortal birth;
On the frontiers to eyes impenetrable,
Some soul is passing over.)

1868 *1871*

vv. 1-5 Notevole lo sforzo imitativo dei primi versi, con larga predominanza di labiali e sibilanti ad imitazione dei celesti sussurri.

vv. 6-9 Nella relativa costanza di significato dei simboli ricorrenti in W., qui le nere nuvole del lutto si incrociano ancora una volta con la

Sussurri di morte celeste

Sussurri di morte celeste

Sussurri di morte celeste odo sommessi,
Labiali dicerie della notte, sibilanti corali,
Passi che gentilmente salgono, mistiche brezze dall'alito
mite e soave,
Gorgoglìi di fiumi invisibili, flussi d'una corrente che
scorre, eternamente scorre
(O è sciaguattìo di lacrime? le smisurate acque delle
lacrime umane?).

Vedo, vedo appena verso il cielo, grandi masse di
nuvole,
Malinconicamente lente ruotano, silenziose
si espandono, si fondono
Con qualche stella ogni tanto che mesta appare e
scompare,
Velata, lontanissima.

(O forse un parto, qualche solenne nascita immortale;
Ai confini impenetrabili alla vista,
Un'anima che passa.)

1868 *1871*

stella della speranza, della vita e dell'amore. L'immagine mostra le stelle stesse, lontane, mezzo oscurate, rattristate, che appaiono e scompaiono. Con la funzionale chiusa della strofa sullo «scompaiono».

A Noiseless Patient Spider

A noiseless patient spider,
I mark'd where on a little promontory it stood isolated,
Mark'd how to explore the vacant vast surrounding,
It launch'd forth filament, filament, filament, out of itself,
Ever unreeling them, ever tirelessly speeding them.

And you O my soul where you stand,
Surrounded, detached, in measureless oceans of space,
Ceaselessly musing, venturing, throwing, seeking the spheres to
    connect them,
Till the bridge you will need be form'd, till the ductile anchor
    hold,
Till the gossamer thread you fling catch somewhere, O my soul.

1868 *1881*

O Living Always, Always Dying

O living always, always dying!
O the burials of me past and present,
O me while I stride ahead, material, visible, imperious as ever;
O me, what I was for years, now dead, (I lament not, I am
    content;)

O Living Always, Always Dying

v. 2 W. si esprime con la terribile concisione di Emily Dickinson.

Un silenzioso paziente ragno

Un silenzioso paziente ragno
Vidi isolato, su un breve promontorio,
Che esplorava lo spazio libero e vasto intorno a sé,
Tirando fuori dal corpo fili e fili,
Srotolandoli, rapido, senza stancarsi.

E tu, anima mia, dove stai tu,
Circondata e separata da smisurati oceani di spazio,
Rimuginando senza posa, avventurandoti, buttandoti, cercando le sfere a cui connetterti,
Finché il ponte che ti occorre non sia fatto, finché l'àncora duttile non morda,
Finché il filo sottilissimo che lanci non si attacchi a qualcosa.

1868 *1881*

Oh, sempre vita, sempre morte

Oh, sempre vita, sempre morte!
Oh, i miei funerali passati e presenti,
Ohimè, io che avanzo a grandi passi, corporeo, visibile, imperioso come sempre,
Ohimè, quello che fui per anni, ora defunto (non mi lamento, sono contento);

O to disengage myself from those corpses of me, which I turn
and look at where I cast them,
To pass on, (O living! always living!) and leave the corpses
behind.

1860 *1867*

Oh, sganciarmi da tutti quei cadaveri, che mi giro a guardare dove li ho buttati,
Per proseguire (oh vita! sempre vita!) e lasciare indietro i cadaveri.

1860 *1867*

Songs of Parting

So Long!

To conclude, I announce what comes after me.

I remember I said before my leaves sprang at all,
I would raise my voice jocund and strong with reference to con-
summations.

When America does what was promis'd,
When through these States walk a hundred millions of superb
persons,
When the rest part away for superb persons and contribute to them,
When breeds of the most perfect mothers denote America,
Then to me and mine our due fruition.

I have press'd through in my own right,
I have sung the body and the soul, war and peace have I sung,
and the songs of life and death,
And the songs of birth, and shown that there are many births.

v. 8 *me and mine*: è qui possibile una doppia interpretazione in cui *mine* stia, come altrove, per i miei consimili, i miei sodali, ovvero per ciò che è mio, cioè, specificatamente, i miei canti.

Canti d'addio

Addio!

E per concludere, annunzio ciò che verrà dopo di me.

Ricordo di aver detto prima che le mie foglie spuntassero,
Che avrei levato la mia voce alta e gioiosa riferendomi ai fini.

Quando l'America farà ciò che fu promesso,
Quando attraverso questi Stati cammineranno cento milioni di superbi individui,
E gli altri si faranno da parte e collaboreranno con loro,
Quando la prole delle madri più perfette denoterà l'America,
Allora io ed i miei avremo la dovuta ricompensa.

Mi sono fatto strada di pieno diritto,
Ho cantato l'anima e il corpo, la guerra e la pace ho cantato, e i canti della vita e della morte,
E i canti della nascita, e ho dimostrato che vi sono molte nascite.

I have offer'd my style to every one, I have journey'd with confident step;
While my pleasure is yet at the full I whisper *So long!*
And take the young woman's hand and the young man's hand for the last time.

I announce natural persons to arise,
I announce justice triumphant,
I announce uncompromising liberty and equality,
I announce the justification of candor and the justification of pride.

I announce that the identity of these States is a single identity only,
I announce the Union more and more compact, indissoluble,
I announce splendors and majesties to make all the previous politics of the earth insignificant.

I announce adhesiveness, I say it shall be limitless, unloosen'd,
I say you shall yet find the friend you were looking for.

I announce a man or woman coming, perhaps you are the one, (*So long!*)
I announce the great individual, fluid as Nature, chaste, affectionate, compassionate, fully arm'd.

v. 12 Ha offerto a ciascuno il proprio stile: ciò vale a dire che anche per lui, esplicitamente, il «come» è messaggio, equivale al «cosa».

Ho offerto a tutti il mio stile, ho viaggiato con passo fiducioso,
E mentre il mio piacere è ancora pieno, sussurro *Addio!*
E prendo la mano della giovane donna e la mano del giovane uomo per l'ultima volta.

Annunzio il sorgere di gente schietta,
Annunzio il trionfo della giustizia,
Annunzio uguaglianza e libertà senza compromessi,
Annunzio la giustificazione del candore, e la giustificazione dell'orgoglio,

Annunzio che l'identità di questi Stati è un'unica e sola identità,
Annunzio un'Unione sempre più compatta, indissolubile,
Annunzio splendori e maestosità che faranno apparire insignificanti tutti i modi di governare della terra.

Annunzio l'attaccamento reciproco, dico che sarà libero e illimitato,
Dico che troverai l'amico che cercavi.

Annunzio un uomo o una donna in arrivo, potresti essere tu (*Addio!*),
Annunzio il grande individuo, fluido come la Natura, casto, affettuoso, compassionevole, pienamente dotato.

v. 22 *adhesiveness*: termine frenologico ad indicare la qualità di amicizia, in particolare tra uomini. W., che si è sempre interessato alla frenologia, ne prende nota nei suoi primi *Notebooks* e ne usa largamente nella sua opera in accezioni, di volta in volta, più ampie o più restrittive.

I announce a life that shall be copious, vehement, spiritual, bold,
I announce an end that shall lightly and joyfully meet its translation.

I announce myriads of youths, beautiful, gigantic, sweet-blooded,
I announce a race of splendid and savage old men.

O thicker and faster—(*So long!*)
O crowding too close upon me,
I foresee too much, it means more than I thought,
It appears to me I am dying.

Hasten throat and sound your last,
Salute me—salute the days once more. Peal the old cry once more.

Screaming electric, the atmosphere using,
At random glancing, each as I notice absorbing,
Swiftly on, but a little while alighting,
Curious envelop'd messages delivering,
Sparkles hot, seed ethereal down in the dirt dropping,
Myself unknowing, my commission obeying, to question it never daring,
To ages and ages yet the growth of the seed leaving,
To troops out of the war arising, they the tasks I have set promulging,
To women certain whispers of myself bequeathing, their affection me more clearly explaining,
To young men my problems offering—no dallier I—I the muscle of their brains trying,
So I pass, a little time vocal, visible, contrary,

Annunzio una vita che sarà ricca, veemente, spirituale, ardimentosa,
Annunzio una fine che andrà lieve e gioiosa alla sua metamorfosi.

Annunzio miriadi di giovani, belli, giganti, dal sangue puro,
Annunzio una razza di rudi e splendidi vecchi.

Oh più fitto e più in fretta, (*Addio!*)
Oh troppo da presso mi preme,
Troppo prevedo, significa ben più che non pensassi,
Appare a me che sto morendo.

Affréttati gola e annuncia la tua fine,
Salutami — saluta i giorni ancora una volta. Lancia ancora una volta il vecchio grido.

Con urla elettriche, usando l'atmosfera,
Guardando a caso, e chi noto assorbendo,
A gran carriera, ma per un attimo smontando,
Distribuendo messaggi in strani plichi,
Faville ardenti, eterei semi spargendo nel terriccio,
Ignorando me stesso, obbedendo al mandato senza mai porlo in discussione,
Lasciando a secoli e secoli la crescita del seme,
Alle truppe sorgenti dalla guerra, perché promulghino i compiti che ho dato,
Alle donne affidando certe voci su di me, il loro affetto mi spiegherà più chiaramente,
Ai giovani offrendo i miei problemi — non mi gingillo — mettendo alla prova il vigore dei loro cervelli,
Così io passo, per poco, dotato di voce, visibile, caparbio,

Afterward a melodious echo, passionately bent for, (death making
me really undying,)
The best of me then when no longer visible, for toward that I have
been incessantly preparing.

What is there more, that I lag and pause and crouch extended
with unshut mouth?
Is there a single final farewell?

My songs cease, I abandon them,
From behind the screen where I hid I advance personally solely
to you.

Camerado, this is no book,
Who touches this touches a man,
(Is it night? are we here together alone?)
It is I you hold and who holds you,
I spring from the pages into your arms—decease calls me forth.
O how your fingers drowse me,
Your breath falls around me like dew, your pulse lulls the tympans
of my ears,
I feel immerged from head to foot,
Delicious, enough.

Enough O deed impromptu and secret,
Enough O gliding present—enough O summ'd-up past.

Dear friend whoever you are take this kiss,
I give it especially to you, do not forget me,

In seguito eco melodiosa, piegata con passione (la morte rendendomi realmente immortale),
Il meglio di me quando non sarò più visibile, verso quello che ho incessantemente preparato.

Che cosa c'è ancora, che indugio e mi fermo e mi chino disteso con la bocca dischiusa?
C'è forse un addio definitivo?

I miei canti s'interrompono, io li abbandono,
Da dietro lo schermo dov'ero nascosto, avanzo in persona verso di te, unicamente per te.

Camerado, questo non è un libro,
Chi tocca questo tocca un uomo,
(È forse notte? siamo insieme noi due soli?)
Sono io che tieni, e che tiene te,
Balzo da queste pagine fra le tue braccia — mi tira fuori la morte.
Oh che dolce sopore recano le tue dita,
Il tuo respiro cade intorno a me come rugiada, il tuo battito culla le mie orecchie,
Mi sento immerso dalla testa ai piedi
Nella delizia, basta!

Basta, atti segreti e improvvisati,
Basta, fuggevole presente — basta, passato ricordato.

Diletto amico, chiunque tu sia, prendi questo bacio,
Lo do a te in particolare, non dimenticarmi,

I feel like one who has done work for the day to retire awhile,
I receive now again of my many translations, from my avataras ascending, while others doubtless await me,
An unknown sphere more real than I dream'd, more direct, darts awakening rays about me, *So long!*
Remember my words, I may again return,
I love you, I depart from materials,
I am as one disembodied, triumphant, dead.

1860 1881

v. 67 *avataras*: parola sanscrita per incarnazione.

Mi sento come uno che ha compiuto il lavoro del giorno e si ritira un momento,
Ora di nuovo subirò qualcuna delle mie molte metamorfosi, dai miei avatara, ascendendo (mentre altre sicuramente mi attendono)
Verso una sfera sconosciuta più reale di quanto immaginassi, più immediata, che saetta intorno a me raggi che svegliano, *Addio!*
Ricorda le mie parole, posso di nuovo tornare,
Io ti amo, mi allontano dalle cose materiali,
Sono come un essere incorporeo, trionfante, morto.

1860 *1881*

Sands at Seventy

Continuities

[From a talk I had lately with a German spiritualist.]

Nothing is ever really lost, or can be lost,
No birth, identity, form—no object of the world.
Nor life, nor force, nor any visible thing;
Appearance must not foil, nor shifted sphere confuse thy brain.
Ample are time and space—ample the fields of Nature.
The body, sluggish, aged, cold—the embers left from earlier fires,
The light in the eye grown dim, shall duly flame again;
The sun now low in the west rises for mornings and for noons continual;
To frozen clods ever the spring's invisible law returns,
With grass and flowers and summer fruits and corn.

1888 1888–9

Sabbie a settant'anni

Continuità

[Da una recente conversazione con uno spiritualista tedesco.]

Niente è mai veramente perduto, o può essere perduto,
Nessuna nascita, forma, identità — nessun oggetto del mondo.
Nessuna vita, nessuna forza, nessuna cosa visibile;
L'apparenza non deve ostacolare, né l'ambito mutato confonderti il cervello.
Vasto è il Tempo e lo Spazio, vasti i campi della Natura.
Il corpo, lento, freddo, vecchio — cenere e brace dei fuochi d'un tempo,
La luce velata degli occhi tornerà a splendere al momento giusto;
Il sole ora basso a occidente sorge costante per mattini e meriggi;
Alle zolle gelate sempre ritorna la legge invisibile della primavera,
Con l'erba e i fiori e i frutti estivi e il grano.

1888 *1888-9*

Yonnondio

[The sense of the word is *lament for the aborigines.* It is an Iroquois term; and has been used for a personal name.]

A song, a poem of itself—the word itself a dirge,
Amid the wilds, the rocks, the storm and wintry night,
To me such misty, strange tableaux the syllables calling up;
Yonnondio—I see, far in the west or north, a limitless ravine,
with plains and mountains dark,
I see swarms of stalwart chieftains, medicine-men, and warriors,
As flitting by like clouds of ghosts, they pass and are gone in the
twilight,
(Race of the woods, the landscapes free, and the falls!
No picture, poem, statement, passing them to the future:)
Yonnondio! Yonnondio!—unlimn'd they disappear;
To-day gives place, and fades—the cities, farms, factories fade;
A muffled sonorous sound, a wailing word is borne through the
air for a moment,
Then blank and gone and still, and utterly lost.

1887 *1888-9*

v. 1 Il fascino esercitato su W. dai nomi, in particolare dai nomi di località del continente americano, e dai termini indigeni, è qui evidente.

v. 12 Quest'ultimo verso che chiude sull'*utterly lost* dà il senso all'intero componimento. Il rimorso storico per la razza boschiva che scompare non è tramandato da poesia, pittura o documento, e si concentra tutto su una parola. La razza diventa quella parola, anzi il suono di quella parola, che si fa poi «vuoto, silenzio, assenza».

Yonnondio

[La parola significa *lamento per gli aborigeni*. È un termine irochese ed è stato usato come nome di persona.]

Un canto, una poesia da sola — la parola da sola un canto funebre,
Fra lande desolate, rocce, notti d'inverno di tempesta,
Strani quadri nebulosi mi evocano le sillabe;
Yonnondio — vedo, lontano a settentrione o a ovest, un immenso burrone, e monti oscuri e pianure,
Vedo una moltitudine di capi vigorosi, di sciamani e guerrieri
Migrare come nubi di fantasmi passano e si disperdono nel crepuscolo
(Razza dei boschi, dei liberi paesaggi, delle cascate!
Nessun quadro, o poema, nessun resoconto li tramanda al futuro):
Yonnondio! Yonnondio! — non un'effigie, scompaiono;
L'oggi cede il passo, e sparisce — città, fattorie, fabbriche spariscono;
Un suono smorzato risonante, una parola di lamento attraversano l'aria un istante,
Poi il vuoto, il silenzio, l'assenza, la scomparsa totale.

1887 *1888-9*

Small the Theme of My Chant

Small the theme of my Chant, yet the greatest—namely, One's-Self—a simple, separate person. That, for the use of the New World, I sing.
Man's physiology complete, from top to toe, I sing. Not physiognomy alone, nor brain alone, is worthy for the Muse;—I say the Form complete is worthier far. The Female equally with the Male, I sing.

Nor cease at the theme of One's-Self. I speak the word of the modern, the word En-Masse.
My Days I sing, and the Lands—with interstice I knew of hapless War.
(O friend, whoe'er you are, at last arriving hither to commence, I feel through every leaf the pressure of your hand, which I return.
And thus upon our journey, footing the road, and more than once, and link'd together let us go.)

1867 *1888–9*

Life and Death

The two old, simple problems ever intertwined,
Close home, elusive, present, baffled, grappled.
By each successive age insoluble, pass'd on,
To ours to-day—and we pass on the same.

1888 *1888–9*

Umile il tema del mio canto

Umile il tema del mio Canto, ma il più alto — ossia l'Io di ciascuno — la semplice, distinta persona. Questo, a profitto del Nuovo Mondo, io canto.
La completa fisiologia dell'uomo, da capo a piedi. Né la fisionomia né il cervello, da soli, sono degni delle Muse — io affermo che la Forma completa è di gran lunga più meritevole. E la Donna, alla pari con l'Uomo, io canto.

E non mi limito al tema dell'io. Pronunzio la parola del mondo moderno, la parola Massa.
Canto i miei Giorni, e le Terre — con l'intervallo che conobbi della nefasta guerra.
(Oh amico, chiunque tu sia, che infine arrivi qui per cominciare, sento attraverso ogni foglia la pressione della tua mano, a cui rispondo.
E così il nostro cammino, a piedi sulla strada, e più d'una volta, insieme, l'uno all'altro allacciati, proseguiamo).

1867 *1888-9*

Vita e morte

I due antichi, semplici problemi sempre intrecciati,
Ossessivi, sfuggenti, attuali, schivati, aggrediti.
Da ogni età che si sussegue irrisolti, trasmessi
Oggi alla nostra — e noi del pari li trasmetteremo.

1888 *1888-9*

Good-bye My Fancy

Good-bye My Fancy

Good-bye* my fancy—(I had a word to say,
But 'tis not quite the time—The best of any man's word or say,
Is when its proper place arrives—and for its meaning,
I keep mine till the last.)

1891 *1891–2*

* Behind a Good-bye there lurks much of the salutation of another beginning—to me, Development, Continuity, Immortality, Transformation, are the chiefest life-meanings of Nature and Humanity, and are the *sine qua non* of all facts, and each fact.

Why do folks dwell so fondly on the last words, advice, appearance, of the departing? Those last words are not samples of the best, which involve vitality at its full, and balance, and perfect control and scope. But they are valuable beyond measure to confirm and endorse the varied train, facts, theories and faith of the whole preceding life.

The Commonplace

The commonplace I sing;
How cheap is health! how cheap nobility!

Addio, mia fantasia

Addio, mia fantasia

Addio* mia fantasia — (avevo qualcosa da dire,
Ma non è ancora il momento — il meglio che chiunque
debba dire
E' quando è tempo e luogo — e quanto al significato
Mi tengo il mio fino alla fine).

1891 *1891-2*

* Dietro ad ogni addio fa capolino il saluto di un nuovo inizio — per me Sviluppo, Continuità, Immortalità, Trasformazione, sono i veri significati vitali della natura e dell'umanità, e sono il *sine qua non*, di tutti i fatti, di ogni fatto.

Perché mai la gente presta tanta devota attenzione alle ultime parole, all'aspetto, ai consigli di chi ci lascia? Quelle ultime parole non sono esemplari del meglio, che, in quanto tale, presuppone vitalità piena, ed equilibrio, e completo controllo e senso della direzione. Esse sono peraltro oltremodo preziose per confermare e rafforzare il variegato corteggio di fatti, teorie e convinzioni di tutta la vita che le ha precedute.

Il luogo comune

Canto il luogo comune;
Com'è a buon prezzo la salute! com'è a buon prezzo la
nobiltà!

Abstinence, no falsehood, no gluttony, lust;
The open air I sing, freedom, toleration,
(Take here the mainest lesson—less from books—less from the schools,)
The common day and night—the common earth and waters,
Your farm—your work, trade, occupation,
The democratic wisdom underneath, like solid ground for all.

1891 *1891–2*

Astinenza, non falsità, non ingordigia e lussuria;
Io canto l'aria aperta, la libertà, la tolleranza,
(Prendete qui la lezione più importante — meno dai libri — meno dalle scuole),
Il giorno e la notte comuni — la terra e le acque comuni,
I vostri campi — il vostro lavoro, commercio, occupazione,
E sotto, la saggezza democratica, come solida base di tutto.

1891 *1891-2*

COMMENTO

EPIGRAFI (p. 7)

È un gruppo di poesie (che taluno ha chiamato «di programma»), apparse per la prima volta in numero ridotto (9 epigrafi) nell'edizione del 1871, e nell'attuale numero di 24 nell'edizione del 1881.

CANTO IL SÉ (p. 7)

Intitolata in un primo tempo «Inscription» («Epigrafe») la breve poesia comparve sul frontespizio di *LofG* del 1867, fu ristampata col titolo «Small the Theme of my Chant» («Umile il tema del mio canto») in *November Boughs* (1888). La versione qui pubblicata, leggermente più breve della precedente, è in *LofG* del 1871.

IMMAGINI (p. 9)

Appare nella «New York Tribune» il 19 febbraio 1876 e nello stesso anno è inclusa in *Two Rivulets*. «Eidolons» scrive W. nei *Notebooks* «Ei-do-lon (Gr) phantom – the *image* of a Helen at Troy instead of real flesh and blood woman» (fantasma – l'*immagine* di una Elena di Troia piuttosto che una donna in carne ed ossa), privilegiando – come si è fatto nella traduzione – il simulacro di realtà legato alla creazione poetica. Tuttavia, come altrove conferma, W. fa un ampio uso della parola e del concetto del doppio o proiezione di sé, in cui si esprime e compone a un tempo l'intrinseco dualismo dell'esistenza e della persona umana. In questa poesia la fascinazione esotizzante del suono ha certo la sua parte come si desume dall'uso insistito del refrain, e dallo stesso influsso esercitato dalla parola sulla regolarità ritmica e grafica del componimento.

QUANDO LESSI IL LIBRO (p. 17)

La prima versione della poesia appare in *LofG* del 1867: i mss. indicano diverse varianti. Si tratta di una programmatica separazione tra «vita» e «biografia».

ANCHE SE L'UOMO CHE CANTO (p. 19)

Nelle edizioni del 1871 e del 1876, questa era la poesia introduttiva di un gruppo di sei intitolate *Songs of Insurrection*.

POETI FUTURI (p. 21)

In *Chants Democratic* in versione più estesa nel 1860, questa poesia passa nel 1871 e nel 1876, e nella versione presente, a far parte del gruppo denominato *The Answerer*, per poi essere inserito nelle *Epigrafi* nel 1881.

PARTENDO DA PAUMANOK (p. 23)

Sotto il titolo di «proto-Leaf», viene posta all'inizio dell'edizione del 1860. Precedenti tentativi, documentati dai manoscritti, hanno il titolo di «Premonition» e seguono da vicino la pubblicazione della prima edizione di *LofG*. Il titolo attuale risale al 1867. La collocazione immediatamente dopo le «epigrafi» è dell'edizione del 1871. Tutti i commentatori hanno concordemente attribuito anche a questa ben più estesa poesia la funzione strutturale delle «Epigrafi» di «programma» o presentazione d'«intenti»; e ne hanno identificato la tematica in una «mitica e personale presentazione del poeta, come uomo del Nuovo Mondo».

Un'occhiata ravvicinata alla struttura formale del poemetto suggerisce tematiche più articolate e più profondamente innervate nell'opera poetica di W.: struttura superficiale portante è certamente quella del viaggio (dal *solitary... I strike up for a New World* del v. 13 all'*haste on with me* del v. 271 che chiude il poemetto), intrecciata a una, pur estremamente rarefatta, successione di riferimenti biografici. All'interno, la spinta e controspinta di coppie oppositive; notte/giorno, vita/morte, corpo/anima, e, soprattutto io/tu che, come in «Song of Myself», percorre e sostiene, trasversalmente, tutto il componimento. Ciò è sottolineato dall'alternarsi quasi regolare di monologo e dialogo, di perorazione e conversativo. Opposizione, questa del tu e dell'io, che per molti tratti coincide con la struttura principale, l'io-biografico narrante e il tu dell'ampia geografia del continente americano. Ciascuno dei due poli è un'ambivalenza di passato e futuro, condensata temporalmente e spazialmente nell'uso molto insistito, in momenti chiave, dell'avverbio *here* (per *hic et nunc*). Le diciotto strofe sono scandite con relativa regolarità da versi-pausa:

I stand in my place with my own day Here... (v.62 str. 4)
I have paus'd to hear him near at hand (v. 151 str. 11)
On my way a moment I pause? Here... (vv. 237-8 str. 16)

Il primo di essi, già anticipa e riassume tutti gli altri e, riconducendosi al precedente e ancor più apodittico: *This then is life, /here...* (v. 18 str. 2) ne rappresenta quasi il nucleo generativo.

CANTO DI ME STESSO (p. 61)

Il poemetto, certamente il più noto di W., e da qualcuno ritenuto la sua cosa migliore, nucleo generatore e compendio di tutte le *Foglie d'erba*, costituiva da solo circa la metà della famosa prima edizione di *LofG* del 1855. Era allora privo di titolo e non suddiviso in sezioni, e non recava nemmeno l'indicazione del nome dell'autore. Il libro era contrassegnato soltanto da una fotografia di Walt Whitman in apertura, in atteggiamento e posa che furono definiti da «Byron in vesti da operaio». Nel 1856 il poemetto aveva un titolo: «Poem of W.W., an American»; nel 1860, ed in tutte le successive edizioni fu intitolato, semplicemente, «Walt Whitman», fino ad assumere, nel 1881, l'attuale titolo di «Song of Myself».

Quest'ultima versione finisce, in verità, per equivalere alla prima, quella senza titolo. Ambedue scartano, o allontanano, la tentazione di una lettura del poemetto che tenda a concentrarsi solo sulla ricerca d'identità personale e nazionale di Walt Whitman in termini essenzialmente epici. Questo tipo di lettura finisce per sovrapporre a «SofM» una struttura epica, perdendone la fluidità e flessibilità delle forme oltre che dei significati.

La stessa ingannevole simmetria del primo verso avvia invece ad una lettura non gerarchizzata dell'intera opera. Infatti l'unica relazione certa — anche grammaticalmente — resta quella tra l'*I* che canta e celebra ed il *myself* che è cantato e celebrato. È una relazione biunivoca, non una coincidenza, perché nel corso delle cinquantadue sezioni e dei 1346 versi, i predicati associati all'uno o all'altro termine s'incrociano di continuo, rendendo ciascuno dei due, alternativamente e non sempre contemporaneamente, rappresentazione del sé e dell'altro da sé. Basti tra tutte una considerazione del rapporto (ancora simmetrico) tra primo ed ultimo verso:

I (celebrate) myself
I (stop somewhere waiting for) you

per renderci conto che *myself* vale anche *you*.

Si pensi, inoltre, alla domanda fondamentale del verso 392: «What is man anyhow?» (Cos'è l'uomo, in fondo?) e si veda come essa si sdoppi immediatamente, nello stesso verso in una opposizione: «What am I? (cosa sono io?), what are you? (cosa sei tu?)». Un'opposizione, quella tra *I* e *you*, tipica della poesia whitmaniana, che questo poemetto tende di volta in volta a sfumare (fino a farla quasi scomparire), e a riproporre in forme diverse. La domanda ontologica, e le antitesi da cui è rappresentata, avranno negli oltre mille versi formulazioni diverse (in termini letterali e metaforici): cos'è l'individuo?/ cosa la collettività?; cosa il poeta?/ cosa il lettore?; cosa il Presente?/ cosa la storia?; cosa l'uomo?/ cosa Dio?; cosa la vita? cosa la morte? Le anticipa e riassume la domanda centrale e multivalente espressa nella sesta sezione: «cos'è l'erba?».

La risposta che, emersonianamente, Whitman propone come linea di lettura è — sembra — non un *cosa*, ma un *come*. Essa coincide con la stessa formula compositiva del poemetto che è ricostruibile a diversi livelli, e diviene dunque essa stessa messaggio. Si tratta della presentazione di una serie di opposizioni (semantiche, psicologiche, ideologiche), cui corrispondono altre serie di simmetrie ed antitesi (foniche, lessicali, grammaticali). Di volta in volta le opposizioni culmineranno in momenti (singole immagini o versi, intere sezioni, pure strutture grammaticali) di composizione, equilibrio, stasi (non di sintesi se non superficiale). Ciascuna di queste epifanie (perfezioni o miracoli come potrebbe chiamarli Whitman), ha in sé, in nuce, il nucleo generatore di altre, diverse scomposizioni ed opposizioni.

L'alterità permea, non senza sofferenza, la visione della

realtà e viene ricondotta ad unità solo per risolversi in altre alterità e separatezze. E così via. Dunque un modello dinamico, basato su un modulo che potremmo definire ritmico. Il sovrapporsi e l'intrecciarsi di questo modulo ritmico ternario, con il paradigma di base del poemetto che è binario (quello della domanda e della risposta), ne costituisce lo scheletro strutturale.

Esso si configura, dunque, come una continua, problematica riscrittura di ciascuno dei tre termini del primo verso:

I
celebrate
myself

ma questa riscrittura, allarga e rimescola continuamente senso e funzioni di *I* e di *myself*, vivificandone e problematizzandone l'apparente, rigida simmetria.

L'io, in primo luogo, sarà equilibrio di opposti e nucleo generativo di nuove contraddizioni, anche nella sua relazione con la storia. Questa è vista «democraticamente», e dunque rappresentata senza gerarchie prospettiche; colta nel dilatarsi del presente (a sua volta anch'esso correlativo di «perfection» come momento di sintesi dinamica). Un presente carico dei significati dell'ieri e di quelli del domani. A sua volta correlata con esso è l'America nei cui spazi indefinitamente espandibili dovrebbero risolversi le laceranti contraddizioni della storia.

L'io è questo equilibrio dinamico: (*I am an acme of things accomplished and I am an encloser of things to be*, v. 1148, «Sono l'apice delle cose compiute, e il serbatoio di quelle a venire»).

La lingua, strumento e creazione autonoma nonché ipotesi concreta di identità personale e nazionale, partecipa della stessa dinamica. «Esperimento» per eccellenza, «SofM» postula alla lingua americana una struttura non prescrittiva e grammaticale, ma di modi d'uso, in perfetta correlazione con l'ideale culturale e sociale che rappresenta. Tutte realtà non in parallelo ma talora coincidenti, talora in contrasto, talora in reciproca funzione simbolica. Il predicato *myself* partecipa, a sua volta, di tutte creando risonanze, chiaroscuri e sinuosità che sembravano estranei al dettato apparentemente lineare della poesia di W. Diviene soprattutto, il *tu* per eccellenza, l'unico accettabile, quello su cui il poemetto chiude, quello di cui e a cui si parla.

«SofM» è stato definito poema epico, esperienza mistica

(diretta o «invertita»), retorica pedagogica, libera accrezione lirica di associazioni figurative. Esso va certo anche letto come una proposta di modo d'essere e di esprimersi, la cui intrinseca problematicità e precarietà coincide con la sua stessa capacità di sopravvivenza, aperta com'è, programmaticamente, al tu dell'interlocutore, del lettore ed al suo apporto interpretativo. «SofM» non usa un modello dialettico, diviene essa stessa modello dialettico, espansibile nello spazio e nel tempo, e da incontrare sempre «a mezza strada». La sua struttura di riferimento non è un paradigma con un inizio e una fine, ma uno svolgersi in continua crescita e continuo mutamento.

FIGLI D'ADAMO

COME ADAMO DI PRIMA MATTINA (p. 239)

È questa l'ultima poesia (il n. 15) del gruppo intitolato da W. *Enfans d'Adam* nell'edizione di *LofG* del 1861. L'esplicitazione del riferimento al primo uomo e al Paradiso Terrestre è del 1867. Si collega così, anche formalmente, all'intero gruppo di poesie in cui è inserita; un gruppo notevole per la sua interna coerenza di messaggio: il mondo è un giardino nel pieno godimento del quale anima e corpo s'incontrano fino a fondersi. Che si tratti, o meno, di una versione trascendentale del culto Hassidico (movimento giudaico, sorto al tempo dei Maccabei, diffuso in Europa Orientale) quel che è certo è che il messaggio delle quindici poesie addita nella gioia della conoscenza (che è tutt'uno con l'innocenza del primo Eden) uno dei momenti di fusione e sintesi tra spirituale e materiale.

Ciò presuppone un atteggiamento nei riguardi della scoperta del mondo che, abbinata ad un'estensione della metafora storica dell'America come Paradiso Terrestre, è divenuto attraverso gli anni un correlativo diretto del modo di porsi e di rappresentarsi dell'artista americano.

CALAMUS

PER SENTIERI NON BATTUTI (p. 241)

Questa è la prima del gruppo di quarantacinque poesie intitolate, nell'edizione del 1860, *Calamus*, ed ormai considerate una sorta di manifesto omosessuale di W. che vi esalta quel legame tra uomini che abbiamo incontrato in poesie precedenti, ma che in queste acquista inequivocabilmente riferimenti erotici. Lo stesso simbolo che dà il titolo alla poesia, appare del resto con connotazione sessuale al v. 535 di «SofM». Tuttavia W. tornerà più volte negli anni su questa interpretazione, scandalosa per i suoi contemporanei, per contraddirla recisamente. Particolarmente interessanti, a questo proposito, le precisazioni fornite agli estimatori inglesi (famosa, fino al grottesco l'enfatica assicurazione di «normalità» fornita a John Addington Symonds). Al curatore della raccolta inglese, W.M. Rossetti, W. descriveva minuziosamente la pianta semiacquatica che dà il titolo alla raccolta soffermandosi con quasi amoroso compiacimento sui suoi steli eretti e lanceolati, sull'umida penombra degli stagni lungo le cui rive cresce, sul suo «profumo fresco, acquatico, pungente». Egli sottolineava il fatto che si tratta di pianta assai comune in America, specie negli Stati del Nord e del Mid West, e che essa acquista sapore e fascino esotico (o, come lui stesso afferma «recherché») a causa dell'intensità aromatica della sua rossa radice. Questa descrizione di come il «comune» americano acquisti ricercatezza e finezza di risonanze simboliche nella sua «traduzione» in un diverso clima culturale è particolarmente insistita, confermando il compiacimento di W. nell'intrinseca e dinamica fertilità e plurireferenzialità dell'elemento poetico.

Democratic Vistas e la Prefazione del 1876 mettono in rilievo, invece, il messaggio socio-politico: la «fervida amicizia» (l'amore di cameratismo e «adesione» che si contrappone a quello tradizionalmente cantato dai poeti) rappresenterebbe solo l'ideale che W. disegnerebbe a bilanciare gli aspetti più materialistici e grossolani della democrazia americana ed agevolarne la «spiritualizzazione».

RADICI E FOGLIE SOLTANTO SONO QUESTE (p. 243)

Nel testo del 1860 comparivano due primi versi poi giustamente obliterati:
Calamus taste, / (For I must change the strain – these are not to be pensive leaves, but leaves of joy).
«Sapore di calamo / Perché devo mutare la nota – queste non dovran essere Foglie pensose, ma foglie di gioia»).

L'annuncio programmatico è già compiutamente espresso dal testo così come si propone. Che la poesia accantoni ogni struttura di pensiero per abbandonarsi al puro piacere delle immagini è evidente dall'esplosione della metafora delle foglie, che si moltiplica e rifrange, in sei immagini di odore, colore, tatto, canto, respiro d'aria, a cui contribuisce l'unitarietà data dalla assonanza delle parole capoverso: Roots / Scents / Breast / Gushes / Breezes / *Frost*-mellow (la maggior parte delle quali monosillabiche). Si tratta, dunque, di una esplosione: è tale foneticamente, è tale nella tecnica del frammento, ciascuno dei quali è portato a completa, autonoma perfezione. Il nucleo iniziale, *roots and leaves*, genera in primo luogo le associazioni legate al secondo termine, *leaves*, ottenendo nel loro accavallarsi, effetto di gioiosità, (vv. 6 e 7) stemperando foneticamente a principio di verso con *love-buds* e *buds* poi, il primo termine, *roots*, genera l'immagine del seme o bocciolo che maturerà, intorno e dentro di noi, mentre gli ultimi due versi, di identica (e cospicua) disposizione sintattica, completano l'immagine organica del fiore che riscaldato dall'amore, nutrito dal suo amore, si schiude, del frutto che matura, dei rami ed alberi che svettano alti. Ancora una volta, la struttura fonica accompagna e sostiene quella del senso, con il persistere, all'interno dei versi, questa volta del suono / 1 / (leaves, wild, sorrel / love / foliage / land / love / living / living / mellow'd / *love-buds-unfolded*).

A UNO SCONOSCIUTO (p. 245)

Questa breve poesia è così intensa e compatta che ha spesso invitato allo scavo biografico. In verità quel che, invece, appare esemplare in essa è la sua quasi astratta paradigmaticità. L'*io* e il *tu* si alternano quasi metronomicamente, con un'alternanza che è anche sintattica, divengono *noi* nel verso 4, fluido anche a livello d'immagine; si bilanciano simmetricamente nei versi 5 e 6; si risaldano, poi, definitivamente, nel verso finale, aperto dall'*io* soggetto e chiuso dal *tu* predicato.

Il breve componimento si presta ad essere letto come espressione essenziale della visione centrale di W. intorno alla dinamica amorosa, artistica ed esistenziale. In essa, per proprietà transitiva, «straniero» è anche l'*io* soggetto.

IN QUESTO MOMENTO IN CUI SIEDO PENSOSO E SOLITARIO (p. 247)

La poesia è la ventiduesima del gruppo di *Calamus*, e postuma l'esistenza di diverse e lontane solitudini.

SENTO CHE MI SI ACCUSA (p. 247)

La poesia, ventiquattresima nel gruppo di *Calamus*, assume il primo verso a titolo (con uno spostamento dei tempi dei verbi dal presente al passato) nel 1867.

SALUT AU MONDE! (p. 251)

Inizialmente intitolata «Poem of Salutations», questa poesia appare fin dalla seconda edizione di *LofG*, del 1856. W. modificò via via la sua posizione rispetto all'insieme della raccolta, e ne effettuò diverse revisioni. Solo nel 1860 saranno aggiunti gli ultimi quattro versi, di vero e proprio saluto, ed eliminati nelle edizioni più tarde i versi di puro riferimento americano, accentuando l'internazionalismo così stentoreamente proclamato. Ma l'intenzione centrale non sembra quella di correggere l'eccessivo nazionalismo della *Prefazione* del 1855, quanto quella di proclamare l'esasperata coincidenza del mondo esterno con quello interiore.

Lo schema formale di sostegno strutturale è — come altrove — quello della domanda e della risposta, che qui appare particolarmente rigoroso; altro elemento interessante lo sviluppo del dialogo con un Walt Whitman-interlocutore, che viene direttamente apostrofato come *you* (cosa che in «SofM» appare appena accennata), uno *you* che grammaticalmente coincide con quello dell'undicesima strofa, allargandosi così a implicare identità, personalità, situazioni diverse e lontane.

SUL FERRY DI BROOKLYN (p. 265)

Il poemetto appare nella seconda edizione, quella del 1856, col titolo «Sun-Down Poem». Nell'edizione del 1860 assume il titolo presente. Il tema e l'intenzione risultano, anche a prima lettura, chiari: il poeta ricorda, in un presente storico, il suo passaggio sul ferry e si confronta e identifica con tutti coloro che lo hanno preceduto e lo seguiranno, ma il discorso appare, come spesso in W., ben più elusivo e sottile quando si tenda ad un'interpretazione più puntuale e ravvicinata.

Ciò non vale solo al livello di un'interpretazione simbolica (che ha trovato molteplici e spesso sovrapposte linee di lettura), ma anche a quello di un esame degli aspetti squisitamente formali del poemetto. Il cambiamento di titolo fornisce una prima traccia significativa: con esso W. dichiaratamente pone in seconda linea le intenzioni paesistico-descrittive annunciate dal primo titolo, e concentra nella pregnanza semantica del *crossing* il messaggio di complessa dinamica del poemetto: movimento, in quest'attraversamento del fiume, così del ferry come dell'acqua sottostante, ma coesistente con la stasi del personaggio appoggiato sul parapetto.

A questa complessa sintesi, che impedisce di ricostruire con certezza una direzione nello spazio, fa riscontro la cancellazione della direzione del tempo raggiunta già nelle prime tre strofe attraverso il voluto rimescolamento nell'uso dei tempi verbali. Si noti, infatti, come il presente *I see* della prima strofa divenga, senza soluzione di continuità, il passato *so I felt* della terza, e come, analogamente, il futuro *you shall cross* riferito ai posteri divenga il presente *just as you feel* della terza, raggiungendo così la sostanziale atemporalità dell'evento poetico, in cui coesistono (v. 8) «le analogie con il passato e quelle col futuro». Ciò sustanzia anche una lettura allegorica del «passaggio» come correlativo delle opposizioni vita/arte; morte/sopravvivenza.

UN CANTO DELLA TERRA CHE GIRA (p. 283)

La poesia è del 1856. Il testo non presenta varianti significative nelle diverse edizioni (l'unica di qualche rilievo è la scomparsa dei primi due versi dall'edizione del 1881 in poi). Precedentemente i primi versi erano i seguenti:

Earth, round, rolling, compact — suns, moons, animals — all these are words,
Watery, vegetable, sauroid advances — beings, premonitions, lispings of the future — these are vast words;
(Terra rotonda, rotolante, compatta — soli, lune, animali — sono tutte parole,
Il mondo delle acque, dei vegetali, dei rettili avanza, esseri, premonizioni, cenni del futuro: queste sono parole vaste.)

Quel che cambia, invece, e più volte, è il titolo. «Poems of the Sayers of The Words of The Earth» (1856); «To the Sayers of Words» (1860, 1867); «Carol of Words» (1871, 1876); «A Song of the Rolling Earth» (1881). È un altro indizio dell'atteggiamento aperto di W. rispetto al tema portante di ogni poesia. L'incertezza è alla fine decisa a favore del titolo più concreto e più vicino allo spirito e alla lettera del messaggio emersoniano quale espresso specialmente in *Nature*: l'invito perentorio, cioè, a *fasten words again to visible things* («agganciare di nuovo le parole alle cose visibili»).

UCCELLI DI PASSO

IO E I MIEI (p. 301)

La poesia appare nel gruppo denominato *Leaves of Grass* nell'edizione del 1860 e del 1867. Nelle edizioni del 1871, 1872 e 1876, farà invece parte del supplemento di *Passage to India*. Sempre al 1871 risale la sostituzione dei primi due versi originali con l'attuale primo verso, il cui inizio è anche assunto come titolo della poesia. Anche questa si presenta come «poesia di programma»; certo tale essa appare, quasi perentoriamente, nei versi 27-29, dove il poeta rifiuta ogni formula interpretativa, e ribadisce di non essere latore di alcun «messaggio» ideologico, e impone più che accettare la piena libertà dell'«altro» anche lettore.

Le dichiarazioni programmatiche vertono, ancora una volta, su grandi opposizioni: non ricamo, ma tessitura; non gli uomini eminenti, ma la gente comune; non il cesello dell'orafo, ma lo scalpello dello scultore; non definizione di esemplari, ma suggerimento di novità; non creazione «finale», ma inizio; non risposte, ma domande. Come risultato finale e paradossale, la fretta di vivere che nasce dalla consapevolezza che la vita, perpetuo inizio, non è breve, ma molto lunga. La formula sintattica di contrapposizione che domina il centro della poesia e la controlla non è nuova:

Let others..., I...

Tuttavia il primo verso sfuma e rende più complesso il secondo termine. Non *I*, ma *myself* (retoricamente più enfatico e semanticamente più elusivo) unito a *mine*, (i miei consimili, ma anche gli uomini nuovi, gli americani). Sempre l'esemplarità, anche poetica, del Nuovo Mondo, che si esprime nel canto dell'uno ma recupera grammaticalmente, più che tematicamente, il collettivo.

RELITTI MARINI

DALLA CULLA CHE DONDOLA INCESSANTE (p. 307)

La poesia, una delle più note e giustamente celebrate di Whitman, ha una lunga storia editoriale. Dapprima pubblicata nel 1858 sul newyorkese «Saturday Press» sotto il titolo «A Child's Reminescence», appare in tutte le successive edizioni di *LofG* e *Passage to India*. Da notare la rilevanza delle varianti nelle edizioni del 1860 e 1867, nonché il significativo mutare del titolo che diviene, in queste edizioni, «A Word out the Sea», mettendo in ombra la convenzione narrativa e focalizzandosi tematicamente sul nucleo metaforico, rappresentato dagli ultimi versi. Nell'attuale titolo, la medesima intenzione è affidata alla referenzialità più indiretta del verso di apertura, che nella sua prepotente struttura avverbiale anaforica ne rappresenta anche la più fedele sigla formale. Questo titolo appare nell'edizione del 1871, allorché in *Passage to India* la poesia fa parte del gruppo delle *Sea-shore Memories*: si conferma con le altre del gruppo nell'edizione del 1881 di *LofG* e con altri quattro componimenti, nella sezione intitolata *Sea-Drift*. (Anche in questo secondo passaggio di titolo dell'intero gruppo l'intenzione o suggerimento di lettura si trasferisce dal piano tematico-narrativo a quello di una più complessa referenzialità simbolica, che riesce a denotare a tutti i livelli questa poesia dell'esperienza e della memoria.)

A differenza di altre poesie whitmaniane la struttura di questa poesia è assai più compatta e chiusa. Originariamente composta da un proemio, cui facevano seguito 35 strofe numerate «Reminescence», e poi presentata nel continuum dell'attuale versione, essa si scompone in tre parti formalmente e stilisticamente distinte: il proemio (vv. 1-22) e, nella cornice convenzionalmente narrativa del ricordo autobiografico, il racconto dell'uccello, distinto graficamente oltreché ritmicamente nel testo (vv. 23-143); fino alla terza parte (vv. 144-183) che ha precise corrispondenze, anche formali, con la prima. Sul piano narrativo essa scioglie il nodo di lieve *suspence* che costituisce una delle linee strutturali del poemetto, pronunciando la «parola» sospesa; sul piano tematico unisce in rapporto biunivoco e intercambiabile i due «cantori», l'uccello ed il poeta; sul piano temporale riconduce passato e presente ad un'ordinata sequenzialità e consequenzialità; sul piano metaforico, riconcilia morte e vita nella bireferenzialità del mare «come una vecchia che dondoli una culla» («like some *old crone* rocking *the cradle*» v. 182), rendendola funzionale all'illustrazione della missione poetica.

Il risultato è una poesia formalmente e tematicamente più tradizionale di altre di W., dove si moltiplicano gli echi e le esplicite citazioni di poeti precedenti, in ispecie romantici; ma anche un componimento assolutamente compiuto, la cui trasparenza e complessità di tessitura impongono un orecchio attento all'intreccio di molteplici possibili contemporanei significati.

LACRIME (p. 327)

La poesia appare per la prima volta nell'edizione del 1867 e ricorda «Tears, Idle Tears» di Tennyson. Essa è stata ampiamente analizzata per evidenziarne la simmetria di accentuazione. Certamente tale simmetria ritmica contribuisce alla sua unitarietà e compattezza raggiunta, tra l'altro, proprio con l'insistita ripetizione della parola chiave *tears* che compare in ogni verso tranne nel settimo e nel nono.

DIETRO LA NAVE (p. 329)

Anche questa poesia, pubblicata nel 1874, ha avuto diversi titoli: «In the Wake Following», «Waves in the Vessel's Wake», fino ad assumere l'attuale titolo in «Two Rivulets» (1876), per poi collocarsi, nell'edizione del 1881 di *LofG*, nel gruppo intitolato *Sea-Drift* (v. sopra). Evidente il predominare visivo e semantico di termini indicanti luce e gioiosità (*blithely, laughing and buoyant, flashing and frolicsome*).

LUNGO LA STRADA

DEI (p. 329)

La poesia appare per la prima volta nel 1872 in *Passage to India*. W. così annotava nei *Notebooks*: «I think ten millions supple-fingered gods are perpetually employed hiding beauty in the world - burying it everywhere in everything - and most of all in spots that men and women do not think of, and never look — as in death... Only from the poet they can hide nothing; and would not if they could... They... lift their cunning covers, and signify him with pointed stretched arms – *They undress delight!*» (cors. mio). (Penso che dieci milioni di dei dalle dita leggere siano perpetuamente impegnati a nascondere la bellezza del mondo — seppellendola ovunque ed in ogni cosa — e specialmente in luoghi a cui gli uomini e donne non pènsano, e in cui non guardano mai — come la morte... Solo al poeta non possono nascondere nulla; e non lo farebbero nemmeno se potessero... Essi alzano le loro coperte invitanti e gli fanno cenno con le braccia protese — *Essi denudano il piacere*!).

Anche se la poesia con le sue enumerazioni abbastanza pallide non appare all'altezza dell'illuminante metafora erotica che conclude le note, possiamo leggere in essa una sorta di compendio del «poetico» in W.: l'amico e camerata, l'uomo dal corpo sano, la morte, il tempo e lo spazio, la «forma» della terra.

PERFEZIONI (p. 333)

La poesia appare, a partire dal 1860, in tutte le edizioni di *LofG* senza varianti. Nella versione italiana non può che perdersi, in parte, la rappresentazione della «perfezione». Riorganizzando graficamente i due versi inglesi.

Only themselves
understand themselves
and the like of themselves
As souls
only *understand*
souls.

si avrà un prevalere della definizione formale di perfezione, come punto di incontro speculare, simmetria ed equilibrio di uguali, mentre perno semantico ne diverrà l'unico verbo, ripetuto due volte: *understand*.

L'AMPLESSO DELLE AQUILE (p. 333)

È una delle nuove poesie dell'edizione 1881. Questa descrizione dell'unione di due aquile (che Whitman, secondo Clara Barrus, non aveva mai visto, ma di cui aveva ascoltato una descrizione dell'amico John Borroughs) rappresenta, sul piano formale, un aspetto non consueto della poesia di Whitman: un componimento breve, tutto rigidamente incentrato su un'unica immagine, dettagliata, conseguente e serrata, che è metafora puntuale ed esaustiva della visione di dinamica esistenziale del poeta: un breve, ma perfetto momento di incontro e coincidenza degli opposti, che presto si scompone in due voli diversi.

RULLI DI TAMBURO

PARTENDO DA PAUMANOK VOLO COME UN UCCELLO (p. 337)

Questa poesia appartiene al gruppo dei *Drum-Taps* fin dalla sua prima pubblicazione (1865). Anche se il tema, in apparenza, ripercorre e ripete le intenzioni e fin le modalità di «Starting from Paumanok» e della sua prima strofa, la sua stessa collocazione storica, al termine della guerra civile, carica le intenzioni di risonanze politiche. Così gli appunti che preparano la più lunga e nota poesia, si prestano anche a esplicitare e ampliare il v. 10 di questa:

The Proem must
have throughout
a strong saturation
of America.
West, the Geography,
the representative
American man.

(«il proemio avrà in ogni sua parte una forte saturazione d'America. L'ovest, la geografia, l'uomo americano rappresentativo»).

STRANA VEGLIA HO TENUTO UNA NOTTE
SUL CAMPO DI BATTAGLIA (p. 339)

Apparsa nella prima edizione di *Drum-Taps*, vi rimane, invariata, in tutte le successive.

Si tratta di un monologo drammatico dalla struttura più serrata, compatta e controllata di quelle di altre poesie whitmaniane, specie in funzione di una più inequivoca identificabilità dei ruoli: l'io parlante ed il suo muto interlocutore morto sul campo di battaglia.

ANNO CHE SOTTO DI ME SENTII TREMARE E VACILLARE (p. 343)

Altra poesia rimasta invariata in tutte le edizioni di *Drum-Taps*. L'anno è probabilmente il 1863-64. Le abituali inversioni (il caldo estivo che raggela) e l'immagine, anch'essa ricorrente, dell'oscura nube del lutto che oscura il sole, portano alle tre tremende domande finali, in cui gli elementi della sconfitta predominano a livello lessicale (*dirges*, *baffled*, *sullen*, *defeat*), e la volontà di reazione o di speranza è tutta affidata proprio ai tre punti interrogativi ed in ispecie a quello su cui la breve poesia chiude, lasciando sospesa la risposta.

ABBASSA IL TUO SGUARDO, BELLA LUNA (p. 343)

Altro breve componimento di *Drum-Taps*.

RICONCILIAZIONE (p. 345)

Originariamente parte della *Sequel to Drum-Taps, 1865-66*, è poi apparsa pressoché invariata in tutte le edizioni.

IN MEMORIA DEL PRESIDENTE LINCOLN

QUANDO I LILLÀ FIORIVANO... (p. 347)

Questa notissima lirica di W. in morte di Abraham Lincoln viene scritta poco dopo l'avvenimento ed inclusa in un gruppo di diciotto brevi poesie, pubblicato nell'autunno del 1865, in appendice a *Drum-Taps*. In *LofG* del 1876 e 1877 forma, con altre tre poesie, il gruppo intitolato *President Lincoln's Burial Hymn* (*Inno per la sepoltura del Presidente Lincoln*). Nel raggruppamento definitivo del 1861, il gruppo assumerà l'attuale titolo di *Memories of President Lincoln* (*Memorie del Presidente Lincoln*).

Abraham Lincoln fu assassinato nella mattina del 15 aprile 1865. Dopo essere rimasto a Washington fino al 21 aprile, il suo feretro venne lentamente trasportato, attraverso una successione di città americane, alla natia Springfield in Illinois, dove fu seppellito il 4 maggio.

Al di là del rispetto di alcune convenzioni della poesia elegiaca, e del possibile ricorrere di motivi legati alla tradizione retorica pastorale, le circostanze in cui l'avvenimento si compie offrono a W. le due linee portanti della lunga lirica: la linea del movimento nello spazio (parallelo allo stesso andamento della poesia), e la metafora della primavera, ambiguo correlativo di rinascita (T.S. Eliot, molto più tardi, ne riproporrà la crudeltà nella *Terra desolata*).

Si tratta di una metafora portante e profondamente ambigua che si scompone in diverse linee simboliche e partecipa di quella che W. stesso, con non casuale puntualità teologica, chiama la trinità dei suoi simboli: i lillà in fiore, la stella ad occidente, e la primavera che li comprende e riassume.

Commento e coro le due voci liriche: quella dell'io-poeta e quella del tordo legano e fluidificano il delicato ma molto complesso tessuto d'immagini. La prima di tono e dizione piana, che viene talora lacerata dall'irruzione di un lessico drammatico, la seconda di più dolce e consolatoria cantabilità, coerente con l'uso di un vocabolario foneticamente e semanticamente suadente e sommesso.

Si è molto scritto intorno alla musicalità di questa poesia. Swinburne l'aveva, a suo tempo, definita «il più dolce e melodioso notturno mai intonato sotto le volte della chiesa del mondo». Tuttavia le suggestioni e i parallelismi sono stati spesso portati troppo oltre. Ad esempio il paragone sinfonico non appare né completamente necessario né esauriente a giustificare la ripresa tematica della chiusa. L'armonia strutturale della lirica è assicurata a più livelli ed è scavata all'interno della parola: è intrinseca alla sua stessa natura di opera in versi . Ad essa è affidato, più che il dolente pianto per un «eroe democratico», una pensosa meditazione sulla morte come fatto collettivo, significativo nel tessuto della storia oltre che nella quotidiana vita dell'individuo.

O CAPITANO! MIO CAPITANO! (p. 375)

O Capitano! mio Capitano! è di gran lunga la più popolare delle poesie whitmaniane e anche, paradossalmente, la meno caratteristica. Anche in termini formali si stacca notevolmente dal resto di *Foglie d'erba* giacché, nella versione originale, presenta regolarità di metro, rima e organizzazione della stanza. Fa parte, com'è ovvio, delle liriche scritte dopo l'assassinio di Abramo Lincoln e appare per la prima volta sul «Saturday Post» di New York il 4 novembre 1865, vale a dire qualche mese dopo la morte del Presidente. L'enfasi vi predomina e gli elementi di esuberanza affettiva incalzano anche lessicalmente. L'immagine centrale (del capitano morto sul ponte della nave giunta felicemente in porto che allude, evidentemente, all'America del dopo Guerra Civile e al suo «Capitano», è sfruttata fino in fondo. Poesia atipica, dunque, ma fortunatissima. Lo stesso Whitman, a quanto pare irritato che questa poesia, a differenza di altre che gli erano più care, avesse incontrato tanto favore, ebbe a dire al suo biografo Traubel: «Quasi mi spiace di averla scritta».

PRESSO LA RIVA DELL'ONTARIO AZZURRO (p. 377)

La storia editoriale di questo poemetto è estremamente complessa e di diretto interesse per il lettore di W. Alla sua origine la celebre Prefazione del 1855, in cui W. annunzia e predice *a bard commensurate with a people* (un bardo commisurato a un popolo), in uno stile felicemente rapsodico accentuato da un uso non convenzionale della punteggiatura e dall'enfasi delle pause (in ispecie con i punti sospensivi e le lineette). Un lungo saggio di tono e stile poetico-oratorio e di netta ispirazione emersoniana che non verrà più ripubblicato come tale da W.

Egli, invece, ne trasporrà interi brani nelle poesie successive. In primo luogo questa, che nasce nel 1856, col titolo di «Poem of the Many in One» («Poema di molti in uno»), per poi trasformarsi nella poesia d'apertura dei *Chants Democratic* del 1860. Si trattava di composizioni di circa trecento versi, almeno un quarto dei quali riprese con varianti minime dalla *Prefazione*. Le modifiche più importanti sono quelle dell'edizione del 1867, in cui la poesia assume il titolo di «As I Sat Alone by Blue Ontario Shore» («Mentre sedevo solo lungo la riva dell'Ontario azzurro») e vede la comparsa di intere nuove sezioni, particolarmente legate nel clima e nell'ispirazione alla recente lacerante esperienza della Guerra Civile «the throes of Democracy» «le doglie della democrazia». Nel 1881, essa assume il titolo attuale.

Questo poemetto rimane uno degli esempi più chiari e vistosi del modo in cui W. traduce la prosa in poesia. Il criterio più evidente è quello della proposta di una lettura verticale del nuovo testo in luogo di quella orizzontale del testo originario. Tale proposta implica di fatto la creazione di una serie di righe/versi che coincidono (come del resto nella stragrande maggioranza della poesia di W.) con un senso finito, e perciò solo con il naturale ricorrere della cadenza e con l'insistenza «della voce alla fine del verso, conquistano un ritmo ampio e ascendente». Per il resto, W. rifugge da «traduzioni» che facciano uso di convenzioni propriamente poetiche. Con ciò stesso fa svanire la linea di demarcazione tra il linguaggio poetico e quello della prosa.

RUSCELLETTI AUTUNNALI

C'ERA UN BAMBINO CHE USCIVA OGNI GIORNO (p. 405)

Questa era la decima poesia della famosa prima edizione di *LofG*, allora, come tutte le altre, senza titolo. Nel 1856 ebbe un titolo insolitamente lungo: «Poem of the Child That Went Forth, and Always Goes Forth, Forever and Forever» («Poema del bambino che andava fuori, e sempre va fuori, per sempre»); nel 1860 divenne il n. 9 del sottogruppo intitolato *Leaves of Grass*, nel 1867 ne divenne il n. 1, nel 1871 assume il titolo attuale che coincide col primo verso. Nella riorganizzazione delle poesie operata con l'edizione del 1881, W. colloca questa poesia giovanile nel nuovo gruppo di 38 liriche, complessivamente «retrospettive» allusivamente subintitolato *Autumn Rivulets* (*Ruscelletti autunnali*). Un ottimo esempio del modo in cui, nelle varie edizioni, W. diventi lettore di se stesso e «legga» le proprie poesie diversamente, anche in termini funzionali, rispetto al complesso della sua opera.

QUESTO CONCIME (p. 411)

Nel 1856 la poesia appariva sotto il titolo, in qualche modo rassicurante, di «Poem of Wonder at the Resurrection of Wheat» («Poema di stupore per la resurrezione del frumento»). Apparve poi nel 1860 come *LofG* n. 4; assunse il titolo attuale nel 1867 e l'attuale versione completa nel 1881.

C'è chi ha voluto rilevare la corrispondenza temporale di questa poesia con la morte del padre di W. Si è sottolineato il senso di repulsione di fronte alla decomposizione e alla morte di W. giovane; e si è avanzata un'interpretazione psicoanalitica, che vedrebbe nella terra «calma e paziente» ma onnivora, che tramuta la corruzione in abbondanza, una personificazione della figura materna.

Certamente la poesia lascia trapelare lo sconcerto e le difficoltà di W. di fronte alla malattia e alla morte, ma è anche vicina al miglior Thoreau nell'ammirazione «per il forte appetito e l'inviolabile salute della Natura».

CHE COSA SONO, ALLA FINE (p. 417)

La brevissima lirica fu dapprima pubblicata come il n. 20 di *Leaves of Grass*, nel 1860, divenendo poi, nel 1867, la quarta poesia del supplemento intitolato *Poems before Parting*; nel 1871 diviene parte del gruppo di *Passage to India*. Nella sua epigrammatica brevità appare di ricapitolazione e commento, non soltanto del tema del poeta come fanciullo ma anche, e soprattutto, della magia fascinatrice e conoscitiva della parola, del nome.

SUSSURRI DI MORTE CELESTE

SUSSURRI DI MORTE CELESTE (p. 419)

È la prima di cinque poesie numerate che appaiono sotto il comune titolo di *Whispers of Heavenly Death* sul «Broadway Magazine» di Londra nell'ottobre 1868. Sarà poi ristampata in *Passage to India* nel 1871, e rimarrà nell'omonimo supplemento in *LofG* dello stesso anno.

UN SILENZIOSO PAZIENTE RAGNO (p. 421)

La poesia faceva parte delle cinque apparse nel «Broadway Magazine» di Londra sotto il titolo complessivo di *Whispers of*

Heavenly Death ed ha poi seguito il destino editoriale delle altre (vd. sopra).

La fortuna dell'immagine del ragno nella letteratura americana andrebbe considerata con qualche attenzione. Sebbene non si possa parlare d'influssi diretti, va rilevato come, cronologicamente parlando, l'immagine parta dai sermoni di Jonathan Edwards (l'uomo sospeso come un ragno sulle voragini dell'inferno), a questa lirica whitmaniana, al dickinsoniano «A Spider sewed at Night» («Un ragno tesseva di notte»), per giungere al terribile «Design» di Robert Frost. Si tratta sempre di liriche tutte giocate sulla metafora strutturante del ragno, con alcune valenze simboliche comuni: la fragilità, la determinazione o disegno, il rapporto con Dio, o l'immortalità.

Questa di W. si divide nettamente in due parti, marcate anche dallo spazio grafico, ciascuna delle quali sviluppa, molto tradizionalmente, una delle due parti della similitudine.

OH, SEMPRE VITA, SEMPRE MORTE (p. 421)

La lirica era il n. 27 del gruppo di *Calamus* del 1860; ebbe poi diverse collocazioni (in *Passage to India* nel 1871, in *Whispers of Heavenly Death* nel 1881). Si tratta di casi della rilettura di se stesso fatta da W. Nella prima versione, la poesia cominciava diversamente:

O Love!
O dying — always dying!

La morte simbolica veniva messa in rapporto con l'amore: forse un vero amore finito. L'attuale primo verso, con il solito, forte accostamento di vita e di morte, la doppia ripetizione di *always*, che implica reiterazione e continuità, passa ad un livello di messaggio molto più generale e si colloca senza forzature tra i «sussurri di morte celeste».

CANTI D'ADDIO

ADDIO! (p. 425)

Il solenne commiato che nelle ultime edizioni sarebbe venuto a far parte dei tardi *Canti d'addio*, è in verità del 1860 e da allora in poi ha tradizionalmente chiuso le varie edizioni di *L of G*.

W. si preparava da tempo al commiato, qualcuno ha scritto. In verità W. da sempre viveva non senza sofferenza la sua profonda attrazione/repulsione per la realtà della morte e la prefigurazione degli addii è uno dei tanti modi di cancellare la inesorabilità di quella presenza. Questa poesia ha avuto numerosi rimaneggiamenti e presenta anche inserti di parziale rielaborazione di poesie precedenti. Ma è significativo che, verso la fine della vita, W. la consideri ancora, nella sostanza, una sua rappresentativa «lettera al mondo». Il «tu» è chiaramente individuato in un interlocutore-amico-amante (*camerado*), dal cui amore e dalla cui comprensione egli attende quell'infinita espansibilità del presente che proclama e a cui aspira. Il lettore per eccellenza, che moltiplichi nello spazio e nel tempo il senso della sua vita e della sua poesia.

SABBIE A SETTANT'ANNI

CONTINUITÀ (p. 435)

La poesia compare nel «New York Herald» il 20 marzo 1888.

YONNONDIO (p. 437)

Dapprima pubblicata nel «Critic», il 26 novembre 1887.

VITA E MORTE (p. 439)

Appare in primo luogo sul «New York Herald» del 23 maggio 1888.

ADDIO, MIA FANTASIA

IL LUOGO COMUNE (p. 441)

Appare in «Munson's Magazine» nel marzo 1891.

SOMMARIO

FOGLIE D'ERBA

Finito di stampare nel giugno 2007 presso
Legatoria del Sud - via Cancelliera, 40 - Ariccia RM
Printed in Italy